탄생 100주년 문학인 기념문학제
논문집

2021

**시민의 탄생,
사랑의 언어**

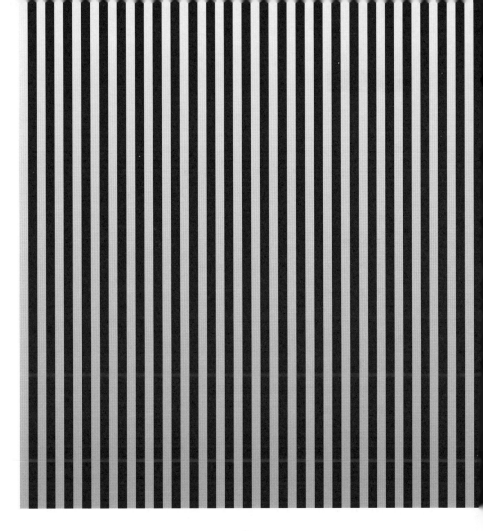

탄생 100주년 문학인 기념문학제
논문집

2021

시민의 탄생,
사랑의 언어

민음사

강진호·정호웅 외

회고와 성찰, 문학과 역사의 조형력

학병 세대와 전후 1950, 1960년대 문학

강진호 | 성신여대 교수

1 1921년생 작가들

어느 시대나 사람들은 자기 시대가 급변하는 시대라고 생각한다. 1921년 생이 겪은 변화는 한 사람이 계절의 변화를 체감하듯이 급격하고 절대적인 것이었다. 3·1운동이 무력으로 진압된 직후 피식민지 국민으로 태어난 1921년생 작가들, 장용학, 김수영, 김종삼, 조병화, 이병주, 김광식, 류주현, 박태진 등[1]은 만주를 대륙 침략의 교두보로 만들기 위한 만주사변(1931)과 뒤이은 태평양전쟁(1941~1945) 그리고 제2차 세계대전을 겪으며

---

1) 1921년생 작가들은 이들 외에도 소설가 성학원, 유승규, 평론가 장덕순, 극작가 강성희 등이 있다. 성학원은 평북 선천 출생으로 「인간 고발」, 「인맥」, 「불연속선」 등의 소설을 남겼고, 유승규는 옥천 출생으로 「빈농」과 「두더지」, 「아주까리」 등의 대표작이 있다. 강성희는 평양 출신의 극작가로 「자장가」, 「뭔가 단단히 잘못됐거든」, 「흰 꽃 마을」 등의 작품을 남겼다. 장덕순은 간도 용정 태생으로 고전소설과 구비문학 분야에 많은 업적을 남겨 『한국 설화 문학 연구』, 『한국 수필 문학사』 등의 저서가 있다.

성장했고, 장년기에는 8·15해방과 한국전쟁을 온몸으로 감당했다. "청년기의 두 전쟁을 겪어 내고 한국전쟁의 휴전이 성립되었을 때 이미 인생의 반이 지나가 버린 30대 중반"(김광식)의 나이, 인생의 황금기를 격변의 세월로 허송했기에 이들의 문학은 다른 세대 작가들보다 늦게 시작되었다.

선린상업학교를 졸업하고 일본으로 건너가 동경상과대학 전문부에 입학한 뒤 징집을 피해 만주로 이주한 김수영처럼, 1921년생 작가들은 대부분 일본에서 대학을 다녔다. 김광식은 동경주계상업학교를 거쳐 1943년 메이지대학 문예과를 졸업했고, 이병주는 메이지대학 전문부를 졸업했으며, 장용학은 1943년 일본 와세다대학 재학 중에 학병으로 끌려갔다가 광복과 함께 귀국했다. 조병화는 동경고등사범학교 이과에 입학해 물리와 화학을 전공했고, 류주현은 와세다대학 전문부 문과를 수학했으며, 김종삼은 일본 도요시마상업학교를 졸업하고 영화 조감독으로 일했고, 박태진은 릿쿄대학 영문과에 입학했으나 중퇴한 뒤 학병에 징집되었다. 이렇듯 1921년생 작가들은 모두 일본에 유학해서 대학까지 다니는 긴 학습의 시간을 가졌고, 그 과정에서 장용학, 이병주, 박태진은 학병에 징집되고, 김광식과 김수영은 학병을 피해 만주로 도피했다. 그런 고난의 시간을 보낸 뒤 이들은 작가의 길로 나서는데, 그 시기는 1945년부터 1960년대에 걸쳐 있다. 등단이 가장 빠른 김수영은 1945년 《예술부락》에 시 「묘정의 노래」를 발표한 뒤 김경린, 박인환 등과 함께 합동 시집 『새로운 도시와 시민들의 합창』(1949)을 간행하면서 문단에 이름을 올렸고, 박태진은 1948년 《연합신문》에 「신개지에서」를, 장용학은 1950년 단편 「지동설」로 《문예》의 추천을 받아 작품 활동을 시작했다. 류주현은 1948년 《백민》에 「번요의 거리」를 발표하면서 문단에 나왔으며, 조병화는 1949년 시집 『버리고 싶은 유산』을 발간하면서 작품 활동을 시작했다. 김종삼은 6·25전쟁 중 피난지 대구에서 「원정(園丁)」과 「돌각담」을 발표하면서 작품 활동을 시작했고, 김광식은 1954년 《사상계》에 단편 「환상곡」을 발표하면서, 이병주는 1965년 「소설 알렉산드리아」를 《세대》에 발표하면서 문단에 나왔다.

작품 활동을 시작하면서 이들이 직면한 가장 큰 어려움은 모국어에 익숙하지 못하다는 것, "일본에서 일본인의 교육을 받은 식민지 청년"(이병주)이었기에 해방과 함께 등장한 한글은 이들에게는 '언어의 죽음'과도 같은 것이었다. 이들에게 문학과 철학과 예술의 언어는 일본어였고, 문학적 감수성은 일본 유학 당시의 체험과 문학작품을 읽고 형성된 것이었다. 해방이 되었지만 여전히 "일본말 속에서 살고 있"(김수영)[2]었고, "중학생이 영어 단어 외우듯이 책장을 뜯어 가면서 낱말 공부"(장용학)를 해야 했다. 이들 작품에서 일본식 문장과 과도한 한자어, 해방 후의 현실과 괴리된 관념적이고 도식적인 어휘들이 두드러지고 의미마저 혼란스러운 것은 그런 사정에서 비롯된다. 김현이 지적한 것처럼[3] 이 세대보다 조금 위의 세대들이 보인 한자어에 대한 기피증과 토속어에 대한 애정이 이들에게는 없었다.

각기 다르게 작품 활동을 시작했듯이, 이들이 문학사적으로 의미를 획득하는 지점도 서로 다르다. 등단이 빠른 김수영과 장용학은 전후 작가로 의미화된다. 전후 1950년대 문학은 한국전쟁의 자장에서 벗어나지 못하고 한편으로는 냉전 이데올로기의 지배 아래 있었다. 이들을 전후 작가라고 칭하는 것은 이들의 문학이 주로 전쟁의 상처를 기록했다는 뜻이다. 그런데 그 기록은 『원형의 전설』처럼 주관적이고 추상화된 형태의 것으로, 한국이라는 역사적 특수성을 고려한 것은 아니었다. 현실에 대한 작가의 대응이 개별적·주관적 감정에 치우쳐 있었고, 그런 이유로 1950년대 문학은 현실에 대한 환멸과 자기모순과 분열 등의 자의식을 특징으로 한다. 물론 김수영은 4·19혁명을 계기로 이런 인식에서 벗어나 현실을 구체적으로 파

---

2) 김수영은 1961년 2월에 일본어로 쓴 일기에서 자신이 "일본말 속에서 살고 있"음을, 그리고 시 「거짓말의 여운 속에서」(1967)에서 "일본 말보다도 더 빨리 영어를 읽을 수 있게 된/ 몇 차례의 언어의 이민을 한 내가/ 우리말을 너무 잘해서 곤란하게 된" 자신을 고백하기도 했다.

3) 김현, 「전봉건을 찾아서」, 『김현 문학 전집 3』(문학과지성사, 1991), 409~410쪽.

악하고 대응하는 변화를 보여 주었다는 점에서 전후 작가의 범주에서 벗어난다. 한편, 1960년대 문학은 전쟁의 후유증을 극복하기 시작한 시기의 문학, 혹은 전쟁 체험을 객관적으로 성찰하기 시작한 시기의 문학으로 정리된다. 1960년대는 체험의 직접성에서 벗어나 전쟁과 제반 현실 조건에 대한 비판적 성찰이 가능해졌고, 그러면서 1950년대의 사소설적 경향에서 벗어나 서사성을 회복하고, 한편으로는 모더니즘이 구체적인 형체를 갖추는, 새로운 문학적 지형이 정립된 연대이다. 이병주와 류주현은『관부연락선』과『조선총독부』를 통해 과거 일제 강점기의 삶을 성찰하는 장편 서사를 보여 주었고, 김광식과 조병화는 산업화가 본격화되면서 야기되는 고독과 소외의 문제를 다루었으며, 4·19혁명을 계기로 현실을 성찰하고 부정하는 변신을 보여 준 김수영은 시민의 발견과 새로운 문학 양식의 창출을 꾀했다. 김종삼과 박태진은 전후의 윤리와 책임의 문제를 고민하고 새로운 시 형식을 탐구했다.

1921년생 작가들은 같은 시기에 태어났으나 이렇듯 서로 다른 모양으로 문학적 위치를 만들었다. 전후 1950, 1960년대 문학사를 일군 이들의 문학을 개관하고 그 의미를 살펴보기로 한다.

2 역사의 부정과 초월의 세계: 장용학

1950년대 문학은 전쟁과 함께 시작된다. "전쟁터에서 쓰러진 청춘, 전쟁터에서 부상당한 청춘, 수정할 수 없게 이지러진 청춘이 하나의 비극적 연대기를 만든 시기"[4]가 1950년대였고, 작가들은 1950년대 내내 그 상처와 후유증을 감당하느라 고통받았다. 장용학, 손창섭, 서기원, 김성한 등 이른바 전후 작가들의 문학은 전쟁과 그 상처에 대한 기록이다. 그런데 그 기록은 즉자적이고 추상화된 형태의 것이었다. 전쟁의 참화를 겪고 모든

---

4)   고은,『1950년대』(청하, 1989), 17쪽.

것이 파괴된 현실을 지켜보면서 이들은 그런 현실을 감당할 언어를 갖지 못했다. 전쟁은 인간의 힘으로는 어쩔 수 없는 절대적인, 마치 존재의 조건과도 같은 것이었다. 장용학 소설은 그런 사실을 전형적으로 보여 준다.

1950년 「지동설」로 문단에 나온 장용학은 1955년 「요한 시집」을 발표하면서 문단의 주목을 끌었다. 그의 소설은 상징적인 명명의 기법, 난삽한 관념과 한자어투, 근친상간, 환상적인 묘사와 구성 등이 전통적인 소설과는 거리가 멀어 많은 논란을 불러일으켰다. 일본어로 학습하고 사유하며 성장한 관계로 장용학에게 해방 공간은 언어와 현실이 괴리된 곳이었다. 그는 국한 병용 소설이라는 일본어 변형 문체를 고수하면서 한글권에 편입되기를 거부하고 여전히 일제 시대의 말과 기억을 보편적인 것으로 생각했다. 장용학은 그런 자신에 대해 열등감을 보이거나 성찰하지 않았다. 6·25전쟁이라는 체험에 짓눌려 그 무게를 감당하지 못했고, 그로 인해 현실을 성찰하기보다는 부정하고 초월하는 모습을 보여 주었다.

「요한 시집」 서두의 '토끼 우화'는 현실의 질곡에서 벗어나 자유를 찾는 화자의 심리를 상징적으로 보여 준다. 동굴 속에서 살던 토끼가 어느 날 동굴 밖으로 나왔다가 밝은 빛에 눈이 멀어 다시 동굴로 들어가지 못하고 죽게 되자 바로 그 자리에 '자유의 버섯'이 생겼다는 것. 작가 자신에 대한 알레고리로도 읽히는 이 우화는 장용학이 일관되게 추구한 자유에의 갈망을 예시한다. 작품에서 그것은 현실의 부조리를 인식하고 넘어서려는 누혜와 동호를 통해 환기된다. 누혜는 '자율을 모토(motto)'로 갖고 있는 인물이지만, 공산당에 입당한 뒤에는 공산당에는 그것이 존재하지 않을 뿐 아니라 당이 인민을 단지 도구로만 이용함을 깨닫는다. 또 포로수용소에 갇혀 있으면서 극심한 좌우 대립과 갈등과 살육을 목격하고는 절망하여 스스로 목숨을 끊는다. 동호는 이 누혜의 죽음을 목격한 뒤 무력한 자신을 돌아보는데, 그때까지만 하더라도 동호는 전쟁이 무엇인지, 왜 서로 싸우고 죽이는지를 알지 못하는 상태였다. 그런 동호가 각성하는 것은 쥐를 뜯어 먹는 누혜 어머니의 비참한 모습을 보면서였다. 누혜 어머니를 보는 순간, 도승의 모습을 한 누혜가 그 앞에서 눈물을 흘리고 있었던 것, 그 환각을 보고 동호는 삶은 곧 죄라는 인식에 이른다. 산다는 것 자체가 죄를 짓는 과정이고, 존재는 범죄에 다름 아니라는 것, 자기 찾기의 과정에서 도달한 이러한 결론은 자유를 찾자 바로 눈이 멀어 죽음에 이르는 토끼를 연상케 하거니와, 자유란 현실에서는 불가능하고 초월의 형태로밖에 실현될 수 없다는 것을 시사해 준다.

『원형의 전설』 초반에 나오는 서양의 진보적 역사관에 대한 비판은 초월의 의지가 한층 구체화된 형태이다. 작가의 의도는 서양의 진보론인 이분법적 사고에 대한 비판으로 나타난다. 정과 반의 대립과 투쟁에서 합이 나오고, 다시 그에 대한 반이 나오고, 그렇게 해서 이 세상은 진보했다. 그렇지만, 지구의 동쪽으로 자꾸 가면 서쪽이 나오는 것처럼, 정반합의 세계란 알고 보면 '돌고 도는 원(圓)의 구조의 잘못된 표현'이다. 진보적 역사관은 이 순환의 세계를 도식적으로 이분화한 것이기 때문에 나와 타자는 양분되고 인류는 전쟁과 원한의 역사에서 벗어나지 못한다. 이 고리를 끊기 위해서는 청과 적, 선과 악은 대립되는 것이 아니라 서로 연결된, 곧 "청은 남색과, 남은 자주와, 자주는 적색과, 녹색은 청색과, 이렇게 한 바퀴 휘돌게" 해야 한다. 그런 생각을 작가는 남매 사이의 근친상간으로 태어난 이장의 생애를 통해서 예시한다.

이장이라는 인물은 경성제대를 졸업한 지식인으로 설정되지만 근친상간에 의해 잉태되고 양부모의 손에서 양육된 비극적 운명의 소유자이다. 그는 6·25전쟁의 와중에서 양부모의 입을 통해 출생의 비밀을 암시받고, 전란 속에서 의용군과 국군의 일원으로 전전하면서 고향과 부모를 찾아 나선다. 어머니인 오기미는 빼어난 미인이었으며 처녀의 몸으로 오빠인 오택부에 의해 이장을 강제로 수태하게 되었다. 이장은 휴전이 성립된 이후 북쪽에 남아 이런 사실을 확인한다. 이 이장의 생애가 현실적 의미를 갖는 것은 당대의 역사적 상황과 병치되면서이다.

조선이라는 나라는 동양에 있는 나라였고 '자유'와 '평등'은 서양에서 생긴 물결이었습니다. 이 자유와 평등이 핵전쟁을 일으켜 결국 인류 전사에 종언을 고하게 하는데, 6·25동란이라고 하는 그 전초전과 같은 전쟁이 벌어진 곳이 바로 이 조선이라는 땅이었습니다. 그런데 족보를 따지면 르네상스를 어머니로 하는 프랑스혁명이 낳은 남매라고 할 수 있는 '자유'와 '평등'이 어찌하여 생면부지라고 할 수 있는 조선이라는 엉뚱한 나라에 가서 충돌하게 되었는가 하는 것을 이해하기 위하여, 우리는 세계사라고 할 수 있는 서양사의 흐름을 더듬어 볼 필요가 있겠습니다.[5]

우화와도 같은 이런 내용이 이장의 생애와 겹쳐지면서 한국전쟁의 성격이 드러난다. 한반도와는 전혀 무관한 서양의 자유와 평등이 이데올로기로 변하여 발생한 분쟁이 바로 한국전쟁이라는 것, 이를테면 6·25전쟁이란 남매간의 그릇된 충돌이고, 그것은 남매간의 불륜으로 태어난 이장의 생애와 동일하다는 것. 그런 점에서 이장은 1950년대 한국의 역사 현실에 대한 알레고리적 기호이다.

작품의 또 다른 근친상간은 북한과 남한의 현실에 대한 패러디로 볼 수 있다. 부상당한 이장을 치료해 준 털보와 그 딸 윤희의 근친상간은 수직적 권력관계의 폭력성을 시사해 준다. 털보가 딸 윤희를 성폭행한 것은 야만적 권력에 의해 파괴된 윤리와 그로 인한 무고한 희생을 보여 주며, 윤희의 죽음은 그 권력에 의해 소멸되는 윤리성을 상징한다. 이장이 죽이려고 했지만 살아남은 털보는 폭력적 권력이 난무하는 북한의 현실을 상징하는 것으로 볼 수 있다. 한편, 이장이 간첩으로 남파된 후 남에서 만난 안지야와의 근친상간은 남한 사회에 대한 비판으로 이해할 수 있다. 안지야는 오택부의 딸이고, 이장과는 배다른 형제이다. 버터플라이[나비]로 불리는 안지야는 고위급 인사들을 접대하는 요정의 마담으로, 남한의 사회

---

5) 손창섭, 『원형의 전설』, 『현대 한국 문학 전집 4』(신구문화사, 1981), 11쪽.

적 이념과 정치적 이데올로기에 얽매인 존재로 제시된다. 나비가 거미줄에 얽혀 발버둥치다가 거미에게 먹히듯이, 버터플라이 안지야는 자본주의의 현실에 속박된 피식자의 모습이다. 오택부는 자신의 딸을 이용해 권력을 얻고 이익을 취한다는 점에서 타락한 정치권력의 표상인 셈이다.

북과 남을 오가는 여정 끝에 이장이 궁극적으로 도달한 곳은 '사차원의 세계'이다. 금지, 죄, 신 등의 논리에 의해 영위되는 삼차원의 공간은 이데올로기가 지배하는 실제 현실인 반면, 사차원의 세계는 시간과 공간을 비롯한 미추와 선악, 진위 등에 대한 차별적 인식이 전혀 존재하지 않는 곳이다. 그곳에 들어가기 위해 인간은 삼차원의 가치들을 부정해야 한다. 이장이 광산에서 대학원으로, 인민군에서 국군으로 간첩이 되어 남과 북을 넘나들고 마침내 동굴의 붕괴와 함께 죽음을 맞는 것은 이 삼차원의 세계와 결별하고 사차원의 세계로 들어가는 일종의 입사 의례이다. 어머니의 자궁과도 같은 동굴에서 인간적 가치와 죄악은 무화되고, 대립과 정반합의 인과율은 연기처럼 사라진다. 곧, 이장과 안지야로 대물림되었던 근친상간의 비극은 동굴의 붕괴와 함께 종지부를 찍고, 그래서 그 소멸은 "죽는 것이 아니다! 꽃이 지는 것이다!"라고 서술된다.

작품의 에필로그에서, 방사능이 빙하시대처럼 지나간 뒤에 그들이 묻힌 자리에서 복숭아나무가 돋아나고, 그것을 작가가 "원형의 전설이라기보다 복숭아 유래기라고 하는 것이 더 어울릴지도" 모른다고 읊조린 것은 이장과 안지야의 죽음이 소멸이 아니라 부활임을 시사해 준다. 장용학 소설이 전후의 절망에서 새로운 세계로 도약하려는 의지를 보여 주었다고 평가되는 것은 이를 두고 하는 말이다. 그렇지만, 그것은 현실적 기반을 갖지 못한 가상의 형태로 제시된다는 점에서 역사의 부정이자 초월이고, 허무주의를 이면에 갖고 있음을 알 수 있다.

3 전후의 무기력과 고독한 삶: 김광식과 조병화

　김광식은 휴전 직후인 1954년에 「환상곡」을 발표하며 작품 활동을 시작했다. 김광식 역시 장용학처럼 태평양전쟁과 한국전쟁의 체험을 소설의 출발점으로 한다. 『식민지』에서 상세하게 그려져 있듯이 학병 기피자로서의 도피와 유랑은 김광식을 영적으로 황폐화시켰고, 한국전쟁은 삶을 한층 혹독하게 파괴했다. 김광식은 그런 체험을 내상으로 간직한 채무기력하게 타락한 삶을 사는 인물들에게 주목했다. 1950년대 작가들이 대부분 체험의 직접성에서 벗어나지 못하는 상황에서 김광식은 전후의 현실에서 목격되는 그런 인물들의 무기력하고 황폐화된 삶을 파고든 것이다.

　「환상곡」에는 전쟁의 상처를 안고 살아가는 화자와 도덕적으로 타락해 가는 아내의 모습이 그려진다. 화자인 '나'는 착하기는 하지만 생활 능력을 상실하여 아내에게 의존해 살고 있다. 아내는 먹고살기 위해 다방을 경영하고 심지어 다른 남성을 사랑하기도 하지만, 나는 아내에게 질투조차하지 못한다. 화자는 아내로부터 소외되고 생활에서는 철저하게 무력한상태이다. 작가는 그런 외형에 주목한 관계로 그 이면에 놓인 전쟁의 상처는 드러나지 않는다. 「자유에의 피안」의 엄진호의 삶 또한 마찬가지이다. 순수한 엄진호가 인간성을 상실하고 타락한 생활을 하는 이유 또한 전쟁에 있다. 약혼자 영희가 "그로 하여금 희망을 갖고 살게 하고 싶어서" 헌신적으로 뒷바라지하지만, 엄진호는 현실을 타개하려는 의지를 보이지 않는다. 그는 일제 학병으로 징집됐다가 해방 후 3년 만에 조국으로 돌아왔으나, 다시 6·25전쟁을 겪었다. 영희는 거지가 되다시피 해서 돌아온 그를보살피고 약혼까지 하지만, 그는 다시 방위군에 끌려갔다. 엄진호를 수소문하던 영희는 그가 육군 병원에 있다는 사실을 1년 후에야 알게 된다. 그렇게 만난 엄진호는 도덕적으로 타락한 인물이 되어, 영희의 헌신적인 보살핌에도 불구하고 점점 나락으로 떨어진다. 가정부와 살림을 차리고 퇴직금으로 여급과 동거하며, 그런 생활을 '동화와 같은 생활'이라고 자랑한다. 전쟁은 한 순수한 영혼을 파괴해서 삶의 가치와 윤리를 상실한 인물을 만들어 낸 것이다. 「배율의 심야」에서는 그런 인물을 아예 살해하는 극단의 장면이 연출된다. 아내의 시선에서 서술되는 작품에서 작가는 학병과 전쟁으로 황폐화되는 인물의 전락 과정을 제시한다. 화자가 남편을 살해한 것은 남편이 인간으로서의 최소한의 도리를 행하지 못하기 때문이다. 일본에서 사립대학 법학부까지 다녔던 남편이 그렇게 된 이유는 앞의 경우와 동일하게 '일제 학병으로 중국 남지를 전전하고 6·25전쟁을 겪으면서 삶 자체가 파괴'되었기 때문이다.

"세상에 나와서 이 모양 이 꼴로 살게 한다면 아이에게 미안하지 않아? 나는 멋도 모르고 이 세상에 나왔어. 일제 학병…… 그놈들, 일본 놈들한테 얼마나 맞았는지 알아? 총알은 무섭지 않았으나 인간 아닌 동물 취급을 당하고 그 굴욕적인 매질이 무서웠어. 나는 탈주하다가 붙들려서…… 그 고생, 그 고문, 인제는 고생을 면했는가 보다 했는데 6·25전쟁 피난살이, 도주, 무엇 때문에 세상에 나와. 안 그래? 누구를 또 고생시키려고 나오게 해, 안돼!"
남편의 얼굴에는 수없는 표정이 흘렀다.[6]

아내에게 낙태를 강요하며 중얼거리는 이 말에는 삶의 의욕을 상실한 채 절망에 빠진 인물의 고통스러운 내면이 투사되어 있다. 그 상처로 인해 그는 미군 부대에서 통역을 하면서도 밀수를 일삼고 술에 취하면 아내에게 강제로 술을 먹이는 등의 폭행을 반복하다가 급기야 아내에게 살해되는 것이다. 이렇듯 김광식의 인물은 전쟁의 상처를 내상으로 간직한 채 무력하고 타락한 삶을 살고 있다. 그런 이유로 '김광식 소설의 인물들은 살아 있는 인물이 아니다. 그들은 이미 과거에 의해 파멸된 잔해일 뿐이다.'

---

6) 김광식, 「배율의 심야」, 『현대 한국 문학 전집 6』(신구문화사, 1981), 103~104쪽.

라고 평가되기도 한다.

그런데 김광식은 이런 인물만을 제시한 것은 아니다. 산업화 시대를 살아가는 인물들의 소외와 기계화된 삶의 문제를 다룬 것 또한 김광식 소설의 중요한 성과이다. 「213호 주택」에는 전쟁의 그림자가 사라지고 대신 산업화 시대의 물신화된 삶의 모습이 그려진다. 기계과를 나와 기계와 함께 한평생을 살아온 주인공은 기계 고장으로 실직을 하고, 그것을 계기로 자신의 삶을 반성한다. 기계와 함께 "기사로서 직장의 의무와 약속을 성실하게 지키"면서 살아왔지만, 사고가 나기 전에 미리 고장이 날 것을 발견하지 못했다는 이유로 해임된 것은 인간의 편리를 위해 만들어진 기계가 오히려 인간을 억압하는 전도된 현실이 되었음을 보여 준다. 주인공이 술에 취해 귀가하는 도중에 자기 집을 찾지 못하고 이웃 양키의 집에 들어가 경찰 신세를 진다는 대목은 그런 사실을 분명하게 보여 준다. "꼭 같은 형의 갑호 주택, 꼭 같은 형의 을호 주택이, 줄줄이 좌우로 마치 전차기갑 사단이 푸른 기를 꽂고 관병식장에 정렬하여 서 있는 것 같은" 주택의 형상은 획일화된 사회구조와 반복되는 일상의 표상이다. 「의자의 풍경」에서 남윤호가 보여 주는 삶의 모습 역시 동일하다. 부패하고 비인간적인 관료조직에 의해 희생될 처지에 놓인 은행원 남윤호와 지폐 더미에 끼어 '돈 세는 원숭이'가 되어 버린 듯한 이만길의 모습은 인간성을 상실하고 기계의 부품으로 전락한 산업화 시대의 구체적 실상이다.

이런 인물들을 통해 김광식은 현대사회의 경직된 모습과 기계적인 반복 노동의 폐해를 비판했다. 전후의 산업화는 양적인 성장에도 불구하고 부의 편중과 불평등, 그에 따른 노동 문제와 국가 통제 등의 문제를 야기했는데, 김광식은 그런 현실을 살아가는 인물들을 실감나게 묘사함으로써 전후 작가로는 이례적으로 인간의 소외와 물신성을 문제 삼는, 1970년대 이후 본격화될 산업화 시대 문학의 선구가 된 것이다.

조병화는 제1시집 『버리고 싶은 유산』을 상자하며 시단에 나온 이래 해마다 시집을 간행하여 총 53권의 시집을 갖고 있다. 3,564편이라는 방대한 분량에서 가늠되듯이 조병화의 시는 대중적인 감성으로 쉽게 접근할 수 있는 시어를 운용했다. 유종호는 그것을 '말하듯이 쓰는 시 쓰기 방식'이라고 언급한 바 있는데, 곧 구어체와 생활어는 조병화의 시 세계를 설명하는 논점의 근간이 되었다. 조병화는 이론으로 문학 수업을 한 것이 아니라 생활 자체를 통해 시에 접근했는데, 그것이 그의 시를 대중적으로 호소할 수 있게 한 요인이다.

조병화의 초기 시는 전후의 상황과 함께 이해될 수 있다. 첫 시집 『버리고 싶은 유산』에서 밝혔듯이 "나를 괴롭히던 날의 흥분 권태 허무"에 침잠하는 '고독한 자화상'을 그리는 데서 출발한 조병화의 시는 세계와의 불화로 인해 인간이 경험하는 절대 고독을 그리는 방향으로 나아간다. 그는 좌·우의 극심한 이념 대결에 놓인 해방 공간에서 느끼는 혼란과 불안을 '탁류와 혼류'로 명명하면서 존재의 고독에 대해 사유한다. 곧, "그것은 큰 탁류이며, 혼류이었습니다. 나는 이 생존의 바다, 이 생존의 물결, 이 생존의 탁류, 혼류 속에서 나를 잃고 말았던 것입니다. 회의와 절망에 싸인 매일매일의 생활, 그것은 방황이 아니라 스스로 말살되어 가는 자기 존재를, 하는 수 없이 응시하고 있던 외로운, 외로운 존재로서의 약한 인간이었습니다."[7] 이 '약한 인간'의 고독을 시대상과 연결하여 죽음 의식으로 제시한 게 조병화의 1950년대 시이다.

조병화 시에서 추출할 수 있는 핵심 정서는 '고독'이다. 극단의 이념적 갈등을 겪으면서 인간 존재가 필연적으로 맞닥뜨리는 외로움과 고독을 천착하여 마지막 시집에 이르기까지 이를 변주했지만, 그것이 곧바로 허무로 귀결되는 것은 아니다. 『하루 만의 위안』에서 "내 무서운 미래를 잠시 잊어버리기 위하여/ 무서운 곳으로 점점 깊이 기어 들어간다"라고 했지만, 그는 자신의 내면에만 침잠하지는 않는다. 식민지 시기의 참상을 겪은 이

---

7) 조병화, 「버리고 싶은 유산 시대」, 『한국 에세이 문학 선집 7』(중앙출판공사, 1979), 7~8쪽.

후 불안하나마 미래를 향해 가면서 다른 방식으로 기록하려는 시도를 멈추지 않는다. "아 기록하기엔 너무나 넘치는/ 전쟁 이야기는 마쳤으나/ 또다시 반복하는 전율의 연대를 향하여/ 나는 나의 슬픈 이야기를 준비하여야 한다"(「나의 가슴 안에」)라는 구절은 자기 탐색과 함께 시대 현실을 동시에 고민하는 모습이다. 또한 피난지 부산에서 펴낸 『패각의 침실』에서부터 발견되는 자연에의 탐구는 인간 존재에 대한 보다 넓은 시선으로 확장된다. 여기서 시인은 전쟁이라는 현실 속에서도 정신적 자아를 추구하는 한편, 자연의 원시성을 강렬한 이미지들로 제시한다.

조병화 특유의 일상어가 잘 드러난 것은 『사랑이 가기 전에』(1955)부터이다. 이 시집은 삶과 죽음을 필연적으로 겪어야 하는 인간 존재에게 사랑이란 무엇인가를 질문한다. 일상어의 사용은 구조적 반복을 거듭하면서 『밤의 이야기』에서는 문답을 통한 밤과 죽음에의 탐구로 이어지고, 이 흐름은 『공존의 이유』에서는 '함께 존재함'으로써 서로에게 위안이 되고 영원성을 획득할 수 있다는 깨달음으로 연결된다. 실존이 느끼는 고독에서 출발하여 죽음을 탐색한 이후 시간에 대한 사유로 이어지는 흐름은 매우 자연스럽다. 이러한 탐색은 평이성을 바탕으로 순수시의 극단을 보였다고 평가된다. 이 평이성이 사유의 깊이를 선취하는 방식은, 시류에 편승하지 않고 독자적인 삶의 자세를 구축하려는 태도에서 비롯된 것이다.

『시간의 숙소를 더듬어서』(1964)에 수록된 「의자」에서 발견되는 간명하면서도 명쾌하기까지 한 세대론은 조병화가 도달한 역사와 시간에 대한 사유의 정점을 보여 준다. 「의자 6」에서 보여 주는 시간에 대한 사유 곧, "시간은 마냥 제자리에 있음에/ 실로 변하는 것은/ 사람뿐이다"라는 구절은 무한자와 유한자, 영원과 순간, 불변과 가변의 대비를 아우른다. 그 대비는 서로를 부정하는 형태가 아니라 긍정하고 순응하는 형식이다.

지금 어드메쯤/ 아침을 몰고 오는 어린 분이 계시옵니다/ 그분을 위하여/ 묵은 이 의자를 비워 드리지요// 지금 어드메쯤/ 아침을 몰고 오는 어린 분이 계시옵니다/ 그분을 위하여/ 묵은 이 의자를 비워 드리겠어요// 먼 옛날 어느 분이/ 내게 물려주듯이// 지금 어드메쯤/ 아침을 몰고 오는 어린 분이 계시옵니다/ 그분을 위하여/ 묵은 이 의자를 비워 드리겠습니다.

—「의자 7」[8]

'의자'는 일상의 그것이 아니라 새로운 세대에게 물려주어야 할 자리와 위치라는 의미를 갖는다. 자신이 물러날 시간을 알고 새로운 세대를 '어린 분'으로 비유함으로써, 세대교체라는 역사적 당위를 설파한다. 여기서 언어의 운용 체계가 지니는 의미에 새삼 주목할 수 있다. '시간과 죽음'이라는 주제 의식이 일상어의 자장 안에서 점층적 변주로 다양하게 구현되는 모습, 언어의 평이성은 그의 순수문학적 태도를 극대화하는 방식으로 작동했다는 점에서 여타 시인들과 구분되는 그의 독자적 특성이 있다. 모더니즘적 감각을 지닌 그는 그 표현 방법에서 모더니즘을 동원하는 것이 아니라 자연과학적 수학을 바탕 삼아 이를 일상생활화하기 때문에 당시의 어느 모더니스트보다도 소시민적 생활에 밀착할 수 있었다. 역사적 질곡을 거치면서도 이념에 편향되지 않고, 본래적 존재로서 실존과 고독이라는 문제를 다루면서 쉬운 언어 체계를 활용했다는 데서 조병화의 시사적 의미를 찾을 수 있다.

4 과거를 성찰하는 두 개의 시선: 류주현과 이병주

류주현은 1948년 단편 「번요의 거리」로 문단에 나왔으나 본격적인 활동은 1950년대 후반부터 이루어진다. 「유전 24시」, 「태양의 유산」, 「언덕을 향하여」, 「장씨 일가」 등을 발표하면서 문명을 얻었고, 1960년대 중반 이후에는 『조선총독부』, 『대원군』, 『대한제국』 등의 역사소설 창작에 몰

8)　조병화, 『조병화 시 전집 2』(조병화문집간행위원회, 2013), 475쪽.

두했다. 1950년대 작품에서 류주현은 전쟁으로 파괴된 가족과 사회 현실을 문제 삼았고, 1960년대에서는 시선을 과거로 돌려 한국의 근현대사에 집중적인 관심을 보였다.

「태양의 유산」은 전쟁으로 파괴된 가정과 그들의 궁핍한 삶을 그린 작품이다. 작품에는 먹고살기 위해 암자의 중과 배생원 사이를 오가며 부정한 행위를 일삼는 곰배무당과 늘 자신이 뼈다귀 있는 집안이라고 으스대는 배생원이 주요 인물이다. 배생원은 언젠가 외지에 나가 있는 딸이 돌아오면 가난한 생활이 끝날 것이라는 기대로 살고 있다. 그러나 그런 기대와는 달리 딸은 검둥이 자식을 낳아 돌아오고, 기겁한 배생원은 딸을 쫓아내고 흐느낀다는 내용이다. 「장씨 일가」에서는 윤리적으로 타락한 국회의원 일가의 이야기가 펼쳐진다. 주인공 장정표는 장군이 되려는 목표 하나로 군대에 헌신하지만 불행히도 지뢰를 밟아 시력과 청력을 모두 잃고 식물인간 같은 삶을 살고 있고, 국회의원인 그의 아버지는 어떤 정치적 신념이나 의지를 갖고 있지 못하다. 장정표의 아내 경심은 남편이 불구가 되자 시아버지의 비서와 불륜에 빠지고, 시동생 성표는 식모를 임신시키는 등 불량한 행동을 일삼는다. 가족 누구도 정상적이지 못한 삶을 살고 있고, 어디서도 희망을 찾을 수 없다. 자유당 말기의 타락한 사회상을 한 가족을 통해서 포착해 낸 것이다. 「언덕을 향하여」에서는 전쟁으로 부상을 당한 상이군인이 등장한다. 홍수로 둑이 무너지고 마을이 물에 휩쓸리는 상황에서 주인공 혁의 아내는 어렵게 출산한다. 홍수가 덮쳐 오는 상황에서 희망은 오직 마을 앞의 작은 언덕이다. 핏덩이를 안고 필사의 탈출을 감행하는 이들 앞에 놓인 언덕은 멀기만 하다. 생명을 보전하기 위해 홍수라는 절체절명의 상황을 타개해야 하는 전후 현실의 삶을 상징하는 셈이다.

『조선총독부』[9]는 이 단편의 세계에서 벗어나 도달한 류주현 소설의 귀착점이다. '실록대하소설'이라는 표제를 단 『조선총독부』(1964~1967)는 실

---

9)   류주현, 『조선총독부』(1~5)(신태양사, 1967).

제 역사를 소설의 형식으로 서술한 류주현의 대표작이다. 작품은 구한말에서 8·15해방까지 40년을 기본축으로 제반 인물과 사건들을 편년체(編年體)로 서술했다. 작품의 첫 장은 초대 통감 이토(伊藤博文)가 순종 황제와 원로 대관 100여 명 등이 남서순행이라는 이름 아래 민정을 시찰하는 장면으로 시작된다. 선천에서 이토는 군중들 앞에서 "도탄에 빠진 민생과 기울어 가는 국운을 부축해 도와주기" 위해 "역사적으로 형제지간의 우의를 돈독히 해 온 대일본제국의 통감으로서 조선에 왔"음을 역설하는데, 이는 이후의 총독들에게 동일하게 목격되는 조선 통치의 명분이다. 초대총독 데라우치(寺內正毅)는 언론 탄압 정책을 써서 어용신문으로 《경성일보》와 《매일신보》만을 남기고 모두 폐간시켰고, 애국 인사 105명을 구금하고 토지조사를 실시하여 약탈 체제를 정비했으며, 그 결과 토지에서 쫓겨난 농민들은 유랑민이 되어 북간도 등으로 이주했다. 다음은 하세가와(長谷川) 총독이 부임하면서 일어난 일들이 진술된다. 3·1운동을 맞아 애국지사와 한국인들을 가혹한 형벌로 다스리는 한편, 평화적 시위를 무기로 진압하기에 이르렀다. 이어 사이토(齋藤實) 총독 시대가 열리면서 무단정책을 유화책으로 가장하여 문화 정책을 표방하고, 애국 인사들은 만주와 중국에서 독립 항쟁을 계속한다. 이러한 서술을 통해서 작가는 '조선총독부' 시절 전반의 역사를 일목요연하게 보여 준다.

그런데 작가는 이들 인물을 단편적으로 나열하는 것이 아니라 유기적으로 연결해 제시함으로써 사건의 전체상을 보여 주고자 한다. 3·1운동에 대한 서술에서 그런 사실을 확인할 수 있는데, "중앙고 숙직실의 구상"이라는 제목의 단원에서 3·1운동이 모의되고 결행된 일련의 과정이 그려진다. 곧, 김우영과 김성수와 송진우가 숙직실에 모여 국제 정세를 분석하고 조선 국내에서도 조선 독립을 호소하는 방도를 세워야 할 것을 모의한다. 미국이 1차 세계대전에 참전하고 윌슨이 14개조의 평화조약 원칙을 발표했고, 독일과 러시아가 단독 강화조약을 맺었다. 그런 정세에 맞춰 국내에서도 무슨 일을 해야만 하는 상황에서, 중앙고 교사 현상윤과 그 후배

이자 동경 유학생인 송계백이 만나고, 송계백은 일본 유학생들의 동향과 함께 이광수가 작성한 독립선언서를 전달한다. 현상윤은 김성수 등과 상의하여 천도교의 최린을 만나고, 최린은 오세창과 권동진을 만나고, 김성수는 이갑성과 박희도 등 기독교계 청년들을 만난다. 동경과 서울 간에는 수없이 전보가 오가고 마침내 2월 8일 동경 기독교청년회관에서 백관수가 독립선언서를 낭독한다. 이를 계기로 국내에서도 한층 속도를 높여 종교계와 원로 대신, 유림 등 각계 인사들이 규합된다. 현상윤은 정주로 사람을 보내 이승훈을 설득하고 이승훈은 관서 지방 기독교인들의 동의를 얻는다. 손병희 자택에서 기독교계를 대표하는 이승훈과 불교계를 대표한 한용운이 만나 계획의 마지막 손질을 가한다. 최남선이 독립선언문의 기초를 만들었고, 천도교와 불교와 기독교계 대표 33인이 서명을 했다. 이 일련의 과정을 입체적으로 서술함으로써 작가는 3·1운동에 대한 총체적인 이해를 가능하도록 한다.

이런 사실과 함께 작가는 만세운동에 나서기를 주저하고 뒤로 빼는 인사들과 주변의 눈치를 살피면서 참가를 망설이는 심약한 인사들의 모습도 놓치지 않는다. 이런 서술로 인해 작품은 단편적인 사실의 나열에서 벗어나 사건의 진실을 총체적으로 제시하고, 추상적으로 알고 있던 역사적 사실을 구체적 실감으로 느낄 수 있도록 한다. 역사란 단순한 사실의 기록이 아니라 계기적 사건의 연쇄라는 것을 염두에 두자면 류주현의 태도는 사학자의 그것에 가깝다고 하겠다.

그런데 작가는 여기서 그치지 않고 가공의 인물 박충권과 윤정덕을 만들어 작품의 흥미를 돋우고 주제를 구체화한다. 박충권은 부랑자처럼 조선 전역과 만주를 떠돌며 젊은이들을 독립운동 단체에 연결해 주고, 동시에 애인이자 첩자인 윤정덕을 통해서 획득한 고급 정보를 독립군 간부에게 전달한다. 윤정덕은 일인 경찰 간부와 친밀한 관계를 유지하면서 고급 정보를 얻어 내 박충권에게 전달한다. 작품 후반에서 정체가 탄로나 구속되는 비극을 맞지만 그녀는 끝까지 신념을 지키면서 독립운동에 헌신한다. 후일담 형식의 결미에서, 박충권은 중국 공산당 팔로군 지역에서 신사군에게 잡혀 일본군의 정보원으로 몰려 연안으로 끌려가는 중이다. 작가는 그가 반드시 "공산 지역에서 탈출해서 돌아올 것"이라고 말하면서 공산주의에 대한 거부감을 은연중에 덧붙인다. 이 두 인물의 활약으로 인해서 『조선총독부』는 단순한 실록이 아니라 역사소설의 면모를 갖는다. 물론 이 두 인물과 실재 인물과의 관계가 작위적이고, 또 이들의 행위가 영웅화되어 있다는 점에서 개연성이 떨어지는 것은 사실이다. 그것은 역사를 이끄는 동력에 대한 통찰과 역사적 맥락에 대한 인식보다는 '충실한 사실의 재현'을 앞세운 데 따른 필연의 결과로 이해된다. 결국, 『조선총독부』는 한국 근현대사의 가장 치욕스러운 시기인 일제 강점기의 실제 역사를 조선총독과 독립운동가들의 활동을 중심으로 서술하여 시대의 전체상을 복원했다는 점에서 식민지 시대 이광수와 박종화의 뒤를 잇는 역사소설의 맥을 이어받는다.

이병주는 자신의 개인사적 체험을 지속적으로 서사화한 작가이다. 개인적 체험이 집약된 『관부연락선』(1968)에서 언급된 것처럼, 일본 유학과 학병과 전쟁의 드라마와도 같은 자신의 삶이 "30년 가까운 세월의 저편에서 돌연 찾아든 것"인데, 그 계기가 된 것은 한일협정이다. 한일협정을 지켜보면서 자신의 일본 유학과 학병 체험을 돌아보고 한일관계와 정체성 문제를 새삼 생각한 것이다. 「매화나무의 인과」, 「마술사」, 「쥘부채」 등에서 언급된 개인사의 단편적인 체험들이 『관부연락선』에서는 한 시대를 포괄하는 용적의 장편으로 제시된 것이다.

『관부연락선』은 작가의 실제 체험을 바탕으로 일제 강점기 말인 1940년대부터 해방 후 6·25전쟁 무렵까지를 다루었다. 작품은 유태림이 관부연락선에 대한 조사를 벌이면서 직접 작성한 기록과 해방 공간에서 함께 교사 생활을 했던, 작품의 화자이기도 한 이 선생이 유태림을 관찰한 기록으로 양분되는데, 시간상으로는 세 시기가 다루어진다. 강제 병합이 이루어지기 전의 구한말과 일제 강점기, 그리고 해방기이다. 첫 번째 시기에 대한 서술에서 작가의 역사의식과 시대 감각이 드러난다. 곧, 열강이 중국을 식민지화하려고 각축을 벌이는 구한말의 상황에서 조선 침탈의 책임을 일본에만 돌릴 수는 없고, 먼저 조선 스스로를 책해야 한다. 국제 역(力) 관계나 조선의 처지를 고려하자면 조선은 필연적으로 망할 수밖에 없었다는 것. 이런 태도는 친일과 민족주의의 경계선상에 자리 잡은 것으로, 민족주의의 시각에서 보자면 식민 사관에 함몰된 것으로 볼 수도 있다. 실제로 작품 곳곳에는 일본에 대한 긍정과 우호의 시선이 드러나고, 그런 친일적 태도로 해서 이병주는 부정적인 평가를 받기도 한다. 그렇지만 그런 태도는 한편으로 일제 식민지에서 태어나 한 번도 우리 민족의 나라를 가져 보지 못했던 학병 세대의 자의식을 대변한 것으로 이해할 수 있다. 유태림은 일제의 교육을 받고 성장한 유학생이고, 그런 상태에서 일본에 대한 대타 의식을 갖기란 쉽지 않았을 것이다.

그렇다고 유태림이 일본의 차별적 식민 정책을 모르는 것은 아니다. 관부연락선으로 일본을 오가면서 조선 사람들의 비참한 모습과 생활을 보았고, 일본에서 조선 노동자들이 위험한 일에 내몰려 하루에도 몇 사람씩은 죽어 가는 것을 목격했다. 유학생인 자신 역시 수시로 감시와 검문을 당했고, 자신을 사모하는 서경애는 자기에게 빌려 간 책 한 권 때문에 몇 년을 감옥에서 보내야 했다. 하지만 유태림은 이런 현실을 받아들이는데, 그것은 압도적인 역관계를 부정하기에는 피식민지인으로서 현실의 힘이 턱없이 부족하다는 이유 때문이다. 이런 심리는 이후 학병 징집을 받아들이는 과정에서도 그대로 유지된다. 유태림은 자기가 학병에 지원하게 된 동기를 세 가지로 말한다. 하나는 서경애에 대한 미안함이고, 둘은 예전에 은혜를 입었던 경찰 간부의 간청 때문이며, 셋은 지방 유지인 집안의 사정을 고려하지 않을 수 없었기 때문이다. 장황하게 언급되는 이런 주장은 학병에 지원한 작가 자신의 자의식이 투영된 것으로, 학병 지원을 스스로 합리화한 것으로 볼 수 있다. 그렇지만, 학병을 지원한 진정한 동기는 다른 데 있다. 문면에는 나타나지 않지만 "병정에라도 가지 않으면 할 일이 있을 것 같지 않아서"라는 고백에서 그것을 유추할 수 있는데, 곧 '전 세계가 전쟁통에 뒤흔들리고 있는데 나 혼자 정자나무 그늘에 낮잠을 잘 수 없다는 생각', 아직까지 일제의 패배가 분명해지지 않은 상황에서 어떤 식으로든 전쟁을 도와야 한다는 것, 그것은 일본 군인이 되어 일본의 조선인에 대한 차별 대우를 없애겠다는 생각을 은연중에 내포한 것이었다.

그런 사실은 유태림의 내면에 잠재된 이중성에서도 유추될 수 있다. 지배자에 대한 피지배자의 어쩔 수 없는 열패감과 거부감, 높은 수준에 도달한 근대적 문명의 현실 앞에서 그것에 대비되는 고국의 현실을 떠올리며 가지게 되는 선망의 생각과 열등감 등이 뒤섞여 혼란스러웠던 것이 유태림의 내면이다. 이 혼란스러운 심리에서 유태림은 현실을 받아들이고, '조선인으로 태어난 죄'에서 벗어나고자 한다. 그것은 절망과 체념이고 한편으로는 방관자적 태도의 표현이다.

"우리는 우리의 운명을 우리 아닌 어떤 힘에 송두리째 맡겨 버리고 있다. 자기 의사가 아닌 남의 의사로써 우리 생활을 규제당해야 한다. 구체적으로 말하면 우리의 힘으로 어떻게 할 수 없는, 즉 자긴 참여하지도 못한 정치의 작용을 받고만 산다. 이런 심정이 에뜨랑제로서의 심정이 아닌가."[10]

유태림이 해방이 되었어도 어떤 입장을 정하지 못하고 머뭇거리는 것은 이런 "에뜨랑제"(이방인) 의식이 여전히 그를 사로잡고 있었기 때문이다. 미군정에 항거하는 태도가 옳은 것인지 추종하며 이용하는 태도가 옳은 것인지, 또는 미군정에 대한 전면적인 항거가 그만한 보람을 가지고 올 수 있을 것인지 등에 대한 판단을 갖고 있지 못했다. 그런 상태에서 유태림은 현실에서 물러나 스스로를 교사로 자리매김한다. 학생은 정치 활동에 나

10) 이병주, 『관부연락선 2』(한길사, 2006), 205쪽.

서기보다 '이상을 위해 기초 작업'을 해야 한다는 것, '좌익도 좋고 우익도 좋으나, 그러기 전에 학생이어야 한다는 학생으로서의 자각만 일깨워 줄 수 있으면 좋겠다.'라는 것이 유태림의 신념이다. 이런 태도는 어느 한쪽을 선택했을 경우에 잃게 될 '손실'을 염두에 둔 유태림의 불안 의식에서 비롯된 것이다.

식민지 백성으로 태어나 일본에서 유학하고 학병에 지원했던 작가의 분신이나 다름없는 유태림이 보여 주는 이런 태도는 어쩌면 학병 세대의 보편적인 감정이라 할 수 있다. 특히 을사조약에서 한일합병조약에 이르는 역사적 과정을 서술하면서 보여 준 민족적 과오에 대한 반성과 성찰은 한 번도 조국을 갖지 못한 상태에서 성장하고 교육받은 피식민지 세대의 가치를 대변한다. 그렇지만 유태림이 전쟁의 와중에서 행방불명되었다는 것은 그런 신념이 현실에서는 좌와 우 양쪽으로부터 모두 배척받았다는 것을 시사해 준다.

『지리산』은 이 신념의 문제를 한층 구체화한 작품이다. 『지리산』은 학병 거부자를 내세워 학병에 지원한 자신을 반성하는 형식이다. 여기서 학병 거부자 하준규를 통해 학병 문제가 조망되는데, 실제 인물인 하준수(하준규의 모델)를 통해 작가가 제시하는 것은 휴머니즘이다. 학병 지원자를 비열한 노예로서의 삶을 살았다고 비판하고, 학병 거부자들은 인간을 외면한 무모한 자들이라고 언급한다. 무모한 사상에 경도되어 비참한 최후를 맞는 박태영과 하준규는 일제에 저항해 주체적인 삶을 살았다고 자부하지만 결국은 이념의 노예가 되어 오욕의 세월을 산 데 지나지 않는다. 그런 사실을 근거로 작가가 제시하는 것은 휴머니즘이다. "자기가 자기의 주인이 되기 위한 개성의 존중, 자기가 자기의 주인이 되기 위한 자유의 존중, 인간의 생존권을 존중하고 일체의 반인간적 조건을 극복하려는 노력―나의 가치 기준은 바로 이런 것이다." 이를 통해서 작가는 왜곡된 사상에 의해 희생당한 사람들과 그들이 살았던 시대를 증언한다. 이병주는 어떤 사상이라도 사상의 형태로 있을 때에는 무해하지만, 그것이 정치적 목표를 갖는 조직이 되면 자연스럽게 악해진다고 보았고, 그것을 『지리산』을 통해서 보여 준 것이다.

5 민중의 생명력과 새로운 언어: 김수영과 김종삼

김수영은 1945년에 「묘정의 노래」를 발표하며 등단한 뒤 한때 일본어로 시를 쓰고, 그것을 우리말로 번역해 발표하기도 했다. 김수영은 신시론 시집 『새로운 도시와 시민들의 합창』에 합류하여 '명백한 노래'라는 제목으로 「아메리카 타임지」와 「공자의 생활난」을 발표했고, 바로 전쟁의 소용돌이 속으로 말려든다. 전쟁의 발발과 함께 인민군에 징집된 김수영은 북으로 끌려가다가 평남 개천에서 탈출, 국군 최선봉 부대를 만나 서울까지 왔지만 거제도 포로수용소에 수용되어 2년 가까운 시간을 보냈다. 전쟁을 겪으면서 김수영은 두 아우를 행방불명으로 잃었고 아내와는 상당 기간 별거해야 했다. 김수영이 1950년대 모더니즘과 다른 특성을 보이는 것은 이런 개인사적 체험과 관계가 있다.

초기를 대표하는 「달나라의 장난」에서 당시 김수영의 심리를 엿볼 수 있다.

팽이가 돈다/ 팽이가 돌면서 나를 울린다/ 제트기 벽화 밑의 나보다 더 뚱뚱한 주인 앞에서/ 나는 결코 울어야 할 사람은 아니며/ 영원히 나 자신을 고쳐 가야 할 운명과 사명에 놓여 있는 이 밤에/ 나는 한사코 방심조차 하여서는 아니될 터인데/ 팽이는 나를 비웃는 듯이 돌고 있다.

— 「달나라의 장난」 부분[11]

팽이가 도는 것이 달나라의 장난 같고 돌면서 나를 울린다는 진술에는

---

11) 김수영, 『김수영 전집 1』(민음사, 1981), 26~27쪽.

울음과 설움과 비애가 배어 있다. 팽이 돌리기는 단순한 놀이가 아니라 누군가를 설움에 젖게 한다. "팽이는 나를 비웃는 듯이 돌고 있다"라는 진술에는 "나 사는 곳보다는 여유가 있고/ 바쁘지도 않으니/ 마치 별세계 같이" 느껴진다는 상대적 빈곤감과 함께 자신의 삶이 다른 누군가에게 경멸의 대상이 된다는 자각이 배어 있다. "나는 결코 울어야 할 사람은 아니며/ 영원히 나 자신을 고쳐 가야 할" 진지한 삶을 다짐하지만, 상대방은 그것을 비웃는다. 그런데도 팽이는 계속 돌고 있다. 이는 그런 비웃음에도 불구하고 나는 '나를 바로 보려는 작전'을 끝까지 추구하겠다는, 삶의 철저함을 향한 의지로 볼 수 있다.

1959년에 첫 시집 『달나라의 장난』을 간행한 이후 겪은 4·19혁명은 김수영에게 일대 전환의 계기가 된다. 4·19혁명은 진보와 자유를 향한 근대적 이성의 정점을 보여 준 사건인 동시에 지식인적 자의식의 허상을 적나라하게 드러낸 사건이었다. 「기도」에서처럼, "우리들의 혁명"은 "배암에게 쐐기에게 쥐에게 살쾡이에게 다치지 않고 깎이지 않고 물리지 않고 더럽히지 않게" 지켜 내야 한다. 그리고 "아직까지도 부패와 부정과 살인자와 강도가 남아 있는 사회"가 아니라 이러한 사회를 넘어서 이제는 "우리가 배암이 되고 쐐기가 되더라도 혁명은 시를 쓰는 마음으로" 지켜 내야 한다. 그렇지만 혁명은 군사정권에 의해 짓밟혀 실패로 귀결되었다. 이는 "혁명은 안 되고 나는 방만 바꾸어 버렸다/ 그 방의 벽에는 싸우라 싸우라 싸우라는 말이/ 헛소리처럼 아직도 어둠을 지키고 있을 것이다"(「그 방을 생각하며」)라는 구절에서 단적으로 드러난다. 혁명의 좌절은 이제 모든 것을 새롭게 시작할 수밖에 없게 만든 것이다.

4·19혁명을 전후로 혁명과 자유에 대한 김수영의 태도는 시 쓰기의 방법에도 일대 변화를 일으킨다. 산문성과 일상어의 도입이 그것이다. 김수영이 느낀 혁명의 기쁨은 시에 거의 날것 그대로 표현되었지만, 5·16군사정변 이후에는 「모르지」, 「이놈이 무엇이지?」 등의 시에서처럼 혁명의 실패를 자학과 자조로 그려 내면서 주체적 전환의 양태를 보여 주었다. 김

수영에게 시 쓰기를 추동한 것은 세상의 부조리를 감지한 시대 의식이며, 개인/소시민의 차원에서 혁명의 가능성을 확보할 수 있을 것인가 하는 질문과 닿아 있었다. 이 지점에서 김수영이 도입한 산문성과 일상어는 그가 말한바, '세계의 개진'이라는 차원에서 해명된다. 산문을 도입함으로써 현실 비판과 자기부정이라는 시 의식을 표출하고 나아가 시의 범위를 확장하는 데 김수영 시의 특징이 있다. 이런 점에서 혁명을 생활과 개인의 문제로 파악하고 민주주의를 사유하는 방식에 자기 폭로와 부정이 내재되는 것은 필연적이다.

알려진 대로, 근대를 파악하는 김수영의 방식은 하이데거에게서 영향받은 바 크다. 그는 하이데거의 「릴케론」을 거의 외울 만큼 면밀하게 탐독했다. 김수영에게 시란 언어로 본질을 드러내는 가장 적극적인 행위이며, 세계의 허위를 폭로하는 '탈은폐'와 '개방'의 정치성을 함의한 도구였다. 그가 스스로 '아웃사이더'임을 자임하면서 비판적 의무를 수행한 것은 언어에 대한 예민한 감각과 함께 시대를 치열하게 고민한 결과로 볼 수 있다. "언어에 있어서 더 큰 주(主)는 시다. 언어는 원래가 최고의 상상력이지만 언어가 이 주권을 잃을 때는 시가 나서서 그 시대의 주권을 회수해 주어야 한다."(「가장 아름다운 우리말 열 개」)는 선언은 언어의 존재론에 입각하여 육체와 정신을 결합한 '온몸'의 정신으로 나아간다. 1968년 4월, 부산에서 열린 문학 세미나에서 발표된 「시여 침을 뱉어라」에는 시대적 궁핍을 온몸으로 뚫고 나가는 김수영의 문학적 신념이 응축되어 있다. "시작(詩作)은 '머리'로 하는 것이 아니고 '심장'으로 하는 것도 아니고, '몸'으로 하는 것이다. '온몸'으로 밀고 나가는 것이다. 정확하게 말하자면 온몸으로 동시에 밀고 나가는 것이다." 이 온몸에 의한 온몸의 이행은 '사랑'이고 바로 '시의 형식'이다.

풀이 눕는다
비를 몰아오는 동풍에 나부껴

풀은 눕고
드디어 울었다
날이 흐려서 더 울다가
다시 누웠다

풀이 눕는다
바람보다도 더 빨리 눕는다
바람보다도 더 빨리 울고
바람보다 먼저 일어난다

날이 흐리고 풀이 눕는다
발목까지
발밑까지 눕는다
바람보다 늦게 누워도
바람보다 먼저 일어나고
바람보다 늦게 울어도
바람보다 먼저 웃는다
날이 흐리고 풀뿌리가 눕는다

——「풀」전문[12)]

　「풀」에는 투쟁과 패배로 점철되었지만 결코 자유에의 지향을 포기할 수
없는 자유주의자의 삶과 운명이 투사되어 있다. 즉자적 인식에서 발전하
여 자기모순을 발견해 가면서 대자적 인식에 도달한 모습, 그것은 외부의
자극과 존재에 의존하지 않고 스스로를 우뚝 세우는 존재자의 모습이다.
쓰러지고 일어서고, 쓰러지고 일어서다가 그 아픔에 울다가도 다시 쓰러

---

12) 앞의 책, 375쪽.

지고, 쓰러져도 웃는 시적 자아의 모습은 생명의 위축과 용솟음을 반복하면서 견뎌야 하는 존재의 운명을 상징한다.

김종삼은 특유의 난해성을 지닌 과작의 시인으로 알려졌지만, 사실은 상당한 분량의 시를 창작한 시인이다. 김종삼의 시에는 1921년생 작가들 대부분이 그렇듯이 한글보다는 일본어에 익숙했던 관계로 주술 호응이 되지 않는 불완전한 구문과 빈번하고 급격히 끊어지는 리듬, 생략과 비약 등이 자주 발견된다. 그로 인해 김종삼 시는 난해하다고 평가되지만, 사실은 전후 세대의 이중 언어 사용과 연결해서 이해할 수 있는 대목이다.

김종삼의 등단작은 「원정(園丁)」으로 알려져 있다. 김현이 언급한 등단과 관련된 일화는 김종삼 문학의 특징을 잘 설명해 준다. 김윤성이 김종삼의 시 3편을 《문예》에 추천하려 했으나 거절당했는데, 이유는 '꽃과 이슬을 노래하지 않았고 또 지나치게 난해하다'는 것이었다.[13] 김종삼 시가 지닌 심미성은 당대에 통용되기 어려운 것이었다. 그는 다양한 생략을 통한 과감하고 독창적인 기법과 새로운 언어로 이전 세대가 추구한 전통 서정과는 다른 방식의 미학을 추구했다. 초기 시를 대표하는 「돌」(1954)은 돌담의 형태를 시각화하면서 추상적 상황을 표현해서 보여 주었다.

김종삼이 추구한 미학의 특징을 설명해 주는 용어가 '무시민주의자'이다. 황동규는 「잔상의 미학」에서 김종삼을 '소시민주의자들과 대시민주의자들' 사이에 있는 '무시민주의자'라고 명명했다. 초기 시에는 해방 후의 이념적 혼란, 북한 체제의 폭압에 의한 탈북, 그와 관련한 내면적 상황은 잘 나타나지 않는다. 이런 측면에서 「북치는 소년」("내용 없는 아름다움처럼// 가난한 아희에게 온/ 서양 나라에서 온/ 아름다운 크리스마스 카드처럼// 어린 羊들의 등성이에 반짝이는/ 진눈깨비처럼")에서 발견되는 보헤미아니즘이나 미학주의에 주목하여 무국적의 일면을 부각하는 용어라 할 수 있다. 그런데

---

13) 김현, 「김종삼을 찾아서」, 『상상력과 인간/시인을 찾아서』(문학과지성사, 1991), 401쪽.

김현은 이 미학이 현실과 괴리된 것은 아니라고 한다. 김종삼 시에서 자주 나타나는 아이들의 가난과 죽음은 곧 폭력적 세계에 유린당한 순수성을 대표하며, 중기를 지나 후기 시에서는 이들을 향한 양심의 가책으로 이어지고, 시 쓰기의 윤리를 질문하는 방식으로 나아간다.

김종삼은 비극적 자각의 눈에 비친 세계상을 독자적인 시 형식으로 표현했는데, 「아우슈뷔츠」 연작시나 「민간인」이 대표적이다.

> 어린 교문이 가까이 보이고 있었다/ 한 기슭엔 잡초가// 죽음을 털고 일어나면/ 어린 교문이 가까웠다.// 한 기슭엔/ 여전 잡초가/ 아침 메뉴를 들고/ 교문에서 뛰어나온 학동이/ 학부형을 반기는 그림처럼/ 복실 강아지가 그 뒤에서 조그맣게 쳐다보고 있었다/ 아우슈뷔츠 수용소 철조망/ 기슭엔/ 잡초가 무성해 가고 있었다.
>
> ──「아우슈뷔츠 · I」[14]

> 1947년 봄/ 심야/ 황해도 해주의 바다/ 이남과 이북의 경계선 용당포// 사공은 조심조심 노를 저어 가고 있었다/ 울음을 터뜨린 한 영아를 삼킨 곳/ 스무 몇 해나 지나서도 누구나 그 수심을 모른다.
>
> ──「민간인」[15]

두 시는 공통적으로 관찰자적 입장에서 상황을 건조하게 전달하는 듯이 보인다. 하지만 상황적 묘사에 치중하고 있는 것처럼 보이는 언술은 전쟁과 같은 폭압적 상황에서 희생당하는 존재가 처한 불행을 극대화한 것이다. 「아우슈뷔츠」 연작시는 전쟁과 학살이라는 야만적 상황을 포착하며 증언의 윤리를 보여 준다. 아우슈비츠는 특정한 시대, 특정한 사건을 가리키는 용어가 아니라 인간의 생명을 짓밟는 모든 상황을 총칭한다.

---

14) 권명옥 편, 『김종삼 전집』(나남, 2005), 126쪽.
15) 위의 책, 162쪽.

"어린 교문"이 "아우슈뷔츠 수용소"로 치환되는 행간의 맥락은 희생당하는 타자들이 처한 비참한 상황을 더욱 부각시키면서 동시에 그러한 상황에서 느끼는 죄의식, 죄책감과 바로 연결된다. 「민간인」은 언술 주체의 개입 없이 매우 간명한 나열을 통해 "1947년 봄"의 시대적 비극성을 드러낸다. "1947년"이라는 연도와 "황해도 해주"라는 장소의 구체적 제시는 남과 북의 이념적 경계선상에서 어느 한쪽을 택해야만 하는 "민간인"들의 절박한 상황을 그대로 대변한다. 여기에는 영아의 죽음이 발생한 시기와 현재의 시점이라는 간극이 비극성을 강화하는 방식으로 서술되어 있다. 폭압적 상황 속에서 무력한 인간의 처지는 순진무구한 아이들의 희생이라는 비극성을 통해 극대화되며, 부조리한 세계에서 개인은 무엇을 할 수 있는지를 스스로 질문하게 하는 것이다.

두 편의 시는 전쟁이라는 충격적인 경험에서 어느 정도 거리를 확보한 후 생존자이자 목격자로서의 '살아 있는 체험'에 바탕을 둔 것이다. "해 온 바를 정정할 수 없는 시대"(「고장난 기체」)에 값어치 없는 수많은 죽음을 증언하는 것은 그러한 상황에 침묵으로 동조하지 않겠다는 단호한 저항이다. 김종삼의 방식은 윤리와 책임을 촉구하면서 근본적인 실존의 문제를 돌아보게 한다는 데 있다. 이런 점에서 「북치는 소년」으로 대표되는 환상적이고 '내용 없는 아름다움'에서 세계상의 증언으로 나아가는 과정은 김종삼 문학이 지닌 독자성이라 할 수 있다.

---

6 절망을 뚫고 솟아난 신생의 외침

4·19혁명을 계기로 본격화된 김수영의 소시민성에 대한 비판은 1960년대 문학이 도달한 의식의 극점을 보여 준다. 김수영의 비판은 자기 자신은 물론이고 자신이 몸담고 있는 사회 현실과 국가와 역사를 향한다. 그런데 그 비판의 화살은 궁극적으로 자기 자신에게 되돌아온다.

왜 나는 조그마한 일에만 분개하는가/ 저 왕궁 대신에 왕궁의 음탕 대신
에/ 50원짜리 갈비가 기름 덩어리만 나왔다고 분개하고/ 옹졸하게 분개하
고 설렁탕집 돼지 같은 주인년한테 욕을 하고/ 옹졸하게 욕을 하고// (중략)
// 모래야 나는 얼마큼 적으냐/ 바람아 먼지야 풀아 나는 얼마큼 적으냐/
정말 얼마큼 적으냐

—「어느 날 고궁을 나오면서」 부분[16]

붙잡혀 간 소설가('분지' 필화 사건의 소설가 남정현)를 위해 언론의 자유
를 요구하고, 수많은 젊은이를 죽음으로 내몬 월남전 파병을 반대하지 못
하고 기껏 음식 투정이나 하는 옹졸한 자신을 질책하는 목소리는 전후의
환멸과 절망을 뚫고 솟아나는 신생의 외침이다.

1921년생 작가들이 일군 문학사의 지형은 이 언저리에 놓여 있다. 전후
1950년에서 1960년대에 걸쳐 있는 이들의 문학은 전쟁과 분단, 민족 문제,
시민사회 건설, 자본주의적 근대화 등에 대한 탐구로 나타났다. 전쟁은
한순간에 자신이 처한 삶의 뿌리를 빼앗아 정신적 아노미 상태를 만들었
고, 그에 따라 작가들은 대상과 주체, 사회와 개인을 조망할 언어를 상실
했다. 「요한 시집」은 전쟁이라는 체험에 짓눌려 그 무게를 감당하지 못한
채 현실 자체를 부정·초월하고자 하는 작가의 심리를 보여 준다. 1960년대
문학은 이 즉자적 체험을 돌아보고 성찰하는 데서 출발했다. 전쟁이 끝난
지 10여 년이 경과하면서 개인적 상처에서 벗어나 전쟁을 객관화할 수 있
는 시간을 갖게 되었고, 4·19혁명은 자유의식의 고취와 시민사회 형성의
제반 여건을 마련해서 과거를 회상하고 성찰토록 했다. 그 성찰은 크게 두
방향에서 이루어지는데, 하나는 과거와 현재에 대한 성찰이고, 다른 하나
는 자기 내면의 성찰이다. 김광식, 조병화, 류주현, 이병주가 전자를 대표
한다면, 김수영과 김종삼은 후자를 대변한다. 김광식은 학병을 피해 도망

---

16) 『김수영 전집 1』, 249~250쪽.

했던 시절을 돌아보고 전쟁이 끝난 이후 산업화가 본격화되면서 야기된 현실의 소외와 무력감에 주목했고, 조병화는 일상생활에서 느끼고 경험하는 고독과 소외의 문제를 다루었다. 류주현은 일제 치하에서의 삶을 돌아보고 총독 통치의 전 과정을 실록처럼 기록했고, 이병주는 한일협정을 지켜보면서 의식 저편에 숨어 있던 일본 유학과 학병 복무 시절의 기억을 소환해 성찰했다.

이러한 성찰과 증언을 통해서 1921년생 작가들은 감정 과잉과 추상의 세계에서 벗어나 구체적 현실에 착목하는 큰 걸음을 내디뎠다. 이들이 뿌린 씨는 이후 현실과 교섭·응전하는 주체를 만들고 우리 문학을 리얼리즘의 큰길로 이끌었다.

한일회담, 베트남 그리고 김수영

박수연 | 충남대 교수

1 서론

김수영의 문학을 1964년과 1965년의 정국과 함께 이해하는 일은 여러 면에서 의미 있는 일이다. 1964년과 1965년의 한일협정 논의, 그리고 1965년의 베트남 파병 결정이라는 역사적 사실이 있기 때문이다. 학계에서는 '65년 체제'라는 명칭을 이미 부여하고 있지만, 이 주제와 관련한 한국문학의 논의는 그다지 많지 않음을 알 수 있는데, 이는 매우 놀라운 일이기도 하다. 1964년부터 진행된 전국적 규모의 한일협정 반대 투쟁을 생각한다면 더욱이나 그렇다. 한일협정 반대와 베트남 파병 반대는 직접적으로 식민주의의 역사적 기억에 연결되는 일이기 때문이다. 1960년의 4·19혁명과 비교해 볼 때 그 의미는 더욱 특별한데, 4·19혁명이 이른바 사일구 세대의 출현을 가져왔다면 한일협정과 베트남전 파병은 반식민주의의 현실 인식 세대를 구성한 계기라고 할 수 있기 때문이다. 그런데도 관련 논의가 소략하다는 것은 65년 체제에 대한 한국문학계의 인식이 그다지 깊지 않다는 사실을 뜻할뿐더러 식민주의에 대한 기억의 어떤 억압과 왜곡이 작용하고 있음을 뜻하기도 할 것이다. 이는 특히 국민국가의 우월성과 성공 신화를 제작하여 승리자로서의 역사를 창출해야 했던 나라들에게서 두드러진다. 드골의 프랑스가 프랑스의 비시 체제를 역사 속에서 배제했던 것도 참고해야 할 사례이다.[1] 승리자만이 현실에서 목소리를 낼 수 있다는 것은 그 외의 삶과 역사 영역이 배제되고 억압되어 있음을 의미한다.

1965년의 한일협정이 미국의 동북아 정세 조정과 긴밀히 관련되어 있으면서도 식민지 문제에 대한 깊은 이해가 미국에 없다는 사실은 그 협정 추진 과정의 역사적 배경을 적극적으로 고려할 수 없게 만든 요인이었다. 미국이 뒤에 있다는 것은 반공주의의 현실 논리가 전면에 대두된다는 뜻이었다. 그 결과 한국에서는 역사적 배경을 무시한 협정에 대한 반대 시위가 일어날 수밖에 없었다. 이 시위는 한국이 역사적 패배의 지평을 넘어서야 한다는 요구이기도 했지만, 역설적으로 그 패배를 정확히 기억하는

---

1) Steven Ungar, *Scandal & Aftereffect-Blanchot and France since 1930*(Minnesota Univ. Press, 1994). Steven Unger는 앙리 루소의 『비시 신드롬』이라는 책을 원용해 프랑스에서 비시 체제에 대한 기억을 되살려 놓은 시기를 1970년대 초반으로 분류하는데, 이 시기는 프랑스의 68 혁명 이후 드골주의에 반기를 든 프랑스인들의 진출 시기이다. 앙리 루소가 비시 정권을 바라보는 전후 프랑스의 관점은 크게 네 시기로 분류된다. 첫 시기는 전쟁 직후 여전히 상처의 신음으로 고통스러웠던 1944년부터 1954년까지이다. 이 시기에는 비시 정권에 대한 처벌과 사면에 대한 논의가 있었을 뿐 특별한 역사적 관점이 부각되지는 않았다. 두 번째 시기는 1954년부터 1971년까지이다. 이 시기에는 레지스탕스와 협력자들 사이의 선명한 구분이 이루어지고 전체로서의 프랑스라는 단일한 국민국가 이념이 부각된다. 이때 프랑스의 역사는 승리자의 기억만 부각된 역사였으며, 드골주의가 세상을 이끌고 있다. 세 번째 시기는 드골주의의 쇠퇴와 1968년의 '붉은 봄'이라는 역사적 맥락에 결합되어 있다. 레지스탕스에 참여한 것으로 알려진 인물이 무엇인가를 숨겨 가면서 인터뷰를 진행하던 모습의 영화 「슬픔과 동정」(마르셀 오퓔스 감독)이 개봉되고 그 효과로서 1940년대가 문화적으로 재생되던 시기의 맥락이 그것이다. 네 번째는 1974년 이후의 장기 국면이다. 역사적 승리만을 기억하면서 삭제되었던 1930~1940년대의 시기가 복원되면서 그 휴유증이 작동하는 복고풍의 시기가 그것이다. 위의 책, 1장 「Vichy as Paradigm of Contested Memory」를 참고.

행위이기도 했다. 65년 체제가 문제적인 것은 한국이 패배자로서의 역사를 제대로 기억함으로써 '승리한 국민'의 배외주의적 공동체를 넘어선 외부에 대해 상상할 수 있게 된다는 것이다. 그것을 김수영은 「가장 아름다운 우리말 열 개」에서 관제민족주의와는 다른 어떤 이념으로 형상화한다. 김수영의 이 주장은 그러나 넓게 인식되지 못했다. 2차 세계대전 후 아시아의 새로운 구성이라는 문제에 대해 내셔널리즘을 넘어서는 적극적인 대안을 만들지 못하는 상황도 이와 관련될 것이다.

　김수영 시의 중심 주제가 1964년을 기점으로 변하고 있다는 사실에 대해서는 여러 논의들이 이미 있어 왔다.[2] 이 글은 그중 김수영의 문학과 베트남의 관계에 대해 살펴보려는 것이다. 1960년의 4·19혁명 이후 그의 시가 갖게 된 반독재 민주주의의 내용에 대해서는 이미 많은 동의가 이루어졌고, 그를 1960년대 이후 한국문학의 대표적 참여시인으로 호명하는 것도 그에 근거한다. 그것은 이제 그의 문학을 이해하는 상식이 되었는데, 미메시스적 진술 형식이 4·19혁명을 통해 발견한 민중들의 수평적 존재 위상을 표현하는 것이라거나, 언론 자유라는 것이 "김일성 만세"라는 발언을 허용하는 수준에 이르러야 한다는 그의 시의 진술들은 민주주의와 자유에 대한 그의 기준을 잘 알려 준다. 그것은 거의 절대적 차원을 주장하는 것이었고, 이 기준은 정치보다도 문학에 더욱 강렬한 것이었는데, "말하자면 혁명은 상대적 완전을, 그러나 시는 절대적 완전을 수행하는 게 아닌가."(1960. 6. 17.)라는 그의 일기의 한 구절은 정치적 현실보다도 현실을 관통하는 문학에 대해 더 엄정했던 그의 기준을 알려 준다. 그가 4·19혁명에 보여 주었던 기대는 물론 민주주의라는 단어 하나로 정리될

---

2)　특히 김수영의 '민족' 문제적 시각과 관련하여 박연희, 「청맥의 제3세계적 시각과 김수영의 민족문학론」, 『제3세계의 기억』(소명출판, 2020); 고봉준, 「1960년대 사회 변화와 현대시의 응전」, 『다시 새로워지는 신동엽』(삶창, 2020)을 참고할 수 있다. 한일협정을 중심으로 얽힌 당대 한국의 정치 사회 문화의 문제를 1970년대 초반 한국문학의 흐름까지 포함하여 거의 총체적으로 다룬 논문으로는 최현식, 「(신)식민주의의 귀환」, 『다시 새로워지는 신동엽』이 있다.

범박한 내용이 아니다. 이 시기에 보여 준 그의 현대사회 변혁론의 범주는 "혁명은 상식이고 인종차별과 계급적 불평등과 식민지적 착취로부터의 3대 해방은 3대 의무 이상의 20세기 청년의 상식적인 의무인 것이다."(「들어라 양키들아」, 1961)라고 쓴 문장에서 짐작할 수 있듯이 총괄적 거대 담론에 해당한다.

그러므로 1960년대 중반을 거치면서 드러낸 민족과 식민지 문제에 대한 김수영의 관심이 단지 1964년 한일협정에 의해 계기화된 것이라고 말하는 것도 편협한 시각임이 분명하다. 그렇지만, 65년 체제의 형성과 함께 김수영의 문학에 나타나는 식민지 인식이 좀 더 특별한 위상을 갖고 있다는 사실도 분명하다. 이에 대해서는 그 자신 시적 직관으로 이미 어떤 변화를 알려 주고 있기도 한데, 「그 방을 생각하며」(1960)에서 "혁명은 안 되고 나는 방만 바꾸어 버렸다/ 그 방의 벽에는 싸우라 싸우라 싸우라는 말이/ 헛소리처럼 아직도 어둠을 지키고 있을 것이다"라고 썼던 시인은 "나비야 우리 방으로 가자 /어제의 시를 다시 쓰러 가자"(「시」, 1964)라고 말하고 있는 것이다. 이 "어제의 시"는 단순히 시간상으로 어제 쓰인 시가 아니다. 그것은 혁명적 사건으로서의 4·19혁명의 시이고, 4·19혁명으로 응축된 모든 역사의 시이다. 1964년의 시기에 '어제의 시'를 다시 쓰자고 말하는 것, 그 시적 주장의 배경에 한일회담이라는 민족사적 문제가 가로놓여 있다는 것, 그뿐만 아니라 베트남 문제가 겹쳐 있다는 것이 이 논문의 분석 대상이다.

2 식민의 기억과 65년 체제

'어제의 시'는 단지 4·19혁명 시기의 시뿐만이 아니다. 그것은 김수영의 시 전체로 보면 그의 삶의 과정 전체를 긍정하는 시이기도 하다. 그가 일제 강점기 말의 협화극 시기를 거치고 해방 공간의 탈 연극과 문학으로의 전향을 감행했던 시기를 지나면서 억압했던 것은, 그의 뜻과는 무관했다고 해도, 깊이 묻어 둘 수밖에 없었던 식민의 상처였다. 그가 그 상처를 묻어 두려 했을 때, 함께 묻혀야 한 것은 일제 강점기 말의 동양 일반이었고, 반서구적 오족협화의 그것이었다. 그가 문학적 전향에서 첫 번째 목소리로 '묘정'과 '공자'를 언급한 후 곧 그것으로부터 짐짓 멀어진 것은 그것들과 연결된 상처로부터 멀어지고자 한 의도의 결과였다고도 할 수 있다. 그 시절은 연극 때문에 처음 만난 박인환을 지독히도 업신여겨야 했을 정도로 잊고 싶은 순간이기도 했을 것이었다. 그 이후 그는 뒤떨어진 시공간의 설움을 노래하면서 서구적 근대의 속도에 몰입한 채 1950년대를 건너왔다. 식민지 문제가 민주주의 문제와 분리될 수 있는 것은 결코 아니고, 4·19혁명과 1964년의 학생 시위가 상호 연결된 동력을 가질 수밖에 없음은 분명하지만, 특히 민족 문제에 대한 즉자적 저항이 대자적인 저항으로 전환되는 시기가 바로 한일협정 반대 운동이 시작된 1964년 이후라는 사실을 그의 시와 산문은 웅변한다. 최현식, 고봉준, 박연희의 위 논문이나 하상일, 박대현이 집중적으로 보여 주는 신동엽과 한일협정, 베트남 파병의 상관성에 대한 논문들[3]이 공통적으로 논의하는 것도 바로 65년 체제에 연동된 현실 국면의 민족 문제적 성격이다.

 김수영이 이 민족 문제를 본격적으로 형상화하기 시작했을 때가 바로 한일협정이 공개적으로 논의되던 1964년부터인데, 그의 역사의식이 폭발하듯이 작품 속에 구현되고 있다는 사실에서 그 점을 알게 된다. 이런 시의식의 재구성은 그것이 역사의식이기 때문에 그의 시의 현실적 대응 양상에 대한 성찰로 이어지는 것이 당연하다. 그가 4·19혁명이 실패하리라는 예감 속에서 「그 방을 생각하며」를 쓰고, 혁명으로부터 철수했다가 1964년의 전국적인 학생 시위를 보면서 다시 시를 써야 했을 때, 시를 쓰는 그 방이 '싸우라는 말만이 어둠을 채우고 있는 1960년의 방'을 상징하리라는 사실은 어렵지 않게 추론된다. 또 민족 문제나 향토적이고 농경적

---

3) 하상일, 「신동엽과 1960년대」, 『다시 새로워지는 신동엽』; 박대현, 「'민주사회주의'의 유령과 중립통일론의 정치학」, 『다시 새로워지는 신동엽』 참조.

인 서정에 대해 그다지 관심을 기울이지 않았던 김수영이 이 시기에 표명한 민요에 대한 태도도 주목할 요인이다. 「대중가요와 국민의 시」(1964)가 그것이다. 여기에는 당시의 한일협정 반대 시위에서 대학생들이 불렀던 시위 가요 하나가 등장한다. "「새야새야 파랑새야」를 익살스럽게 풍자한 노래"가 그것이다. 그 민요와 함께 김수영이 강조하는 것은 이념적 선진성이 아니라 밑으로부터 올라오는 하극상의 정신이다. 당시 공보부에서 추진되었던 "상의하달식의 가요 운동은 이북에서 하는 식"이고, "식민지의 노래에 지나지 않"는 것이라는 그의 판단에 주목한다면, 덧붙여 대학생들의 '민요 가사 바꿔 부르기'를 우리 국민가요의 정신이라고 판단하는 그의 결론을 고려한다면, 이 시기에 대한 김수영의 현실 의식에 매우 무게 있는 중심추 하나가 작용하고 있다는 점을 주목해야 할 것이다. 김수영 사유의 이 민족적 전환을 둘러싼 맥락을 65년 체제와 함께 살펴볼 필요성이 있는 셈이다. 그의 시에 나타나는 민족 문제는 이렇게 4·19혁명의 민주주의가 제기한 혁명적 싸움과 연결되는 동시에 기층 민중의 하극상 정신으로 부상하는 민족 문제이다.

민요를 긍정하는 위와 같은 태도가 근대성의 속도주의를 추구하면서 오래된 것들의 설움의 세계를 노래했던 시인의 것임을 생각한다면, 1964년의 예이츠 번역은 매우 중요한 역할을 담당하는 것으로 이해되어야 한다. 김수영은 아일랜드 민족 문제를 고민했던 예이츠를 수용하고 그 예이츠가 자신의 전통과 관련되는 양상을 번역했다. 그와 함께 김수영 또한 민족의 전통을 되돌아보게 되었다고 할 수 있다. 위 글의 마무리에서 김수영은 의미심장한 발언을 남겨 두었다. "잘하면 그것은 우리가 일찍이 한 번도 경험하지 못한 문예부흥의 선구 역할을 하게 될지도 모른다."라는 말이 그것이다. 이는 그가 '민족'이라는 말을 정치적 차원보다는 문화적 "문예부흥"의 차원에서 고민하고 있음을 알려 준다. 그는 실제로 이 시기에 쓴 글 「가장 아름다운 우리말 열 개」에서 '민족'이라는 말과 관련하여 정치의 문제가 개입해서는 안 된다고 주장하기도 한다.

1964년 이후 김수영의 시적 인식에서 새롭게 살펴보아야 사항이 '민족'이고 이를 확인시켜 주는 글이 「대중의 노래와 국민가요」라고 해도, 그가 이후 민족 문제에만 전적으로 집중했다고 이해하는 것은 난센스다. 그는 오히려 유행과도 같은 것을 타기해야 한다고 생각했고, 자신이 방금 전에 했던 말도 부정해야 한다고 생각했다. 4·19혁명 직후 그에게 시의 뉴프론티어는 "시가 필요 없는 곳"이었다. "시인은 …… 그 자신을 배반한 그 자신을 배반하고…… 무한히 배반하는 배반자"이기도 했다.

이런 인식은 논리적으로 보면 '새로움'의 문제로 귀착될 수밖에 없다. 새로움을 새로움이라고 쓰는 것은 그러나 새로움을 주장하는 것이지 새로움에 도달한 것은 아니다. 김수영의 말로 표현하면 전자 즉 새로움을 주장하는 것은 '새로움의 서술'이고 후자 즉 새로움에 도달하는 것은 '새로움의 작용'일 것이다. 그는 이 두 가지를 모두 추구해야 했을 것이다. 이를테면 그가 쥔 두 개의 패가 있는 셈이었다. 그는 그것을 이즈음에 교차시켜 사용하기 시작했다. '배반하는 일'과 '발견하는 일'이 그것일 테고, 1968년의 「시여, 침을 뱉어라」에서 그것은 다시 형식과 내용의 '자유를 위한 상호 발언'으로 표현되었다. 이것은 이즈음 스스로를 현실 참여 시인으로 생각했던 그에게는 아주 맞춤한 시론이었다. 상의하달이 작용하는 식민주의적 사회는 그런 의미에서 그 반대편에서 극복되어야 했다. 요컨대 시를 통해 사회가 극복되어야 한다면 그것은 주장을 통해서뿐 아니라 언어의 작용을 통해서도 이루어져야 하는 것이다.

김수영에게 이 문제를, 즉 언어 서술과 언어 작용을 통한 식민주의의 극복이라는 문제를 본격적으로 가지고 오려면, 그의 시에서 유일하게 '식민지'라는 단어를 사용하는 작품 한 편을 떠올려야 한다. 「현대식 교량」(1964)이 그것이다.

> 현대식 교량을 건널 때마다 나는 갑자기 회고주의자가 된다
> 이것이 얼마나 죄가 많은 다리인 줄 모르고

식민지의 곤충들이 24시간을
자기의 다리처럼 건너다닌다
나이 어린 사람들은 어째서 이 다리가 부자연스러운지를 모른다
그러니까 이 다리를 건너갈 때마다
나는 나의 심장을 기계처럼 중지시킨다
(이런 연습을 나는 무수히 해 왔다)

그러나 문제는 이러한 반항에 있지 않다
저 젊은이들의 나에 대한 사랑에 있다
아니 신용이라고 해도 된다
"선생님 이야기는 20년 전 이야기이지요"
할 때마다 나는 그들의 나이를 찬찬히
소급해 가면서 새로운 여유를 느낀다
새로운 역사라고 해도 좋다

이런 경이는 나를 늙게 하는 동시에 젊게 한다
아니 늙게 하지도 젊게 하지도 않는다
이 다리 밑에서 엇갈리는 기차처럼
늙음과 젊음의 분간이 서지 않는다
다리는 이러한 정지의 증인이다
젊음과 늙음이 엇갈리는 순간
그러한 속력과 속력의 정돈 속에서
다리는 사랑을 배운다
정말 희한한 일이다
나는 이제 적을 형제로 만드는 실증을
똑똑하게 천천히 보았으니까!

—「현대식 교량」

이 작품은 식민지 시대를 경험한 시인과 그 이후의 젊은 세대 사이에 오가는 모종의 교류와 같은 것을 '교량-다리'라는 소재로 형상화한다. 구식민주의를 경험한 기성 세대와 그 경험이 없는 신세대의 상호 인정과 교류의 문제를 「현대식 교량」은 다루고 있는 것이다. 이 시의 해석과 관련하여 말해 둔다면, '젊음과 늙음의 구분을 없애듯이 적을 형제로 만드는 역설의 사랑법'[4]에 주목할 수도 있고, '작시를 위한 역사적 시간 교차의 교량'[5](김상환)에 주목할 수도 있다. 이외에도 「현대식 교량」에 대한 여러 논의가 있지만 대부분 세대 사이의 교류나 사랑을 실현하는 역설 정도로 범주화된다. 이와 함께 살펴볼 수 있는 시는 「현대식 교량」보다 아홉 달 전에 발표된 「거대한 뿌리」(1964)이다. 「거대한 뿌리」는 상상력의 벡터가 과거로 뻗어 있는데, 「현대식 교량」은 미래로 지향된 현재이다. 젊은이들은 그 현재의 주인공들이고 시인은 현재의 시간에 젊은이들에 의해 거듭나는 존재이다. 시인이 "식민지의 곤충"을 떠올릴 때, 이 곤충이란 제 자신의 능동적 삶이 제거된 채 '상의하달'의 현실을 기어가는 존재일 것이다.

김수영의 산문 중에서도 식민지 체제의 문화 상황을 본격적으로 거론한 글은 이 시기에 작성된 「히프레스 문학론」인데, 당대의 한국문학에 대한 통렬한 비판이 담겨 있다. "자유의 언어보다도 노예의 언어가 더 많이 통용되고 있는 비참한 시대"가 바로 이 시대이며, '미국 문학은 식민지 문학으로 등장한 것'이고 "식민 문학을 벗어나지 못한 문학이 FOA[6]의 언어를 이해하지 못할 때 거기에서 무엇이 자라날 수 있겠는가."라고 김수영은 한탄한다. 그렇지만 그가 희망을 거는 문학도 있다. "아무래도 우리 문학은 세계의 창을 내다볼 수 있는 소수의 지적인 젊은 작가들에게 희망을 걸 수밖에 없다."라고 그는 쓰고 있는 것이다.

이 젊은이들에 대한 신뢰를 직접 노출한 시가 바로 「현대식 교량」이다.

---

4) 이승규, 「김수영 시의 역설 의식 연구」, 《한국문학논총》 76, 2016. 8.
5) 김상환, 『풍자와 해탈, 혹은 사랑과 죽음』(민음사, 2000).
6) Foreign Operations Administration. 미국의 국방과 외부 분야 행정의 통합 관리부서.

시인은 식민지의 경험자이고 식민지 건축의 실례인 '현대식 교량'을 건너 다니며 어색함을 느낀다. 그가 그 어색한 삶에 반항하는 방법은 '심장을 기계처럼 중지시키는 일'이다. 중요한 것은 그러나 그런 반항이 아니라 젊은이들이 시인에게 보내 주는 사랑이다. 시인은 그것을 "새로운 역사"라고 쓴다. 시의 3연은 그것의 의미를 분명히 마무리하는데, 젊음과 늙음이 함께 있고, 속력과 속력이 정돈되며 드디어 정지의 장소 전체가 사랑으로 변모한다.

요컨대 시는 다음과 같은 내용을 서술한다. ① 식민지를 경험한 시인이 있다.→② 신세대가 구세대에 대한 사랑을 드러낸다.→③ 다리는 젊음과 늙음의 교차를 형성하는 증인이다.→④ 적을 형제로 만드는 실증이 이것이다. 식민지의 경험을 말하는 자리에서 '적'과 '형제'는 식민주의와 반식민주의의 은유이다. 한일회담이 있고 그것이 환기하는 식민주의 체제의 곤충과 같은 삶들이 있는데, 그 회담에 반대하는 젊음은 지나간 시간을 다만 지나간 것으로 바라볼 뿐이다. 중요한 것은 새로운 역사를 만드는 일인데, 시인은 이때 모든 시간을 정지시킨 후 그것을 하나의 공간에 심어 두는 희한한 경험을 한다. 시간이 정지된다는 것은 모든 시간이 함께 있다는 것이다. 정지된 시간의 인식은 시간의 박제가 아니라 크로노스적 시간과는 다른 차원의 시간, 즉 카이로스적 시간의 인식이다. 이런 시간을 찢어지는 시간이라고 말한 사람은 횔덜린과 하이데거이다. 김수영이 이즈음 읽고 있었던 것이 불우한 조국 독일의 역사와 그 시간의 심연을 말하고 있는 하이데거인데, 하이데거가 이해하는 횔덜린은 대지의 깊은 심연에서 민족의 새로운 용솟음을 발견하는 시인이다. 이때의 민족은 물론 내셔널리즘으로서의 그것이 아니다. 이때 민족은 네이션을 가능하게 하는 것으로서의 심연, 요컨대, "인간이 근본적으로 거주해야 할 그 바탕과 터전을 환히 밝혀 주"는 것으로서의 대지이다.[7] 김수영은 이 구절에 밑줄을

---

7) 김수영이 본 하이데거 선집 판본 중 이 구절이 들어 있는 곳은 マルテイン ハイデッガ─, 菊池栄一 譯, 『藝術作品のはじまり』(理惻社, 昭和41. 9), 49쪽이다. 김수영이 이 구절에

굿고 존재들이 진리를 품고 간직되는 곳으로서의 대지를 강조한다. 이 '대지'가 김수영에게 '민족'을 지칭한다는 사실은 그 '대지'의 확장된 용어로 역시 '민족'이라는 말을 사용하는 하이데거를 통해 알 수 있다.[8] 이 심연의 시간 속에서 민족이 용솟음치는 상태는 곧 모든 시간이 정지의 순간과도 같은 카이로스의 시간이다.[9] 김수영은 그것을 위 시의 3연에서 "이 다리 밑에서 엇갈리는 기차처럼/ 늙음과 젊음의 분간이 서지 않는다/ 다리는 이러한 정지의 증인이다/ 젊음과 늙음이 엇갈리는 순간/ 그러한 속력과 속력의 정돈 속에서/ 다리는 사랑을 배운다"라고 썼다. 적이 형제로 변하는 순간도 그 속에 있을 것이다.

모든 시간이 함께 있는 사건을 시인은 사랑이라고 말하고 싶었을 것이다. 시인은 이제 막 그 사랑을 배우는 중이다. 그렇다면, 시인이 이 시 직후에 썼을 「65년의 새해」(1965)에서 해방둥이 청년들에게 1945년 이후의 역사적 사건들을 차례로 진술해 준 후, "우리는 너를 보고 깜짝 놀란다/ 아니 네가 우리를 보고 깜짝 놀란다"라고 쓴 행위야말로 「현대식 교량」의 사후 사건이라고 할 수 있다. 아니, 그 말은 그후 벌어질 한국사의 어떤 비극을 예감하면서도 청년들에게 해 줄 수밖에 없었을 시의 축복일지도 모른다. 김수영은 이미 저 비극의 시간을 견디는 여자들의 전쟁에 축복을 드리는 역설적 행위를 한 바 있는데(「여자」(1963)), 이 시는 이를테면 말로 하지 않은 침묵의 축복이다. 이 침묵의 의미를 알기 위해서는 모든 언어를 과오의 시간과 연결한 후, 수정될 과오라고 쓰고 곧이어 침묵의 언어를 환

강조 표시를 해 두었다.

8) 이에 대해서는 횔덜린과 민족 이념을 해명하는 저서로 マルテイン ハイデッガー, 手塚富雄 外 譯, 『ヘルダ ― リンの詩の解明』(昭和42)을 참조. 일본어판은 민족이라는 말 대신 '國民'이라는 단어를 사용한다. '민족'과 '국민'이 김수영에게 교차적으로 사용된다는 사실을 알려 주는 글은 「대중가요와 국민의 시」이다.

9) 하이데거의 말을 참조할 수 있다. "성스러운 대지는 심연을 간직하는데, 심연 안에서 모든 근거들의 견고함과 개별성은 사라진다. 그럼에도 그곳에서 모든 것은 항상 새롭게 밝아 오는 변화를 발견한다."(M. 하이데거, 최상욱 옮김, 『횔덜린의 송가』(서광사, 2009), 155쪽 참조) 하이데거는 이 구절에 이어 민족들의 시간을 이야기한다.

기하는 「가장 아름다운 우리말 열 개」를 떠올리면 된다.

「가장 아름다운 우리말 열 개」는 문화에 있어서의 민족주의를 비판하면서도 민족을 부정하지 않고 또 정치에 있어서의 민족주의를 긍정할 수밖에 없는 시인의 세계 인식을 잘 알려 주는 글이다.[10] 문화적인 것과 정치적인 것의 차이를 전제하면서 김수영이 말하고 싶었던 것은 모든 규정의 근거에 있어야 할 "민중의 생활"이었을 것이다. 물론 민중에 대한 사회과학적 정의 같은 것은 김수영의 관심사가 아니다. 이 민중은 사회적 삶의 주체, 민족적 역사의 주체이다. 따라서 우리가 주목할 것은 이 시기에 과도하다 싶을 정도로 김수영이 관심을 보이고 있는 '민중적 주체'의 실제 내용이다. 역사에 대한 관심의 거대한 전환이라고 해도 좋다. 그것은 단순한 민족주의적 발견을 훨씬 넘어서는 것이고, 따라서 서구 중심적 내셔널리즘의 배외주의적 한계를 이미 뛰어넘어 있는 것이었다. 65년 체제 속에서 김수영이 바라본 민족 문제의 핵심은 바로 그 현실적 모순의 해결을 지향하면서 민족주의적 편협성을 넘어서고 있었던 것이다.

이 초점 변경을 야기한 사건, 즉 한일회담과 베트남 파병은 이제 막 자력에 의한 전후 민주주의의 건설이라는 역사적 과정 위에 있던 한국인들에게는 무엇보다도 충격적인 사건이었지만, 김수영의 시에 그늘을 드리운 이 사건을 단지 언어 외부의 객관적 현실이라고 이해하는 것은 최소한 김수영의 문학에 있어서는 주의해야 할 요인이다. 김수영은 문학에서 현실과의 싸움을 추출해 내는 과정에도 언제나 강박적일 정도로 그 싸움을 수행하는 언어의 문제에 관심을 기울였기 때문이다. 그 자신 그것을 시의 내용과 형식 사이의 상호 견제라는 의견으로 피력한 바 있다. "'내용'은 언제나 밖에다 대고 '너무나 많은 자유가 없다'는 말을 해야 한다. 그래야지만 '너무나 많은 자유가 있다'는 '형식'을 정복할 수 있고, 그때에 비로소

---

10) 이 글이 발표될 때의 관제민족주의적 한글 전용 운동과 그에 대한 비판적 성격으로서의 지식인들의 대응, 그리고 그 일환으로서의 김수영의 이 글의 의미에 대해서는 박연희, 앞의 글 참조.

하나의 작품이 간신히 성립된다."(「시여, 침을 뱉어라」)라고 그는 쓰고 있는 것이다.

3 베트남이라는 소음

모든 "헛소리"가 계속 외워지면서 참말이 될 때, 38선과 같은 기존의 금기를 넘어서게 하고 그게 "민족의 역사의 기점"이 된다는 생각(「시여, 침을 뱉어라」, 1968)이 김수영에게는 있었다. 언어와 현실이 이미 하나로 통일되어 있다는 이 생각을 고려하면, 그가 베트남에 대해 보여 주는 몇 개의 언어들을 단순히 소재 차원의 그것으로 이해할 수는 없다. 위에서 살펴본 하이데거적 민족관에 따르면 이미 그 편협성은 극복될 수밖에 없는 것이기도 하다. 그것은 그의 시적 생애의 최후의 세계사이기도 했으며 그의 삶의 비겁을 환기하는 사건이기도 했고, 동시에 그 현실 속에서도 시적 언어의 새로움을 확인시켜 주는 계기이기도 했기 때문이다. 그리고 여기에는 그가 겪은 삶의 핵심적 내용들이 식민주의 세계 체제와 관련하여 모두 들어 있었다. 이것이 그의 시 「미역국」에서 환기되는 역사와 함께 환희의 언어로 형상화된다는 사실을 기억해야 할 것이다.

김수영이 연극 경험 때문에 가지게 되었던 정신적 상처는 상당히 크고 깊은 것이었다. 그의 여러 작품을 통해 그 상처의 영향이 얼핏 드러나는데, 그 상처를 극복하는 계기는 한일회담 반대 시위가 터져 나오기 시작한 1964년의 역사적 경험이다. 그는 그 1964년 이후 문학적으로는 민족과 역사를 탐구하기 시작한다. 근대성과 정치적 독재의 세계에 지속적인 의문을 제기하던 시인이 반외세의 문제를 탐구하기 시작했던 것이다. 여기에는 현실적으로는 1964년의 한일회담 반대 운동이 끼친 영향이 있고, 문학적으로는 예이츠의 민족주의 이념과 연극 관련 작품 번역이 끼친 영향이 있다. 또 하이데거의 독서와 그를 통해 새롭게 인식하게 된 시간관과 민족관도 있다. 이런 추상적 사유가 구체적 현실과 결합한 시기가 바로

1964년이기 때문에 1964년의 의미가 김수영 문학과 관련하여 새롭게 분석되어야 하는 것이다.

그 1964년 이후 김수영이 일본에 대해 말할 수 있게 되었다는 사실은 그래서 역설적으로 의미 깊다. 「시작 노트 6」에서 그가 행한 고백으로서, '일어로 일기 쓰기'의 자유로움을 그가 굳이 기록해 두는 것은 시인 이상과 대비되는 그의 시의 스타일을 지적하는 것이면서 그의 정신적 트라우마가 해소되는 어떤 상태를 암시하는 것이기도 하다. 그 고백이 터져 나올 때 그는 진정으로 그 자신이 되었던 것이고, 그렇게 해서 세계로 나아가는 존재가 되었다고 할 수 있다. 그것 또한 그의 '소음-요설-문학'론을 이해하는 하나의 표지일 것이다. 요컨대 일본과 연극은 그의 문학의 소음이기도 했던 것이다. 이 소음은 또 있다. 미국-베트남과 관련된 일련의 사건과 판단이 그것이다. 그가 비록 미국 문학을 식민지 문학이라고 인식했다고 해도 그것을 삶의 호흡으로 가지고 있었을 그에게 미국 문학 작품은 또 다른 문제였다. 그래서 김수영이 미국에 대해 보여 준 시각은 양면적이다. 그의 표현을 빌리면 애증동시병발증과도 같은 태도가 있다고 해도 될 것이다. 그가 세계문학을 접한 통로는 일본이라는 필터를 논외로 하고 나면 대부분 미국이었다. 이 사실이 복합적으로 그러나 가감없이 드러난 일이 베트남 파병일 것이다.

「가장 아름다운 우리말 열 개」에 나타나듯이 민족에 대한 애정이 배타적 민족주의나 그를 획책하는 관제민족주의로 뿌리내리는 사태에 대해 김수영은 깊은 반감을 가지고 있었지만, 특정한 역사적 국면에서는 그는 민족에 대한 관심을 적극적으로 표현하기도 했다. 이 관심이 소재주의를 넘어서서 주제론으로 자리 잡는 것은 1964년의 한일협정 반대 투쟁 이후이고, 그것을 세계사적 연대의 문제로 바꾸어 놓은 작품은 「풀의 영상」(1966. 3. 7)이다. 각 민족에게 상호 연대를 위한 민족의 필요성이란 일종의 소음과 같은 것이었음이 틀림없다. 베트남 문제를 그는 그런 시각으로 바라보고 있다. 그 소음의 현실을 직접 웅변해 주는 것은 1965년 이후의 베트남이라는 현실적이면서도 역사적인 사건이다.

고민이 사라진 뒤에
이슬이 앉은 새봄의 낯익은 풀빛의 영상이
떠오르고 나서도
그것은 또 한참 시간이 필요했다
시계를 맞추기 전에
라디오의 시종(時鐘)이 나오기를 기다리는 것처럼
안타깝다

봄이 오기 전에 속옷을 벗고 너무 시원해서 설워지듯이
성급한 우리들은 이 발견과 실감 앞에 서럽기까지도 하다
전 아시아의 후진국 전 아프리카의 후진국
그 섬 조각 반도 조각 대륙 조각이
그 발견의 봄이 오기 전에 옷을 벗으려고
뚜껑이 열렸다 닫히는 소리

라디오의 시종을 고하는 소리 대신에 서도가(西道歌)와
목사의 열띤 설교 소리와 심포니가 나오지만
이 소음들은 나의 푸른 풀의 가냘픈
영상을 꺾지 못하고
그 영상의 전후의 고민의 환희를 지우지 못한다

나는 옷을 벗는다 엉클 샘을 위해서
아시아와 아프리카의 무거운 겨울옷을 벗는다
겨울옷의 영상도 충분하다 누더기 누빈 옷
가죽옷 융옷 솜이 몰린 솜옷……

그러다가 드디어 나는 월남인이 되기까지도 했다

엉클 샘에게 학살당한

월남인이 되기까지도 했다

—「풀의 영상」

　베트남을 조금이라도 언급한 김수영의 시는 「만시지탄은 있지만」, 「어느 날 고궁을 나오면서」, 「H」, 「풀의 영상」이다. 첫째 시는 단순한 언급이고 둘째 시는 시인의 소시민적 비겁을 환기하는 소재 차원의 언급이다. 「H」도 시의 대상인 H와 나눈 대화의 소재로 차용되는 것이다. 주의 깊게 살펴보아야 할 시는 「풀의 영상」이다. 김수영 자신이 그의 「시작 노트 7」에서 미국 시인 프로스트와 함께 이 시를 논의하기 때문이다.[11] 그런데 「풀의 영상」과 「시작 노트 7」 사이에는 묘한 어긋남이 있다. 시는 미국의 베트남 학살을 환기하고 아시아 아프리카의 연대를 암시하지만, 시론은 급진주의적 행위를 비판하면서 시의 '신선함—기존 관념에 매몰되지 않은 직관적 의미'를 주장하기 때문이다. 특히 시의 마지막 연은 미국을 상징할 "엉클 샘에게 학살당한/ 월남인이 되"는 정치적 상상력을 발휘함으로써 이 시가 언어적 새로움의 차원을 훨씬 벗어나 있음을 알려 준다.

　그런데 그의 시론이 그 정치적 내용을 시의 언어적 새로움으로 전환시키는 것은 상당히 의미심장하다. 김수영이 인용하고 있는 프로스트의 시론은 프로스트의 「시 창작의 영상(The Figure a Poem Makes)」이다. 「풀의 영상」은 영어 제목 'figure'를 차용한 것일 텐데, 「시작 노트 7」이 프로스트의 이 평론을 부분적으로 인용하면서, 「풀의 영상」을 언급하고 있다. 그 인용은 세 문장이다.

---

11) 「시여, 침을 뱉어라」(『김수영 전집 2』(민음사, 2018, 402쪽)에는 "사회적 불한당들이 소탕되어 메콩강변의 진주를 발견하기보다도 더 힘이 든다."라는 진술이 있지만, 이는 비유적 표현에 해당한다.

"More than once I should have lost my soul to radicalism if it had been the originality it was mistaken for by its young converts."(젊은 개종자들에 의해 오해된 독창성이라는 것이 있었다면 나는 한 번 이상 나의 영혼을 근본주의에 잃어버려야 했을 것이다.)

"For myself the originality need be no more than the freshness of a poem run in the way I have described: from delight to wisdom."(나에게 독창성이란 내가 묘사했던 방식—기쁨에서 지혜로—으로 나타나는 시의 신선함 이상을 필요로 하지 않는다.)

"Our problem is, as modern abstractionists, to have the wildness pure: to be wild with nothing to be wild about."(우리의 문제는, 현대 추상주의자들처럼, 순수한 야생성—어떤 것도 야생적이지 않음에도 야생이 되는—을 갖고 있다는 것이다.)

첫째 진술과 관련하여 김수영은 그 자신 유사한 과오를 많이 저질렀다고 쓴다. 둘째 진술에서 김수영이 강조하는 것은 신선함이라는 단어이다. 그 신선은 감각적인 것이 아니라 "직관과 감동이 분리되지 않은 신선"이라고 그는 설명한다. 세 번째는 베트남의 현실을 야생성에 비유하되 시적 상상과 관련되는 소음 혹은 요설을 환기한다. 프로스트의 시론 「시 창작의 영상」을 읽지 않았더라도 이 말을 이해하기 위해 염두에 두어야 할 것은 '신선함'이라고 김수영은 말해 둔다. 이 신선함이란 곧 발견과 같은 것이고, 그 발견은 같은 시론에 포함된 「식모」에서 쓰고 있듯이 식모의 도벽을 발견하는 사람을 완성하는 발견이다. 그 발견은 기쁨인데, 왜냐하면 "알지 못했던 것을 기억하는 놀라움"으로 연결되기 때문이다.

그리고 김수영은 이 신선함, 발견, 기쁨이라는 말을 총괄하는 단어 하나를 숨겨 두고 있다. 프로스트의 시론 결론 부분에 쓰인 문장, "The figure is the same as for love."가 그것이다. 요컨대 '영상은 사랑과 같은 것'이다. 이 영상은 물론 시 창작의 영상(형상)이다. 그리고 이 영상은 김수영의 시 창작의 영상을 환기하는 것이다. 그렇다면, 엉클 샘에게 죽은 베트남 사람(「풀의 영상」)에 대한 지극한 사랑이 김수영에게 없을 리 없다. 그것이 식민지를 경험한 시인의 인식이라면, 김수영에게 그것이 동시에 문학적 소음의 형식으로 등장한다는 사실도 중요하다. 「판문점의 감상」에서 그의 시를 두고 전개된 논쟁, 이 작품이 과연 시인가라는 논쟁도 이와 관련될 것이다. 김수영에게 시는 세계사적 소란의 의미를 분리시킬 수 있는 것이 아니었다. 문제는 그가 그것을 시인으로서 받아들이고 있다는 것, 그래서 그 상황을 시론으로 풀어내야 한다는 강박을 가지고 있었다는 것이다. 그의 미메시스의 시학이 중요해지는 것은 그 때문이다.

이 미메시스의 시학에서 우리가 주목할 것은 현실 모방이 아니라 비감각적인 것의 유사성에 대한 활용이다. 김수영은 언제나, 현실을 그림처럼 그려 내는 순간에도 그 그림의 뒤에 있는 어떤 것을 고민하도록 하는 방식으로 시를 썼다. 그것은 순수한 형식이 아니라, 내용이 형식에게 자유가 없다고 주장해야 하는 것처럼, 내용으로 귀착될 수밖에 없는 형식이다, 따라서 김수영은 순수한 야생이 아니라 그 야생이 나타날 수밖에 없는 현실의 야생을 주장하고 있는 것이다. 그렇다면, 김수영이 베트남을 보면서 언급하는 미메시스는 「풀의 영상」에 나오듯이 '봄이 오기 전에 옷을 벗으려는 아시아와 아프리카와 섬 조각과 반도 조각과 대륙 조각'이 '푸른 풀의 가냘픈 영상'처럼 '무거운 겨울옷을 벗는' 행위와 함께 '엉클 샘에게 학살당한 월남인이 되기까지'도 하는 세계의 현실에 대한 환기 장치이다. 지금 김수영은 프로스트의 시론을 통해 '순수한 야생성'의 형식 자체를 비판하면서 현실적 맥락의 야생성을 말하는 것이고, 월남인의 야생성을 만든 현실의 비극을 말하고 있는 것이다.[12] 김수영은 베트남전 파병 시대의 우리

---

12) 이 진술은 이 논문이 발표될 때 토론을 맡아 준 안서현 씨의 지적에 동기화된 바 크다. 김수영이 인용한 프로스트의 시론이 미국의 순수주의를 비판한 것이라는 토론이 그것이

현실을 이런 방식으로 새롭게 얘기했던 것이다.

　김수영이 오래도록 새로움에 대해 이야기해 왔고, 그래서 이 시의 새로움이 동시에 말해질 수 있다면, 우리는 그와 함께 급진주의를 넘어서서 삶의 새로움에 도달하는 방식을 시인이 암시하고 있다고도 할 수 있다. 그것이란, 아시아 아프리카의 연대를 말하되 그것을 시적 직관으로 이야기하는 것이다. 여기에는 '서술-주장'이 아니라 '작용-환기'가 있다. 김수영이 말하고 싶었던 것은 그 '작용-환기'의 언어가 「풀의 영상」에 있다는 사실일 것이다. 그리고 그 언어 작용과 환기에 반드시 동반되어야 하는 것이 형식에 대고 자유를 외쳐야 하는 내용이다. 65년 체제를 거치면서 김수영이 민족을 재발견하고, 하이데거를 읽으면서 발견한 언어란 이렇게 순수한 형식 너머에 있는 현실이었다. 이즈음의 김수영에게 언어와 민족이 이렇게 연결된다.

　이로써 본다면, 우리는 김수영의 시에서 다음과 같은 층위가 있음을 확인할 수 있다.

　① 한일협정과 베트남 파병이 당대의 동아시아 체제에 연동되어 있다는 점에서 근대 식민 체제와 전후민주주의에 대한 김수영의 기억과 반응을 분석하고 김수영이 4·19혁명의 시인인 데서 멈추지 않고 제국적 질서에 대응하는 세계시민의 모습을 보이고 있다는 점. 이것은 그의 시의 역사적 층위이다.

　② 식민주의 체제에 대한 대응을 망각이 아니라 개별자들의 소규모적 실천으로 실현하는 민주주의의 담론을 주장하고 있다는 점. 이것은 그의 시의 정치적 층위이다. 「거대한 뿌리」는 그것의 가장 가까운 사례일 것이다.

　이 역사적 층위와 정치적 층위 외에도 김수영 시의 또 다른 특징으로는 문학의 정치를 문학 언어의 내적 형식을 통해 수행한다는 점이 언급될 수 있다. 이것은 그의 시의 심미적 층위이다. 이에 대해서는 저간의 많은 연

다. 안서현 씨에게 고마움을 표한다.

구가 있다. 특히 언어 서술과 언어 작용에 대한 김수영의 진술을 분석한 글들이 그것이다. 그러나 아직 김수영이 그 언어 작용의 강조를 통해 어떤 언어 서술의 영역에 도달하려 했는지에 대한 분석은 충분치 않다고 여겨진다. 김수영 문학의 최종 단계에 그것은 민족과 언어 문제였다. 하이데거의 영향이 있는 것이다. 이 영향이 김수영에게 한일 문제와 베트남 문제로 구체화되고 있다는 사실이야말로 그의 문학의 특이점이라고 할 수 있다.

이 시기에 김수영은 '예이츠에서 프로스트로' 이행하는 문학적 경험을 통해 민족과 사랑을 다시 발견한다. 그것은 식민지와 민족의 문제이면서 소음과 문학의 문제인데, 이를 총괄하여 '발견과 시 — 사랑 변증법'이라고 할 수 있을 것이다. 이를 표현하는 것으로서의 '미메시스의 시학'이 김수영에게 있다면, 이는 그의 특징인가 한계인가. 이를 함께 논의하는 일이 이 글의 남겨진 과제가 될 것이다. 그는 왜 「풀의 영상」을 언급하는 시론에서 '엉클 샘에게 학살당한 월남인의 삶'을 시의 신선함과 연결해야 했는지 더 자세한 논의가 필요한 것이다.

4 결론

김수영 시의 중심 주제가 1964년을 기점으로 변하고 있다는 사실에 대해서는 여러 논의들이 이미 있어 왔다. 이 논문은 그중 김수영의 문학과 한일협정 그리고 베트남의 관계에 대해 살펴보면서 김수영 문학의 민족 인식과 그에 따른 언어적 양상을 논의했다. 1964년과 1965년은 한일협정과 베트남 파병 결정이라는 역사적 사실이 확정된 때이다. 학계에서는 '65년 체제'라는 명칭을 이미 부여하고 있지만, 이 주제에 김수영의 문학이 민감한 반응을 보이고 있지만, 아직 본격적인 논의는 없었다. 이렇다는 것은 65년 체제에 대한 김수영의 반응에 대해 우리 문학 연구의 인식이 그다지 깊지 않다는 사실을 뜻한다. 이 문제를 다루어 보면서 가져와서 우리는 다음과 같은 사항을 확인했다.

① 한일협정과 베트남 파병이 당대의 동아시아 체제에 연동되어 있다는 점에서 근대 식민 체제와 전후민주주의에 대한 기억과 반응을 김수영은 보여 준다. 김수영은 이를 통해 제국적 질서에 대응하는 세계시민의 모습을 보이고 있다. 이것은 그의 시의 역사적 층위이다.

② 식민주의 체제에 대한 대응은 민중을 기반으로 하는 민족적 내용을 강조한다. 이것은 그의 시의 정치적 층위이다.

이는 당대 한국문학의 윤리에 대한 확인이기도 한데, 이 논문은 이 윤리가 당대의 베트남 전쟁과 관련되어 있음을 살폈다. 또한 이 문제와 관련하여 우리는 김수영의 민족 인식에 대한 하이데거의 영향을 참조할 수 있었다.

참고 문헌

『김수영 전집』 1, 2, 민음사, 2018

김상환, 『풍자와 해탈, 혹은 사랑과 죽음』, 민음사, 2000

고봉준, 「1960년대 사회 변화와 현대시의 응전」, 『다시 새로워지는 신동엽』, 삶창, 2020

박대현, 「'민주사회주의'의 유령과 중립통일론의 정치학」, 『다시 새로워지는 신동엽』, 삶창, 2020

박연희, 「청맥의 제3세계적 시각과 김수영의 민족문학론」, 『제3세계의 기억』, 소명출판, 2020

박태균, 「베트남 파병을 둘러싼 한미 협상 과정 — 미국 문서를 중심으로」, 《역사비평》, 2006. 2

이승규, 「김수영 시의 역설 의식 연구」, 《한국문학논총》 76, 2016. 8

최현식, 「(신)식민주의의 귀환」, 『다시 새로워지는 신동엽』, 삶창, 2020

하상일, 「신동엽과 1960년대」, 『다시 새로워지는 신동엽』, 삶창, 2020

M. 하이데거, 최상욱 옮김, 『휠덜린의 송가』, 서광사, 2009

야마모토 요시타카, 임경화 옮김, 『나의 1960년대』, 돌베개, 2017

マルティン ハイデッガー, 菊池栄一 譯, 『藝術作品のはじまり』, 理側社, 昭和 41

マルティン ハイデッガー, 手塚富雄 外 譯, 『ヘルダーリンの詩の解明』, 理側社, 昭和 42

Steven Ungar, *Scandal & Aftereffect-Blanchot and France since 1930*, Minnesota Univ. Press, 1994

제1주제에 관한 토론문

안서현 | 서울대 연구교수

김수영 시인의 탄생 100주년을 기념하는 자리에서, 또 평소 글을 통해 많이 배웠던 박수연 선생님의 논문에 대한 토론자 역할을 맡게 되어 기쁘게 생각합니다. 우문이 있더라도 양해 부탁드립니다.

이 글에서는 '65년 체제'라는 기점을 통해 김수영 문학을 새롭게 설명하고 있습니다. 그동안 김수영 시의 변화를 설명하는 데 있어 이른바 '자코메티의 발견'을 기점으로 삼는 경우가 많았습니다. 이 글은 그러한 내적 계기 대신 1964년의 한일협정 사태와 1965년의 베트남 전쟁이라는 현실의 계기에 주목하여 김수영 시와 시론의 변화를 읽어 내고 있습니다. 이처럼 급변하는 국내외 정치 현실에 대한 응전으로 후기 김수영 시를 다시 읽으며 그 시 세계를 세 층위, 즉 역사적 층위, 정치적 층위, 미학적 층위에서 재론하는 이 글은, 김수영 탄생 100주년을 맞는 이 시점에서 더없이 의미 깊습니다. 글의 내용에 대한 보충 설명을 청하는 차원에서 몇 가지를 질문 드리고자 합니다.

첫 번째 질문입니다. 1장에서 한일협정 반대 시위에서 대학생들이 불렀던 노래를 긍정하는 「대중가요와 국민의 시」(1964)라는 글에 주목하면서,

김수영이 대학생들의 민요 부르기를 긍정하며 이전과는 다른 태도를 보였다고 논하셨습니다. 이 대목을 읽으며 김수영이 이어령과의 논쟁을 촉발한 글인 「지식인의 사회참여」(1967)에서 당시 민족주의비교연구회를 옹호하는 글을 휴지통에 쓸어 넣는 신문 편집자를 비판한 대목을 떠올렸습니다. 지금까지 이 시기의 글들은 이어령과의 논쟁을 중심으로 독해되거나, 동백림 사건(1967)에 대한 김수영의 심경을 나타낸 것으로 읽혔으나, 선생님의 글을 읽고 나니 한일협정 반대 시위로부터 출발한 문제의식의 연장선상에서 읽어 낼 수 있지 않을까 생각해 보게 되었습니다. 1964~1965년의 현실이 김수영 문학의 초점 변화를 추동했다는 선생님의 관점에서 볼 때, 이후의 글들도 새롭게 읽을 수 있는 여지가 있을지요?

둘째, 「현대식 교량」(1964)의 해석에 관한 질문입니다. 이 시를 분석하시면서 "상의하달이 작용하는 식민주의적 사회"를 극복하는 민중적 주체의 형상이 발견되기 시작함을 말하고 계십니다. "어린 학도들"을 보며 "설움"을 느끼던 「국립도서관」(1955)과 비교해 본다면 이 시에서 토로되는 "저 젊은이들에 대한 나의 사랑"에 눈길이 더 갑니다. 선생님의 해석에 동의합니다만, 마지막 연에서 적과 형제의 선명성이 거부되는 대목이 역시 마음에 걸립니다. 이 시에서 긍정되는 젊은 세대의 형상이 곧 한일협정 반대 시위에서 새로운 역사를 만들어 가는 청년들, 또는 식민주의적 사회를 극복해 가는 청년들이라고 볼 때, 이 시에 나타나는 식민 경험에 대한 이중적 태도는 어떻게 이해할 수 있을지요. 오히려 이 시에는 식민지 시대의 교량을 '적'의 침탈의 상징으로만 보지 않는 청년들, 식민 기억의 강박으로부터 자유로운 청년들에 대한 일말의 긍정도 나타나 있는 것이 아닐지요. 이처럼 식민 기억의 망각에 저항하면서도 식민 기억의 강박에서 벗어나고자 하는 양가적 태도는, 「시작 노트 6」에서 일본어 글쓰기에 대한 터부를 깨는 동시에 일본어 '번역'에 대한 일종의 자기 폭로를 해 보이면서 배일(排日)이라는 습관화된 관념을 지적한 김수영의 태도와도 유사해 보입니다. 이 시기 김수영에게서 엿보이는 식민의 과거에 대한 양가적 태도를 어떻게 보시는지, 선생님의 의견을 청합니다.

셋째, 마지막으로 「풀의 영상」(1966)과 「시작 노트 7」에 대한 평가입니다. 이 대목을, 즉 이 글 전체를 질문으로 마무리하고 계십니다. 질문으로 줄이신 부분에 숨겨진 선생님의 생각을 더 청해 듣고 싶습니다. 분명 "엉클 샘에게 죽은 베트남 사람(「풀의 영상」)에 대한 지극한 사랑"을 느끼면서도, 이 시와 시론을 두고 김수영의 미메시스의 시학을 평가하는 데서 곤혹을 느끼게 되는 것은, 김수영의 고민이 철저히 시론의 형식으로 제시되어 있기 때문입니다. 이 심미화의 태도가 마음에 걸립니다. 이와 관련하여 저는 김수영이 프로스트를 세 번째로 인용하고 있는 대목에 관해 말씀드리고자 합니다. 프로스트의 시론을 읽어 보면, 김수영이 이 부분을 잘라 인용하고 있는 것은 조금 의아합니다. 이 부분은 프로스트 시론의 핵심이 제시된 부분이 아니라 현대 추상주의자들을 비판하는 대목의 일부이기 때문입니다. 야생적인 음색을 내는 것이 시이지만, 그것은 순수한 야생성에 머무르는 것이 아니라, 야생적이면서도 성취된 주제를 지녀야 한다고 프로스트는 말합니다. 그런데 김수영은 순수한 야생성에 대해 비판한 해당 문장만을 잘라 가져온 것입니다. 김수영은 "이런 말을 「풀의 영상」의 스피커 소리에 적용해 볼 때, 어떨까?"라고 쓰고 있는데, 이때 이 시에서의 스피커 소리란 "엉클 샘에게 학살당한 월남인"이라는 대목을 의미한다고 앞에서 밝혀 두고 있습니다. 김수영은 프로스트 시론의 인용을 통해 이 구절에 담긴 현실 비판적 의미를 재차 강조하고 있는 것은 아닐지요. 즉 야생적이 될 만한 대상이 없음에도 야생적인("to be wild with nothing to be wild about") "순수한 야생성"을 보여 주는 미국을 비판한 것은 아니었을까요. 이를 시론에 담아 에둘러 표현한 것이라 할 수 없을지, 그렇다면 "그 상황을 시론으로 풀어내야 한다는 강박"과 동시에 그 시론에 대한 강박에서 스스로 벗어나려는 태도까지도 함께 보여 주고 있는 것이라 볼 수 없을지 여쭙습니다.

감사합니다.

생활의 분산과 난해성의 기원

김종훈 ｜ 고려대 교수

이것은 내가 '안다는' 것보다도 '느끼는' 것에 굶주린 탓이라고 믿네. 즉 생활에 굶주린 탓이고 애정에 기갈을 느끼고 있는 탓이야.

—「낙타과음」(1953)[1]

---

1 들어가며

이 글은 김수영 시의 난해성을 유발하는 주요 원인 중 하나에 '생활

---

1) 김수영, 『김수영 전집 2-산문』(민음사, 2018), 54쪽. 이 글에 제시한 김수영의 시와 산문은 『김수영 전집 1-시』, 『김수영 전집 2-산문』의 표기를 기본으로 한다. 다만 한자는 필요한 경우 괄호를 사용하여 한글과 병기한다. 시 제목 옆 ( ) 안, 본문의 시 제목과 병기한 숫자는 『김수영 육필시고 전집』(민음사, 2009)에 기록되었고 2003년 개정판 전집까지 제시되었던 퇴고 시기를 가리킨다.

의 도입'을 설정하고, 그것의 출현 과정에 필연성을 확보하려는 시도이다. 1968년 불의의 사고로 급작스럽게 세상을 떠난 직후부터 김수영은 계속 독자의 관심을 받았다. 그의 시를 읽게 하는 대표적인 견인 축인 현대성과 현실성은 자율과 혼돈을 배경으로 시대에 따라 변주되며 당대 억압 체계에 저항하는 맥락에서 독서의 당위성을 제공했다.[2] 지금까지 불문에 부쳐졌던 질문, 김수영의 시는 왜 계속 읽혀야 하는가, 이러한 질문이 제기된다면 미학적 층위에서뿐 아니라 시대적 역할의 변화를 내포하는 것이라 이해해야 하는 까닭이 여기에 있다. 관례와 권위를 타파하는 데 활용되었던 그의 시가 이제 떨쳐 내는 주체라기보다는 떨쳐 내야 할 대상으로 인식되는 것은 아닌지 성찰할 필요가 생겨났다는 것이다.

김수영 시에 대한 독서의 필연성을 제공하기 위해서는 그의 시에 내재된 미학적 특성에 주목하여 그의 시를 이해할 필요가 있다. 시의 미학적 특성은 시대정신의 자양분과 함께 시대 초월의 동력을 제공한다. 시의 고유한 특성인 서정성이나 전위적 예술의 특성인 난해성이 여기에 해당할 것이다. 김수영의 시에서 서정성의 항목에 등재된 비애와 슬픔과 설움은 보편성과 현대성의 기준에 미달하는 낙후된 현실에서 비롯한 감정이다.[3] 서정성은 현실과 이상의 괴리에서 생겨나는 낭만적 감정의 하나로 김수영 시를 여느 시와 같은 맥락에서 이해하는 데 도움을 준다.

난해성 또한 미지의 세계를 개척하는 시에 공통되게 나타나는 특성이다. 서정성과는 달리 개별 시마다 다채롭게 나타나는 난해성은 김수영 시와 다른 시를 구별 짓는 중요한 특성이기는 하지만 한편으로 그것은 계속

---

2) 현대성과 현실성의 뜻은 이 문장에서는 한국의 문단 지형과 연관하여 이해되는 모더니즘과 리얼리즘에 가까우나, 김수영 시의 미학적 지향점과 관련한 논의에서는 그가 말한 '현대성'과 '리얼리티'의 뜻을 포괄한다. 김수영은 "진정한 현대성은 생활과 육체 속에 자각되어 있는 것이고, 그 때문에 그 가치는 현대를 넘어선 영원과 접한다."(『김수영 전집 2-산문』(407쪽)라고 했으며, "시적 인식이란 새로운 진실(즉 새로운 리얼리티)"(같은 책, 652쪽)라 한 바 있다.

3) 졸고, 「서정의 화원: 1966~1967년 김수영의 시」, 《서정시학》 2020년 봄호.

'고쳐 나가야 할 운명'(「달나라의 장난」, 1953)을 환기하고 '자유의 정신의 아름다운 원형'(「헬리콥터」, 1955)에서 비롯한 특성이기도 하다. 그리고 이 운명과 정신은 어느 한 시대나 한 개인에게 국한되기보다는 예술적인 것이 지닌 보편적인 특성이다.

보편적 기준을 인식하고 현실을 바로 보려는 시인의 태도는 난해성을 유발한다. 뚜렷한 현실 너머 불투명한 세계가 시에 유입되기 때문이다. 그러나 이것이 그간 언급된 김수영 시의 난해성에 관한 내용의 전부가 아니었다. 미숙한 한국어 사용으로 이해하기 어렵다고 하거나, 당시 유행했던 모더니즘의 영향으로 체화하지 못한 관념들이 생경하게 등장해 김수영의 시가 난해해졌다고 인식하는 견해도 있었다. 도전과 용기에서 비롯한 난해성이 있는 한편 서툶에서 비롯한 난해성도 있는 것이다. 난해성이란 말은 이 둘을 가르지 못했다. 이 점은 지속적으로 의미를 생성하며 발생하기도 하지만 서툴거나 수수께끼처럼 답을 숨겨 발생하기도 하는 모호성 또는 애매성도 사정은 마찬가지이다. 뒤의 예들은 보통 시적인 난해성, 애매성이라 불리지 않는다.

김수영 시의 난해성 중 시적인 것을 추출하는 방식은 보편성과 현대성의 추적 이외에도 여러 가지가 있다.[4] 죽음이나 침묵 등의 의미를 추적하거나, '바로 보기'의 방식을 고찰하는 것도 여기에 포함될 것이다.[5] 자유와 혼란 그리고 소음 등 산문에서 주요하게 다루었던 화두를 중심으로 그

---

4) 노춘기, 「폭로와 은폐의 변주--김수영 시의 난해성」, 《어문논집》 58, 317~342쪽. 노춘기의 연구는 생활과 난해성과 현대성의 연관 관계를 고찰한 글로서 이 글의 문제의식을 선취한다. 해당 연구의 논지는 난해성을 이루는 요소인 투명성과 불투명성 사이에서 생활의 폭로가 그 균형을 이루고 있다는 것이다. 이 글은 난해성의 기원에 생활의 도입을 상정한다.

5) 이미순, 「김수영의 침묵의 시학」, 《한국현대문학연구》 55, 2018. 345~384쪽. 이미순은 김수영이 '침묵의 시 창작방법론'을 개진하여 이미지의 갱생과 요철의 나열이라는 두 가지 방법을 제시했으며, 이것이 곧 「풀」의 계열과 「엔카운터지」의 계열의 바탕을 이루었다고 보았다. 김수영의 후기 상반된 모습을 가진 두 계열의 시를 하나의 원인에서 찾은 것은 이 글의 논지와 같다. 다만 차이가 있다면 이미순은 그 원인에 '침묵'을 두고 있는 반면, 이 글은 '생활'을 상정했다는 데에 있다.

의 시를 이해할 수도 있을 것이다.[6] 무엇보다 관념과 설화를 배제한 순수시의 미학적 특성에 따라 김수영 시의 난해성을 헤아릴 수도 있다.[7] 이와 같은 견해 어느 하나 견고한 논리를 가지지 않은 것은 없으나, 그 논리를 뒷받침하는 시가 개별적인 견해에 귀속되어 있다는 점에서는 아쉽다. 난해하다고 일컬어지는 김수영 시를 두루 적용할 수 있는 키워드가 필요한 까닭이 여기에 있다.

이 글의 목적은 '생활'을 매개로 각각의 범주 안에서 이해되었던 시적 난해성 사이에 논리적 관련성을 마련하고자 하는 것이다. 생활의 구체성과 시적 난해성이 공동으로 '시적인 것'을 구축할 수 있을 때, 모더니즘과 리얼리즘, 순수와 참여, 그리고 이 둘의 '회통' 등 김수영 문학 연구를 양분했던 이분법적 시각의 유효성에 의문을 제기할 수 있을 것이다. 생활은 김수영의 시에서 때로는 추상적 관념과 대비되는 구체적 삶의 세목을, 때로는 고립된 개인과 대비되는 둘레 세계를, 때로는 고매한 신념과 대비되는 세속성을 뜻한다. 그의 시가 지속적으로 읽혀야 하는 당위성은 생활의 구체성과 시의 난해성의 관계가 정립되고 그것이 여전히 유효하다고 인식될 때 비로소 확보될 것이다.

2 반복의 배분과 생활의 도입

1957년은 김수영의 생계가 안정되던 시기이자 시 쓰기의 미학이 확립되던 시기였다.[8] 생활의 세목들이 시의 소재로 활용되자 나날의 삶이 시적

---

6) 김수이, 「김수영의 "소음의 철학"과 '사랑'의 연관성 ― 소음은 어떻게 사랑이 되는가」, 《현대문학이론연구》 75, 2018, 55~83쪽.

7) 김인환, 「소설과 시」, 『상상력과 원근법』(문학과지성사, 1993), 88~110쪽 참조.

8) 1950년대 김수영 시의 미학적 판단은 필자의 일련의 작업, 「김수영 시집 『달나라의 장난』의 선별 기준 ― 6·25 이전 시편을 중심으로」(《한국근대문학연구》 17(1), 2016, 165~194쪽); 「김수영 시집 『달나라의 장난』 연구 ― 1953~1956년 시편을 대상으로」(《한국문학이론과 비평》 77, 2017, 199~224쪽); 「김수영 시집 『달나라의 장난』 연

인 상태로 고양되는 것처럼 보였다. 그리고 난해성의 영역에서 거론되었던 김수영 시의 모형 중 하나가 모습을 드러낸다. 반복되는 구절이 시 전체의 골조를 이루고 골조 사이에 생활의 세목들이 들어선 시가 출현하기 시작한 것이다. 단순한 형태의 구문이 반복되며 가속도가 붙고 여기에서 빠른 호흡의 리듬이 생성된다. 반복되는 구절은 의미의 강조와 의미의 분산 사이에서 긴장한다. 어느 쪽으로도 수렴되지 않는 시의 의미는 난해성을 더한다. 이와 같은 모습은 1960년대 후반 「절망」(1965), 「눈」(1966), 「꽃잎」(1967), 「풀」(1968) 등에서 정점을 이룬다. 언어가 언어 자체를 지시하는 뜻에서 순수시로도 불리는 이 자율적인 세계의 기원에 1950년대 중반 생활의 세목에 주목하는 시가 있다는 점과 이 생활을 벗어나는 과정에서 이들 시가 출현했다는 점을 이번 장에서 헤아려 보려 한다.

> 기운을 주라 더 기운을 주라
> 강바람은 소리도 고웁다
> 기운을 주라 더 기운을 주라
> 달리아가 움직이지 않게
> 기운을 주라 더 기운을 주라
> 무성하는 채소밭 가에서
> 기운을 주라 더 기운을 주라
> 돌아오는 채소밭 가에서
> 기운을 주라 더 기운을 주라
> 바람이 너를 마시기 전에
>
> ──「채소밭 가에서」(1957)

구―1957~1959년 시편을 대상으로」(《국어국문학》 189, 2019, 305~332쪽)를 참조했으며, 김수영의 생애에 대한 진술은 최하림의 『김수영 평전』(실천문학사, 2001)을 토대로 고려대 현대시연구회, 『김수영 사전』(서정시학, 2012); 김현경, 『김수영의 연인』(실천문학사, 2013) 등을 참조했다.

기운을 내라 하지 않고 주라 한다. 누가 "기운을 주"는 것이고 누가 받는 것인가. 대상은 일인칭으로 환원되지 않은 채 누군지 모를 제삼자의 존재를 소환한다. 강바람의 고운 소리를 들으며 주문 같은 구절의 반복이 시작되는데 화자는 달리아가 움직이지 않게 해 달라고, 누군지 특정하기 힘든 '너'를 바람이 마시지 않게 해 달라고 요청한다. 기운을 주는 까닭에 대해 여러 이유가 제시되어 있으나 그 말을 듣는다고 의문이 해결되는 것은 아니다. 모호한 상태는 지속된다. 사라지지 않고 버틸 수 있게 해 달라는 요청만이 명확하다. 그 힘이 '기운'의 쓰임새일 것이다. 누구에게 말하는지, 왜 그러는지 알 수 없다는 면에서 대상과 이유보다는 거듭되는 요청이 두드러진다. 이 시는 김수영의 여러 자율성의 시 중 시간 순서상 앞자리에 놓인다.[9] 김수영은 비슷한 시기에 "죽음 위에 죽음 위에 죽음을 거듭하리"(「구라중화」, 1954)와 같은 반복을 활용하기도 했다. 그러나 이 둘의 성격은 다르다. 「구라중화」의 반복은 시 마지막에 집중되며 그 뜻을 명확히 하는 데 쓰이지만 「채소밭 가에서」의 반복은 시 전체에 골고루 배분되며 그 뜻을 흩뜨리는 데 할애된다.

「채소밭 가에서」에서 한 가지 더 주목할 점은 구체적인 일상 소재들의 성격이다. 이때의 소재들은, 설움을 유발했던 개인사적 체험이라기보다는 당시 그를 둘러싼 둘레 세계에 속한 것이다. 이전까지 그는 '아버지의 사진'(「아버지의 사진」, 1949)을 훔쳐보거나 지인의 집에서조차 '고쳐 가야 할 운명'(「달나라의 장난」)을 자각하며, 현대성과 보편성의 미달에서 비롯한 내면의 설움을 드러냈다. 그러나 인용시의 초점은 개인의 내면과 이력보다는 생활의 반경과 현장에 있다. 이 점은 난해성의 기원과 관련된 맥락뿐만 아니라 김수영 시의 이행과 관련된 측면에서도 중요하다. 1950년대와 1960년대 김수영 시를 가르는 시각 중 하나가 내면의 감정 대 사회적 상상력인데, 이 사회적 상상력이 작동한 김수영 시에는 어김없이 둘레 세계에 관한

---

9) 김수영과 반복, 그리고 자율성에 관한 논의는 졸고, 「이상과 김수영 시에 나타난 반복의 상반된 의미」, 《한국문학이론과 비평》 66, 2015, 192~215쪽 참조.

관심이 나타난다. 생활의 세목에 관한 관심은 1950년대와 1960년대 김수영 시의 관계가 단절보다는 변용이라는 시각에 그 근거를 제공하는 것이다.

눈은 살아 있다
떨어진 눈은 살아 있다
마당 위에 떨어진 눈은 살아 있다

기침을 하자
젊은 시인이여 기침을 하자
눈 위에 대고 기침을 하자
눈더러 보라고 마음 놓고 마음 놓고
기침을 하자

눈은 살아 있다
죽음을 잊어버린 영혼과 육체를 위하여
눈은 새벽이 지나도록 살아 있다

기침을 하자
젊은 시인이여 기침을 하자
눈을 바라보며
밤새도록 고인 가슴의 가래라도
마음껏 뱉자

—「눈」(1956)

휴전 직후였던 1950년대 중반 김수영이 놓지 않았던 현대성과 보편성이라는 화두는 독자의 체험 영역 너머에 있는 것이었다. 당대 김수영의 시가 다양한 모습을 띠고 있었으나 한결같이 난해한 까닭이 이와 관련된다. 반복되는 구절로 시의 골조를 만든 시도 사정은 마찬가지였다. 인용시 「눈」은 비가시적인 세계를 가시적으로 보려는 태도에서 난해성을 유발한다. "기침을 하자"와 "눈은 살아 있다" 같은 특정 구절이 교차 반복되며 시의 골조를 이룬다는 점에서 「채소밭 가에서」와 유사하다. 그러나 두 시의 공통점은 여기까지이다. 「채소밭 가에서」는 이후 김수영 시적 변화를 예고하는 반면 「눈」은 그때까지의 시적 개성의 전형을 보여 준다. 영혼과 육체의 깨어남을 위해 기침과 가래를 뱉어 내자는 메시지에서 '눈'은 가래를 받아 내는 배경 역할과 누추한 현실을 가리는 덮개 역할을 동시에 맡는다. 생활은 덮인 눈으로 가려져 있다. 둘레 세계의 모습을 지우는 것으로 시의 메시지는 더욱 뚜렷해진다. '젊은 시인'에게는 눈에 덮인 현실보다 직시와 직언의 관념을 형상화한 가래와 기침이 더욱 소중해 보인다. 이전까지 발표했던 김수영 시의 전형적인 모습이다. 구체적인 현실은 보이지 않고 보편적 가치도 보이지 않는다. 반대로 말하자면 생활의 세목에 주목하자 미리 마련한 메시지의 관념성은 제어되고 현실의 구체성은 도드라지는 것이다.

　　먼 곳에서부터
　　먼 곳으로
　　다시 몸이 아프다

　　조용한 봄에서부터
　　조용한 봄으로
　　다시 내 몸이 아프다

　　여자에게서부터
　　여자에게로

능금꽃으로부터

능금꽃으로……

나도 모르는 사이에

내 몸이 아프다

——「먼 곳에서부터」(1961)

1961년 작 「먼 곳에서부터」에는 "몸이 아프다"가 반복된다. 4, 5년 동안 많은 일이 일어났다. 첫 단독 시집 『달나라의 장난』(1959)이 발간되었고 자유당 정권이 무너졌고 4·19혁명과 5·16군사정변 등 역사적 사건이 발생했다. '신귀거래' 연작을 끝낸 직후 김수영 시의 목소리는 가라앉았다. 위의 사실을 고려하면 아픈 까닭을 미루어 짐작할 수 있으나, 정작 인용 시에서는 감정의 상태를 말하더라도 그 까닭에 대해 발설하지 않는다. 이유가 제시될 법한 자리마다 "내 몸이 아프다"라는 구절이 들어섰다. 다른 여정은 생략한 채 같은 장소를 출발지와 도착지로 설정한 구문은 더욱 동어반복처럼 보이게 한다. 기존의 관념이 개입할 여지가 그만큼 줄어들었다. 시는 여러 세계를 계속 소환하는 것으로 외부 세계를 차단하는 기이한 역설로 자율성의 세계에 진입한다.

'~에서부터' '~로'까지 들어가는 목록은 '먼 곳'과 '조용한 봄'과 '여자'와 '능금'이다. 접경과 원경, 구체어와 추상어, 시간과 공간 등 여러 층위로 분류할 수 있는 이들의 등장은 단순해 보이는 반복 구조에 입체성을 더한다. 하지만 「채소밭 가에서」와 견주면 화자의 둘레 세계는 그 모습을 구체적으로 드러내지 않은 채 이유를 알 수 없는 내면의 슬픔이 강조된다. 생활의 세목이 가려지면 내면의 감정이 주목되고, 생활의 세목이 풍부하면 내면의 감정이 가려지는 것 같다. 하지만 반복이 시의 골조를 이루는 이후의 시편은 생활과 내면의 이분법적 관계를 깨뜨리고 대상을 지시하기보다는 그 자체의 반복을 통해 의미를 생성하는 자율성의 세계에 진입한다. 생활의 세목과 결별하는 이러한 시편들의 예비 단계로 이 시를 보아도 무방할 것이다.

요컨대 1950년대 중반 특정한 구절이 반복되며 구조의 골격을 이룬 김수영 시는 생활의 세목을 흡수하며 그의 시에 구체성을 띠게 하는 데 도움을 주었다. 그전까지 김수영은 낙후된 현실 너머에서 보편성과 현대성의 규준을 찾으려 했다. 메시지는 뚜렷했으나 생활의 모습은 흐릿했던 것인데, 이제는 생활의 모습이 선명해지고 메시지는 모호해졌다. 물론 둘 다 난해하기는 마찬가지였다. 1960년대 반복의 시편이 지닌 난해성은 생활과 관념의 대립 관계를 지우는 쪽으로 진행되며 확보되었다. 대상을 가리키기보다는 언어 자체를 지시하는 자율성의 세계를 구축하며 난해성이 드러난 것이다. 생활의 세목 자리에는, 생활이라 하기에도 감정이라 하기에도 관념이라 하기에도 어려운 비생활이 등장했다.

3 세속성의 전면화와 소음의 발생

김수영은 1950년대 중반 본격적으로 시 쓰기의 소재를 생활에서 찾았다. 그 결과 앞에서 살핀 반복의 시편 이외에도 풍뎅이, 영사판, 헬리콥터, 국립도서관 등의 제목이 나타나기 시작했다. 그는 구체적인 대상을 통해 보편성과 현대성에 관한 시적 사유를 이미지로 제시했다. 혁명과 사랑과 전통 같은 다소 추상적인 어휘들이 구체적인 이미지를 갖춰 출현했던 것도 추상어 사이에 있던 생활의 세목들이 공감의 맥락을 형성했기 때문이었다. 일상 언어의 영역에서는 반듯하게 구분할 수 있었던 구체어와 추상어, 일상 언어와 시적 언어의 경계가 김수영의 시에서는 교란되었다. 결과적으로 정치의 언어, 저잣거리의 언어, 속어와 은어 등이 시에 유입되어 시어의 영역이 확장되었다. 이는 주체의 위치 변화가 없었다면 일어나기 힘든 일이었다. 청년과 남편의 위치에서 어느덧 어른과 아버지의 역할로 자리를 옮기며 그는 개인과 역사, 현재와 미래를 아우르는 시각을 시에 선보였다. 그러자 현대성과 보편성의 인식이 가져다주었던 비애와 설움이 전망과 확신으로 바뀌어 나타나기 시작했다.

이와 같은 상황에서 김수영 시의 생활과 관련하여 추가로 주목할 특성은 세속성이다.[10] 김수영 시에 등장하기 시작한 생활의 세목은 설움을 제어하고 전망을 제시하는 순기능만 하지 않았다. 그는 시와 삶의 구분선을 교란하여 자유롭고 혼란스러운 삶의 국면들을 시적인 것으로 고양하고자 했으나, 이와 같은 기획은 현실 너머를 '바로 보'려는 시 쓰기의 자세를 흐뜨려 놓기도 했다. 고도로 정신을 가다듬는 과정이 필요한 시 쓰기 작업은 생활의 범람으로 인해 방해받기 마련이다. 그런데 특별하게도 김수영은 세속성이 첨가된 생활의 세목을 시에 제시하는 실험을 펼쳤다. 난해성은 생활의 과잉에서도 발생했다.

여자란 집중된 동물이다
그 이마의 힘줄같이 나에게 설움을 가르쳐 준다
전란도 서러웠지만

---

10) 이 글에서는 속물성(snobbery) 대신 세속성(secularity)이라는 용어를 사용한다. 김수영은 산문 「제정신을 갖고 사는 사람은 없는가」에서 세속적인 것을 정치적, 상식적인 것과 같은 영역에 두었다. 반대편에는 '정신적이며 철학적인 형이상학적인 것'(김수영, 『김수영 전집 2-산문』, 262쪽)이 배치되어 있다. 또한 「성격 있는 신문을 바란다」에서 그는 '세속인으로서의 상식'과의 싸움 대상으로 '시인으로서의 양심'(같은 책, 281쪽)을 설정했다. 세속성은 당대 정치와 윤리 그리고 일상적인 가치를 포함한다. 그 반대편에는 초월적이고 예술적인 것을 상정할 수 있다. 한편 「이 거룩한 속물들」을 참조하면 김수영은 금전과 허명을 좇는 것, 겸손하지 않은 것(같은 책, 188~192쪽)을 속물성의 특성으로 두었다. 그리고 속물을 진짜 속물과 거룩한 속물로 분류했는데, 그가 수용할 수 있는 거룩한 속물은 '고독의 자기의식'을 가지고 있으며 '자폭할 줄 아는 속물성'(같은 책, 190쪽)을 지닌다. 금전과 명예에 대한 욕망뿐 아니라 시적인 것과 성스러운 것 반대편에서의 사유까지 포함하는 이 글의 논지에 부합하는 개념은 세속성이다. 이때의 세속성은 시적인 것과 성스러운 것의 견고한 동일시를 해체할 뿐 아니라 당대의 일상과 윤리를 중요한 시적 가치로 여긴다.

포로수용소 안은 더 서러웠고
그 안의 여자들은 더 서러웠다
고난이 나를 집중시켰고
이런 집중이 여자의 선천적인 집중도와
기적적으로 마주치게 한 것이 전쟁이라고 생각했다
그런 의미에서 나는 전쟁에 축복을 드렸다

—「여자」부분(1963. 6. 2)

봄이 오기 전에 속옷을 벗고 너무 시원해서 설워지듯이
성급한 우리들은 이 발견과 실감 앞에 서럽기까지도 하다
전 아시아의 후진국 전 아프리카의 후진국
그 섬 조각 반도 조각 대륙 조각이
이 발견의 봄이 오기 전에 옷을 벗으려고
뚜껑이 열렸다 닫히는 소리

(중략)

나는 옷을 벗는다 엉클 샘을 위해서
아시아와 아프리카의 무거운 겨울옷을 벗는다
겨울옷의 영상도 충분하다 누더기 누빈 옷
가죽용 융옷 솜이 풀린 솜옷……
그러다가 드디어 나는 월남인이 되기까지도 했다
엉클 샘에게 학살당한
월남인이 되기까지도 했다

—「풀의 영상」부분(1966. 3. 7)

1950년대 중반까지 김수영 시의 감정 대부분을 차지하던 설움이 그 이

후 점점 자취를 감춘다. 내면의 감정에서 생활의 세목으로, 생활의 세목에서 4·19혁명, 5·16군사정변 등 역사적 사건으로 시적 관심사가 확장되면서 일어난 일이었다. 위의 인용 시 「여자」와 「풀의 영상」은 1960년대 발표작 중 드물게 설움이 등장하는 시다. 「여자」의 화자는 아이들의 과외공부 집 학부형회에서 한 학부모 여성을 본다. 그는 이마의 힘줄이 보이도록 집중하는 여성에게서 포로수용소 생활, 전쟁 등의 체험을 떠올리고 문득 서러워진다. 이전의 설움과는 사뭇 다른 모습이다. 청년이나 남편이 아닌 학부모 자격으로, 겪지 못하는 것에 대해서가 아니라 이미 겪은 것에 대해 서러워한다. 시는 서러움을 자아냈던 전쟁에 축복을 드리는 것으로 끝난다. 설움 속에 아이러니의 간격이 확보되었다.

「풀의 영상」에서 설움은 "성급한 우리들"의 발견과 실감에서 비롯한다. 서양과 견주며 생겨난 이 설움의 감정은 현대성과 보편성을 체험하지 못한 것에서 비롯한 이전의 설움과 비슷해 보인다. 누추한 현실을 더욱 누추하게 하는 '풀의 영상'은 좀처럼 지워지지 않는다. 이전 같았으면 설움을 토로한 채 여기에서 끝이 났을 것이다. 그런데 그는 월남인이 되어 보는 등 후진국과의 연대를 상상한다. 비록 자조적인 의미가 없는 것은 아니지만 역사적 현실에 기반을 둔 상상력이 개입하며 시가 마무리된다.

생활의 세목에 주목하여 시적 소재의 범위를 넓히자 시에서 설움의 노출 빈도가 줄어들거나 농도가 흐릿해졌다. 청년에서 학부모로 화자의 위치가 변경되며 고려 대상이 넓어지고, 개인에서 사회로 설움의 진폭이 확장되며 감정의 연대가 형성되었다. 시적 감응의 영역이 확장된 것이다. 설움은 1960년대 다른 시에 더는 등장하지 않는다. 전망은 이러한 변화 속에서 생겨났다. 그는 이 전망을 아들로 대변하는 젊은 세대에게 말한다. 더러운 진창 속에서 사랑과 희망을 말하는 「거대한 뿌리」(1964)와 단단한 현재 속에 잠재된 만개할 미래를 아들에게 설파하는 「사랑의 변주곡」(1967)의 뿌리가 여기에 있다.

피아노 앞에는 슬픈 사람들이 많이 있다
동계 방학 동안 아르바이트를 하는 누이
잡지사에 다니는
영화를 좋아하는 누이
식모살이를 하는 조카
그리고 나

(중략)

삭막한 집의 삭막한 방에 놓인 피아노
그 방은 바로 어제 내가 혁명을 기념한 방
오늘은 기름진 피아노가
덩덩 덩덩덩 울리면서
나의 고갈한 비참을 달랜다

벙어리 벙어리 벙어리
식모도 벙어리 나도 벙어리
모든 게 중단이다 소리도 사념(思念)도 죽어라
중단이다 명령이다
부정기적인 중단
부정기적인 위협
— 이러면 하루 종일
밤의 꿈속에서도
당당한 피아노가 울리게 마련이다
그녀가 새벽부터 부정기적으로
타 온 순서대로
또 그 비참대로

값비싼 피아노가 값비싸게 울린다

돈이 울린다 돈이 울린다

——「피아노」 부분(1963. 3. 1)

　그러나 이후 김수영의 시에 과도한 전망과 희망의 유입을 막은 것도 생활이었다. 「피아노」는 소란한 생활의 모습 자체를 신경증적으로 현시한 시이다. 생활은 여기에서 세속성의 의미로 특화되는데, 성스러운 것과 속된 것, 예술성과 세속성 사이에서 갈팡질팡하는 화자의 모습이 드러난다. 시끄럽게 울리는 피아노 소리는 소음처럼 그의 신경을 자극하며 시 전체의 분위기를 조성한다. 시도 때도 없이 울리는 피아노 소리에 화자와 누이와 조카와 아이들이 슬프다. 어제는 혁명을 기념했고 오늘은 비참을 달랜 그곳에 피아노 소리가 들어섰다. 혁명과 비참의 의미가 피아노 소리에 의해 퇴색된다. 화자는 모든 것이 벙어리가 되었으면, 죽었으면, 중단되었으면 하고 바란다. 삶이, 생활이 매우 시끄럽기 때문일 것이다. 그러나 피아노 소리는 꿈에서도 울린다. 피아노 소리는 어제의 기억을 지우는 무정한 현재이자 생활의 단면이다.

　피아노는 소음을 유발하는 역할에 그치지 않는다. 정작 하고 싶은 말을 참았다는 듯이 그는 시의 말미에 갑자기 피아노 가격에 대해 언급한다. 자신을 비참하게 느끼는 까닭과 피아노 소리가 당당하게 느껴지는 까닭에 피아노 가격이 추가된다. 시의 마무리 "돈이 울린다"는 시를 쓰게 된 동기가 세속성에 있다는 것을 알려 주는 예이다. 속물적인 자신을 고발하는 의미 또한 담겨 있는 것은 물론이다. 시에 자신의 세속성이 노출되었다. 생활의 소음과 마음의 혼란이 진정되기보다는 한층 더 가중되었다.

　생활의 세목을 현시하며 자신의 세속성을 고발하는 모습은 「모르지?」(1961), 「마케팅」(1962), 「피아노」(1963), 「돈」(1963), 「제임스 띵」(1965), 「이 한 국문학사」(1965), 「엔카운터지」(1966), 「전화 이야기」(1966), 「도적」(1966), 「미농인찰지」(1967), 「라디오계」(1967), 「원효대사」(1968), 「의자가 많아서 걸린다」(1968)에서 찾을 수 있다. 편수를 고려하면 이러한 특성은 1960년대 김수영 시의 중요한 시적 성과라 할 수 있다.

저리 번쩍 〈제니〉와 대사(大師)가
왔다 갔다 앞뒤로 좌우로
왔다 갔다 웃고 울고 왔다 갔다
파우스트처럼 모든 상징이

상징이 된다 성속이 같다는 원효
대사가 이런 기계의 영광을 누릴
줄이야 〈제니〉의 덕택을 입을
줄이야 〈제니〉를 〈제니〉를 사랑할 줄이야

긴 것을 긴 것을 사랑할 줄이야
긴 것 중에 숨어 있는 것을 사랑할 줄이야
저절로 이루어지는 것이 긴 것 가운데
있을 줄이야

그것을 찾아보지 않을 줄이야 찾아보지
않아도 있을 줄이야 긴 것 중에는
있을 줄이야 어련히 어련히 있을
줄이야 나도 모르게 있을 줄이야

——「원효대사」 부분(1968. 3. 1)

「원효대사」는 텔레비전 채널을 돌려 빠르게 화면이 전환하는 모습을 형상화한 시이다. 성찰의 시간을 앗아 가는 세속의 빠른 변화가 환기된다. 그리고 예술적인 것과 세속적인 것이 여러 층위에서 교란된다. 마치 실제 원효가 성과 속의 구분을 지우려 했던 것처럼 성스러운 승려가 세속적인 문물인 텔레비전에 등장하고, 소원을 들어주는 램프의 요정 "제니"[11]와 종교적 세속적 욕망을 부려 놓는 승려 "원효대사"가 동시간대 다른 채널에서 경쟁한다.

기존의 반듯한 인식 체계가 흔들리자 난해성이 동반된다. "모든 상징이// 상징이 된다"라는 말은 동어반복으로 다른 해석의 시도를 차단하는 자체적인 의미 체계를 구축했다. "긴 것을 사랑할 줄이야"라는 표현은 맥락을 찾기 어려워 돌연해 보인다. 혼란스럽기는 둘 다 마찬가지다. 다만 "긴 것" 안에 "나도 모르게" 숨은 것과 저절로 이뤄지는 것이 있다고 하니, 인식 바깥의 영역에 대한 용인의 맥락이 깔린 것처럼 보인다. 숨어 있으므로 찾기 힘들고, 저절로 이뤄지므로 관여할 부분이 없다. 모르는 곳에 있다는 것은 말 그대로 인식 바깥에 있다는 뜻이다. "원효대사"를 기계나 제니와 연결하여 세속화한 것을 염두에 둔다면 이 "긴 것"은 세속의 범주를 초월하는 성스러운 것, 예술적인 것을 상징한다. 즉 일찍이 "성속이 같다"라고 한 원효의 말이 20세기 텔레비전 프로그램을 통해 다른 방식으로 실현되고 있는 것이다.

생활의 도입은 전대의 관념성을 제어하며 김수영 시를 구체적으로 변모하게 했다. 설움의 감정이 현대성과 보편성을 체험하지 못한 데에서 발생했던 반면, 이를 전망으로 바꾼 것은 역사적 현실과 둘레 세계를 긍정하도록 이끈 생활의 도입이었다. 한편 생활은 세속성으로 특화되어 성찰과 추수의 갈등 양상을 드러내는 데 기여하기도 했다. 돈에 집착하고 성찰을 방해하는 것들에는 세속화된 시인 자신도 포함되었다. 성스러운 것과 속

---

11) 고려대학교 현대시연구회, 『김수영 사전』. 「제니의 꿈」에 관해 이 사전의 풀이를 요약하면 다음과 같다. '「제니의 꿈」: 미국의 TV 시리즈. 시드니 셸던 원작이며 1963~1970년까지 방영되었다. '제니'는 '지니'라고도 불린다. 제이 역을 맡은 배우는 바바라 이든이다. 이든의 상대역 배우는 래리 해그먼이었다. 원작에서는 우주 비행사 토니 넬슨이 무인도에 착륙 후 구조대가 오기를 기다리다 무인도 해변가에서 녹색 호리병을 주워 2000살 먹은 요술쟁이 제니와 만난다는 내용이다. 제니와 넬슨은 이후 결혼식을 올린다.'

된 것, 예술적인 것과 비천한 것 사이에서 갈등하는 상황은 혼란과 소음을 유발하는 형태로 시에 형상화되기도 했다. 난해성을 띨 수밖에 없는 시의 모습은 1960년대 김수영이 시도한 대표적인 시적 실험의 결과였다.

4 자율성의 균열과 생활의 흔적

1960년대 들어 반복이 골조를 이루었던 김수영의 시는 점차 내용을 채웠던 생활의 세목을 지우는 쪽으로 전개되었다. 비생활로 요약할 수 있는 이러한 시는 기존의 세계와 결별하고 반복되는 시어로 독해의 속도를 높여 반복과 변주의 운동 자체에 의미 생성 가능성을 열어 둔다. 의미를 자급자족하는 이 언어의 공동체는 자율성의 체계를 완성한 것처럼 보인다.[12] 그러나 김수영의 시에서 생활의 주목과 동시에 출현한 자율성의 세계는 여느 자율성과 다른 면모를 보인다. 의미를 포기하기보다는 "'의미'를 껴안고 들어가 그 '의미'를 구제함으로써 무의미에 도달하는 길"을 모색한 그는 자신의 시 쓰기에도 이를 적용하려 했다.[13] 기존 세계의 의미는 무의미의 자양분 역할을 맡는다. 기득권을 포기하고 동등한 자격을 갖춰 새로운 의미로 거듭날 가능성을 부여받는 것이다.

미인을 보고 좋다고들 하지만
미인은 자기 얼굴이 싫을 거야
그렇지 않고야 미인일까

미인이면 미인일수록 그럴 것이니
미인과 앉은 방에선 무심코
따 놓는 방문이나 창문이

---

12) 졸고, 「이상과 김수영 시에 나타난 반복의 상반된 의미」, 192~195쪽 참조.
13) 김수영, 「변한 것과 변하지 않은 것」, 『김수영 전집 2 ─ 산문』, 461쪽.

담배 연기만 내보내려는 것은

아니렷다

—「미인—Y 여사에게」(1967. 12)

그러나 모두 같은 자격에 놓여 있다고 자율성의 세계 구축이 보증되는
것은 아니다. 김수영 시는 역설적으로 이를 증명한다. 그는 언어를 통해
언어 너머의 세계를, 의미를 통해 무의미를 탐지한다. 「미인」은 자유, 혼
돈, 자율성과는 직접 관련되지 않지만, 자율성의 세계에 난 균열에 무엇이
넘나드는지 보여 주는 실례이다. 두 연 여덟 행으로 짧게 구성된 「미인」의
명성은 그의 산문 「반시론」에서 비롯한다. 산문의 회고를 따르면 그는 아
내의 지인 모임에 참석했고 담배 연기를 환기하기 위해 창문을 열었다.[14]
빠져나간 것이 연기뿐만이 아니라는 말로 마무리되는 이 간단한 시에서
호명되는 이는 하이데거이다. 그는 하이데거가 쓴 「릴케론」의 '신적인 입
김'을 언급하며 환기를 위해 연 창문 틈의 의미를 명확히 한다.[15] 그곳은
뮤즈가 오는 입구이며 세속적인 삶 너머로 가는 출구이다. 미인이라 호명
하는 행위는 세속성을, 창문의 열린 틈으로 넘나드는 '입김'은 예술성을
가리킨다. 다른 세계의 계시는 당대 현실의 역사적 사건이나 개인적 일상
을 다루는 여느 시와 그의 시를 변별하는 중요한 요소이다. 김수영은 현실
에 낭만을, 일상에 죽음을, 언어에 침묵을, 정돈된 말에 소음을 끌어들여
일반적인 인식 체계를 교란했다. 이는 비생활의 시가 이룬 자율성의 세계
에서도 적용할 수 있다.

풍경이 풍경을 반성하지 않는 것처럼

곰팡이 곰팡을 반성하지 않는 것처럼

여름이 여름을 반성하지 않는 것처럼

---

14) 위의 책, 511~512쪽.
15) 위의 책, 512쪽.

속도가 속도를 반성하지 않는 것처럼
졸렬과 수치가 그들 자신을 반성하지 않는 것처럼
바람은 딴 데에서 오고
구원은 예기치 않은 순간에 오고
절망은 끝까지 그 자신을 반성하지 않는다

——「절망」(1965. 8. 28)

「절망」은 김수영이 일군 자율성의 세계를 보여 주는 전형적인 시이다. 그는 주어와 목적어 자리에 같은 말을 배치하며 동어반복의 체계와 비슷하게 구문을 연출했다. '나는 나이다'나 '풍경은 풍경이다' 등 주어와 서술어가 일치되는 동어반복의 구문은 다른 관념이 개입할 여지가 없다. 그러나 '나는 나를 반성한다'나 '풍경은 풍경을 반성한다' 등의 구문은 유사동어반복의 구문으로서, 이를 이해하기 위해서는 어떤 일이 있었기에 반성을 하려는지 구문 밖의 상황이 필요하다. 동어반복의 세계로 기존의 의미가 개입하는 것을 차단하고 의미의 자급자족 세계를 이룬 것처럼 보이지만, 그 틈으로 기존의 의미가 개입하여 자율성의 체계에 균열을 낸다. 곰팡과 여름과 속도와 졸렬이 등장하는 구문의 형태도 동어반복과 유사하지만 기존의 의미를 끌고 들어오는 틈이 나 있다. "예기치 않은 순간에 오"는 구원이 펼쳐지는 곳도, 현실 너머 다른 세계의 전망이 제시되는 곳도, 생활의 영역이 환기되는 곳도 여기, 바로 그 틈이다.

"졸렬과 수치가 그들 자신을 반성하지 않는 것처럼"과 같은 구절을 보자. 더 이상의 문장 성분이 필요해 보이지 않지만, 이 구문을 이해하기 위해서는 졸렬과 수치를 뉘우치지 않는 '누구'가 필요하다. 김수영이 구축한 세계는 폐쇄적이기보다 개방적이다. 그곳으로 '신들의 입김'이 넘나들고 생활의 흔적이 모습을 드러낸다. 김수영의 시에서 자율성의 세계는 그 기원인 생활 세계의 흔적을 완전히 지우지 못했다. 기존의 의미를 떨치고 그 자체의 의미 생성 가능성을 신뢰하는 독법에서는 이물질처럼 느껴지는 것이 생활의 흔적이다. 기존의 관례를 배반하는 한곳에서 난해성이 발생한다고 했을 때 생활의 흔적은 여기에서 난해성을 유발하는 요인으로 작동한다.

눈이 온 뒤에도 또 내린다

생각하고 난 뒤에도 또 내린다

응아 하고 운 뒤에도 또 내릴까

한꺼번에 생각하고 또 내린다

한 줄 건너 두 줄 건너 또 내릴까

폐허에 폐허에 눈이 내릴까

— 「눈」(1966. 1. 29)

1966년 작 「눈」은 '내리다'가 반복되며 눈이 내리는 풍경 자체를 묘사하는 것처럼 보인다. 객관적인 사실을 전제로 한 평서형과 주관적인 예측을 전제로 한 의문형이 교차하며 의미의 입체성을 확보했다. 또한 "생각하고 난 뒤"나 "응아 하고 운 뒤" "한 줄 건너 두 줄 건너" 등은 시간의 경과를 뜻하며 계속해서 내리는 눈을 환기한다. 눈은 결국 쌓일 것인데, 그것이 쌓여 가리는 대상이 바로 '폐허'가 된 세상이다.

그런데 누가 생각하는지, 왜 우는지, 독서의 뜻이 무엇인지 이들은 또다른 질문을 가져온다. 정답이 없는 질문 앞에서 독자의 이해는 지연된다. 기존 세계의 구체적인 생활상을 불러들이자 시의 언어가 구축한 자율성의 세계에 흠집이 났다. 「절망」과 견주었을 때 두 시 모두에 있는 것은 난

해성을 유발하는 생활의 일면이고 「눈」에만 없는 것이 '구원'이 환기하는
다른 세계이다. 다른 세계의 개입은 김수영 시의 특성 중 하나이지만 자
율성의 세계를 구축한 김수영의 모든 시에서 볼 수 있는 것은 아니다. 오
히려 난해성을 불러일으키는 생활의 파편들이 자율성의 시에 두루 나타
나는 특징이라 할 수 있다.

풀이 눕는다
비를 몰아오는 동풍에 나부껴
풀은 눕고
드디어 울었다
날이 흐려서 더 울다가
다시 누웠다

풀이 눕는다
바람보다도 더 빨리 눕는다
바람보다도 더 빨리 울고
바람보다 먼저 일어난다

날이 흐리고 풀이 눕는다
발목까지
발밑까지 눕는다
바람보다 늦게 누워도
바람보다 먼저 일어나고
바람보다 늦게 울어도
바람보다 먼저 웃는다
날이 흐리고 풀뿌리가 눕는다

———「풀」(1968. 5. 29)

「풀」은 다양한 견해를 불러일으킨 시이다.[16] 그중에는 상반된 것도 있는데, 여기에서는 「풀」을 민중시와 순수시로 보는 견해에 주목할 것이다. 풀을 민중으로 환원하여 읽는 독해는 먼저 웃고 먼저 울어도 "먼저 일어나"는 속성에 주목하며 끝내 저항하여 뜻을 이루려는 의지를 풀에 대입한다. 이때 바람은 외세가 될 것이다. 순수시로 읽는 견해의 요지는 '바람'과 '풀', '울다'와 '웃다', '일어나다'와 '눕다' 등의 어휘가 반복되며 기존의 관념과 결별하고 새로운 의미를 생성하는 기제를 갖춘다는 것이다. 이 시를 순수시로 파악한 시각을 따르면 난해성은 언어의 자율성에서 비롯하는 것이다. 다른 세계나 기존의 세계를 참조하지도 않고 의미가 그 안에서 생성되기 때문이다. 동풍이나 바람은 외세 등의 다른 관념을 환기하지 않은 채 스스로 부는 바람이고 움직이는 풀 또한 민중 등의 다른 관념을 환기하지 않은 채 움직이는 풀이다. 의미를 헤아리는 데 참조할 부분은 쉽게 나타나지 않는다.

그런데 자율성의 체계에서 이해되지 않는 대상이 '풀뿌리'이다. 마치 이물질처럼 또는 잔여물처럼 존재하는 것이 '풀뿌리'이다. 그것은 다른 세계를 환기하는 '예기치 않은 구원'도 아니며 창틈으로 불어오는 '신들의 입김'도 아니다. 풀뿌리가 향하는 곳은 천상이 아니라 '눕는' 지하이다. 생활의 흔적들, 생활의 파편들이 '풀뿌리'로 형상화되어 자율성의 세계에 끼어들었다고 말할 수 있지 않을까. 풀뿌리는 앞 시들의 표현을 빌리자면 자율성의 세계 이전에 있었던 폐허의 잔해이거나 자율성의 세계 밖에서 들리는 소음이다. 명확히 의미를 부여받지 못한 풀뿌리는, 그 난해함으로써 자율성을 추구하는 김수영의 시가 생활에서 비롯되었다는 것을, 그리고 시가 지우면서 다다르고자 했던 것이 생활이었음을 일러 준다.

---

16) 동양적 세계관의 일례로 「풀」을 언급한 대표적인 글은, 최동호, 「김수영의 부자유친―동양 사상과 김수영의 시」(《작가세계》 16(2), 2004. 5. 78~95쪽)가 있으며 리얼리즘 시와 모더니즘 시의 회통의 예로 「풀」을 언급한 대표적인 글은 최원식, 『문학의 귀환』 (창비, 2001) 등이 있다.

요컨대 김수영의 시에서 생활의 흔적을 지우는 자율성은 반복의 속도로 새롭게 의미를 생성하는 기제를 갖추었지만, 그곳에서 다른 세계의 전망을 계시하는 틈과 기존의 세계를 환기하는 생활의 흔적 또한 볼 수 있다는 것이다. 여기에서 난해성은 반복의 기제뿐 아니라 그 균열에서도 발생한다. 「절망」에서는 '예기치 않은' 구원과 함께 유사 동어반복의 틈에서 기존의 인식 체계가 유입되었고, 「눈」에서는 현실 세계를 환기하는 폐허의 흔적이 나타났다. 유작 「풀」도 마찬가지이다. 보편적 예술성과 특수한 생활상이 함께 나타나며 김수영의 시적 개성이 형성되었다.

5 나가며

지금까지 이 글은 김수영 시의 난해성을 형성하는 요인으로 생활의 도입에 주목했다. 다층적인 죽음 의식, 미숙한 한국어 사용, 혼돈과 자유의 지향, 자율성에 기반한 순수시의 창작 등이 김수영 시의 난해성 생성 원인으로 꼽혀 왔다. 상호 보완적인 관계도 있었으며 상호 충돌하는 관계도 이들 사이에는 형성되었다. 김수영의 개별 시편은 이와 같은 시각의 논거가 되었다. 그런데 같은 시인데도 상반된 성격의 난해성을 입증하는 구체적인 사례로 제시되어 이들 사이의 논리적 매개가 필요하다고 판단했다. 생활의 도입은 이와 같은 문제의식으로 제기된 논제였다.

1950년대 중반 김수영은 생활의 세목에 주목하여 시에 구체성을 더했다. 1960년대에는 구절의 반복으로 골조를 이루고 그 사이를 생활의 구체성이 채운 시와 생활의 세속성이 전면에 어지럽게 펼쳐져 소음처럼 들리는 시, 개성적인 두 가지 모습이 선보였다. 첫째 유형에서는 반복되는 구절 사이에 생활의 여러 소재가 채워졌다 지워졌는데, 생활의 세목이 시의 내용을 이루자 관념성은 배후로 물러났고, 그 빈자리에 비생활의 국면이 모습을 드러내며 생활과 긴장했다. 생활의 주목은 시에 구체성을 더하는 한편 비생활의 도입은 시의 난해성을 계승했다.

두 번째 시의 유형에서는 여러 생활의 단면 중 세속성이 전면에 드러났다. 시의 의미는 하나로 수렴되기보다는 다방면으로 발산하며 혼란스러운 양상을 연출하는데, 세속성을 외면하지도 추수하지도 못하는 시인의 갈등이 그 안에서 탐지된다. 생활은 여기에서 예술과 긴장하는데, 결과적으로 자기 고발이 세속적인 것을 현대시에 유입했다고 할 수 있다. 난해성은 여기에서 전형적인 시가 환기하는 단정한 형태와 압축적인 의미를 배반하는 것으로 발생한다.

한편 구절의 반복이 골조를 이루되 비생활의 국면이 도드라진 시에는 자율적이고 자족적인 세계가 구축된 듯했다. 그러나 그와 같은 시에서도 다른 세계의 전망을 계시하는 틈과 기존의 세계를 환기하는 흔적을 확인할 수 있었다. 다른 세계는 김수영이 추구했던 보편적 예술의 세계인 반면, 기존의 세계는 결별하고자 했으나 남아 있는 생활의 파편이다. 여기에서 난해성은 자율성의 코드로 파악되지 않은 것에서 비롯한다. 역설적이게도 생활은 김수영 시의 난해성을 일으키는 기원이었다. 김수영의 시에서 난해성은 언어가 삶에 닿고자 하는 과정의 부산물 때문에 생긴다는 것을, 생활은 말의 기원이자 지향점이라는 것을 방증한다.

참고 문헌

김수영, 『김수영 전집 1-시』, 민음사, 2018

김수영, 『김수영 전집 2-산문』, 민음사, 2018

이영준 편, 『김수영 육필시고 전집』, 민음사, 2009

고려대학교 현대시연구회, 『김수영 사전』, 서정시학, 2012

김종훈, 「이상과 김수영 시에 나타난 반복의 상반된 의미」, 《한국문학이론과 비평》 66, 2015

_____, 「김수영 시집 『달나라의 장난』의 선별 기준 — 6·25 이전 시편을 중심으로」, 《한국근대문학연구》 17(1), 2016, 165~194쪽

_____, 「김수영 시집 『달나라의 장난』 연구 — 1953~1956년 시편을 대상으로」, 《한국문학이론과 비평》 77, 2017, 199~224쪽

_____, 「김수영 시집 『달나라의 장난』 연구 — 1957~1959년 시편을 대상으로」, 《국어국문학》 189, 2019, 305~332쪽

_____, 「서정의 화원: 1966~1967년 김수영의 시」, 《서정시학》 2020년 봄호

김수이, 「김수영의 "소음의 철학"과 '사랑'의 연관성 — 소음은 어떻게 사랑이 되는가」, 《현대문학이론연구》 75, 2018, 55~83쪽

김인환, 『상상력과 원근법』, 문학과지성사, 1993

김현경, 『김수영의 연인』, 실천문학사, 2013

노춘기, 「폭로와 은폐의 변주 — 김수영 시의 난해성」, 《어문논집》 58, 317~342쪽

이미순, 「김수영의 침묵의 시학」, 《한국현대문학연구》 55, 2018, 345~384쪽

최동호, 「김수영의 부자유친 — 동양 사상과 김수영의 시」, 《작가세계》 16(2),

2004. 5, 78~95쪽

최원식, 「문학의 귀환」, 창비, 2001

최하림, 『김수영 평전』, 실천문학사, 2001

제2주제에 관한 토론문

김효은 | 경희대 후마니타스 칼리지 강사

김종훈 선생님의 논문 잘 읽었습니다. 김수영 시가 지닌 난해성, 모호성, 다의미성의 문제는 김수영 연구자들뿐 아니라 국문학 연구자들이라면 누구라도 한 번쯤은 의문을 가지게 되는 공통의 주제이자 풀어 볼 만한 흥미진진한 관심사가 아닌가 생각이 됩니다. 고 황현산 선생님께서는 난해성이야말로 김수영 시의 "방법이자 내용이었으며 그 사상"(「난해성의 시와 정치」, 『말과 시간의 깊이』(문학과지성사, 2002))이라고 말씀하셨죠. 난해성은 그의 시 세계를 특징하는 "비범한 활력"(「모국어와 시간의 깊이」, 위의 책)이었으며, 그의 시의 핵심이자, 정신, 언어 개혁의 본질이라고까지 언급하셨던 걸로 기억합니다. 김종훈 선생님의 논문을 읽으면서 김수영의 시의 '난해성에의 난해성'이 갖는 문제에 대해서도 새삼 고민해 보게 되었습니다. 난해성에서 비롯되는 독해의 다양성과 열려 있음, 중층성은 그의 시가 갖는 특장이자 매력이 아닐까 생각됩니다. 김수영은 우리 문학사에서 신화적인 위치, 독보적인 위치에 굳건하게 자리한 것도 사실입니다. 기존 논의의 수만 하더라도 압도적인 위상을 차지하고 있는데요. 심지어 김수영 연구사에 대한 연구도 있다고 합니다.

제가 개인적으로 김수영 연구를 미뤄 온 이유는 방대한 기존 논의 검토에의 귀차니즘에 있기도 합니다. 더불어 제가 양다리성, 걸쳐 있음, 애매성과 모호성을 싫어하는데, 김수영만큼이나 이쪽과 저쪽에 '양다리'를 걸친 애매하고 복합적인 '장르'도 드문 것 같다는 생각에서가 아니었을까 반성해 보았습니다. 김수영 시인은 「절망」이라는 시에서 "절망은 끝까지 그자신을 반성하지 않는다."라고 했지만 김수영 시의 연구자들은 반성의 반성을 거듭해야만 하는 반절망적 주체여야 하지 않나라는 생각도 듭니다. 김수영 전공자는 아니지만, 짧은 식견으로 김수영 시학에 나타나는 난해성과 애매성, 모호성, 다의미성이 창출되는 자리가 바로 이 '양다리성'에 기인한 것이 아닐까 추정해 봅니다. 예컨대, 이질적이고 대립 항적인 요소들의 길항과 상충이 김수영 시에서는 계속해서 공존하고 역동적으로 반향하면서 의미를 끊임없이 재창출하고 있다는 생각이 드는데요. 김종훈 선생님의 논문에서도 그러한 지점들을 적확하고 유의미하게 지적하고 계신 것 같습니다. "생활의 분산"이라고 지칭하신 부분들이야말로 특히 그러한 김수영 시의 의미 창출과 와해 및 작동 원리에 대한 설명의 핵심이라고 저는 이해했습니다. 그 전에 우리는 김수영 시의 주요 의미 자질들을 한쪽에는 생활, 사랑이라는 항목을 두고, 다른 한쪽에 다음과 같은 대립항들을 다소 도식화해 편의상 열거해서 정리, 개관해 볼 수 있을 것 같습니다.([표] 참고)

이 표는 어디까지나 제가 김수영 시의 의미 자질들을 분류하여 이해를 돕고자 표로 제시한 것일 뿐 큰 환기 사항은 없습니다.

이제 본론으로 들어가 질문 드리도록 하겠습니다. 먼저, 제가 논문과 관련해서 조심스럽게 질의드리고 싶은 부분은 용어, 개념에 관한 문제인데요. 김종훈 선생님께서는 김수영 시의 난해성 형성 요인으로 "생활의 도입"에 주목하셨습니다. "자유와 혼란 그리고 순수시의 출현 또한 생활의 도입과 관련성이 있다."라는 전제 아래 논증을 이어 나가고 계십니다.

	죽음	삶
생활 사랑 으로 수렴되는 동시 에 확산, 반향, 증폭 되는 길항의 요소들	개인	사회
	관념	구체
	세속성	예술성
	생활(범주 자체가 애매)	**(비)생활은 가능한가(?)**
	성	속
	침묵	소음
	참여	순수
	현실	이상
	의미	**(무)의미**
	내용 자질 외에도 형식과 관련된 자질들도 기타 추가될 수 있음	내용 자질 외에도 형식과 관련된 자질들 기타 추가될 수 있음

"난해한 김수영 시 모두에 두루 적용할 수 있는 키워드가 필요"하고 그 키워드로 "생활의 도입"을 도출해 내고 계신데, 그렇다면 이 김수영만의 "생활"이라는 키워드에 대한 의미 자체에 대해 좀 더 구체적인 설명을 해 주셔야 하지 않을까 하는 생각이 듭니다. 왜냐하면 "생활"이라는 워딩 자체에 분명 "삶", "일상", "현실" 등의 지시어와는 분명 또 다른 의미 자질들의 외연과 내연이 존재하기 때문입니다. 이에 대해서 선생님께서 보충 설명을 해 주셨으면 합니다. 또 생활과 생활의 구체성은 다른 맥락인지, 그렇다면 생활의 추상성이라는 반대 항을 든다면, 추상성 자체가 생활과는 대립되는 자질이 되는 것은 아닌지에 대해서도 보충 설명을 해 주시면 감사하겠습니다.

두 번째로 질문 드리고 싶은 사항은 "반복"의 문제입니다. 김수영의 시는 구문 반복의 표현 구조 등이 특히 두드러진 형식적 특징임에 분명하고, 다수의 연구자들이 이에 주목해서 반복의 구조에 대해 연구한 것으로 압니다. 선생님께서도 "반복되는 구절은 의미의 강조와 의미의 분산 사이에서 긴장을 형성"하며 이로써 "어느 쪽으로도 정리되지 않은 시들의 의미는 그의 시적 개성에 특별한 난해성을 더한다."라고 말씀하셨습니다. 반복이 갖는 두 개의 효과에 대해, 즉 반복의 배분이 의미를 강조하거나 분산하는 등 김수영의 시에서도 작품마다 달리 나타나는 것을 알 수 있었습니다. 특히 1950년대 중반 시에서는 "생활의 반경"에 대한 주목이 관념과 생활의 긴장을 통한 "구체성 부여"에 기여했다고 하셨는데, 선생님께서 말씀하신 구체성과 입체성은 사실 난해성과는 반대되는 개념이라 할 수 있습니다. 구문 반복만 반복되고 지적하신 바대로 정작 메시지나 감정의 원인이나 맥락들은 감춰진 부분들이 다수 있는데, 이 부분이 추후 자율성의 세계로 이어지는 그 지점의 이행들에 대해서 좀 더 자세히 설명을 덧붙어 주셨으면 합니다.

세 번째로는 1960년대 시들에 대해 언급하시면서, 본문에서 "생활의 도입은 전대의 관념성을 제어하며 김수영 시를 구체적으로 변모하게 했다. 설움의 감정이 현대성과 보편성을 체험하지 못한 데에서 발생했던 반면, 이를 전망으로 바꾼 것은 역사적 현실과 둘레 세계를 긍정하도록 이끈 생활의 도입이었다. 한편 생활은 세속성으로 특화되어 성찰과 추수의 갈등 양상을 드러내는 데 기여하기도 했다. 돈에 집착하고 성찰을 방해하는 것들에는 시인 자신도 포함되었다."라고 하셨는데 이런 자기비판과 자기반성 등의 요소들까지 "김수영이 시도한 대표적인 시적 실험의 결과" 안에 포함시킬 수 있는 것인지에 대해서도 부연 설명을 해 주셨으면 합니다. 제 개인적인 사족의 의견이지만 선생님께서는 "김수영의 시에서 난해성은 언어가 삶에 닿고자 하는 과정의 부산물 때문에 생긴다는 것을, 생활은 말의 기원이자 지향점이라는 것을 방증한다."라고 하셨는데, 난해성은 언어가 삶/생활에 밀접해서 가닿기보다는 오히려 멀어지고자 할 때, 그 이상과의 괴리에서 일종의 결로(結露) 현상처럼 발생하는 것이 아닌지 그러한 생각도 해 보았습니다.

4장의 "자율성의 균열과 생활의 흔적" 부분은 대체로 공감, 동조하면서 읽었습니다. "틈", "균열", "흔적", "파편"들은 김수영 시의 자율성과 개방성, 난해성을 두드러지게 하는 요소들이라고 저 또한 생각합니다. 폐허와 절망에 그치지 않고, 구원과 전망으로 이어지는 희망의 가교가 이 생활의 그물들 안에, 또한 그의 시 텍스트 안에 촘촘히 짜여 있는 것은 아닐지, 홀로그램적인 것들, 쉽게는 해독되지 않은 그것들이야말로 김수영 시학의 미덕이자 신비, 미학이 아닐까에 대해서도 생각해 보면서 이상으로 김종훈 선생님의 논문에 대한 질의를 마치겠습니다. 여러모로 유의미한 선생님의 본 논의는 개인적으로 제게도 많은 공부가 되었습니다. 감사드립니다.

김수영 생애 연보

1921년	11월 27일(음력 10월 28일), 서울시 종로2가 58-1번지에서 부친 김태욱(金泰旭)과 모친 안형순(安亨順) 사이에서 출생.(8남매 중 장남) 본관은 김해(金洀). 이듬해 종로6가 116번지로 이사.
1928년(8세)	어의동(於義洞) 공립보통학교(현 효제초등학교) 입학.
1934년(14세)	장티푸스와 폐렴 등으로 학업을 중단하고 1년여 요양 생활. 용두동(龍頭洞)으로 이사.
1935년(15세)	건강을 회복하여 경기도립상고보(京畿道立商高普)와 선린상업학교(善隣商業學校)에 차례로 응시하나 모두 낙방하고 선린상업학교 전수부(專修部, 야간)에 입학.
1938년(18세)	선린상업학교 전수부를 졸업하고 본과(주간) 2학년으로 진학.
1941년(21세)	12월, 선린상고 졸업.
1942년(22세)	일본 유학을 떠나 도쿄 나카노(中野區 住吉町)에 하숙하며 조후쿠(城北) 고등예비학교 입학하나 곧 학업 중단. 이후 미즈시나 하루키(水品春樹) 연극연구소에서 연출 수업을 받음.
1944년(24세)	2월경, 귀국하여 종로6가 고모집에 머물며 안영일 등과 함께 연극 활동. 가을, 잠시 귀국한 어머니와 함께 가족들이 있는 만주 길림성으로 떠남. 그곳에서 길림극예술연구회 회원으로 있던 임헌태, 오해석, 송기원 등과 만남.
1945년(25세)	6월, 길림공회당에서 길림성예능협회가 주최하는 춘계예능대회가 개최되었고, 길림극예술연구회는 「춘수(春水)와 같이」라는 3막극을 상연. 9월, 광복을 맞아 가족과 함께 귀국. 평

북 개천과 평양을 거쳐 서울 고모집에 도착한 후 충무로4가로 이사. 11월 21일, 연희전문학교 영문과 1학년 입학.

1946~1948년 (26~28세)	시 「묘정(廟庭)의 노래」를 《예술부락》 2호(1946. 3. 1.)에 발표. 연희전문학교에서 한 학기 만에 자퇴. 김병욱, 박인환, 김경희, 임호권 등과 '신시론(新詩論) 동인' 결성. 그 외에도 배인철, 이봉구, 김기림, 조병화 등 많은 문인들과 교류함.
1949년(29세)	부친 김태욱이 지병으로 작고. 김현경(金顯敬)과 결혼하고 돈암동에 신혼살림을 차림.
1950년(30세)	한국전쟁이 발발하고 서울에 조선문학가동맹 사무실이 생기자 김병욱의 권유로 문학가동맹에 출석. 8월 3일, 문화공작대에 강제 동원되어 평남 개천군 북원리의 훈련소에서 한 달간 군사훈련을 받음. 9월 28일, 훈련소를 탈출했으나 중서면에서 체포되고, 10월 11일, 다시 탈출. 평양과 개성을 거쳐 10월 28일, 서울 서대문에 도착. 서울 충무로의 집 근처에서 경찰에 체포당해 11월 11일, 부산의 거제리 포로수용소에 수용. 그후 12월 26일, 가족들은 경기도 화성군 조암리(朝巖里)로 피난하고 28일, 피난지에서 장남 준(儁) 출생.
1951~1952년 (31~32세)	부산 거제리(지금의 거제동)와 거제도의 포로수용소에 수용. 1952년 11월 28일 충남 온양의 국립구호병원에서 200여 명의 민간인 억류자의 한 명으로 석방.
1953년(33세)	부산에서 박인환, 조병화, 김규동, 박연희, 김중희, 김종문, 김종삼, 박태진 등과 재회. 미8군 수송관의 통역관을 거쳐 선린상업학교 영어 교사로 근무.
1954년(34세)	서울로 돌아와 주간 《태평양》에서 근무하며 가족들과 새 삶을 모색.
1955~1956년 (35~36세)	피난지에서 돌아온 아내와 재결합하고 성북동에 거주. 《평화신문사》 문화부에 반년간 근무하다 그만두고 1956년 6월, 마

포 구수동(舊水洞) 41-2로 이사. 이후 번역과 양계로 생계를 꾸림.

1957년(37세)　김종문, 이인석, 김춘수, 김경린, 김규동 등과 묶은 앤솔러지 『평화에의 증언』에「폭포」등 5편의 시를 발표. 12월, 제1회 한국시인협회상 수상.

1958년(38세)　6월 12일, 차남 우(瑀) 출생.

1959년(39세)　첫 시집『달나라의 장난』출간(춘조사).

1960년(40세)　4·19혁명이 일어나자「우선 그놈의 사진을 떼어서 밑씻개로 하자」,「기도」,「육법전서와 혁명」,「푸른 하늘은」,「만시지 탄(晩時之歎)은 있지만」,「나는 아리조나 카보이야」,「거미잡 이」,「가다오 나가다오」,「중용에 대하여」,「허튼소리」,「"김일 성 만세"」,「피곤한 하루의 나머지 시간」,「그 방을 생각하며」 등을 열정적으로 쓰고 발표함.

1961년(41세)　5·16군사정변 발발. 며칠간 잠적해 있던 시인은 퇴보하는 현 실을 보는 어지러운 심정을 '신귀거래 연작' 등의 시를 통해 발표.

1962~1963년　「적」,「만주의 역자」,「죄와 벌」등을 통해 눈에 보이지 않는
(41~422세)　현실의 적대성과 그 와중에 묵묵한 민중의 삶을 이야기하는 동시에 소시민적 삶의 허위 의식을 폭로함.

1964년(43세)　W. B. 예이츠에 대한 관심이 예이츠론 번역(1962년)을 거쳐 시 와 시극 번역으로 이어지고 예이츠론을 씀. 한일회담을 반대 하는 학생 시위를 보면서 시에 '식민지'라는 단어를 사용함.

1965년(45세)　6·3한일협정(한일기본조약) 반대 시위에 동조하여 박두진, 조 지훈, 안수길, 박남수, 박경리 등과 함께 성명서에 서명함. 신 동문과 친교.

1966년(46세)　김춘수, 박경리, 이어령, 유종호 등과 함께 현암사에서 간행하 는 계간《한국문학》에 참여해 시와 시작(詩作) 노트를 계속

발표. 자코메티의 리얼리티론에 관심을 가짐.

1967년(47세)	『세계 현대 시집』을 출간하기 위한 번역 작업에 몰두함.
1968년(48세)	《사상계》 1월호에 평론 「지식인의 사회참여」를 발표. 이후 조선일보 지면에서 3회에 걸쳐 이어령과 논쟁함. 6월 15일 밤 11시 10분경, 귀가하던 길에 구수동 집 근처에서 버스에 부딪히는 사고를 당함. 서대문에 있는 적십자병원에 이송되어 응급 치료를 받았으나 의식을 회복하지 못하고 다음 날(16일) 아침 8시 50분에 숨을 거둠. 6월 18일, 세종로 예총회관 광장에서 문인장(文人葬)으로 장례를 치르고 서울 도봉동에 있는 선영(先塋)에 안장됨.
1969년	1주기를 맞아 묘 앞에 시비(詩碑)가 세워짐.
1974년	시 선집 『거대한 뿌리』 출간(민음사).
1975년	산문 선집 『시여, 침을 뱉어라』 출간(민음사).
1976년	시 선집 『달의 행로를 밟을지라도』 출간(민음사). 산문 선집 『퓨리턴의 초상』 출간(민음사).
1981년	『김수영 시선』 출간(지식산업사). 『김수영 전집』(전 2권, 민음사) 출간.
2009년	『김수영 육필 시고 전집』 출간(민음사).
2018년	김수영 사후 50주년 기념 결정판 『김수영 전집』(전 2권, 민음사) 출간.
2019년	『꽃잎』(개정판) 출간(민음사).

김수영 작품 연보

시

발표일	분류	제목	발표지
1946. 3. 1	시	묘정의 노래	예술부락
1948. 12. 5	시	아메리카 타임지	자유신문
(1949)*	시	아버지의 사진	
1949. 2	시	이	민성
1949. 4	시	공자의 생활난	새로운 도시와 시민들의 합창
1949. 4. 1	시	아침의 유혹	자유신문
1949. 11	시	가까이할 수 없는 서적	민성
1950. 1	시	웃음	신천지
1950. 2	시	음악	민주경찰
1950. 6	시	토끼	신경향
(1953)	시	애정지둔/풍뎅이/너를 잃고/ 미숙한 도적	
1953. 4	시	달나라의 장난	자유세계
(1953. 5. 5)	시	조국에 돌아오신 상병포로 동지들에게	
1953. 9	시	긍지의 날	문예

* 위 순서는 탈고가 아니라 발표일을 따랐다. 다만 ( ) 안의 연도 표기는 발표 미상인 시의 탈고일을 가리킨다.

발표일	분류	제목	발표지
1953. 10. 3	시	그것을 위하여는	연합신문
1954	시	사무실	신문(미상)
(1954)	시	겨울의 사랑	미발표
1954. 1. 1	시	시골 선물	신문(미상)
1954. 8	시	여름 뜰	현대공론
1954. 8. 2	시	PLASTER	평화신문
(1954. 8. 10)	시	방 안에서 익어 가는 설움	
1954. 9. 5	시	부탁	1953 연간 시집
(1954. 10. 5)	시	거미	
1954. 10. 17	시	휴식	동아일보
1954. 11	시	구슬픈 육체	신태양
1955	시	도취의 피안	청춘
1955	시	영사판/ 너는 언제부터 세상과 배를 대고 서기 시작했느냐	잡지(미상)
(1955)	시	연기	
1955. 1. 7	시	구라중화	동아일보
1955. 4	시	보신각	청춘
1955. 5. 20	시	더러운 향로	시작 4집
1955. 6. 1	시	네이팜탄	신태양 34호
1955. 6. 24	시	나비의 무덤	동아일보
1955. 6. 25	시	나의 가족	전시한국문학선
1955. 7	시	거리 1	현대문학(「일」로 게재)
(1955. 8. 17)	시	국립도서관	
1955. 9	시	거리 2	사상계(「거리」로 게재)

발표일	분류	제목	발표지
(1956)	시	기자의 정열	
(1956)	시	구름의 파수병	
1956. 1. 1	시	영롱한 목표	자유신문
1956. 2	시	병풍	현대문학
(1956. 3)	시	백의	
1956. 4. 10	시	헬리콥터	신세계 3호
1956. 5. 21	시	서책	중앙일보
1956. 5. 29	시	폭포	조선일보
1956. 7	시	수난로/꽃 2/지구의	문학예술
1956. 8	시	조그마한 세상의 지혜	시와비평
1956. 8. 23	시	여름아침	동아일보
1956. 10	시	하루살이	신태양
1956. 11	시	자	문학예술
1957. 1	시	예지	현대문학
1957. 4	시	눈	문학예술
1957. 8	시	서시	사상계
1957. 10 · 11	시	영교일	자유문학
1957. 12	시	광야/봄밤/채소밭 가에서	현대문학
1958	시	말	신문(미상)
1958. 5	시	초봄의 뜰 안에	자유세계
1958. 6	시	바뀌어진 지평선	지성
1958. 6	시	비	현대문학
1958. 8	시	반주곡	사상계
1958. 8. 11	시	말복	세계일보
1958. 11	시	사치	사조 6호

발표일	분류	제목	발표지
1958. 11. 26	시	밤	동아일보
1959. 2	시	동맥	사상계
1959. 3	시	자장가	현대문학
(1950. 4. 30)	시	생활	
1959. 5	시	모리배	신태양
1959. 8	시	달밤	현대문학
1959. 8~9	시	사령	신문예
1959. 9. 1	시	싸리꽃 핀 벌판	신문(미상)
1959. 10	시	가옥 찬가	자유문학
1960. 1. 31	시	사랑	동아일보
1960. 2. 14	시	꽃	동아일보
1960. 3	시	동야	현대문학
1960. 3	시	파리와 더불어	사상계
1960. 4. 25	시	미스터 리에게	한국시단 1집
1960. 5	시	파밭 가에서	자유문학
1960. 5. 15	시	우선 그놈의 사진을 떼어서 밑씻개로 하자	새벽
(1960. 5. 18)	시	기도	
1960. 7. 7	시	푸른 하늘을	동아일보
(1960. 7. 15)	시	나는 아리조나 카보이야	
1960. 9	시	거미잡이	현대문학
(1960. 9. 25)	시	허튼소리	신문(미상)
(1960. 10. 6)	시	"김일성 만세"	
(1960. 10. 29)	시	피곤한 하루의 나머지 시간	
1961. 1	시	육법전서와 혁명	자유문학

발표일	분류	제목	발표지
1961. 1	시	만시지탄은 있지만/가다오 나가다오/중용에 대하여	현대문학
1961. 1	시	그 방을 생각하며	사상계
(1961. 1. 3)	시	눈	
1961. 2. 27	시	나가타 겐지로	연세문학 2호
1961. 2. 13	시	쌀난리	민족일보
(1961. 3)	시	연꽃	미발표
1961. 3. 23	시	황혼	민족일보
1961. 4. 19	시	'4·19'시	민족일보
(1961. 9. 30)	시	먼 곳에서부터	신문(미상)
1961. 12	시	여편네의 방에 와서 -신귀거래 1/술과 어린 고양이-신귀거래 4/ 등나무-신귀거래 3/ 모르지?-신귀거래 5/ 복중-신귀거래 6	현대문학
(1961)	시	아픈 몸이	
(1961)	시	시	
1962. 1		누이야 장하고나! -신귀거래 7/ 누이의 방-신귀거래 8/ 이놈이 무엇이지?-신귀거래 9	사상계
1962. 4. 23	시	백지에서부터	동아일보
1962. 5	시	전향기	자유문학
(1962. 5. 30)	시	마케팅	신문 발표(미상)
1962. 7	시	여수	현대문학
1962. 7	시	적	신사조
(1962. 7. 23)	시	절망	

발표일	분류	제목	발표지
1962. 10	시	파자마 바람으로	한양
1962. 11	시	만주의 여자	사상계
1963. 2	시	장시 1/장시 2/만용에게	자유문학
1963. 4	시	피아노	현대문학
(1963. 6)	시	깨꽃	신문(미상)
1963. 6. 1	시	너…… 세찬 에네르기	한국일보
1963. 7	시	후란넬 저고리	세대
1963. 10	시	죄와 벌	현대문학
1963. 12	시	여자	사상계
(1964)	시	시	
1964. 4	시	반달	현대문학
1964. 4	시	우리들의 웃음	문학춘추
1964. 4	시	참음은	현대문학
1964. 5	시	거대한 뿌리	사상계
1964. 8.	시	돈	지성계 1호
1964. 8	시	거위 소리/강가에서	현대문학
1964. 12	시	이사	신동아
1965. 1. 1	시	65년의 새해	조선일보
1965. 2	시	말	문학춘추
1965. 3	시	X에서 Y로	사상계
1965. 4	시	제임스 띵	문학춘추
(1965. 6. 2)	시	미역국	잡지(미상)
1965. 7	시	현대식 교량	현대문학
1965. 8	시	한강변	여상
1965. 10	시	잔인의 초	한양

발표일	분류	제목	발표지
1965. 12	시	어느 날 고궁을 나오면서	문학춘추
1966. 2	시	적 1/적 2/절망	한국문학
(1966. 2. 11)	시	식모	신문(미상)
1966. 6	시	이 한국문학사/H/눈	한국문학
1966. 8. 16	시	태백산맥	주간한국
1966. 9	시	풀의 영상/엔카운터지/ 전화 이야기	한국문학
1966. 10	시	설사의 알리바이	문학
1966. 11	시	금성라디오	신동아
1966. 11	시	도적	세대
1966. 12. 30	시	판문점의 감상	경향신문
1967. 2	시	격문—신귀거래 2	사상계
1967. 7	시	꽃잎 1, 2, 3	현대문학
(1967. 8. 15)	시	미농인찰지	
1967. 9	시	여름밤	세대
(1967. 12. 5)	시	라디오계	
(1967. 12)	시	미인	
1968. 4	시	세계일주/먼지	현대문학
1968. 7	시	의자가 많아서 걸린다	사상계
1968. 8	시	사랑의 변주곡/풀	현대문학
1968. 8	시	성/원효대사	창작과비평
1969. 5	시	VOGUE야/ 거짓말의 여운 속에서	창작과비평

산문(일기, 편지는 포함되지 않음)

발표일	분류	제목	발표지
(1953)	산문	안수길	
1953. 6	산문	시인이 겪은 포로 생활	해군
1953. 8	산문	나는 이렇게 석방되었다	희망
1953. 9	산문	면봉	문화세계
1953. 11. 5	산문	초현실과 무현실 — 김종문 시집 『불안한 토요일』을 읽고	연합신문
(1953. 12)	산문	낙타과음	
1954. 1	산문	가냘픈 역사	신태양
1954. 2	산문	나와 가극단 여배우의 사랑	청춘
1954. 4	산문	어머니 없는 아이 하나와 —4월의 추억	신태양
1954. 8	산문	해운대에 핀 해바라기	신태양
1954. 9	산문	초라한 공갈	희망
1955. 1. 15	산문	나에게도 취미가 있다면	민주경찰
1955. 1. 26	산문	생명의 향수를 찾아 — 화가 고갱을 생각하고	연합신문
1955. 10	산문	무제	문학예술
1956. 6	산문	현기증	현대문학
1957	산문	시작 노트 1	평화에의 증언
195?	산문	구두	국제신보
1959. 4. 10	산문	시작에 있어서의 한자 문제	신시학
1960. 5	산문	책형대에 걸린 시	경향신문
1960. 5	산문	자유란 생명과 더불어	새벽
1960. 8. 22	산문	치유될 기세도 없이	조선일보

발표일	분류	제목	발표지
1960. 8	산문	독자의 불신임	
1960. 11. 10	산문	창작 자유의 조건	동아일보
1961	산문	흰옷	
1961	산문	소록도 사죄기	
1961. 3	산문	시의 뉴 프런티어	사상계
1961. 4. 3	산문	밀물	
1961. 4. 16	산문	아직도 안심하긴 빠르다	민국일보
1961. 5. 9	산문	저 하늘 열릴 때	민족일보
1961. 6	산문	들어라 양키들아	사상계
1961. 11	산문	새로움의 모색 — 쉬페르비엘과 비어레크	사상계
1961. 6. 14	산문	시작 노트 2	전후 문제 시집
1962	산문	평단의 정지 작업	
1962. 6. 25	산문	'평론의 권위'에 대한 단견	
1962. 6. 25	산문	정실 비평은 자신의 손해	동아일보
1962. 8	산문	방송극에 이의 있다	
1962. 10. 15	산문	가난의 상징, 생활의 반성	대한일보
1963	산문	번역자의 고독	
1963	산문	자유의 회복	
1963. 2. 1	산문	시의 완성 — 박두진 시집 『거미와 성좌』	
1963. 4. 2	산문	물부리	
1963. 4	산문	요즈음 느끼는 일	현대문학
1963. 7	산문	시작 노트 3	세대
1963. 12	산문	세대교체의 연수표	사상계

발표일	분류	제목	발표지
1964. 5	산문	양계 변명	현대문학
1964. 5	산문	모더니티의 문제	사상계
1964. 6	산문	즉물시의 시험	사상계
1964. 7	산문	'현대성'에의 도피	사상계
1964. 7. 21	산문	장마 풍경	
1964. 8	산문	요동하는 포오즈들	사상계
1964. 9	산문	시인의 정신은 미지	현대문학
1964. 10	산문	내실에 감금된 애욕의 탄식	여상
1964. 10	산문	생활 현실과 시	
1964. 10	산문	히프레스 문학론	사상계
1964. 10	산문	신비주의와 민족주의의 시인 예이츠	노벨상 문학 전집 3
1964. 10	산문	도덕적 갈망자 파스테르나크	노벨상 문학 전집 6
1964. 11. 12	산문	대중의 시와 국민가요	조선일보
1964. 12	산문	난해의 장막	사상계
1965	산문	토끼	
1965	산문	이 일 저 일	
1965	산문	예술작품에서의 한국인의 애수	
1965	산문	나의 연애시	한국 수필 문학 전집
1965. 1	산문	교회 미관에 대하여	
1965. 2	산문	진정한 현대성의 지향 —박태진의 시 세계	세대
1965. 3	산문	마리서사	고요한 기대

발표일	분류	제목	발표지
1965. 3	산문	문맥을 모르는 시인들	세대
1965. 9	산문	연극하다가 시로 전향	세대
1965. 12	산문	시작 노트 5	이삭을 주울 때
1966. 1	산문	작품 속에 담은 조국의 시련—폴란드의 작가 셍키에비치	사상계
1966. 2	산문	재주	현대문학
1966. 2	산문	현대시의 진퇴	세대
1966. 2	산문	윤곽 잡혀가는 시지	동인지
1966. 2	산문	시작 노트 4	한국문학
1966. 3	산문	모기와 개미	청맥
1966. 3	산문	젊은 세대의 결실	세대
1966. 4	산문	지성의 가능성	세대
1966. 4	산문	빠른 성장의 젊은 시들	서울신문
1966. 4	산문	생활의 극복 —담뱃값의 메모	자유공론
1966. 5. 10	산문	본색을 드러낸 현대성	
1966. 5	산문	진도 없는 기성들 세대	
1966. 5	산문	안드레이 시냐프스키와 문학에 대해서	자유공론
1966. 5	산문	제정신을 갖고 사는 사람은 없는가	청맥
1966. 6	산문	시작 노트 6	한국문학
1966. 6	산문	평균 수준의 수확	
1966. 7	산문	포즈의 폐해	세대
1966. 7	산문	새로운 윤리 기질	문학

발표일	분류	제목	발표지
1966. 8	산문	체취의 신뢰감	세대
1966. 8	산문	박인환	
1966. 10	산문	가장 아름다운 우리말 열 개	청맥
1966. 11	산문	시작 노트 7	한국문학
1966. 11. 7	산문	젊고 소박한 작품들	경향신문
1966. 11	산문	금성라디오	
1966. 11	산문	마당과 동대문	문화재
1966. 12	산문	변한 것과 변하지 않은 것	문학
1966. 12	산문	진전 속의 실패	
1967. 1	산문	벽	현대문학 별책부록
1967. 1. 15	산문	시작 노트 8	
1967. 1	산문	다섯 편의 명맥	현대문학
1967. 2	산문	시적 인식과 새로움	현대문학
1967. 2	산문	문단추천제 폐지론	세대
1967. 3	산문	새로운 포오멀리스트들	현대문학
1967. 5	산문	이 거룩한 속물들	동서춘추
1967. 5	산문	'문예영화' 붐에 대하여	창작과비평
1967. 7	산문	로터리의 꽃의 노이로제	사상계
1967. 7	산문	새로운 '세련의 차원' 발견	현대문학
1967. 7. 25	산문	격정적인 민주의 시인 — 칼 샌드버그의 영면	동아일보
1967. 8	산문	새삼 문제된 '독자 없는 시'	현대문학
1967. 9	산문	민락기	
1967. 9	산문	'낭독반'의 성패	현대문학

발표일	분류	제목	발표지
1967. 10	산문	진지하게 다룬 생명과의 격투	
1967. 10	산문	죽음과 사랑의 대극은 시의 본수	현대문학
1967. 10	산문	진정한 참여시	땅에서 비가 솟는다
1967. 10. 9	산문	성격 있는 신문을 바란다	경향신문
1967. 11	산문	실리 없는 노고 ― 한자 약자안에 붙여	
1967. 11	산문	불성실한 시	현대문학
1967. 12	산문	참여시의 정리	창작과비평
1967. 12	산문	지성이 필요한 때	현대문학
1968	산문	삼동유감	
1968	산문	와선	
1968. 1	산문	지식인의 사회참여	사상계
1968. 1	산문	멋	현대문학
1968. 1	산문	원죄	
1968. 2	산문	해동	
1968. 2	산문	미인	
1968. 2. 27	산문	실험적인 문학과 정치적 자유	조선일보
1968. 3	산문	무허가 이발소	
1968. 3	산문	세대와 화법	
1968. 3	산문	반시론	세대
1968. 3	산문	죽음에 대한 해학	현대 세계 문학 전집 1
1968. 3. 26	산문	'불온성'에 대한 비과학적 억측	조선일보

발표일	분류	제목	발표지
1968. 4	산문	시여 침을 뱉어라	

작성자 박수연 충남대 교수

죽음·애도·환대의 시학

최현식 | 인하대 교수

1 김종삼의 시에서 "내용 없는 아름다움"들의 어떤 거리

시인 김종삼은 1921년 황해도 은율에서 출생, 1954년 《현대예술》 6월호에 「돌」(이후 「돌각담」으로 개고)로 등단한 후 1984년 12월 영면하기까지 총 238편의 시를 남겼다.[1] 창작 활동 30년을 감안하면 매해 8편가량 시를 써내려간 셈이다. 이와 더불어 그는 시론 포함의 산문 쓰기(총 9편)에 일부러 게을렀으되, 개작 및 재발표에는 힘써 바지런했다. '과작의 시인'이라는 세평이 타당해지는 까닭인데, 이것은 무엇을 뜻하는 현상일까.

지나칠 정도로 많아 보이는 개작 재발표 시편은 무엇보다 먼저 시인 특

---

[1] 김종삼의 등단작 및 작품 편수 등의 새로운 서지 정보에 대해서는 홍승진, 「김종삼 시의 내재적 신성 연구 — 살아남는 이미지를 중심으로」, 서울대 박사 논문, 2019, 3~5쪽: 신철규, 「김종삼 시의 심미적 인식과 증언의 윤리」, 고려대 박사 논문, 2020, 10~14쪽 참조.

유의 형식 의지와 시의 완성을 밀고 가기 위한 언어적 모험의 산물들이었다.[2] 다음으로 시정신과 세계를 끊임없이 (재)구성, 전개하는 원점들('돌각담', '원정(園丁)', '아우슈비츠', '라산스카', '오르페' 등)을 의식적으로 현재화함으로써 이를테면 "이 소박한 흑인(올페=생활인: 인용자)들의 생활 속에 꾸며진 신화"(「신화 세계에의 향수―「흑인 올훼」」, V:908(1962))[3]의 의미와 가치를 재고/제고하려는 윤리적 충동의 산물이었다. 물론 그가 시의 최종 심급을 "삶의 비극적 조건에 대한 직관과 아름다움에 대한 강렬한 희원의 공존"[4]에 두었는가, 아니면 "심미적 언어를 통한 시대 현실에의 증언과 참여"[5]에 두었는가에 따라 그 윤리성의 방향과 파고, 깊이는 서로 달라질 수밖에 없었다. 이 때문에라도 우리는 김종삼 시학의 "내용 없는 아름다움"(들)이 "죽은 신"(「외출」, Ⅲ:32)과 "크고 작은 인형 같은 사체들"(「아우슈

---

2) "비대상의 시"(김춘수), "소외된 단독자"(김우창), "잔상(殘像)의 효과"(황동규), "반향과 암시의 미학"(김현), "고전주의적 절제"(김준오), "부재와 사라짐의 미학"(남진우), "풍경의 배움과 감춤의 미학"(오형엽) 등이 이를 강조한 평가들이다.

3) 작품 인용은 '작품명(시집의 로마 숫자:인용 쪽수)'으로 밝히며, 필요에 따라 시의 창작 연도를 병기한다. 사용 시집은 다음과 같다. Ⅰ:『십이음계』(삼애사, 1969), Ⅱ:『시인학교』(신현실사, 1977), Ⅲ:『누군가 나에게 물었다』(민음사, 1982), Ⅳ:『평화롭게』(고려원, 1984), Ⅴ:『김종삼 전집』(북치는소년, 2018), Ⅵ:『연대 시집·전쟁과 음악과 희망과』(자유세계사, 1957).

4) 남진우, 『미적 근대성과 순간의 시학 ― 김수영·김종삼 시의 시간 의식』(소명출판, 2001), 172쪽. 김종삼 시의 환상성과 순수주의, 이를 위한 여러 형식 실험을 세속적 현실의 폭력성과 황폐함을 드러내기 위한 미적 장치로 파악하는 고형진, 「김종삼의 시 연구」(《상허학보》12호, 상허학회, 2004)와 이승원, 『김종삼의 시를 찾아서』(태학사, 2015)도 이러한 관점에서 크게 벗어나지 않는다.

5) 앞의 홍승진과 신철규의 논문; 오연경, 「김종삼 시의 이중성과 순수주의 ― 초기 시(1953~1969)를 중심으로」, 《비평문학》40호, 한국비평문학회, 2011; 강계숙, 「김종삼 시의 재고찰―이중 언어 세대의 세계시민주의와의 상관성을 중심으로」, 《한국학연구》30호, 인하대 한국학연구소, 2013; 여태천, 「1950년대 언어적 현실과 한 시인의 실험적 시 쓰기 ― 김종삼의 초기 시를 중심으로」, 《한국문학이론과비평》59집, 한국문학이론과비평학회, 2013; 박민규, 「김종삼 시의 숭고와 그 의미」, 《아시아문화연구》33호, 가천대 아시아문화연구소, 2014; 임지연, 「김종삼 시의 수치심 연구」, 《한국문학이론과비평》68집, 한국문학이론과비평학회, 2015 등이 이런 입장에 비교적 가깝다.

뷔츠 I」, II:68)로 점철된 세계와 향토의 '끔찍한 모더니티'를 어떤 태도와 방법으로 대면하고 해석해 갔는가를 새로이 따져 봐야 한다.

먼저 이렇게 물어보자. '세상에서 가장 끔찍한 음악은?'이라는 질문을 받는다면 뭐라 답하겠는가. 어쩌면 아방의 승리와 영원을 염원하는 한편 타방의 완전한 죽음, 패배, 복속을 의도하는 친체제 선전과 전쟁(침략) 선동의 핏빛 선율이 첫손에 꼽힐지도 모른다. 이것은 그러나 간신히 살아남은 프리모 레비의 극단적 절망, 곧 "이것이 인간인가"라는 극한의 절규를 낳은 인간 살육의 폐쇄적 광장 "아우슈뷔츠 라게르"(수용소, V:445)[6]에 울려 퍼지던 어떤 음악의 도구성과 폭력성을 간단히 넘어서지는 못한다. 역사의 기록에 따르면, 파쇼 나치즘은 3개의 오케스트라를 조직, 물밀듯이 강제 이송되어 오는 유대인을 환영하는 연주곡을 성대히 울렸다. 그런데 이 음악은 "가스실로 보낼지 강제 노동에 처할지, 말하자면 즉사시킬지 서서히 죽일지를 선별하는 플랫폼"에서 같은 핏줄의 동료 수인들에 의해 연주되었다. 그것도 진짜 목적인 '죽음'의 문을 여는 경쾌한(?) 장송곡임을 교묘히 숨긴 채 말이다. 물론 "수인들 생명의 마지막 한 방울까지 착취하는 역할"[7]을 맡았던 같은 족속의 연주자들도 마침내는 발가벗겨진 채 가스실에 던져질 것이었다. 여기에 그들이 연주한 나치즘 복무의 '광시곡(狂詩曲)'을 예고되지 않은 자기 학살의 '광시곡(狂示哭)'으로 바꿔 불러도 괜찮은 이유가 숨어 있다.

그렇다면 죽음의 리듬을 신나게 연주하다 운 좋게 살아남은 자들은 어

---

6) 「아우슈비뷔츠 라게르」(《한국문학》 1977년 1월호)는 이후 연과 행의 조절, 마지막 행인 "아우슈뷔츠 라게르"의 삭제를 거쳐 「아우슈뷔츠 I」로 제2시집 『시인학교』에 실린다. 제목은 "아우슈뷔츠"를 취하되 본문의 "아우슈뷔츠 라게르"를 삭제함으로써 얻는 효과는 무엇일까. "인간학살공장"(「실록」, 《문학과지성》 1977년 봄호, V:452)이라는 특정한 과거사가 한국의 독재 및 분단 현실을 포함한 당대의 모순적인 세계사적 현실로 보편화된다는 점에서 찾아질 듯하다.
7) 이상의 인용과 설명은 서경식, 한승동 옮김, 「이런 데서 음악이라니 ― 음악이라는 폭력 I」, 『나의 서양 음악 순례』(창비, 2011), 283~284쪽.

떤 삶을 살았을까. 일상생활을 곤란케 하는 비극적 슬픔과 죽음의 공포를 넘어, 비유컨대 "계절마다 잿더미의 저녁녘은/ 더 쌓이지도 줄지도 않"(「잿더미가 있던 마을」, I:23)는 죄의식과 수치심에 바들바들 떨면서 치유될 수 없는 정신적 외상(trauma)에 거의 예외 없이 시달렸을 것이다. 인간 현실에 대한 성찰과 전망 없이 오로지 "영원불멸의 인간다운 아름다움의 내면세계"(「연주회」, III:24)만을 욕망하며 "내용 없는 아름다움"(「북치는 소년」, I:19)만을 울려 대는 선율이 죽음의 무곡(舞曲)으로 일순 악마화되는 비극적 아이러니를 대표하는 장면인 셈이다.[8]

누군가는 위 단락에 김종삼의 아름다운 시구를 거침없이 사용했다 해서 이렇게 생각할지도 모르겠다. 그의 "내용 없는 아름다움"은 힘센 권력의 '죽임'과 '폭력'에 나포된 피폐한 현실과 고통스러운 삶, 그에 따른 실존의 패배와 좌절에 대한 시적 성찰이나 표현과는 거리가 멀 것이라고 말이다. 하지만 우리는 그의 언어적·정신적 모험은 형식 의지와 등가 관계를 이루는 내용 충동으로 울울하다는 사실을 잘 기억해 둬야 한다. 예컨대 고형진은 "하나로 환원될 수 없는 여러 빛깔의 비극적 아름다움"[9]으로 김종삼 시의 문학사적 가치를 새로이 매겼다. 김종삼 시는 언뜻 보기에 "아뜨리에서 흘러나오던/ 루드비히의/ 주명곡(奏鳴曲)"이 찰찰 넘쳐흐르는 "소묘(素描)의 보석길"의 창조와 단장에만 몹시 바쁜 듯하다. 하지만 그 소나타의 이면에는 불우한 하위 주체들의 서글픈 음률과 목소리가 숱하게 울리고 있다는 게 오히려 사실에 부합한다. 요컨대 "한가하였던 창가(娼

---

8)   김종삼은 세계의 이면과 존재의 심연에 대한 탐색 없는 "팝송 나부랭이 인기 대중가요"도 몹시 혐오했다. 가령 그것들이 "장사치기들의 소란 속을/ 생동감 넘치어 보이는/ 속물들의 인파 속을"(「그럭저럭」, V:585) 넘어 "대자연의 영광을 누리는 산에서도/ 볼륨 높이 들릴 때" "나에겐 너무 어렵"고 "난해하"여 "미친놈처럼/ 뇌파가 출렁"(「난해한 음악들」, III: 51)거렸다는 알러지성 반응을 보라.

9)   고형진, 「김종삼의 시 연구」, 앞의 글, 377~378쪽. 김종삼의 "불우하고 쓸쓸한 운명적 삶의 내면"(위의 글, 393쪽)은 이를 통해 더욱 예각화·입체화된다는 것이 고형진의 입론이다.

街)의 한낮/ 옹기장수가 불던/ 단조(單調)"(「아뜨리에 환상」, I:13)를 쉼 없이 흘려보냄으로써 "고달픈 인간들이 풍기는 '톤'"(「신화 세계에의 향수ㅡ「흑인 올훼」」, V:907)을 '생활의 원정'을 가꾸는 우리 "정신의 자외선"(「의미의 백서」, V:906)으로 명랑하게 비추느라 바쁜 것이다.

아무려나 김종삼의 시적 영토에 거주 중인 군상들은 크게 두 부류로 나뉜다. 하나가 우리 이목에도 썩 익숙한 음악가와 미술가, 시인과 연극·영화인, 철학자와 심리학자들이다. 아름다운 '주명곡'의 주된 생산자인 동시에 향유자이자 평가자들이다. 이들에만 주목한다면 김종삼의 시적 지평은 여러 개성들이 빛나는 "소묘의 보석길"로만 떠오를 수밖에 없다. 김종삼은 그러나 힘겨운 생활의 무게를 날것 그대로 토해 내는 "옹기장수"의 선율을 언제고 잊지 않았다. 그럼으로써 투박하고 설운 단조에 검붉은 얼굴을 기꺼이 내비치는 뭇사람들을 그의 시적 영토에 빠질 수 없는 진정한 주민으로 등록하는 지혜와 용기를 더욱 굳건히 했다.

이들은 진정한 의미에서 "말을 잘 할 줄 모르는 하느님"(「무슨 요일일까」, I: 47)의 백성들이었다. 하지만 또한 그래서 '하느님'의 결핍과 불구를 고스란히 떠안고 살아가는 존재, 곧 "내일에 나를 만날 수 없는 미래"(「생일」, I:59)만을 허락받아야 하는 일종의 '떠밀리고 가라앉은' 자들이었다. 요컨대 삶의 희망보다는 파멸의 나락이 더 가까웠다고 해야 옳을, 소외와 추방의 상황에 던져진 약자-피식민자들이 김종삼표 '시인부락'의 주민들이었던 것이다. 그들이 맞닥뜨렸을 삶의 현실, 곧 비극적 운명은 가부장제 아래의 어린아이들과 여성들, '질병의 은유'에 쉽사리 포획될 만한 노인과 병자와 흑인들, 돌아갈 향토를 빼앗긴 피난민과 실향자라는 신분과 정체를 참조하는 것만으로도 대체로 짐작 가능하다. 이들은 자본과 권력으로 대표되는 다기한 형태의 "헤게모니 쟁탈전 속에서 고통받는 희생자"[10]로

___
10) 슬라보예 지젝, 이현우 외 옮김, 『폭력이란 무엇인가ㅡ폭력에 대한 6가지 삐딱한 성찰』(난장이, 2011), 26쪽.

던져진 경우가 많았다. 더군다나 자신들에 합당하거나 자신들을 주장할 수 있는 말과 목소리를 억압받거나 빼앗긴 경우도 허다했다. 그들이 권력자들에 의해 곧잘 "벌거벗은 삶처럼 모호하고 이해하기 어려운 죄의 전달자"[11]로 낙인찍히는 불우를 피하기 어려웠던 진정한 까닭이다.

김종삼 시에서 이들은 "소년은 꺼륵한 오줌을 누게 된 병든 소년"과 "부질없이 서글픈 소녀"(「소년」, V:39~40(1956))의 형상으로 그 첫 모습을 드러낸 뒤 저토록 다양한 하위 주체들로 스스로를 몸 바꿔 나갔다. 그러나 김종삼은 이들을 시의 대상으로 타자화하는 데에만 그치지 않았다. 아니 그보다 먼저 스스로를 "녹쓰른 시앙철(鐵) 같은 입지(立地)가 앞질러 가 있"(「어드메 있을 너」, Ⅵ:29)는 삶의 수형자로 매달기를 주저하지 않았다. 결국 미래를 빼앗긴 세계 상실의 감각과 실존의 병든 결핍에 괴로워하는 시인의 내면은 그 자신을 "버려지는 세상의 구경거리로 놓여진 광대"[12]쯤으로 가치 절하하기에 이른다.

하지만 이와 같은 자기에의 냉정한 거리화는 시인을 세계 변혁의 격한 선동가나 애달픈 감상의 음유시인으로 서둘러 내몰지 않는 인내의 힘이 된다. 그 대신 사랑과 죽음 한 몸으로 에우리디케를 지켜 낸 "올훼의 유니폼"(「올훼의 유니폼」, I:33)을 입고 "십이음계의 층층대"(「십이음계의 층층대」, I:58)를 올라가며 "나에게 없어서는 안 된다는 마련돼 있다는 길"(「원정」, I:52)을 찾아가도록 이끈다. 그 '비극적인 아름다움'의 계단을 오르는 첫 발걸음이 아래의 두 시편에 또렷이 박혀 있다.

돌담이무너졌다다시쌓
았다쌓았다쌓았다돌각
담이쌓이고바람이자고
틈을타동혼(凍昏)이잦아들었

---

11) 조르조 아감벤, 김영훈 옮김, 『벌거벗음』(인간사랑, 2014), 126쪽.
12) R. N. 마이어, 장남준 옮김, 『세계 상실의 문학』(홍성사, 1981), 54쪽.

다 포겨놓이던 세 번째가
비었다.

　　　　　　　　　—「돌각담」부분(I:64)

몇 개째를 집어 보아도 놓였던 자리가
썩어 있지 않으면 벌레가 먹고 있었다.
그렇지 않은 것도 집기만 하면 썩어 갔다.

　　　　　　　　　—「원정」(I:52)

　종전 뒤 발표된 위의 두 시는 김종삼의 시인됨을 본격적으로 알린 텍
스트라는 점[13] 말고도 서로의 특정 이념을 둘러싼 동족상잔 및 세계사적
살육의 비극이 창작 배경을 이루고 있다는 점에서 꽤 무거운 비중을 갖는
다. 「돌각담」은 시인이 피난 와중에 "살고 싶지 않"은 죽음 충동에 사로잡
혔다가 그 불안과 공포를 간신히 눅여 낸 "캄캄한 심야"에 떠올렸던 시상
의 결과물이다.[14] 「원정」은 얼핏 보면 전쟁의 참화나 그로 인한 실존의 황
폐화 등이 잘 읽히지 않는다. 그러나 "평과(苹果) 나무 소독이 있어/ 모기
새끼가 드물다는 몇 날 후"나 "아직 이쪽에는 열리지 않는 과수(果樹)밭"
(「원정」, I:50) 같은 표현은 전쟁과 분단의 비극에 가격된 영혼의 충격과 향
토 회복 및 새나라 만들기에 겨우 나선 1950년대 중반의 어지러운 한국
현실을 어렵잖게 환기시킨다.

---

13)　홍승진은 「돌각담」의 최초 판본인, 내용은 같되 형식과 제목이 다른 「돌」이 《현대예술》
　　1954년 6월호에, 신철규는 「원정」이 그간 알려진 《신세계》 1953년 5월호가 아닌 1956년
　　3월호에 처음 실렸음을 새롭게 밝혀냈다. 자세한 내용은 홍승진, 앞의 논문, 75쪽 및 신
　　철규, 앞의 논문, 12쪽 참조.
14)　김종삼은 "자그마한 판자집 안에" 곤히 잠든 "어린 코끼리"의 모습에서 "15년 전 죽은
　　반가운 동생"을 대면하는 반갑고도 슬픈 환영을 노래한 「허공」(《문학사상》 1975년 7월호)
　　을 발표한다. 이 시편 뒤에 산문 「피난길」을 붙여 「돌각담」이 피난 당시 떠올린 시상의 결
　　과물이었음을 고백했다.

물론 주어진 현실의 재현보다는 그것을 추상화한 뾰족한 관념의 가상이 우세하다는 사실은 문제적일 수밖에 없다. '죽어 가는 자'의 고독과 비명이 흘러넘치는 한국전쟁의 비극성과 폭력성을 감추고 약화시킨다는 곤혹스러운 약점을 피할 수 없게 되기 때문이다. 하지만 그 추상적 형식은 「돌각담」의 부제 "하나의 전정(前程) 비치(備置)", 곧 '앞길에 놓인 것'이란 구절이 암시하듯이, 세계의 황폐화 및 휴머니티 부재의 현실을 고도로 압축하여 암시하기에 오히려 더욱 타당한 미적 장치일 수도 있다. 이 사실은 두 시편에 분명한 어떤 '죄의식'과 '수치심'의 정황을 골똘히 응시할 때 더욱 분명해진다.

「돌각담」에 반복되는 '돌담' 쌓기와 무너짐은 여러 사건을 연상시키기에 충분한 사태라 할 만하다. 위-아래 군건한 사각형으로 시행이 건축되다가 일순 "포겨놓이던세번째가/ 비었다."로 균형을 잃는 종행(終行)의 균열은 "십자형의 칼"의 완강한 힘이 무력한 "흰옷포기"(「돌각담」, 1:64)를 완전히 압도하게 되었음을 뜻한다. 이것은 황현산의 예리한 해석처럼 "돌담 너머는 그의 존재조차 사라질 빈 벌판"[15]으로 화자와 주변인에게 되돌려질 것임을 암시하는 재앙의 표지일지도 모른다. 결국 시인은 총을 들든 펜을 들든, 아니면 트럼펫을 불든 붓을 잡든, 무너진 돌담을 다시 쌓지 못하거나 몇몇 부분을 비워 둠으로써 뭇사람들을, 프리모 레비의 책 제목을 빌리건대, '구조된(될) 자'에서 '가라앉은(을) 자'로 끌어내리고야 말았다. 이와 같은 타자성 보호의 실패는 '나의 살아남음'이 '죽은 자들의 몫'을 가로챈 비윤리성, 다시 말해 비열한 행동의 결과물이라는 '죄의식'을 낳고 부채질하기에 충분한 요인이었다.

그런데 더욱 심각한 문제는 「원정」에 이르러 시인의 내면을 장악한 깊디깊은 '죄의식'이 스스로가 자기 의지로부터 분리된 처지, 곧 완전히 무력한 상황에 놓여 있음을 절감하는 '수치심'으로 변이, 확장되기에 이른다

---

15) 황현산, 「김종삼의 「베르가마스크」와 「라산스카 2」」,《문예중앙》 2014년 가을호. 여기
    에서는 황현산, 『현대시 산고』(난다, 2020), 176쪽.

는 사실이다.[16] 위의 「원정」 인용 부분은 따스한 보관 창고 "유리 온실"에 가득 차 있는 먹음직스러운 "뿌롱드 빛깔의 과실들"(「원정」, I:52)에 '나'의 손이 닿을 때마다 발생하는 부패의 장면을 묘사한 것이다. "거기를 지킨다는 사람"은 이 끔찍한 죽음의 사건을 바라보면서 "당신 아닌 사람이 집으면 그럴 리가 없다"라고 퉁명스럽게 내뱉는다. 타자에 의한 '나'의 부정은 '나'의 살아 있음 자체를 용서도, 구원도 불가능한 죄과로 되돌려주기 때문에 회복하기 어려운 치명상이 될 수밖에 없다. 무너진 "돌각담" 사이에 뚫린, 또는 텅 비어 남겨진 세 번째 공간이 시인 스스로를 죽여 파묻을 무덤 자리처럼 느껴지는 연유이다.

타자에의 죄의식과 자아로의 수치심 강화에 따른 '불행한 의식'은 세계의 의미 상실과 시공간의 공허함, 세계-자연과 인간 사이의 소원화를 더욱 깊게 한다. 이를 방치할 경우 주체는 "고통스런 낙심, 외부 세계에 대한 관심의 중단, 사랑할 수 있는 능력의 상실", 나아가 "자신을 누가 처벌해 주었으면 하는 징벌에 대한 망상적 기대"[17]로 하릴없이 미끄러지게 된다. 무려 30년 뒤인 1984년의 발화이지만, "아무것도 아무도 물기도 없는/ 소곰 바다/ 주검의 갈림길도 없다."(「소곰 바다」, III:22)라는 죽음과의 친화 및 요절적 전조의 분위기가 이미 한국전쟁 당시의 내면의 현실이었다는 판단은 그래서 과하지 않다.

그렇지만 김종삼은 죄의식과 수치심으로 부서질 자기 파산의 위험성을, 알코올에의 도취를 제외하고는, 음악과 미술의 낯선 서정화, 주어지거나 추상화된 현실의 리듬화와 이미지화에 몰두함으로써 간신히 지연시켜 갔다. 그때 취한 방법론이 릴케를 사숙하기, 곧 "언어의 도끼가 아직 들어

---

16) 이곳의 '죄의식'과 '수치심'은 츠베탕 토도로프가 아우슈비츠 수용소의 처절한 생존자였던 프레모 레비의 증언 문학을 꼼꼼히 탐구해 내놓은 통찰물이다. 여기에서는 강계숙, 앞의 글, 219쪽 재인용.

17) 지그문트 프로이트, 윤희기·박찬부 옮김, 「슬픔과 우울증」, 『정신분석학의 근본 개념』(열린책, 2009)(재간 8쇄), 244쪽.

가 보지 못한 깊은 수림 속에서" "새로운 언어"(「의미의 백서」, V: 904)를 발견/발명하는 것이었다. 그 "새로운 언어"이자 "깊은 수림"의 구체적 형상은 백석의 "그 굳고 드물다는 갈매나무"(「남신의주 유동 박시봉방」)에 비견될 만한 "요연(遼然)한 유카리 나무 하나"(「시작 노우트」, IV:86)로 상징화되기에 이른다.[18]

시인은 그러나 스스로가 "죄가 많은 이 불구의 영혼을 이끌고 가 보"(「형(刑)」, III: 9)는 이른바 '죽어 가는 자'임을 결코 잊지 않았다. 그러면서 어렵사리 구성되고 조율되는 시의 내부에 "세상에 나오지 않은/ 악기를 가진 아이"(「배음(背音)」, I:48)가 잊지 않고 찾아오기를 바라 마지않았다. 그의 "내용 없는 아름다움"이 혼돈과 폭력의 시대 현실에 무기력하게 흡수되는 대신 암흑의 시절을 간신히 지탱하던 "순하고 명랑하고 맘 좋고 인정이/ 있으므로 슬기롭게 사는 사람들"(「누군가 나에게 물었다」, III:56)과 사이좋게 손을 잡는 까닭이 찾아지는 지점이다.

이러한 시적 화해와 인간적 결속의 과정을 시대의 현실 및 자아의 패배와 불화하는 역설적 의미의 '죽음과의 친화'에서 다시 찾아보면 어떨까. 미리 말해 두건대, 시인 김종삼은 죽음의 뜻을 새로이 가치화하는 예의 바른 '애도'와 '죽은 자'들의 생명을 현재화=미래화하는 '환대'의 시적 제의에 한순간도 굼뜨거나 게으르지 않았다. 이 제의의 풍경을 몇 번이고 되돌려 보다 보면, 스스로를 "망가져 가는 저질 플라스틱 임시 인간"(「나」, V:584)으로 몰아갔던 시인이 어떻게 심미적·윤리적 구원을 움켜쥐게 되는가도 "그 마당〔寺院〕 한구석"에 "잎사귀가 한잎 두잎 내려앉"(「주름간 대리석」, II:50)듯이 살며시 드러나지 않을까.

---

18) 시인 릴케로부터의 영향을 그림의 "도끼 소리"로 이미지화한 시편이 「피카소의 낙서(落書)」(II:52~53)이다. "도끼 소리가 날 때마다 구경꾼들이 하나씩 나자빠졌다"라는 시구에 피카소의 전례 없는 예술적 성취와 작품의 위대성에 대한 승인과 존경이 담뿍 담겨 있다.

2 '죽어 가는 자의 고독'과 '죽음'의 개인적·사회적 표정

김종삼의 '죽어 가는 자의 고독'은 겉으로는 사적인 분위기를 풍길지라도 그 이면에서는 결코 피해지지 않는 사회적 형식으로 경험되고 내면화된다는 느낌이다. 이를 단적으로 보여 주는 표현이 "처절한 전쟁"과 "처참한 떼주검"과 "산더미같이 밀어닥치던 참상", '나'는 "무엇부터 다시 배워야 할지 모르는 인간 쓰레기"(「시작 노우트」, Ⅴ: 593(1980))일 것이다. 과연 그는 청년 시절부터 태평양전쟁과 한국전쟁, 일제 식민 통치와 남북 분단 체제, 4·19혁명, 5·16군사정변, 베트남 파병, 유신 군사독재, 광주민주화운동 등 너나 없는 죽음의 광풍에 쉼 없이 관통되었다. 생의 종말을 얼마 앞둔 시절, 그 불행한 시절의 삶이 매일매일 문득 환기되었는지 다음과 같은 참회와 회오의 감정을 애써 참지 않았다. "나 지은 죄 많아/ 죽어서도/ 영혼이/ 없으리"(「라산스카」, Ⅲ:14)와 "그 언제부터인가/ 나는 죄인/ 수억 년간/ 죽음의 연쇄에서 악령과 곤충들에게 시달려 왔다"(「꿈이었던가」, Ⅲ:15)라는 뼈아픈 고백이 그것이다.

문제는 이 고통스러운 단말마가 "죽음의 연쇄"나 "악령과 곤충"의 비유에 보이듯이 불우한 단독자의 가혹한 운명을 가뿐히 넘어선다는 사실이다. 「시작 노우트」상의 표현은 "나치 독일"의 "유태족 칠백오십만" 학살 사건을 침통하게 부감시키는 데가 있다. 과연 "반항기가 있는 자들"이 "즉각 교수형에 처"(「실록」, Ⅴ:452)[19]해졌던 직·간접적 '죽임'의 순간은 한반도의 무서운 역사 현실에서도 그리 드물지 않았다. 시인의 '죄의식' 고백이 '살아남은 자'의 부끄러움에 대한 사적인 단죄 이전에, 광포하고 부조리한 폭력에 의해 죽어 간 피해자들, 특히 집단 처형자들의 존재 때문에 형성되

---

19) 「실록」은 《문학과지성》 1977년 봄호에 발표되었으나 그의 어떤 시집에도 다시 실리지 않았다. '실록'이라는 말 그대로 어떤 기교와 실험도 없이 나치즘이 저지른 유대인 학살의 사실적인 면면을 나열하고 있다. 당시라면 한반도의 남북 갈등, 미국 소련 등 강대국의 핵무기 경쟁, 종교와 석유자원을 둘러싼 중동 전쟁, 인도차이나 패권을 둘러싼 국경 분쟁 등으로 세계는 화약고 폭발에서 거의 자유롭지 형국이었다. 이를 염두에 두고 미구에 벌어질 인간 학살이나 죽음의 참상을 아우슈비츠 수용소에 비긴 것이 아닌가 한다.

는 '사회 역사적 수치심'에의 고통스러운 자기-던짐이었음이 분명해지는 지점이다. 왜냐하면 저 '목 매달린 자'들의 얼굴과 그들에 대한 기억은 '이미 아닌' 그들의 시선 앞에 무방비한 상태로 노출될뿐더러, 그들에 대한 속죄 의식을 지속적으로 강제하기 때문이다. 여기서 도저히 해결 불가능한 주체의 '힘의 상실'이 발생하며, '나'는 그들에 대한 속절없는 '비대칭적 관계'에 거의 영원히 묶이게 된다. 그들의 상실과 죽음이 나의 충족과 삶을 압도하며, 이런 상태의 전면적 노출은 자신의 평가절하에 따른 모멸감 또는 열등감을 일상적으로 경험하도록 강제한다.[20]

김종삼 시의 전편에 점점이 박힌 죽음의 기억과 현장들은 가족들의 그것이 가장 많아 보인다. 물론 대개의 인지상정이 그런 것처럼 말년으로 갈수록 시인 자신의 죽음에 대한 관심과 표현이 높아지긴 한다. 가족의 죽음을 다룬 시편을 얼른 뽑아 보아도 「음악—마라의 「죽은 아이를 추모하는 노래」에 부쳐서」, 「그리운 안니·로·리」(『십이음계』), 「허공」, 「한 마리의 새」(『시인학교』), 「운동장」, 「67년 1월」, 「장편(掌篇)」, 「아침」, 「지(地)」(『누군가 나에게 물었다』) 들이 쉬이 손에 집힌다. 삶을 나눠 주었으며, 쓰디쓴 신산과 달큰한 행운을 시종일관 함께 나누도록 결속된 '아픈 손가락들'이 가족으로 명령되었으니, 그들의 '죽음'은 '나'의 의식과 육체 활동 자체를 문득 중단시키는 제일의 충격과 공포의 사건이 아닐 수 없다.

가족과 근친의 죽음은, 아리에스의 표현을 빌린다면 "인간이란 집행유예에 놓여 있는 죽음의 존재이며 죽음은 인간 자신의 내부에 상존하면서 인간의 야망을 깨부수고 즐거움을 망가"[21]뜨리는 폭력성과 불행함을 가장 먼저 전달한다. 또한 자신에게 언제고 닥칠, 그러나 살아서는 결코 직접 체험할 수 없는 죽음의 칠흑 같은 심연을 미리 앞서 그려 볼 썩 달갑잖은 미래의 시점도 던져 준다. 정성스러운 상·제례가 죽은 이를 추모하는

20) 이상의 '사회 역사적 수치심'에 대한 논의는 임홍빈, 『수치심과 죄책감—감정론의 한 시도』(바다출판사, 2013), 221~233쪽 참조.
21) 필리프 아리에스, 이종민 옮김, 『죽음의 역사』(동문선, 2002), 46쪽.

장치를 넘어 산 자를 위로하고 지탱하기 위한 윤리적 행위이자 용기 부여의 덕목이라는 사실은 그래서 부인되기 어려운 진실이다.

그런데 문제는 "하나는/ 어머님의 무덤/ 하나는 아우님의 무덤"(「한 마리의 새」, Ⅱ:56~57) 정도로 현상되던 가족들의 죽음이 차츰 동료 시인과 예술가(전봉래, 김수영, 임긍재, 정규 등), 곧 '예술혼 가족'의 그것(「장편(掌篇) ③」, Ⅱ:73~74)으로 확장되기 시작했다는 것이었다. 그것이 어떤 형태든, 무엇으로 종결되든, 문학·예술인의 죽음은 그 자체로 '심미적인 현상'일 수밖에 없다. 왜냐하면 특히 스스로 생을 종결지어 김종삼을 그토록 애달프게 했던 전봉래의 경우[22]처럼, 그들은 "자신의 죽음을 살아야 하고, 절망 속에서 이 절망(즉각적 처형)을 벗어나기 위해 죽음의 언도를 유일의 구원의 길로 삼아야 하는 인간"[23]일 경우가 많았기 때문이다. 그들의 죽음은 이렇듯 모순적·예외적 사건으로 기억, 평가될 때야 자신들의 뜻과 달리 어딘지 맹랑하게 야합된 풍문일 가능성이 짙은 "현존재의 모순을 망각하게 해 주는 아름다운 사건"[24]으로 치장, 해석되는 최후의 불우를 면케된다.

그런 점에서 김종삼에게 죽음은 그의 담담한 표현처럼 현실과 동떨어진 '천국'도 아니고 '지옥'도 아니었다. 그는 '죽음'을 여러 번 겪어야 할 "아무도 가 본 일 없는/ 바다이고/ 사막"(「장편 ③」, Ⅱ:73~74)이라고 단정하기까지 했다. 이 발언에서는 삶에의 권태와 체념, 도처에 편재한 무의미성에의 함몰, 만성적인 환멸에의 사로잡힘 같은 '소극적 니힐리즘'[25]

---

22) 김종삼은 「전봉래에게 ─G마이나」(1954), 「하나의 죽음 ─ 고 전봉래 앞에」(1956), 「시인학교」(1973), 「장편(掌篇)」(1976)과 산문 「피난 때 연도(年度) 전봉래」(1963)를 통해 끊임없이 전봉래를 추억하고 애도했으며, 수정과 보완, 재발표와 재수록의 방식으로 자신의 시집들 곳곳을 채워 갔다.

23) 모리스 블랑쇼, 이달승 옮김, 『문학의 공간』(그린비, 2010), 107쪽.

24) 최문규, 『죽음의 얼굴 ─ 문학 속에서 인간은 어떻게 죽어 가는가』(21세기북스, 2014), 165쪽.

25) 요한 고드스블롬, 천형균 옮김, 『니힐리즘과 문화』(문학과지성사, 1988), 36쪽. 김종삼 시에서 그를 포함한 현대인의 '소극적 니힐리즘'이 가장 슬프게 드러난 장면을 지목해 보라

이 적잖이 감지된다. 이 불행한 의식은 "언어에 지장을 일으키는"(「샹뻥」, I:43) "어지러운 문명"의 현실, 이를테면 나날의 "대철교의 가설"(「가을」, II:18~19)로 자연의 풍요로움과 삶의 안정성을 해치는 속도와 이윤의 폭주에 대한 분노와 좌절에서 온 것일 수도 있다. 과연 그는 보기 드문 분노와 한탄의 목소리로 독단적 편의와 이익 때문에 "인명(人命)들이 값어치 없이 더 많이 죽어 가고" 교인(敎人)들이 "자그만 돈놀이"(「고장 난 기체(機體)」, V:378(1971))로 연명(延命)해 가는 인간성 상실과 윤리 부재의 부패한 현실을 강하게 비판했더랬다.

하지만 '미에의 순례자'이기를 그치지 않았던 김종삼의 행적을 감안한다면, 저 죽음에의 불우한 심리는 마침내는 일상생활을 압도하는 예술의 삶에 전력했던 시인의 순진해서 더 불온한 내면 의식이 반영된 정서적 응집물로 파악하는 편이 더 타당하지 않을까. 그의 죽음 체험과 진술에서 가족과의 단절이 불러오는 삶의 일시성과 무상함에 따른 극심한 피로감, 예술(가)의 영원성과 문자의 숭고성마저 잘 만들어진 관념이거나 잘 조작된 허상에 불과할 수 있다는, 예술의 물질성에 대한 불신을 여간해서는 피해 가기 어렵기 때문이다.

한데 이렇게 말하고 그치면 김종삼의 '죽어 가는 자'로서의 고독과 아픔은 그 사회·역사성을 억압, 은폐당한 채 사적인 영역에 갇히고 만다. 그의 시에서 '죽음(-체험)'의 기원을 먼저 찾아본 뒤 그것을 집단적·사회적 죽음의 지평으로 호출하는 작업은 그래서 빠질 수 없는 과제가 된다. 먼저 살펴볼 시편은, "나 꼬마 때 평양에 있을 때"라고 서두를 적었으니 1930년을 전후한 식민지 조선의 어떤 생활 현실들이 점점이 박혀 있을 듯한, 서양인 설립의 "기독병원" 체험이 담긴 「아데라이데」이다.

먼지라곤 조금도 찾아볼 수 없었다

면, 비오는 날 대형 연탄차에 깔려 죽는 "두꺼비"의 허무한 죽음(「두꺼비의 역사(轢死)」, II:81~82)에서 찾아질 듯하다.

딴 나라에 온 것 같았다

자주 드나들면서

매끈거리는 의자에 앉아 보기도 하고 과자 조각을 먹으면서 탁자 위에 딩굴기도 했다.

고두기(경비원)한테 덜미를 잡혔다

덜미를 잡힌 채 끌려 나갔다

거기가 어딘 줄 아느냐고

『안치실』 연거퍼 머리를 쥐어박히면서 무슨 말인지 몰랐다.

—「아데라이데」 부분(Ⅲ:38)

시의 대종을 차지하는 것은 "먼지라곤 조금도 찾아볼 수 없"는 위생적인 병원의 실내와 그곳을 사랑과 자비의 시선으로 따스하게 지켜보는 "예수의 초상화", 그리고 순진무구하게 그곳의 탁자 위에서 뒹구는 어린 환자에 대한 세세한 묘사이다. 그러나 그때 벌어진 사태의 핵심은 "거기가 어딘 줄 아느냐고/『안치실』" 운운하며 머리를 쥐어박는 "고두기(경비원)"의 등장이었다. 죽음의 실질도, 뜻도 모르는 채 이승에서 추방된 저승의 신민 '주검'과 신나게 놀아나고 있던 어린 김종삼의 모습은 실소와 입방정을 불러오고도 남을 에피소드로 충분하다. 하지만 '경비원'은 그 놀이터—상상계가 물리적 죽음 말고도 세속적 현실의 온갖 권력과 욕망이 표출되고 충돌하는 현실 원리—상징계임을 꿰뚫고 있는 보편적 지혜, 아니 '간교한 시선'의 소유자이다.

홍미로운 사실은 시인이 사고사니 질병사로 죽어 안치된 연고와 무연고 시신 가득한 어느 시립병원("시립무료병실")의 "사체실"(「사체실(死體室)」, Ⅰ:14~16) 풍경을 「아데라이데」[26]보다 꽤나 먼저 상당히 길게 묘사해 두었

---

26) '아데라이드'는 그 천재적 재능과 뜨거운 열정에도 불구하고 그것을 갉아먹은 가난과 질병으로 35살에 요절한 모차르트의 바이올린 협주곡이다. 어린 김종삼과 병원의 만남, 「사체실」에 분명한 그것이 다다를 결말과 음악에 관통된 모차르트의 불행한 생애가 자

다는 것이다. 만약 '기독병원'이니 '무료병실'이니 하는 단어에만 주목하면, 정성껏 병자를 살리고 죽은 자를 따스하게 거두는 약자들의 선한 '병원'이라는 이미지가 시의 전면을 차지하게 될 것이다. 그러나 "사체실"을 채우고 있는 시신의 다양한 모습과 괴이쩍고도 측은한 죽음의 까닭은 이곳 등장의 두 병원을 포함한 모든 병원들의 이미지를 예상치 못한 국면으로 전도시킬 듯하다. 가장 비근할 부정적 이미지를 꼽는다면, 따스한 치료와 휴식의 장소를 넘어선 삶의 단절과 관계 폐색의 차가운 공간 정도가 되지 않을까. 과연 질병과 그에 따른 죽음은 그 자신 암 환자였던 수전 손태그의 뼈저린 지적처럼 불량한 풍문을 얻는 순간 타인들에게는 이유도 불분명한 반감과 불쾌감을 유발하며, 당사자와 가족에게는 그들의 심신을 갉아먹고 헐게 하는 또 다른 상처로 들러붙는다.[27]

> 석고(石膏)를 뒤집어쓴 얼굴은
> 어두운 주간(晝間).
> 한발(旱魃)을 만난 구름일수록
> 움직이는 나의 하루살이 떼들의 시장(市場).
> 검은 연기(煙氣)가 나는 뒷간.
> 주검 일보직전(一步直前)에 무고(無辜)한 마네킹들이 화장(化粧)한 진열창(陳列窓).
> 사산(死産).
> 소리 나지 않는 완벽(完璧).
> ──「십이음계(十二音階)의 충충대(層層臺)」(I:58)

1960년 처음 발표된 이 텍스트는 사실의 재현과 거리가 멀고 묘사된 정황의 추상도가 높아 만족할 만한 해석과 평가가 여전히 유보되어 있는 추

─────────
연스럽게 겹친다는 느낌이다.
27) 수전 손태그, 이재원 옮김, 『은유로서의 질병』(이후, 2002), 20~21쪽.

상시이다. 다만 나치즘에 의해 추방의 운명에 처해지는 쇤베르크가 실험한 "십이음계"가 시의 단초라는 것, 장·단조의 화성적 진행을 과감하게 벗어던진 '무조음악'의 근원이 "십이음계"에 있다는 점, 본 텍스트의 개작 이전 최초본 4행이 "짙은 연기가 나는 싸르트르의 뒷간"이었다는 점, 데스마스크, 하루살이, 시장, 주검, 마네킹, 진열창. 사산, 무음 등의 부정적 어휘들로 일관된다는 점 들이 '죽음'의 분위기를 짙게 퍼뜨리며, 결정적으로는 '시적 참여에의 물음'을 던지고 있다는 해석 정도가 가능할 따름이다.

실제로 『십이음계』와 『시인학교』에는 한국과 세계를 두루 포함하는 비루한 현실과 폭력적인 인간 훼손(살해)에 대한 분노의 목소리와 성찰의 표현이 적지 않다. 그 대상을 시공간적으로 따지면, 세계사적으로는 제2차 세계대전~1970년대의 중동 사태, 민족사적으로는 1930년대 일제 식민 통치~1970년대 군사정권의 개발독재 시대가 포괄된다. 이 '끔찍한 모더니티'의 시대는 김종삼의 시작이 특히 활발했던 1960~1970년대 문학예술 관련 다양한 사건과 저항이 집중적으로 발행했던 시절이기도 하다. 1965년 남정현의 「분지」에 대한 반공법 처벌 및 한일협정 비준반대 재경문인 선언(1965), 동백림간첩단사건(1967), 김지하 「오적」 게재로 인한 《사상계》 폐간(1970), 문인간첩단사건(1974), 이 모든 탄압들에 맞선 자유실천문인협의회 건설 및 선언(1974) 등이 해당 사례들이다.

이 뜨겁고도 냉혹한 탄압과 저항의 시대상을 생각하면, 젊은 연구자 홍승진에 의해 제기된 김종삼의 '시적 참여에의 물음'이란 명제는 흥미진진하다.[28] 「십이음계의 층층대」의 "짙은 연기가 나는 싸르트르의 뒷간", 「앙포르멜」(1:44~45)에서 "나의 무지"가 머물고 헤매던 "스떼판 말라르메"의 본가, "방 고흐가 다니던 가을의 근교 길바닥", 그리고 하잘것없는 "나의

---

28) 김종삼 시에서 말라르메와 사르트르의 호명이 가지는 의미와 거기에서 추출되는 '시의 참여'의 성격과 방법에 대해서는 홍승진, 「1960년대 김종삼 메타시와 '참여'의 문제 — 말라르메와 사르트르의 영향을 중심으로」, 《비교문학》 70집, 한국비교문학회, 2016, 277~285쪽 참조.

무지"를 "연탄공장의 직공"으로 만들었다 파면시킨 "쟝 뽈 싸르트르". 이런 면면은 적잖은 연구에서 김종삼의 보헤미아니즘과 미학주의, 그것을 지탱하는 낭만성으로 해석, 평가되곤 했다. 그러나 앞의 두 시와 시집 미수록 시 「검은 올페」(Ⅴ:183~184)[29]는 시의 비유적·암시적·묘사적 특성을 공유하는데, 이것은 인간의 삶과 역사적 현장이 굳게 결속된 '산문적 서사성'을 강조하기 위한 시적 장치였다.[30] 홍승진의 말대로, 김종삼이 역사적 현실에 대한 시의 참여 및 그것이 실현 가능한 시 고유의 방식에 대한 사유와 상상을 어떤 방식으로든 진행시켜 갔을 것임을 추측게 하는 형식 의지의 일단이었음이 드러나는 장면이다.

특히 「앙포르멜」에 분명한 '순수시'의 말라르메와 '앙가주망'의 사르트르에 대한 대비 및 차용은 그가 한국적 현실에 맞선 '미학의 실천'과 '실천의 미학' 사이에서 적잖이 동요, 고뇌했음을 암시하는 대목이다. 그는 어떤 방식으로든 1960년대 이후의 '민족문학' 진영과 거리를 두었다는 점에서 '미학의 실천'을 '시적 참여'의 방법으로 선택했던 것으로 판단된다. 하지만 그는 점차 사물시 형태의 순수시에서 간난한 생활 현실에 주목하는 일상의 서정시로 방향을 틀어 갔다. 그를 휴머니즘 회복과 충족을 위해 타자에 대한 울적한 연민과 자아 민낯의 솔직한 노출로 시의 진로를 바꿔 간 긍정적 의미의 '궁핍한 시인'으로 호명할 수 있는 결정적 근거라 하겠다.

이상의 논의에 동의할 수 있다면, 「십이음계의 층층대」에 구조화된 시적 공간은 수용소와 이윤 통합의 물신화된 '근현대 병원', 더욱 좁힌다면

---

29) 홍승진은 「검은 올페」를 역사 속의 폭력 속에서 희생되어 간 "아이들"의 영혼을 형상화한 시로 파악한다. 이 시는 그러나 구체적인 역사 현실이 은폐, 삭제되어 있으며, 오르페우스, 아이들, 음악 이미지가 전경화되어 있어 음악 관련 순수시로 읽히는 면이 없잖다. 연구자는 이 문제를 「검은 올페」와 유사한 외국의 흑인 시 두 편을 대조하는 한편, 오르페우스의 지옥행 서사를 "맑아지려는 하늘이 물든 거울 속" 및 그곳에서 놀고 있는 사는 곳 불명의 아이들과 연결하는 방식으로 해결한다. 이러한 김종삼의 전략은 순수성 뒤에 감춰진 역사 현실, 특히 한국의 특수한 상황 속에서 탈식민적 보편성을 모색하기 위해 취해졌다는 것이 홍승진의 주장이다.(홍승진, 위의 글, 300~306쪽)

30) 홍승진, 위의 글, 320쪽.

시신 '안치실' 또는 '사체실'이거나, 거기로 가는 통로로까지 읽힐 수도 있겠다. 김종삼 시에서 그곳은 경악과 공포, 혐오와 외면을 불러일으키는 버려지고 폐기된 가련한 군상들이 "사산(死産)"된, 따라서 제 명을 다하지 못한 불쌍한 '시체'로 "하루살이 떼들" 들끓는 "시장(市場)", 곧 "사체실"의 "진열창"에 함부로 전시되어 있다. 이러한 면면은 대중매체가 죽음을 다루는 흔한 방식, 곧 "전율과 매혹, 끔찍함과 센세이션의 결합을 통한 죽음의 매체적 퍼포먼스"와 별로 상관되지 않는다. 오히려 반대로 언제고 우리 모두를 "벌거벗고 뒤틀린 육체"[31]로 내팽개칠 것임에 틀림없는 현대 문명의 가공할 만한 '살인의 기술'에 대한 차가운 폭로 및 비판에 훨씬 가깝다. 「십이음계의 층층대」는 그러므로 '폭력의 시대'발(發) 인간 말살과 공동체 해체의 알레고리로 읽혀서 크게 문제되지 않는다. 이 점, 김종삼의 '병원' 관련 시편들이 개인적 치유나 죽음 관련의 소소한 장소에 바쳐진 내밀한 기호로만 해석될 수 없음을 분명히 한다. 이 때문에라도 우리의 관심은 「십이음계 층층대」에 담긴 '사회적 죽음'의 조건과 토대로 조준될 수밖에 없다.

「십이음계 층층대」에 표상된 '사회적 죽음'을 '병원' 아닌 '생활' 공간에서 찾아보기 위해서는 「외출」(Ⅲ: 31~32(1977))에 각별히 주목할 필요가 있다. 두 시는 17년의 생산 편차를 가진다는 점에서 거기 담긴 죽음의 본질과 성격을 동렬에 놓고 비해 보기 쉽지 않다. 그러나 다행히도 파시즘 권력에 의한 '사회적 죽음', 곧 집단적 학살 문제를 심각하게 성찰해 간 '아우슈비츠' 연작에 해결의 실마리가 숨어 있다. 이 연작은 1963년 「아우슈뷔치」로 처음 발표된 후 1977년의 「아우슈비츠 라게르」에 이르러서야 종결되었다. 그사이 내용과 제목이 다른 「지대」(1966), 「실록」(1977)이 추가되었으며, 앞의 시들은 수정과 개제를 거쳐 「아우슈뷔츠」 Ⅰ과 Ⅱ로 최종 완결되었다. 더욱 중요하게도 학살의 현장과 사체의 표현이 가장 노골적인

---

31) 슬라보예 지젝, 이현우 외 옮김, 『폭력이란 무엇인가』(난장이, 2011), 38쪽.

「실록」과 「아우슈비츠 라게르」는 「외출」과 같은 해인 1977년 발표되었다. 「외출」의 "부다페스트// 죽은 신들이/ 점철된// 칠흑의 마스크// 외출은 단명하다"를 '아우슈비츠' 연작에 깊이 새겨진 죽음의 현실에 비춰 보는 첫 번째 까닭이다.

만약 '부다페스트'가 소련의 헝가리 침공을 상징하는 장소라면, "죽은 신"과 "칠흑의 마스크"는 먼저 사회주의적 이념과 실천의 '이웃'이라는 차원'[32]을 없애 버린 소련(군)을 뜻할 것이다. 다음으로 외적인 이들과 내부 협력자에 의해 '예외 상태',[33] 곧 합법을 가장한 비합법적 방식으로 언제든지 죽임을 당할 준비가 되어 있던 헝가리 민중을 의미할 것이다. 김종삼은 1970년대 후반 시점의 풍경이 우세한 「외출」 마지막 행을 "외출은 단명하다"로 적어 넣었다. 이때의 "외출"은 먼저 20여 년 전 소련의 부다페스트 점령 당시 목숨을 잃거나 난민으로 버려진 헝가리 민중을 사물화한 비유에 해당된다. 일체의 감정을 배제한, 약자들에 대한 "외출"로의 소외화는 사회주의 종주국 소련군과 내외 협력자들의 잔인한 폭력성과 그들에게 핏빛으로 가격당한 헝가리 민중의 비극적 운명을 여전히 진행 중인 현재의 사건으로 끌어올리는 데 성공하게 되는 결정적 요인으로 읽힌다.

> 한 기슭엔
> 여전(妊前) 잡초(雜草)가,
> 아침 메뉴를 들고
> 교문(校門)에서 뛰어나온 학동(學童)이
> 학부형(學父兄)을 반기는 그림처럼
>
> 복실 강아지가 그 뒤에서 조그맣게 쳐다보고 있었다
> 아우슈뷔츠 수용소(收容所) 철조망(鐵條網)

---

32) 슬라보예 지젝, 위의 책, 79쪽.
33) 조르조 아감벤, 김항 옮김, 『예외 상태』(새물결, 2009), 15쪽.

기슭엔

잡초(雜草)가 무성해 가고 있었다

—「아우슈뷔츠 Ⅰ」부분(Ⅰ:54~55)

이 텍스트의 시공간적 입지점은 언제이며 어디일까. 미인용한 2연 "죽음을 털고 일어나면/ 어린 교문이 가까웠다"에 힌트가 숨어 있다. "하루에 오천 명씩"(「실록」, V:452)의 학살이 집행된 다음 날, 죽음을 간신히 피한 유대인 수인은 철조망 밖에서 자유로운 해맑은 초등학교 "학동"들을 바라보고 있는 것이다. 학살에서 벗어나 잠시라도 다시 살가운 오늘과 내일을 기대하게 되었으니, '아우슈비츠'="인간 학살 공장"에서 '살아남은 자'의 더할 나위 없는 평화와 안정을 이방인 김종삼의 시선과 언어로 그려낸 것이라는 판단은 그래서 가능해진다.

이 눈물겨운 광경은 그러나 자연의 정황으로 인해 자신의 죽음보다 더욱 비참한 어떤 사건을 환기하고 기억하기 위해 기록된 것처럼 느껴진다. 최초본(「아우슈뷔치」(1963)) 1연과 2연에는 "날빛은 어느 때나 영롱하였다는" 식의 학살이 자행되던 나날의 기후가 적혀 있었다. 수용소 철조망 기슭에 무성한 "잡초"의 성장과 활력이 영롱한 "날빛"에 의해 주어진 것임이 확인되는 지점이다. 그런데 문제는 "날빛"의 영롱함과 "잡초"의 무성함이 강조될수록 주위의 자연과 세계의 우주는 그 어떤 인간의 비극과 무관하게 제 원리에 충실한 '무정한 사물'임이 더욱 분명해진다는 사실이다. 자연의 의도치 않은 악마화라고 부를 수 있는 현상이다. 이것의 최후 효과는 '취약한 타자에 대한 존중'[34]의 박탈과 몰수가 "수용소 철조망" 내부 권력의 처음부터 끝까지 바라던 바였음을 경악할 만큼 또렷하게 인화해 준다는 것이다.

"날빛" 아래 "잡초"의 무성함에는 그러나 더 근본적인 원인과 사실 하

---

34) 슬라보예 지젝, 앞의 책, 75쪽.

나가 숨어 있지는 않을까. 자유로운 독일인 학부형과 학동이 거꾸로 환기하는 것, 곧 강제 이별이든 더 이른 죽음이든 유대인 학부형과 학동의 폭압적 분리와 그에 따른 애절한 눈물이 그것이다. 가장 잔혹한 이별과 눈물의 사실은 "울부짖는 어린 것들을 끌어다가 동족들이 판 깊은 구덩이에 동족들 지켜보는 가운데 던졌"다는 「실록」의 아동 학살 장면에서 의심할 바 없이 확인된다. 게다가 어른 아이 할 것 없이 화장터에 던져진 "사자(死者)들의 뼈가루들은 농작물의 비료"가 되었다는 사실도 덧붙여 두자. 죄 없이 일상에 충실했던 유대인 학부모와 순진무구한 학동의 사체가 묻히거나 태워지고 그때 생겨난 뼛가루가 뿌려져 수용소 밖 교문 언저리의 "잡초"는 특별한 관리도 없이 무성하게 자라났던 것임이 이로써 분명해졌다. 자신을 지킬 법도, 힘도 모두 빼앗긴 '발가벗긴 신체'인 채로 학살에 처해지는 '예외 상태'에서 잠시 벗어난, 또는 그것의 정지된 순간을 처연한 아름다움으로 아프게 그려 낸 것이 「아우슈뷔츠 I」이라는 판단은 그래서 과한 것이 아니다.

하나 더 말해 둘 게 있다면, "수용소 철조망"에 갇혀 마음속에 말 그대로의 "잡초"를 어지럽게 키워 가는 존재들이 '발가벗긴 약자'들 바로 옆에 서 있었다는 사실이다. 독일 국민이 그들로, 교문 옆 독일인 학부모와 학동은 '게르만족'이라는 피할 수 없는 확정성과 나치의 국민이라는 훈육된 선택지에 의해 "법이 텅 빈 상태"[35]의 끔찍한 권력 집행, 곧 유대인 학살의 동조자 또는 첨병으로 우뚝 서 있달까. 이를 감안하면, 일상에 즐거운 독일인 학부형과 학동은 해나 아렌트가 말한 '악의 평범성'[36]에 가깝게 위치해 있다는 판단도 가능해진다. 거대 권력에 순응하는 가운데 발생하는 죄과와 폭력성에 대해 반성할 줄 모르는 순박한 사악함(?)은 특히 갈등이 극에 달한 전쟁이나 진압 상황 등에서 그 누구라도 희생시켜 승

---

35) 조르조 아감벤, 위의 책, 95쪽.
36) 해나 아렌트, 김선욱 옮김, 『예루살렘의 아이히만 ─ 악의 평범성에 대한 보고서』(한길사, 2006), 349쪽.

리하겠다는 죽임의 충동과 막무가내로 악수한다. 이 끔찍한 '순전한 무사유(sheer thoughtlessness)'는 유대인 아동들의 "안경과 신발들"을 "산더미처럼 쌓"(「실록」, V:452)아 가는 것에 비례하여, 이들 또래의 준군사 조직 '히틀러유겐트(Hitlerjugend)'의 쇼비니즘적 멸사봉공과 전투 의식도 더욱 높여 갔다. 이 집단 폭력의 난장이 일상의 심상한 풍경처럼 벌어지고 있는 바로 그 자리가 "학동"들을 비판적 이성과 성찰적 지식의 성숙한 정신으로 인도하고 가르쳐야 할 학교였던 것이다. "수용소의 철조망"이 그것 없이 자유로운 듯한 학교라는 제도와 해당 구성원을 향해서도 핏빛 진동하는 가시철사를 드리우고 있다는 충격과 절망을 주기에 충분한 장면이다. 이처럼 김종삼은 특별하달 것 없는 일상의 관찰과 사람들의 평이한 움직임[37]을 반복적으로 통과함으로써 그림자의 적발과 통찰의 기미 짙은 '성찰적 지성의 아름다움'을 인상 깊게 끄집어내는 데 성공했다. 그 대표작이 「아우슈뷔츠 I」인 셈이다.

이런 질문이 나올 법하다. 아우슈비츠의 학살 현장을 날것으로 기록한 한국판 「실록」이나 그곳(과 주변)을 건조한 감각의 시선과 터치로 군더더기 없이 그려 낸 한국판 '아우슈비츠의 현장'은 김종삼 시에 없는가. 없을 리 없다. 「십이음계의 층층대」와 「앙포르멜」을 논하면서 밝혔듯이, 시인은 외국의 혹독한 현실과 그것에 비견될 만한 한국의 끔찍한 역사를 함께 병렬하고 겹쳐 읽는 것을 핵심 주제를 포괄하고 드러내는 시적 이미지의 전략으로 즐겨 구사했다. 그럼으로써 다시 반복하지만 순수성과 역사성을 등가의 관계로 시에 누볐으며, 외국과 한국의 특수한 역사들을 공통의 보편적 경험으로 호명하는 너와 나 공동의 탈식민 서사를 시의 내면에 기입

---

37) 연작 「아우슈뷔츠 II」(I:56)도 비슷한 특성을 공유한다. "비둘기 떼", 문이 열려진 "교회당", "정연한 포도(鋪道)", "다정하게 생긴 늙은 우체부" 골목에서 "고분고분하게 놀고 있"는 "아희들" "어린 것과 먹을 거 한 조각 쥔 채" 중립국 "제네바"로 가는 한 "무리들" 역시 핍박받는 유대인들의 평화와 안정에 대한 희원, 나아가 그런 처지에 놓여 있는 세계 어떤 곳과 그곳의 '발가벗긴 신체'들의 마지막 생명 충동을 보여 주는 상징 장치로 모자람 없다.

했다.

이를 대표하는 작품이 여순반란 당시의 양민 학살을 다룬 「어둠 속에서 온 소리」(V:163(1960))와 자신이 피난 온 북에 남겨 둔 친구들의 비운을 그린 「달구지길」(V:265(1967))이다. "원한이 뼈무더기로 쌓인 고혼의 이름들과 신의 이름을 빌려 호곡하는 것은 「동천강(洞天江)변」"과 "달구지길은 휴전선 이북에서 죽었거나 시베리아 방면 다른 방면으로 유배당해 중노동에 매몰된 벗들의 소리"가 두 시를 대표하는 구절들이다. 원한과 분노, 슬픔과 탄식으로 울울한 죽음의 역사적 현장과 그것을 오랜 기억에서 불러내어 위안하고 현재화하는 것이 텍스트의 언어와 표현 전략임을 간단히 유념해 둔다.[38]

적나라한 사실에 충실한 직접성과 파고 높은 감정의 강렬한 노출이 아우슈비츠의 「실록」을 시집 미수록의 미아로 남겨 두었다는 사실은 이미 앞에서 진술했다. 「어둠 속에 온 소리」와 「달구지길」의 어조와 태도도 그에 방불했다는 것이 솔직한 감상이다. 시인의 말을 빌리자면 "함부로 지껄이는 언어"로 "아름다운 정신을 찍어서 불태워 버리는" "언어의 도끼" (「의미의 백서」, V:904)에 찍힌 몇몇 수림의 하나로 남았다는 것, 「어둠 속에 온 소리」와 「달구지길」이 시집에 수록되지 못한 결정적 까닭으로 이해된다. 이제 「아우슈뷔츠」 I·II처럼 한국의 끔찍한 역사 현실을 격파해 간 평판작은 무엇인가라는 질문이 뒤따를 순서이다. '애도'와 '환대'의 시적 제의(祭儀)를 주목하는 다음 장 어딘가에 놓일 「시인학교」와 「민간인」이 그 주역들임을 미리 알려 둔다.

---

38) 38선 넘어 월남하던 1946년 어느 봄날의 살벌한 야밤을 직설적으로 묘사한 「달 뜰 때까지」(《문학과지성》 1974년 겨울호, V:410~411)도 어떤 시집에도 못 실렸다. 다시 환기되는 분노와 공포 탓에 호흡과 감정이 지나치게 거칠어져 자신이 의도하는 엄격한 리듬의 구성과 긴장감 있는 언어의 배치에 실패했다는 자기성찰의 결과 행해진 일종의 시적 징벌이라 하겠다.

3 '의미'로의 '애도', '생' ─ '예술'로의 '환대'

김종삼 시에서 인간 본래의 고유한 죽음은 거의 드문 형편이다. '고유한 죽음'은 보통 사람이라면 바라 마지않는 '무사히 돌아가다'라는 귀향의 형식을 말한다. 다시 말해 가족과 친지들이 지켜보는 가운데 태어난 곳 또는 그에 방불한 이상적 장소로 '귀거래(歸去來)'한다는 것으로 표상되는 삶의 종결을 의미한다. 그런 까닭에 죽음의 물리적 본질, 곧 육체의 자연적 한계와 시간적 파괴에 따른 존재의 파편화나 소멸을 삶의 충만한 완성으로 인식하는 또 다른 삶으로의 역설이 생겨난다. 이런 방식의 숭고한, 아니 무난한 죽음은 김종삼 시에서 가족의 그것, 심지어 자신의 죽음에 대한 예상조차에서도 거의 드물다. 앞서 본 대로 아우슈비츠와 한국전쟁, 근현대 병원, 산업화 시대의 대도시 등에서 벌어지는 '사회적 타살'이나 '집단적 학살'이 관심의 표적이다. 인위적·폭력적인 사회적 죽임은 자연 세계와 인간 현실의 지배와 통치에 필요한 권력과 자본, 승리와 도취를 더욱 도저한 것으로 만들기 위해 우리의 상상력을 훨씬 초과하는 아연실색할 죽임의 기술과 대량학살의 질량적 팽창을 결코 마다하지 않는다. 광기에 물든 총칼들에게 '설운 자'들의 죽임이란 비유컨대 어딘지 불길한 "병균에 감염된 바람과 오염된 눈의 비참한 풍경"[39]을 말끔하게 제거하거나 청소하는 일종의 환경미화에 지나지 않는 것이다.

역사 현실에 관한 한 '가라앉은 자'의 사유와 상상력을 빼앗기지 않으려 했던 김종삼은 말년에 학창 시절 드나들던 서울 정동의 "검은 문"을 "애환과 참담과/ 무실(無實)의 죄수들도 실려 드나들던/ 검은 문"으로 불렀다. 그런 연후 "나의 죄과(罪過)는 무엇인가"(「검은 문」, V:621)라는 참담한 회오의 감정을 쓸쓸하게 내비쳤다. 이 제어하기 어려운 감정의 격랑은 조선의 식민화~한국의 현대화 도정에서 경험된, 향토와 세계에서 공히 벌어진 대량의 사회적 타살과 약자의 억압에 대한 고통스러운 환기에서

---

39) 프리모 레비, 이소영 옮김, 『가라앉은 자와 구조된 자』(돌베개, 2014), 178쪽.

발생한 것으로 추측된다. 그도 그럴 것이 시인이 드나들던 "검은 문" 주변의 "덕수궁", "정동교회", "대법원", "배재학당"은 시간의 흔적만 먼지로 쌓인 '사물 공간'으로 의미가 한정될 수 없다. 이곳들이 위치한 서울 한복판에서는 혁명과 해방, 자유와 평등 등의 '거대 서사'는 물론, 평범한 삶에 필요한 친밀한 관계와 대화적 접촉 같은 '작은 이야기'조차 가로막던 식민 독재 권력의 불량한 시선과 음침한 목소리가 넘쳐 났더랬다. 예의 폭압적 상황이 악화될수록, 소극적인 안정을 바라던 변혁의 열망으로 들끓든 이 땅의 "참담한 나날을 사는 그 사람들"(「내가 재벌이라면」, Ⅲ:39)은 "죽음의 연쇄"에 걸려 사라져야 할 "악령과 곤충들"(「꿈이었던가」, Ⅲ:15)로 거꾸로 역전되거나 지목되는 경우가 많아졌다.

'사체실'이 넘치는 질병사와 사고사의 폭증, 특정 이념과 종교, 권력과 이윤의 독점을 향한 집단적 타살(=학살)의 빈번한 발생은 '고유한 죽음'에서 동떨어진 "배제된 것, 낯선 것으로서의 죽음"[40]을 불안과 공포 조장의 일상적 풍경으로 아낌없이 기입했다. 그나마 다행인 것은 타살의 안타까움과 피살의 불쌍함에 던져진 '인위적 죽음'의 수인들을 향한 집단적·개인적 애도의 퍼포먼스가 없어서는 안 될 기억과 위로의 형식으로 거의 자리 잡았다는 것이다. 이 예절 바른 제의를 통해 죽은 자는 현실 저편으로 명랑하게 넘어가기를, 산 자는 응어리진 이별의 한을 풀고 일상에 복귀할 힘을 다시 얻게 되기를 누구나 바랄 것이다.

하지만 애도의 제의에서 죽은 자에 대한 심심한 기억과 산 자에 대한 위로의 균형이 무너질 경우 심각한 문제가 발생한다. 무언가 하면, '아직 아닌' 삶에 이끌리는 산 자의 생명 충동이 '이미 인' 삶에 묶인 죽은 자의 역사와 가치를 소홀히 하거나 압도할 경우, 삶에서 죽음을 지워 버리거나 터부시하는 애도 제의의 부정적인 역설을 피할 수 없게 된다. 이럴 경우, 죽은 자와 잘 이별하기, 곧 산 자의 죽은 자에 대한 감정적 애착의 단

---

40) 이 단락의 인용과 해설은 최문규, 앞의 책, 1쪽 및 몇 곳 참조.

절 및 이를 통한 현실에의 안정적 복귀 욕망은 자칫 죽은 자에 대한 적절한 의미화가 완전히 삭제된 죽은 자와 산 자 동시의 부정적 소외화로 변질될 수밖에 없다. 건강한 심신을 갉아먹는 질병처럼 어딘가 결핍, 훼손된 애도 행위는 끝내는 자기 비하감과 자애심의 추락을 불러들인다. 그럼으로써 병적인 슬픔, 곧 우울증과 오도된 자기 징벌, 곧 자기 처형의 망상까지도 낳을 수 있다[41]는 점에서 문제적이다.

그런 점에서 죽음과 단절함으로써 삶에의 애착을 보충하고 영원성에 접안하겠다는 산 자 중심의 불충분한 애도에 대한 라캉의 비판적 시선과 성찰은 무척 소중하다. 라캉에게 애도란 죽은 자의 흔적을 지우기 위해 수행되는 잘 조직된 이별의 제의로 그치지 않는다. 실재계의 "의미화 요소들이 존재 속에 생겨난 구멍에 대처하지 못함으로써 발생되는 혼란을 막기 위해 수행"[42]되는 것이 그 출발이고 목적이다. 이에 따른다면, 애도는 죽은 자가 다시 살아 돌아와 존재 속에 뚫린 구멍을 메꾸거나, 그것을 대체할 만한 다양한 제의적·심미적 기억화와 의미화에 완벽하게 성공할 때에야 비로소 마감될 수 있다. 하지만 속도와 효율을 중시하는 자본제 사회에서, 또 기술과 발전 중심의 획일적 권력이 판치는 키치(kitsch) 상품 사회에서 예시한 것과 같은 진정한 애도가 과연 가능할까. 그 전망은 부정적일 수밖에 없다.

그간 정상적이라고 간주되어 온 프로이트식 애도의 불가능성 때문에, 또 죽거나 상실된 자를 결코 놓치지 않으려는 산 자의 사랑과 죄의식 때문에 데리다가 말한 역설적 '애도의 법'은 또 다른 설득력을 호소한다. 그는 "애도에 완성이나 종결은 없는 것이며 애도는 실패해야, 그것도 잘 실패해야 성공하는 것"이라는 명제를 내세웠다. 죽은 자가 산 자의 기억이나 의미화에 삼켜짐으로써 발생하는 동일화의 폭력, 곧 주체의 욕망에 의한

---

41) 지그문트 프로이트, 앞의 책, 243~245쪽.
42) 자크 라캉, 민승기 외 옮김, 「욕망, 그리고 「햄릿」에 나타난 욕망의 해석」, 『자크 라캉 욕망 이론』(문예출판사, 1993), 166~169쪽.

'타자에 대한 전면적이고 폭력적이고 강제적인 내면화'가 애도의 본원적이며 전복적인 가치를 동시에 훼손한다고 보았기 때문이다. 데리다는 '실패한 애도'가 오히려 잃어진 타자에 대한 "환대, 사랑, 혹은 우정"의 가능성과 실현을 높인다고 보았다. 이를 통해서 죽은 자의 산 자로의 일방적인 "내면화(자아화—인용자)를 넘어서고, 깨고, 상처 내고, 다치게 하고, 충격을" 주는[43] 타자성의 미학이 가능해진다고 예상했던 것이다.

이 작업은 죽은 자에게도 사회 안에 들어가 여전히 의미를 행사하는 사람이 될 수 있도록 조치한다는 점에서 '죽은 자에게 유의미한 자리/ 장소를 다시 부여'[44]하는 일종의 가치 증여 활동에 해당된다. 그런 점에서 데리다가 말한 역설적 의미의 '실패한 애도'는 잃어진 타자 스스로 "존재 속에 생겨난 구멍"을 메꿔 나가도록 안내하고 초대하는 정성스러운 '환대'와 등가 관계를 이룬다. 그간 헤어짐과 만남으로 정반대의 방향성을 이뤘던 애도와 환대는 이상의 역설적 접점과 대화 관계를 형성함으로써 죽은 자로부터 끊임없이 타전되어 오는 '부재하는 현존(the absent presence)'을 실현하는 '방법적 사랑'이라는 공통분모로 거듭나게 된다.

김종삼 시의 '환대'는 잠시 뒤 다뤄질 것이므로, 삶이 불충분했던 불우한 죽음들 및 망각과 부인, 조작의 검은 물속으로 우격다짐 휩쓸려 간 사회적 타살들을 향한 애도의 방법과 가치를 먼저 살펴보면 어떨까. 김종삼은 시작 30년, 특히 한국전쟁의 참화와 그에 따른 실존의 허무주의로부터 얼마간의 객관적 거리가 얼마간 확보되었으며, 여전히 미성숙했던 민주적 가치와 이념에 대한 문제 제기가 본격화되기 1960년대 들어서부터 "남은 사람은 슬프고 간 사람의 자리는 비어 허전한" '비극적인 현실'(「피난 때 연도 전봉래」, V:911(1963))에 대한 시 쓰기, 곧 애도의 작업[45]에 적극 나선다.

---

43) 데리다의 애도 이론은 왕철, 「프로이트와 데리다의 애도 이론 — "나는 애도한다 따라서 나는 존재한다."」, 《영어영문학》 제58권 4호, 2012, 790~792쪽 참조.

44) 김현경, 『사람, 장소, 환대』(문학과지성사, 2015), 207쪽.

45) 강계숙은 이와 같은 김종삼의 작업을 "생물학적 죽음으로 인해 시작(詩作)이 마감될 때

산 자와 죽은 자가 동시에 소외된 존재 및 사회의 현실을 감안할 때, 김종삼이 삶과 시에 결정적 영향을 끼친 위대한 영혼으로 한국과 서양의 빼어난 시인과 예술가를 제외하고는 '예수'만을 들었다는 사실은 꽤나 의미심장하다. 그것도 "신의 아들로서의 예수가 아니라 선량하고 고민하는 한 인간으로서의 예수"를 들었으니 말이다. '인간 예수'라면 '나' 중심: 인간의 욕망과 한계에 사로잡혀 고통과 좌절로 신음하는 결핍의 실존과, '너' 중심: 자신의 인간적 출신처럼 변두리 삶에 놓인 약자나 소수자에게 먼저 손을 내미는 타자성 존중의 동정자(同情者)가 함께 떠오른다. "선량하고 고민하는 인간"이라는 수사가 예시한 두 면면을 지시할 법하다. 이 점, 김종삼이 그들로부터의 '영향에 대한 불안'을 오히려 시인의 진정한 자산이자 예술가의 진정한 덕목으로 기꺼이 수용한 결정적 근거였을 것이다.

　　뮤즈의 구실을 해 주는 네 요소가 있다.
　　명곡 「목신의 오후」의 작사자인 스테판 말라르메의 준엄한 채찍질, 화가 반 고호의 광기 어린 열정, 불란서의 건달 장 폴 사르트르의 풍자와 아이러니칼한 요설, 프랑스 악단의 세자르 프랑크의 고전적 체취 — 이들이 곧 나를 도취시키고, 고무하고, 채찍질하고, 시를 사랑하게 하고 쓰게 하는 힘이다.
　　　　　　　　　　　　　　—「먼 「시인의 영역」」(Ⅴ:916)[46]

　이곳에 등장하는 시인과 화가, 그리고 음악가들은 김종삼 시의 대상 인물로 빠짐없이 호출되었다. 이들은 철저한 장인 정신과 작렬하는 예술 의식을 바탕으로 예술의 존재 이유와 사회적·대화적 역할에 대한 질문과 갱

　까지 애도를 종결짓지 않은" '진정한 애도'로 가치화했는데, 나 역시 이러한 평가에 적극 동의한다. 이에 대해서는 강계숙, 앞의 논문, 220~221쪽.
46)　이 부분 위아래의 인용도 김종삼, 「먼 「시인의 영역」」, 《문학사상》 1973년 3월호. 여기에서는 『김종삼 전집』, 915~917쪽.

신을 아끼지 않은 이른바 '저주받은 의식'의 주인공으로 평가된다. "시인의 참 자세는 남대문시장에서 포목 장사를 하더라도 거짓부렁 없이 물건을 팔 수 있어야 된다고 믿는 것", 또 "시가 영탄이나, 허영의 소리여서는, 또 자기 합리화의 수단이어서는 안 된다."는 것은 김종삼 자신의 목표이기도 했지만, 이들에 대한 그의 평가 자체이기도 했던 것이다. 특히 강조되는 시인의 거짓 없는 진리에 대한 갈증과 욕망은, 예수가 그랬고 저 세계 역전의 기호와 이미지에 대한 순박한 사도와 광적인 모험가가 그랬듯이, 삶과 죽음, 순간과 영원, 실재와 환상의 동시적 구현과 이질적 결속에 필요한 힘과 지혜를 얻기 위한 것이었는지도 모른다.

김종삼은 그러나 이들을 사숙과 영향의 대상으로만 한정짓지 않는다. 이들을 어떤 방식으로든 '죽음'과 연결시킴으로써 '지금 여기'에서 산 자와 죽은 자의 대화 및 접촉을 이끄는 역설적 의미의 '실패하는 애도'로 나아간다. 요컨대 "볼 수 없는 것을 듣는 것"과 "들을 수 없는 것을 보는 것"[47]이라는 시선과 목소리의 대립적이며 보충적인 시좌를 견지함으로써 '너'와 '나'로 포괄되는 죽은 자와 산 자, 주체와 타자, 시적 대상과 시인 모두에게 시와 현실 동시에 '유의미한 자리/장소'를 제공하는 것이다.

1) 방울 달린 은피리 둘을/ 만들었느니라/ 정성 드렸느니라/ 하나는/ 늬 관(棺) 속에/ 하나는 간직하였느니라/ 아비가 살아가는 동안/ 만지작거리느니라(「음악(音樂) 마라의 「죽은 아이를 추모(追慕)하는 노래」에 부쳐서」, I:60~63)

2) 지그문트 프로이트가/ 구스타프 말러가/ 말을 주고받다가/ 부서지다가/ 영롱한 날빛으로 바뀌어지다가(「꿈속의 나라」, II:39)

---

47) 슬라보예 지젝·레나타 살레츨 편, 라깡정신분석연구회 옮김, 슬라보예 지젝, 「"나는 눈으로 너를 듣는다", 또는 보이지 않는 주인」, 『사랑의 대상으로서 시선과 목소리』(인간사랑, 2010), 162쪽.

3) 나는 음역(音域)들의 영향(影響)을 받았다/ 구스타프 말러와/ 끌로드 드뷔시도 포함되어 있다(「음(音) ─ 종문 형(宗文兄)에게」, Ⅲ:45)

이 시들의 공통점을 들라면, '지금 여기'를 흐르는 산 음악을 들으며 오래전에 죽은 자들과 조우하고 있다는 것이다. 아름다움과 그리움을 공통 전제로, 음악(가)들에 대한 존중의 염(念)을 다하면서, 자신들의 음악을 통해 '지금 여기'로 호출된 죽은 자를 환영(幻影) 아닌 미적 실재로 되살려 내고 있달까. 하지만 중요한 것은 시인이 탁월한 음악가들의 위대한 음역만을 초점화하고 있지 않다는 사실이다. 그 음역이 생산된 개인적·문화적 바탕과 여건들, 그리고 당시나 현재의 예술가와 청중 일반에 끼친 미학적·실존적 영향까지를 시행 곳곳에 숨겨 놓았다는 인상이 짙다. 그래서 이 시편들에(서) 수행되는 애도의 작업은 중층적이다.

1)의 「음악」을 제외하고는 2)와 3)의 시편에는 죽음의 흔적이나 편린이 그다지 엿보이지 않는다. 하지만 과연 그럴까. 프로이트와 말러는 같은 유대인으로 1910년 네덜란드에서 만나 '정신분석적 대화'를 나눈 것으로 전해진다. 둘의 교유는 당대에 커다란 충격을 안긴, '하나의 시대'를 가르는 사건으로 평가된다. 프로이트가 '무의식'을 존재의 수면 위로 끌어올려 인간 이해의 새 장을 열었다면, 말러는 자신의 교향곡을 "합스부르크 제국이라는 '한 시대', 계몽주의를 거쳐 자유주의 개혁에 이르는 '한 시대'의 종언을 고"하는 것에 바쳤다. 특히 말러는 '국민정신'으로서의 '독일 정신'에 내재하는 어떤 모순과 분열을 예술화함으로써 결국 게르만족의 신화 구축을 위해 예술을 선전과 죽음의 기술로 도구화했던 나치즘에 의해 그 음악이 금지, 배척되는 사후(事後/死後)의 '예술의 죽음'에 처해졌다.[48] 「꿈속의 나라」에 '아우슈비츠'의 인간 학살, 특히 「실록」의 그림자가 어른거린다는 것은 이런 의미에서이다.

─────────────

48) 말러에 대한 이상의 내용은 서경식, 「트립센 산책 ─ 말러의 문이 열렸다 2」, 앞의 책, 268~277쪽 참조.

한편 3)「음」의 부제 속 김종문은 시인의 백형으로 시를 쓰며 군에 복무했던 관계로 김종삼의 월남과 피난, 1960~1970년대의 사회와 문단에 걸친 이념적 대립과 분쟁 현실에 대한 일정한 거리 두기 등에 적잖은 영향을 끼친 인물이다. 한편 말러도 그랬지만 드뷔시도 시와 미술로부터 받은 영감을 선율화함으로써 전통의 19세기 음악에 일련의 단절 및 변화를 불러일으킨 음악가로 평가된다. 그렇다면 먼저 돌아간 세 인물과의 대화에 각별한 정을 쏟고 있는 「음」의 핵심적 의미는 무엇일까. 1982년 영면에 든 형 김종문을 정중하게 예우하고 그를 기억될 만한 시인으로 추모하려는 전통적 애도의 제의가 우선일 것이다. 하지만 애도의 최종 심급은 백형의 깊고 넓은 그늘을 자신만의 시적 개성을 통해 넘어서려 했던 숨겨진 '인정 투쟁'에 대한 뒤늦은 고백에 있을 듯하다. 친체제 협력의 백형보다 아름다운 선율을 포기하지 않으면서 새로운 악곡과 의미의 창안에 도전적이었던 혁신의 음악가들을 전면화했다는 사실에 시인의 삶과 예술의 지향점이 놓여 있다고 판단되기 때문이다.

게다가 이제야 밝히지만, 1)「음악」의 부제 속 "마러"는 현재의 외래어 표기법에 따른다면 「음」에도 등장하는 그 '말러'가 옳다. 그는 연작 가곡 「죽은 아이를 추모하는 노래」(1904)를 작곡한 3년 뒤 뜻밖에도 딸 마리아를 잃는 어처구니없는 비극에 빠져들었다. 이상의 정황을 감안하면, 예시한 텍스트 세 편은 등장 예술가의 삶과 예술, 시인 자신의 삶과 시에 대한 상호 대화와 비판적 성찰을 서로에게 요청하는 미학의 장(場)이라 불러 무방하다. 산 자인 시인과 죽은 자인 시적 대상들은 이렇게 하여 서로를 "회복하기 위해 자기 거주 공간으로 돌아오는 주체(=타자-인용자)를 환대하고 영접하는 친밀한 타인"[49]으로 되살리는 상호적 애도 행위의 주관자들로 거듭났던 것이다.

타자의 '흔적(trace)을 지우는 대신 그들을 "환대, 사랑, 혹은 우정"의 주

---

49) 김애령, 『듣기의 윤리―주체와 타자, 그리고 정의의 환대에 대하여』(봄날의박씨, 2020), 195쪽.

체로 간구하는 타자성의 시학이 가장 잘 현현된 시 한 편을 뽑으라면 "선량하고 고민하는 한 인간으로서의 예수"의 사랑과 희생이 언뜻 비치는 「미사에 참석한 이중섭 씨」(I:46(1968))를 들어야 할 것이다. 타자로의 변신 모티프가 울울한 이 텍스트는 '나'가 "미풍"과 "불멸의 평화"와 "천사"가 되어 "아름다운 음악만을 싣고" 갈 것이며, 또 "자비스러운 신부(神父)"가 되어 "선량하고 가난한 사람들"을 "한 번씩 방문"할 것이라는 내용을 갖는다. '너'를 '나'로가 아니라 '나'를 '너'로 투기(投企)한다는 것은 비록 상상의 실천일지라도 그게 죽은 자든 타자든 '너'를 내 삶의 영역 밖으로 밀어내지 않고 어떤 방식으로든 그가 살 자리/장소를 내어줌을 뜻한다. 김종삼은 이 타자성의 행위를 한국 현대미술의 향토성과 역동성을 새롭게 해석, 창조해 낸, 그러나 월남 이후 한국전쟁을 통과하며 가족과 헤어진 끝에 정신병과 영양실조로 아프게 전전하다 쓸쓸히 죽어 간 이중섭의 기도와 음악에 위탁했던 것이다.

'미술'에서 '음악'으로, 열정적 화가에서 "자비로운 신부"로 변신하는 이중섭의 형상은 소리와 시선을 교차하고 맞바꿔 서로를 잃지 않은 채 서로를 껴안는 진정한 애도를 충분히 연상시킨다. 「미사에 참석한 이중섭 씨」[50]가 단지 시적 상상력의 소산만으로 여겨지지 않는 이유이다. 어쩌면 시인은 이중섭의 추도식에 참여하여 "존재가 사라진 후에 다른 존재에게 남긴 공동(空洞)"[51]을 더욱 처절하게 또 철저하게 내면화했는지도 모른다. 예의 가정이 수용된다면, 해당 시편이 가장 밑바닥의 독자들인 고난 받는 하위자/소수자들에게 연대와 동정의 미학을 천천히 흘려보내어 그들도 아름답고 따스한 "미풍"과 "평화"와 "음악"의 수혜자, 아니 주체자로 밀어

---

50) 애도의 작업을 통한 산 자와 죽은 자의 이별이 가장 아름답게 표현된 구절로는 "언제나 찬연한 꽃나라/ 언제나 자비스런 나라/ 언제나 인정이 넘치는 나라/ 음악의 나라 기쁨의 나라에서/ 살고 있을 것입니다."(「추모합니다」, Ⅲ:20)를 들어야 할 것이다.

51) 왕은철, 「존재가 존재에게 남기는 "공동" ─ 홀로코스트와 동물을 위한 애도」, 『애도 예찬 ─ 문학에 나타난 그리움의 방식들』(현대문학, 2012), 175쪽.

올리겠다는 참된 애도와 환대의 풍경을 경쾌하게 스케치한 텍스트라는 추측도 가능해진다.

그런 점에서 「그리운 안니·로·리」(I:38~40)는 클래식 음악과 본격 미술에 의탁된 애도의 작업보다 더 본원적이고 숭고하며, 또 훨씬 향토적이며 세계적인 애도의 풍경을 그린 작품으로 읽혀도 괜찮을 듯하다. 이런저런 자료에 따르면, 이 시에 담긴 「안니 로리」는 스코틀랜드의 대표적 민요로, 젊은 청춘의 사랑과 이별을 예찬하고 슬퍼하는 양가적인 애가(愛歌/哀歌)로 인구에 회자된다. 거기다가 한국의 초기 창가나 교가들이 서구의 악곡을 빌려 가창되었듯이, 이 노래의 곡조는 한국에서 예수의 승리와 영광을 노래한 어떤 찬송가의 그것으로 원용되어 불리고 있다 한다. 사랑의 노래 「안니 로리」를 애도의 음률로 변환시킨 이는 그 누구도 아닌 김종삼 자신이었다. 그는 원곡에 반복되는 청년의 사랑 고백 "아름다운 안니 로리를 위해서, 나는 엎어져 죽을 거야"라는 가사를 "그 아이는/ 얼마 못가서 죽을 아이라고" "그리운 안니·로·리라고" "푸름을 지나 언덕가에/ 떠오르던/ 음성이 이야기하였"다고 고쳐 적었다. 젊은 남성의 목숨을 건 죽음 의지, 곧 사랑의 욕망을 '안니 로리'의 죽음으로 치환함으로써 그녀는 영원한 사랑의 대상이자 실존적 죽음에 휩싸인 불우한 존재로 동시에 살게 된 것이다.

이처럼 텍스트의 차용과 재해석, 곧 패러디에 의해 '안니 로리'는 적어도 김종삼의 시와 한국 독자에게는 살아서 죽고 죽어서 사는, 곧 예찬과 애도의 동시적 존재로 다시 살아가게 되었다. 이와 관련하여 우리는 「그리운 안니·로·리」가 삶과 죽음, 순간과 영원(구원), 인간과 신의 고향-영토로 함께 호출되는 두 강을 노래한 「스와니강이랑 요단강이랑」(I:18)과 밀접한 가족관계를 형성하게 된다는 사실도 기억해 둠직하다. 김종삼은 "스와니강이랑 요단강이랑"을 함께 찾던 "나이 어린 소년"을, 또 "눈더미 눈더미 앞으로" "그림처럼 앞질러" 가던 "한 사람"을 오래지 않아 다음과 같이 접속시키는 한편 분리시켰다. 미국 민요 「스와니강」의 작자 "스티븐 포스터"(「스와니 강」, Ⅱ:28~29)와 "흘러가는 요단의 물결과/ 하늘나라"가 "그의 고향"인 "예수"(「고향」, Ⅱ:44~45)가 그들이었다.

시인은 삶과 죽음의 귀소처 '고향'을 매개로 시적 대상 모두를 인간의 지평과 신성의 지평 두 경계를 넘어서지 못한 채 떠도는 방랑자(보헤미안)로 설정했다. 그럼으로써 인간의 '스와니강'과 신의 '요단강'을 유사한 역할을 수행하되 서로 대체할 수 없는 '참된 장소'로 개성화·보편화하는 데 성공했다. 하지만 김종삼은 "나이 어린 소년"과 그의 예술적·신성적 희원의 대상인 "포스터"와 "예수"에게조차 "스와니강"과 "요단강"을 눈앞의 실재로 명시했지만 끝내 '이미 인' 장소로 되돌려주지는 않았다. 그럼으로써 서로의 일방적인 내면화나 동일화를 깨뜨리고 흠집 내는, 또 그럼으로써 서로의 민낯을 비춰 보는 한편 외면하는 회리(會離)의 슬프고도 기쁜 애도를 이 시에 내재하는 모든 존재들의 몫으로 되돌려 주었다.

> 1947년 봄
> 심야(深夜)
> 황해도(黃海道) 해주(海州)의 바다
> 이남(以南)과 이북(以北)의 경계선(境界線) 용당포(浦)
>
> 사공은 조심조심 노를 저어가고 있었다.
> 울음을 터뜨린 한 영아(嬰兒)를 삼킨 곳.
> 스무몇 해나 지나서도 누구나 그 수심(水深)을 모른다.
>
> ──「민간인(民間人)」(Ⅱ:40~41)

"스무몇 해"는 본 텍스트가 쓰인 시점인 1970년(《현대시학》 11월호)을 적시한다. 당시라면 남북 분단 현실이 더욱 굳건해지는 동시에 체제 경쟁을 뒤에 숨긴 남북 권력 간의 위장된 평화적 대화가 준비되던 때였다. 적진, 곧 잠재적 살해자 앞에서 숨 막혀 죽은, 그래서 끝내 물에 던져진 불쌍한

'영아'에 대한 애끓는 기억과 침묵의 애도는 그래서 저의 말과 목소리를 금지당한 남북 민중에 대한 양쪽 폭력적 정권의 감시와 억압 체계를 냉정하게 비판한 시로 먼저 읽힌다.[52] 그러나 핏덩이 "영아"에 대한 애도의 마지막 과녁은 그 지옥의 현장에서 '살아남은 자', 아니 그들과 함께 숨을 쉬면서도 영아와 그들의 비극에 눈 감은 채, 또 그 살해의 원인을 밝히고 해결책을 모색하기는커녕 위로와 연대의 책임을 회피해 온 다 자란 "민간인" 전체일 듯하다.

이 지점은 당시 죽음으로 하릴없이 "가라앉은 자"(영아)와 죽음에서 간신히 "구조된 자"(어른)의 위상과 가치를 역전시키는 윤리성과 생명성 재고의 현장이라는 점에서 매우 중요하고도 징후적이다. "영아"의 죽음에 대한 기억과 재현은 절대 권력을 향해 "이것이 인간인가"라는 분노와 혐오를 불러일으킴으로써 그 '어린 것'을 잘 위로하고 잘 보내기 위한 살아남은 자 중심의 '전통적 애도'에 해당된다. 하지만 '어린 것'의 위로 및 바람직한 이별에만 애도의 과녁을 설정한다면 "가라앉은 자"(영아)와 "구조된 자"(어른)의 자리바꿈도, 또 서로의 마음에 난 "슬픔의 깊고 큰 구멍"[53]을 함께 채울 기회도 소망 부재의 사건이 될 수밖에 없다. 이쯤 되면 김종삼의 「민간인」 제작이 "영아"와 모든 어른들의 역설적 불화와 대화를 불러일으키기 위한 것, 곧 '실패한 애도'를 노린 것임이 분명해지는데, 왜 그럴까.

어른들은 그날 이후 지금까지 '살아짐'으로써 핏덩이를 죽인 '죄의식'과 아이의 목숨을 담보로 살아남았다는 '수치심'에서 벗어날 기회가(를) 사라졌다(잃어버렸다). "수심(水深)을 모른다."라는 원인 탐색과 해결책 제시에

---

52) 임지연은 시인이 피해자 중의 피해자인 영아의 죽음 앞에서 죄와 죽음의 의미, 그리고 전쟁의 부조리에 대한 극복 여부를 집중적으로 캐물었다고 파악한다. 그러면서 아이의 죽음 당시 자기 안에 들어와 소멸되지 않는 부끄러움, 즉 수치심의 동력이 되었다고 본다.(임지연, 앞의 글, 290쪽) 강계숙은 그들의 죄의식과 수치심을 '수용소 생존자'의 그것에 견주면서, 첫째, 기억한다는 것의 수치심, 둘째 살아남은 자의 죄의식, 셋째 인간 존재됨의 수치심이 중심을 이룬다고 보았다.(강계숙, 앞의 글, 219쪽)

53) 왕은철, 앞의 책, 247쪽.

대한 불가능성과 무책임성이 "수심(愁心)을 모른다."라는 비인간성과 비윤리성으로 돌변하는 불행한 사태는 그래서 피해질 수 없다. 그것의 끝 간데 숨어 있는 '수심(獸心)'를 모르지 않기 위해서는 이미 죽은 "영아"와 지금 여기 살아남은 "민간인" 모두의 침묵 또는 잃어진 말과 마음을 헤아려 들을 수 있는 애도의 제의가 요청될 수밖에 없다. 그것도 서로의 "환대, 사랑, 혹은 우정"이 예기치 않게 불러들일 수도 있는 서로에 대한 감시와 "억압을 은폐하는 중심에 대한 의혹"을 언제고 견지하는 서로의 "주변성에 대한 관심"[54]이 중심에 놓이는 방식으로 말이다. 그럴 때 "영아"의 죽음을 필두로 세상 친밀한 존재의 분열과 파탄이 발생된 "이남과 이북의 경계선 용당포"는 서로가 함께 다시 건너는 차이성과 다양성 위에서 결속된 유연하고 부드러운 연대와 동정의 자리/장소로 다시 의미화될 수 있을 것이다. 그때는 "선량한 생애에 얽히어졌다가 죽어 간 사람들의 사이에 세워진 아취의 고요이고 아름다운 꿈을 지녔던 그림자"(「여인」, V:175(1961))가 내리고 스며드는 "그 수심(水深)"을 그 누구라도 몰라도 괜찮을 것이다.

김종삼이 타자에 대한 연대와 죽은 자를 위한 애도에서 자신을 중심에 두기보다는 저들의 고통과 간난에 마음을 더욱 돌리는 애도와 환대의 길을 걸어왔음은 다음 표현에서 비교적 뚜렷이 확인된다. 살아오면서 무슨 일을 했느냐는 질문에 "인간을 찾아다니며 물 몇 통 길어다 준 일밖에 없다."(「물통(桶)」, I:53)라는 응답이 그것이다. 낯선 "인간"들, 곧 타자와 죽은 자를 향한 연대와 동정, 애도와 환대의 기술(art)은 어머니의 영향이 지대했던 것으로 보인다. 예컨대 품팔이로 식구들을 살려낸 "엄만 죽지 않은 계단"(「엄마」, V:377)이라든가 "어두워지는 풍경은/ 모진 생애를 겪은/ 어머니의 무덤/ 큰 거미의 껍질"(「지(地)」, Ⅲ:54)이라는 눈물겨운 사랑과 기억과 애도를 보라. 하지만 어머니의 영향이 단지 자애와 희생, 효와 봉양이라는 전통적 가족 관계에서만 비롯된 것이 아니라는 사실을 놓쳐서는

---

54) 김애령, 앞의 책, 151쪽.

안 된다.

아래의 「장편(掌篇)·2」가 암시하듯이, 그녀는 자신이 살아생전 쌓고 죽어서 남긴 "엄만 죽지 않는 계단"에 의식적이든 무의식적이든 "사회제도나 관행의 부정의에 대해 공동의 책임을 인정하고 그 책임을 함께 지려는 사람들 사이의 관계도"[55]를 구성하는 하나의 나사나 너트로 역할하기를 잊지 않았다.

조선총독부가 있을 때
청계천변(川邊) 10전(錢)균일상(均一床) 밥집 문턱엔
거지 소녀가 거지 장님 어버이를
이끌고 와 서 있었다
주인 영감이 소리를 질렀으나
태연하였다
어린 소녀는 어버이의 생일이라고
10전(錢)짜리 두 개를 보였다.

— 「장편(掌篇)·2」(Ⅳ:76)

우선 논의에 필요한 하나의 가설을 전제해 둔다. 이 작은 에피소드의 주인공 "어린 소녀"를 시인의 어머니 여부로 판정하는 것을 잠시 내려놓자는 것이다. 나이로 따진다면 소녀는 시인 김종삼의 어린 시절과 오히려 겹칠 수도 있다. 그러니 "거지 소녀"를 한국문학사의 유구한 전통을 차지하는 '엄마=누이'라는 관계에 유의해 보는 것이 훨씬 유용할지도 모른다. 이를테면 한국문학에서 "엄만 죽지 않은 계단"이 '누이'의 그것인 사실은 이광수 『무정』의 영채에서 신경숙 『외딴 방』의 '나'에까지 유구하고 유효하다. 수동적, 순종적 성격을 지니지만 아비와 오라비(남동생)을 위한 인고와

---

55) 위의 책, 258쪽.

희생에 강한 그 눈물겨운 삶, 아니 남의 삶에의 자기 삶의 투기(投企/投棄) 말이다. "어린 소녀"도 자신의 삶과 희망을 "장님 어버이"의 그것으로 바꾸고 있지 않은가.

소리가 눈인 "거지 장님 어버이"의 생일상을 위해 불우한 "어버이"의 피로 가난하되 세속의 속셈과 문법에 물들지 않은 "거지 소녀"는, 세상의 잇속에 밝은 "주인 영감"의 야단을 마다하지 않았다. 그래 봐야 곯은 배를 채운 행복은 잠시이고 구걸로 참담한 배고픔은 오래일 것이지만 말이다. 그럼에도 시인이 '짧은 시'라는 제목 불필요의 기호를 붙인 것은 가족을 돌보아 잠시라도 그들의 심신을 회복시키고 삶의 안위를 돌보는 여성(늑모성)의 눈물겨운 생명 충동과 반듯한 윤리성을 더욱 빛내기 위함일 것이다.

사실 날 낳고 키운 부모에 대한 은혜 갚음, 곧 가부장제의 윤리와 섬김에 충실한 "거지 소녀"는 부모와 완전히 분리된 절대적 타자성을 갖지 못하므로 결국 가족 거주 공간의 주인인 "어버이"의 조력자로 남을 수밖에 없게 된다. 그럼에도 "거지 소녀"의 무조건적인 봉양을 거의 '절대적 환대'에 가까운 윤리적 실천에 견줄 수 있는 까닭이 없지 않다. 미성숙한 영혼에도 불구하고, 아니 오히려 순진무구한 영혼으로 인해 "주체("거지 소녀"—인용자)가 자신의 언어로 타자("거지 장님"—인용자)를 규정하지도 자신의 언어를 강요하지도 않고 다른 언어로 들려오는 소리들과 침묵까지도 듣고자 노력"[56]하는 태도와 의지가 그것이다. 물론 이것은 세상 물정 모르는 "거지 소녀"의 "거지 장님 어버이"에 대한 애틋하고 살뜰한 사랑 정도로 해석되는 것이 더욱 현실과 담론의 상황에 부합할지도 모른다. 그러나 "인간되었던 모진 시련 모든 추함 다 겪고서/ 작대기를 집고서" 다시 일어서는 "초목의 나라"의 '라산스카'(「라산스카」, Ⅳ:83〔1963〕)의 이미지에서 "거지 소녀"를 읽어 낼 수 있다면, "타자의 방문에, 나의 공간, 주인의 자

---

56) 이 대목은 레비나스의 친밀한 타인의 언어에 대한 정의 "가르치지 않는, 침묵의 언어, 말 없는 이해, 비밀스러운 표현"을 김애령이 자기 방식으로 풀어 쓴 것을 인용한 것이다.(위의 책, 198쪽)

리를 내어주는" '환대의 윤리'[57]만큼은 그녀의 확실한 덕목으로 판정할 수 있을 것이다.

　　나의 본적(本籍)은 늦가을 햇볕 쪼이는 마른 잎이다. 밟으면 깨어지는 소리가 난다.
　　나의 본적(本籍)은 거대(巨大)한 계곡(溪谷)이다.
　　나무 잎새다.
　　나의 본적(本籍)은 푸른 눈을 가진 한 여인의 영원히 맑은 거울이다.
　　나의 본적(本籍)은 차원(次元)을 넘어다니지 못하는 독수리다.
　　나의 본적(本籍)은
　　몇 사람밖에 안 되는 고장
　　겨울이 온 교회당(敎會堂) 한 모퉁이다.
　　나의 본적(本籍)은 인류(人類)의 짚신이고 맨발이다.
　　　　　　　　　　　　　　　　　　　　　　　—「나의 본적」(I:65)

　　"푸른 시야는 아로삭이곤 가는 환상의 수난자이고 아름다이 인도주의자"(「베들레헴」, V:114(1959))이고자 했던 예수의 고백과 다짐을 시적 화자, 곧 시인의 목소리에 담아낸 시편이다. 이 숱한 "나의 본적"은 세계 모든 곳이 '예수의 고향'이며, 그가 죄 많은 타자들에게 "환대, 사랑, 혹은 우정"을 전달하는, 아니 서로 그 숭고한 가치들을 함께 나누는 '참된 장소'임을 뜻한다. 이 '본적지'를 밟는 자는 따라서 그 누구라도 저만의 행복과 영원, 성공과 이윤에 필요한, 또 그 결과인 값비싼 가죽신과 비단버선에 감싸인 호사스러운 발이어서는 안 된다. "짚신"과 "맨발"은 경계선을 넘나들고 고향의 언저리를 방랑할 때마다 견딜 수 없는 상처와 고통을 남길 것이며, 따라서 그것으로 걸어간 곳곳은 강렬하며 뜻깊은 장소/자리로 내

---

57)　위의 책, 260쪽.

면화될 수밖에 없다.

그곳으로 "짚신이고 맨발"인 약자들을 이끌고 그곳에 박혀 있는 진정한 것을 함께 찾는 것, 마침내는 그 "장소(/자리 — 인용자)에의 소속인 동시에, 깊고 완전한 동일시"[58]를 체험토록 또 다른 "짚신이고 맨발"인 신성한 존재가 이끄는 일. 「나의 본적」을 통해 시인이 희망했던, 또는 신성에의 호소를 통해 바라 마지않았던 가장 지극한, 소외된 타자에의 환대일지도 모른다. 김종삼 미학을 대표하는 「시인학교(詩人學校)」가 "선량하고 고민하는 한 인간으로서의 예수"가 어렵지만 즐겁게 고백한 "나의 본적"의 의도된 후속편임이 이로써 더욱 분명해졌다. 왜냐하면 "나의 본적" 속의 참된 장소 및 타자 지향의 환대에 대한 열망과 의지가 시와 음악과 미술에 투기된 미학적 인간의 그것으로 전유되고 있기 때문이다.

김관식(金冠植), 쌍놈의새끼들이라고 소리지름. 지참(持參)한 막걸리를 먹음. 교실내(教室內)에 쌓인 두터운 먼지가 다정스러움.

(중략)

전봉래(全鳳來)
김종삼(金宗三) 한 귀퉁이에 서서 조심스럽게 소주를 나눔. 브란덴브르그 협주곡 제5(五)번을 기다리고 있음.

— 「시인학교」 부분(Ⅱ:84~85)

시 전편을 읽어 보면 알겠지만, 「시인학교」에서 유일하게 살아 있는 자는 시인 자신이 출석을 확인한 "김종삼" 그 자신뿐이다. 서구 출신의 강사 모리스 라벨(음악), 폴 세잔(미술), 에즈라 파운드(시)는 "모두 결강", 한

---

58) 에드워드 렐프, 김덕현 외 옮김, 『장소와 장소 상실』(논형, 2005), 127쪽.

국의 선배 학생 김소월과 김수영은 "휴학계"라는 표지로 오래전 죽은 자를 적시했다. 이들이 산문 「먼 「시인의 영역」」에서 호명된 4명의 예외적 영혼들만큼이나 개성적 음역과 매혹적인 목소리를 가진 저주받아 더욱 황홀한 예술가들임을 그 누가 부인할 수 있을까. 이들은 따라서 잘 이별되어야 할 전통의 '성공한 애도'보다는 잘 불러들여 '영향에의 불안'을 곳곳에 흩뿌리도록 해야 할 '실패하는 애도'의 대상이어야 마땅하다. 요컨대 이들은 끊임없이 애도에 실패됨으로써 그들 삶의 단편이 그들 삶과 예술의 전체로, 나아가 그들과 대화하는 타자들의 그것으로 퍼져 나가는 '고유명사'로 호명되는 것[59])이 진정한 환대이고 사랑이고 우정일 것이다.

그렇다면 술에 취해 떠들거나 되레 조심스러워하는 김관식과 전봉래의 형상은 무엇인가. 「시인학교」가 발표된 1973년이면 이들이 벌써 삶의 저편으로 호적을 옮겨 간 뒤였다. 선배 세대들은 그 이름만으로도 예외적 삶과 위대한 예술을 인정받는 '환대 공간'의 주인들이었다. 이에 비한다면 술에 취해 소리치고 음악이나 듣는 것이 근래 죽은 자들의 그저 그런 개성, 아니 구설수 부르는 성취로 기록되고 있다. 만약 이런 정황에만 초점을 맞춘다면, 누구에게나 동참을 호소할 만한 애도와 환대의 대상일 수는 없을 것이다. 그러나 김종삼은 그 죽은 자들 사이에 출석해서 삶의 시공간이 서로 다른 예술(가)의 동시적 출현, 또 독자 대중의 그들 모두에 대한 서로 다른 방식의 애도와 환대를 가능하게 단 2행의 짧은 시구를 마지막 연에 무심한 듯 붙여 두었다. "교사(校舍)/ 아름다운 레바논 골짜기에 있음."이 그것이다.

시인은 사막에 살인 병기 포탄이 날고 도랑에 썩은 핏물이 흐르는 죽음의 지대를 "아름답다"라고 표현함으로써 붉게 꽃피는 죽음과 누렇게 낙엽지는 생명의 끔찍함을 가차 없이 저격했다. 하지만 이 역설의 아름다움을 뚫고 거기에서 죽어 간 변두리 삶들을 애도하고 환대하는 진정한 아름다

59) 신철규, 앞의 논문, 134쪽.

움의 지대와 거기 종사하는 시공간을 초월한 일군의 씨 뿌리는 자들을 기억하고 호출하는 일도 잊지 않았다. 「시인학교」의 교사와 학생들이 그들이었다. '시인학교'에서 그들은 이미 죽었거나("결강") 다쳤거나("휴학계"), 아니면 폭력과 전쟁의 시대를 비판("쌍놈의 새끼")하거나 죽음의 시대를 넘어설 위대한 예술("브란덴브르그 협주곡 제5번")의 느닷없는 출현을 기다리는 중이다. 삶과 죽음의 경계선이 뚜렷한 그곳에서 서로가 만나고 대화를 나눌 수 있는 유일한 방법은 서로의 죽음을 정중히 애도하고 그 빈자리로의 귀환을 열렬히 환대하는 우정과 연대의 장과 기호를 마련하는 것이다. 김종삼의 「시인학교」는 이것을 목적으로 개교되었으며, 현재까지도 그 지침은 가장 아름답고 윤리적인 명령으로 매년의 신입생을 훈육하고 각성시키고 있는 중이다.

4 김종삼의 최후에서 「아리랑고개」의 등장이 의미하는 것

김종삼은 가장 가까운 시우(詩友)들로 먼저 소천한 전봉래와 김관식을 한국과 서양의 개성적이며 변화에 민감했던 위대한 예술가들의 학생이자 후배로 설정함으로써 '시인학교'로의 애도와 환대를 예의 바르게 수행했다. 그것은 그러나 까닭 없는 무모한 제의가 아니었다. 가장 위험한, 그래서 가장 기려질 수 있는 죽음의 땅 "아름다운 레바논 골짜기"로 그들 모두를 초치하는 미적이며 윤리적 실천 자체로서의 애도와 환대의 작업이었다. 10여 년 뒤 시인은 죽음을 2~3개월 앞두고 발표한 「아름다움의 깊은 뿌리」(V: 877)에서 그들에 대한 애도와 환대로 기뻐질 심정을 진솔하게 고백했다. 스스로 "단순한 아름다움의 극치"로 평가했던 모차르트의 어떤 음악을 들으면서, "그 아름다움의 깊은 뿌리"를 "아름다운 동산의 설정이었을까", "모든 신비의 벗이었을까", 아니면 "불행한 이들을 위해 생겨났을까"라고 자신과 독자 대중에게 되묻는 장면이 그것이다.

"불행한 이들"은 시인-삶의 모델이 되어 준 위대해서 더 비참해지곤 했던 시인이나 예술만이 아니었다. 인간이고자 했던 '예수'에서 인간이기를 거부당한 '아우슈비츠'의 수인들, 식민지 조선과 한국전쟁과 산업화 시대 "하늬바람"으로 살랑이는 "밭이랑"과 "들꽃들"에도 "전쟁이 스치어 갔"(「서시(序詩)」, Ⅱ:10)던 비극에 던져지거나 "두꺼비"처럼 속도와 이윤의 "대형 연탄차 바퀴"(「두꺼비의 역사(轢死)」, Ⅱ:82)에 깔려 죽거나 했던 소외와 불우로 점철된 존재 모두가 포괄되었다. 김종삼은 심연 깊이 '가라앉은 자'들을 향해 자신의 죽음을 미리 고지하거나 환대의 손길을 바라는 것으로 시와 삶을 종결짓고자 했을까. "앞당겨지는 죽음의 날짜가 넓다"라면서도 "길 잃고 오랜 동안 헤매이다가 길을 다시 찾아낸 것처럼 나의 날짜를 다시 찾아내인 것이다"(「길」, Ⅳ:23)라며 스스로를 애도하고 환대하면서 말이다. 아니다, 그렇지 않았다. 시인은 세계와 현실의 "그 뒷장을 넘기면"다가드는 "암연(暗然)의 변방(邊方)과 연산(連山)" 저쪽 멀리 쌓인 "내 영혼의/ 성곽(城廓)"(「최후의 음악」, Ⅳ:140)으로 스스로를 떠나보내는 한편 거기서 울릴 최후의 음악으로 「아리랑」을 유성기에 올림으로써 살아서의 마지막 애도와 환대를 다했다.

> 우리나라 영화의 선구자
> 나운규(羅雲奎)가 활동사진 만들던 곳
> 아리랑고개,
> 지금은 내가 사는 동네
> 5번버스 노선에 속한다
> 오늘도 정처없이
> 5번버스로
> 아리랑고개를 넘어간다
>
> ── 유고시 「아리랑고개」 부분(Ⅴ:889)

「아리랑」이 전 세계를 울리는 모든 코리안의 '민족(ethnic)의 소리'이자

'지금 여기'의 한국을 표상하는 '국민(nation)의 노래'임은 그 누구라도 부인할 수 없는 진실이다. 「아리랑」의 탄생과 출발은 그러나 몹시 비루했고 속되었다. 1920년대를 전후하여 이른바 요릿집과 기생집의 때로는 섧고 때로는 흥겨운 장단으로 흘러나오던, 수십 편이 어디선가 보고 들은 듯한 이본(異本)들의 노랫가락이었다. 그러다 유성기와 음반의 대유행을 기화(奇貨) 삼아 누구누구의 「아리랑」들이 도시의 거리와 깜찍한 이기(利器) 라디오를 홀리기 시작했지만, 더욱 결정적인 반전은 "나운규"의 소리 없는 "활동사진" 「아리랑」(1926)의 주제가로 현재 누구나가 외는 바로 그 「아리랑」이 선택되면서 일어났다.

잘 알다시피 무성영화 「아리랑」은 식민화 이후 더욱 궁핍해지는 농촌의 비극적 현실을 정신이상자로 각색된 '민족청년'이 악덕지주의 머슴이자 왜경의 앞잡이 '체제 협력자'를 우발적으로(그러나 필연적인) 살해하는 상징화의 수법을 통해 넘어서고자 한 작품이다. 반동자에 대한 살해를 초래하는 우연적 비극의 낭만적 돌출이 한계로 지적되지만, 주인공이 일제 순사에게 끌려갈 때 울려 퍼지는 「아리랑」은 가난한 그의 생애 전반을 관통한 모든 아픔과 슬픔을 식민지 조선 민중 모두의 것으로 전이, 감염시키기에 충분한 것이었다. 「아리랑」은 그렇게 하여 섹슈얼리티 소비와 생산성 없는 유흥 압도의 저잣거리 노래에서 식민지 하위주체들의 한과 흥, 인내와 저항을 대변하는 '민족의 소리'로 거듭나게 되었던 것이다. 한국근현대사 곳곳에 놓인 그 "아리랑 고개"를 시인은 "앞당겨지는 죽음"으로 떠올리며 그것을 자신의 삶에 겹쳐 본 것이 유고시 「아리랑고개」였는지도 모른다.

이러한 가치화는 무엇 때문에 가능한 것인가. 김종삼은 시대와의 불화, 현실과 예술의 갈등, 권력의 억압 들에 의해 무겁게 '가라앉은 자'들을 위한 시적 애도와 환대를 자신의 시 삶 내내 거의 그침 없이 수행했다. 이를 감안하면, 마지막 행 "아리랑고개를 넘어간다"는 자신의 것이기도 한 한국 근현대사의 비극(죽음)과 저항(삶)을 넘치도록 담아 온 「아리랑」을 최후의 '참된 장소'로 세우겠다는 욕망과 의지의 표현이 아니었을까. 김종삼이 나운규를 처음 불러낸 시편은 "도드라진 전차길 옆"에 나와 있는 "챠플린 씨", "나운규 씨", "김소월 씨"의 행동을 묘사한 「왕십리」(I:20~21(1969))였다. 그런데 「아리랑고개」와 함께 발표된 제목 없는 유고시 한 편에도 "나도향/ 김소월/ 나운규를 떠올리면서/ 5번버스로 아리랑고개를 넘어간다"(V:886)라는 구절이 등장한다. 이것이 의미하는 바는 무엇일까. 비평가는 감히 특정 지명이자 김소월의 내면이었던 '왕십리'가 모두의 것이면서 누구의 것도 아닌 '아리랑고개'로 전이되고 보편화된 결과물이라고 판단한다. 그렇지 않고서는 "나는 이 세상에/ 계속해 온 참상들을/ 보려고 온 사람이 아니다"(「무제」, V:887)라는 죽음을 초월한, 아니 죽음에로의 생명 활동을 이끌어 가는 "짚신"과 "맨발"이 다시 주어질 리 없다.

김종삼은 처음에는 "올페는 죽을 때/ 나의 직업은 시라고 하였"지만 "나는 죽어서도/ 나의 직업은 시가 못 된다"라며 "귀환 시각 미정"(「올페」, II:20)의 시 삶을 아프게 고백했다. 그러나 1970년대 중반 넘어 그 말을 "그렇다/ 비시(非詩)일지라도 나의 직장은 시이다"(「제작」, III:30)라고 수정했다. 하지만 이것조차 김종삼 최고의 마지막 답변도, 궁극적 욕망도 아니었다. "누군가 나에게 물었다. 시가 뭐냐고". 그러자 김종삼은 이렇게 답했다. "엄청 고생 되어도/ 순하고 명랑하고 맘 좋고 인정이/ 있으므로 슬기롭게 사는 사람들"이 "이 세상에서 알파이고/ 고귀한 인류이고/ 영원한 광명이고/ 다름 아닌 시인이라고"(「누군가 나에게 물었다」, III:56) 말이다. 김종삼은 "슬기롭게 사는 사람들"을 늘 존중함으로써 시 세계만큼은 "아무런 조건 없이, 물음도 없이, 한계 없이"[60] 타자(특히 약자와 수난자)의 자리/장소로 내어주는 환대의 장(場)으로 아낌없이 세워 나가고자 했다. 청년 시절 이후 '죽어 가는 자의 고독'에 휩싸이곤 했던 실제 현실의 자신에 대한 가상적 애도와 미학적 환대가 가능했다면, 스스로를 그 타자들 속에 냉정하게 위치시키거나 그들 사는 '본적지'로 더 또렷이 등기했기 때문이었을 것이다.

---

60) 김애령, 앞의 책, 198쪽.

참고 문헌

1차 자료

김종삼, 『십이음계』, 삼애사, 1969

_____, 『시인학교』, 신현실사, 1977

_____, 『누군가 나에게 물었다』, 민음사, 1982

_____, 『평화롭게』, 고려원, 1984

_____, 장석주 편, 『김종삼 전집』, 청하, 1988

_____, 권명옥 편, 『김종삼 전집』, 나남출판, 2005

_____, 홍승진·김재현·홍승희·이민호 편, 『김종삼 정집』, 북치는소년, 2018

김종삼·김광림·전봉건, 『연대 시집: 전쟁과 음악과 희망과』, 자유세계사, 1957

김종삼·문덕수·김광림, 『본적지』, 성문각, 1968

논문 및 저서

강계숙, 「김종삼 시의 재고찰 ─ 이중 언어 세대의 세계 시민주의와의 상관성
    을 중심으로」, 《한국학연구》 30호, 인하대 한국학연구소, 2013

고형진, 「김종삼의 시 연구」, 《상허학보》 12호, 상허학회, 2004

신철규, 「김종삼 시의 심미적 인식과 증언의 윤리」, 고려대 대학원(박사), 2020

홍승진, 「김종삼 시의 내재적 신성 연구 ─ 살아남는 이미지를 중심으로」, 서
    울대 박사 논문, 2019

_____, 「1960년대 김종삼 메타시와 '참여'의 문제 ─ 말라르메와 사르트르의
    영향을 중심으로」, 《비교문학》 70집, 한국비교문학회, 2016

남진우, 『미적 근대성과 순간의 시학 ─ 김수영·김종삼 시의 시간 의식』, 소명

출판, 2001

박민규, 「김종삼 시의 숭고와 그 의미」, 《아시아문화연구》 33호, 가천대 아시아문화연구소, 2014

여태천, 「1950년대 언어적 현실과 한 시인의 실험적 시 쓰기 ― 김종삼의 초기 시를 중심으로」, 《한국문학이론과비평》 59집, 한국문학이론과비평학회, 2013

오연경, 「김종삼 시의 이중성과 순수주의 ― 초기 시(1953~1969)를 중심으로」, 《비평문학》 40호, 한국비평문학회, 2011

왕철, 「프로이트와 데리다의 애도 이론 ― "나는 애도한다 따라서 나는 존재한다."」, 《영어영문학》 58권 4호, 2012

임지연, 「김종삼 시의 수치심 연구」, 《한국문학이론과비평》 68집, 한국문학이론과비평학회, 2015

김애령, 『듣기의 윤리 ― 주체와 타자, 그리고 정의의 환대에 대하여』, 봄날의박씨, 2020

김현경, 『사람, 장소, 환대』, 문학과지성사, 2015

서경식, 한승동 옮김, 『나의 서양음악 순례』, 창비, 2011

에드워드 렐프, 김덕현 외 옮김, 『장소와 장소 상실』, 논형, 2005

왕은철, 『애도 예찬 문학에 나타난 그리움의 방식들』, 현대문학, 2012

이숭원, 『김종삼의 시를 찾아서』, 태학사, 2015

임홍빈, 『수치심과 죄책감 ― 감정론의 한 시도』, 바다출판사, 2013

최문규, 『죽음의 얼굴 ― 문학 속에서 인간은 어떻게 죽어 가는가』, 21세기북스, 2014

황현산, 『현대시 산고』, 난다, 2020

모리스 블랑쇼, 이달승 옮김, 『문학의 공간』, 그린비, 2010

수전 손태그, 이재원 옮김, 『은유로서의 질병』, 이후, 2002

슬라보예 지젝, 이현우 외 옮김, 『폭력이란 무엇인가 ― 폭력에 대한 6가지 삐딱한 성찰』, 난장이, 2011

_____, 이현우 외 옮김, 『폭력이란 무엇인가』, 난장이, 2011

슬라보예 지젝·레나타 살레츨 편, 라깡정신분석연구회 옮김, 『사랑의 대상으로서 시선과 목소리』, 인간사랑, 2010

요한 고드스블롬, 천형균 옮김, 『니힐리즘과 문화』, 문학과지성사, 1988

자크 라캉, 민승기 외 옮김, 『자크 라캉 욕망 이론』, 문예출판사, 1993

조르조 아감벤, 김영훈 옮김, 『벌거벗음』, 인간사랑, 2014

_____, 김항 옮김, 『예외 상태』, 새물결, 2009

지그문트 프로이트, 윤희기·박찬부 옮김, 『정신분석학의 근본 개념』, 열린책, 2009

프리모 레비, 이소영 옮김, 『가라앉은 자와 구조된 자』, 돌베개, 2014

필리프 아리에스, 이종민 옮김, 『죽음의 역사』, 동문선, 2002

R. N. 마이어, 장남준 옮김, 『세계상실의 문학』, 홍성사, 1981

해나 아렌트, 김선욱 옮김, 『예루살렘의 아이히만 — 악의 평범성에 대한 보고서』, 한길사, 2006

제3주제에 관한 토론문

신철규 | 고려대 강사

이 논문은 김종삼 시의 출발점을 김종삼 시에 나타난 음악의 '비극적 아름다움'이라는 이중성으로 규정하고 그것이 삶의 참상이라는 비극과 예술의 아름다움 사이의 '거리'에서 비롯된 것이라고 보고 있습니다. 또한 비극과 아름다움, 그 두 가지를 매개하는 죄의식과 수치심의 구조를 규명하고 그것이 시적 화해와 인간적 결속의 과정을 거쳐 죽음과의 불화와 친화라는 양가적인 태도로 발현되었음을 밝히고 있습니다. '죽어 가는 자의 고독'을 개인적인 문제로 한정하지 않고 인간의 폭력과 억압으로 인한 사회적 죽음으로 확장시켜, 그것이 소외된 인간뿐만 아니라 비극적인 상황에 놓인 예술가들로 대표되는 타자의 죽음에 대한 애도와 미적 환대로 이어지는 과정을 섬세하게 짚어 보는 것이 이 논문의 의의라고 할 수 있습니다. 특히, 미학적 실천과 윤리적 실천(실천의 미학)이 통합되는 지점을 예리하게 지적한 김종삼의 후기 시에 대한 논의는 주목할 부분이라고 생각합니다. 이 논문은 기존의 연구들이 애도의 '실패'나 '불가능성'에 주목해 김종삼 시의 윤리성을 찾아냈던 것과 달리 애도의 실패 또는 실패한 애도가 오히려 '진정한' 애도가 될 수 있다는 인식론적 전환을 보여 주면서 김종삼의 시에 대한 새로운 의미 부여를 시도했다는 점에서 그 의의가 크다고 할 수 있습니다. 이 논문의 문제의식과 논의의 필요성에 적극 공감하면서 다음과 같은 질문을 드리고자 합니다.

첫째, 발표자께서 밝힌 것처럼 김종삼의 후기 시에는 죽음 의식이 전면화되어 있는데, 미의 순교자 또는 '미에의 순례자'이기를 원했던 김종삼에게 죽음은 일상적인 삶과 이 세계와의 단절이라는 일반적인 의미를 넘어서 예술의 불가능성과 집단적이고 사회적인 죽음을 강하게 재인식하는 계기가 되기도 했습니다. 삶의 일시성과 무상성에 따른 허무주의를 극복하기 위해 예술(가)의 영원성을 전경화했다는 그의 후기 시에 대한 일차원적인 비판 또한 없지 않았습니다. 김종삼 시에 나타난 죽음 또는 '죽어 가는 자'의 형상이 초기부터 일관되게 사회·역사적인 죽음의 성격을 띠고 있으며 그것을 알레고리화하는 미학적 실천으로 나타났다는 인식은, 부정성만이 전면화된 비판적 오해를 넘어 후기 시의 긍정성/실증성을 밝히는 해석적 전환점을 마련했다는 점에서 중요합니다.

발표자께서 밝히신 것처럼, 이러한 해석의 실마리는 「아우슈비츠」연작과 「실록」과 같은 작품일 것입니다. 특히, 《현대시》 5집(1963. 12. 1)에 발표된 「아우슈뷔치」는 연작 중에서 첫머리에 놓이는 시라는 점에서 주목을 요합니다. 발표자께서는 이 작품을 법이 정지된 예외 상태에 놓여 있던 유대인들과 그들의 바깥에서 순박함을 가장한 무관심한 태도 또는 '순전한 무관심'으로 지켜보기만 했던 독일인들의 상황을 대비적으로 그려 낸 것으로 읽으셨습니다. 이러한 해석은 학교와 수용소의 대비적인 관계에서도 충분히 읽어 낼 수 있는 부분이어서 설득력이 있습니다. 문제는 "校門에서 뛰어나온 學童이 學父兄을 반기는 그림처럼"이 이 시의 최초 발표본에서는 한 행으로 처리되어, 앞에서는 "한 기슭엔/ 여전 잡초가,"와 뒤에서는 "바둑강아지"에 걸쳐져 있다는 것입니다. 결국 이 구문은 앞뒤의 구문 어느 한쪽 또는 양쪽에 걸려 있는 것으로 해석하는 것이 타당하다고 생각됩니다. 작품의 기본적 문맥을 넘어 약간은 무리한 해석은 아닐까 우려되는 지점이 여기 있습니다. 그리고 같이 다루어지는 작품 「외출」을 소련의 헝가리 침공 사건이 시의 촉발점이 되었다고 분석하시면서 역사적 맥락과 함께 시의 의미를 파악하고 계십니다. 실제 사건이 일어나고 20여 년이 지난 시점에서 굳이 그 사건을 다룬 것은 어떤 의미가 있다고 보시는지요? (김춘수가 이미 1950년대 초중반에 「부다페스트 소녀의 죽음」에서 사건화하기도 했습니다.) 「실록」과 달리 그 사건의 참혹함을 상징적으로 그려 내는 기법을 취하고 있기도 합니다.

둘째, 발표자께서는 3절에서는 이러한 여러 타자들의 죽음을 상기하는 과정에서 일어나는 애도의 과정과 그 의미에 대해 다루고 계십니다. 애도는 죽음과 환대를 매개하는 중간 항으로서 적절하게 기능하고 있다고 생각됩니다. 동일화의 폭력을 피해 가려는 의도에서 비롯된 애도의 불가능성 또는 '실패한 애도'는 김종삼 시의 중요한 맥락을 형성하고 있습니다. 「꿈속의 나라」라는 시에서 프로이트와 말러의 대화가 어떠한 역사적 맥락을 가지고 삽입된 것인지 선생님의 논구를 통해 알게 되었습니다.

하지만 「음」의 경우, 애도의 차원을 넘어선 인정 투쟁의 성격과 스스로의 시적 지향성을 표명하는 시로 해석한 것에 대해서는 의문이 들기도 합니다. 초기작 「G마이나」가 시우(詩友) 전봉래의 죽음을 애도하면서 그의 예술 세계에 대한 시적 형상화로 볼 수 있는 것처럼, 「음」 또한 조시(弔詩)의 성격을 강하게 띠고 있으며 동시에 자신의 시론을 표명한 시라고 해석하는 것이 타당하다고 생각됩니다. 여러 문인들의 회고담을 통해서도 알수 있고 자신의 인터뷰에서도 김종삼 시인은 백형 김종문에 대한 반감과무시를 표면적으로 내세우기는 했습니다만, 김종삼이 고전 음악에 입문하고 심취하게 된 데는 김종문의 영향이 적지 않았을 것이며, 그와 전봉래를 이어 준 것도, 등단 초기에 발표 지면을 마련해 준 것도 김종문이었습니다. 이와 같은 개인적 사실과 함께 김종문이 등장하는 김종삼의 시편들과 에세이에서도 형에 대한 나름의 인정과 애틋한 마음이 엿보이며 그의 죽음에 대한 비감 또한 짙게 드러납니다.[1] 구스타프 말러는 웅장함과 비감이 깃든 인간적인 고뇌를 작품 속에 녹여 냈던 것과 달리, 드뷔시는 "귀족적 신중함으로 음악을 객관화해서 순화시켰다. 회화적이고 냉정하다."[2]는 면에서 비인간적이라고 볼 수도 있습니다. 이러한 대비적인 음악 세계는 김종삼의 시 세계와도 닿는 부분이 있습니다. 이러한 상반된 두 경향의 거리에 대한 고민이 김종삼의 초기 시부터 이어진 시적 추동력이라고 생각합니다. 이를 제대로 이해하고 깊이 고민하지 못했던 김종문의 시적 경향에 대한 안타까움이 이 시의 마지막 말줄임표(……)에 담긴 뜻이 아닐까요.

1) "나의 형이 숨지기 전 어린아이가 숨졌다 한다. 수련의들은 기다렸다는 듯 그 자리에서 어린 것을 해부하였다 한다./ 나의 형은 그러한 참상을 보면서 죽어 갔다./ 나의 형은 심장경색증이었다."(「장편」(《문학사상》 1982년 2월호)에 덧붙인 산문): "쉬르레알리슴의 시를 쓰던/ 나의 형/ 宗文은 내가 여러 번 입원하였던 병원에서 심장경색증으로 몇 해 전에 죽었다./ 나는 지병이 악화되어 입원할 때마다 사경을 헤매이면서 한 시 바삐 죽어지길 바라곤 했다. 내가 죽고 살고 싶어 했던 그가 살았어야 했을 것이다./ 그는 이런 말을 한 적이 있었다./ 한 편의 시를 쓰려면 각고도 각고이려니와 비용이 많이 든다고,/ 여행도 해야 하며 술도 많이 먹어야 한다고,/ 그의 말에 공감이 되었건만 왠지 모르게/ 그의 시를 한 번도 탐독한 적이 없었다."(「장편」, 《세계의 문학》 1984년 가을호)
2) 강석경, 「문명의 배에서 침몰한 토끼」, 장석주 엮음, 『김종삼 전집』(청하, 1988), 285쪽.

김종삼 생애 연보*

1921년(1세)   4월 25일(음력 3월 19일), 황해도 은율에서 아버지 김서영과 어머니 김신애 사이에서 4남 중 차남으로 태어남. 아버지가 평양으로 이사한 후 김종삼은 은율에 남아 다른 형제들과 떨어져 외갓집에서 어린 시절을 보냄. 본적은 서울시 성북구 성북동 164-1로 되어 있음.

1934년(13세)   3월, 평양 광성보통학교를 졸업함. 4월, 평양 숭실중학교에 입학함.

1937년(16세)   7월, 숭실중학교를 중퇴함.

1938년(17세)   4월, 일본에 가 있던 형 김종문을 따라 도일하여 동경 도요시마상업학교에 편입학함.

1940년(19세)   3월, 도요시마상업학교를 졸업함.

1942년(21세)   4월, 일본 동경문화학원 문학과에 입학함. 야간학부로서 낮에는 막노동을 하며 밤에 공부하는 시절을 보냄.

1944년(23세)   6월, 동경문화학원을 중퇴하고, 영화인과 접촉하면서 조감독직으로 일함. 동경출판배급주식회사에 입사했으나, 그해 12월에 회사를 그만둠.

1945년(24세)   8월, 해방이 되자 일본에서 바로 귀국하여 형 김종문의 집에 머무름.

1947년(26세)   2월, 유치진을 사사하면서 최창봉의 소개로 극단 '극예술협

---

*   김종삼 연보는 신철규 고려대 강사의 연구로 밝혀진 내용을 보완해 작성했음.

회'에 입회하여 연출부에서 음악을 담당함. 이 무렵 시인 전
봉건의 형인 전봉래 등과 교류하기 시작함.

1953년(32세) 5월, 형 김종문 시인의 소개로 군사 다이제스트 편집부에 입
사함. 시인 김윤성의 추천으로《문예》지에 등단 절차를 밟으
려 했으나 거부당함. '꽃과 이슬을 쓰지 않았고', 시가 '난해하
다'는 이유에서였음.

1954년(33세) 6월, 시 작품「돌」을《현대예술》에 발표함. 김시철 시인에 따
르면 이 작품이 김종삼의 실질적 등단작임.

1955년(34세) 12월, 국방부 정훈국 방송과에서 음악 담당으로 일하기 시작
함, 이후 10년간 그곳의 상임 연출자로 근무함.

1956년(35세) 4월, 형 김종문 시인의 주선으로 석계향[1]의 수양녀 친구였던
27세의 정귀례(鄭貴禮)와 결혼. 신부는 경기도 화성 출신으로
수원여고를 나와 수도여자사범대학을 졸업한 후 직장 생활(일
어 강사)을 하고 있었음. 11월 9일, '현대시회' 발족에 참여함.
이 시회는 해방 후 등단한 시인들의 모임으로 김관식, 김수영,
박봉우, 송욱, 신경림, 천상병, 전봉건 등이 회원이었음.

1957년(36세) 4월, 김광림·전봉건 등과 3인 연대 시집『전쟁과 음악과 희망
과』를 자유세계에서 발간함.

1958년(37세) 4월 국립극단「가족」(이용찬 희곡, 이원경 연출) 공연에 음악
담당으로 참여함. 10월, 장녀 혜경이 성북구 성북동 164-1에
서 출생함.

---

1) 『전집』 및『정집』에는 '석계양'이라고 되어 있으나 신철규의 연구에 따르면 석계향(石桂
香)이 맞음. 석계향은 경북 대구시 포정동(布政洞)에서 출생하여 1991년 2월 23일 서울
시 쌍문동 한일병원에서 별세. 한국여류문학인회 회원. 시집『기억의 단면(斷面)』으로
데뷔하여 이후《자유문학》,《현대문학》등에 작품을 발표. 수필을 쓰고 일본 소설을
번역하기도 했음. 문화 각계와 두루 친분이 두터웠으며 여러 모임들을 만들고 잘 운영했
다고 함. 대구 대신동 부잣집 딸로 애주가, 애연가였으며, 여장부다운 기질로 군 장성들
과 교류가 두터웠음. 5·16군사정변 후 문단의 대모로 자리 매김함.

1961년(40세)	4월, 차녀 혜원이 종로구 도염동 53번지에서 출생함. 12월, 문화방송(KV) 「예술극장」에 장호작 「모음의 탄생」을 창작, 연출하여 방송함.
1962년(41세)	6월, 격월간 동인지 《현대시》 발간에 참여함. 10월, 《대한일보》에 「신화 세계에의 향수」라는 제목으로 영화 「흑인 올훼」의 평론을 씀.
1963년(42세)	1월, 현재의 KBS 제2방송인 동아방송 총무국에 촉탁으로 입사함. 4월, 서울중앙방송국이 마련한 제1회 방송신작가요발표회에 박남수, 장만영, 박목월과 작사가로 참여함. 6월, 시극연구 창작과 발표 활동을 목적으로 한 '시극' 동인회 발족에 참여함.
1966년(45세)	2월 26일~27일, 국립 극장에서 올린 시극동인회 제2회 공연에 음악감독으로 참여함. 공연 작품은 홍윤숙 작, 한재수 연출의 「여자의 공원」, 신동엽 작, 최일수 연출의 「그 입술에 패인 그늘」, 이인석 작, 최재복 연출의 「사다리 위의 인형」임.
1967년(46세)	4월, 동아방송 제작부에 일반 사원으로 취직하여 배경음악을 담당함.
1968년(47세)	11월, 김광림·문덕수와 함께 3인 시집 『본적지(本籍地)』(성문각) 발간. 「앙포르멜」 외 12편의 작품 수록.
1969년(48세)	6월, 첫 개인 시집 『십이음계』를 삼애사에서 출판. 「평화」 외 34편 수록함.
1971년(50세)	10월, 시 작품 「민간인」, 「연인의 마을」, 「67년 1월」 등으로 제2회 현대시학작품상을 수상함. 부상으로 연구비 20만 원이 주어졌고, 심사위원은 박남수, 조병화, 박태진이었음.
1974년(53세)	간경화 때문에 6월경 병원에 입원한 것으로 추정. 1975년 6월 4일 《조선일보》에 발표된 「園丁」의 시작 메모는 다음과 같음. "작년 이맘 때 병원에 입원했다. 장기간의 소주를 과음한 것

으로 인하여 생긴 발병이었다. 입원한 날부터 나는 죽게 되어 있었다. 계속되는 혼수상태. 그 혼수상태에서 쓴 것이다." 이후 그는 작고할 때까지 입퇴원을 반복했음.

1976년(55세)	5월, 방송국에서 정년퇴임함.
1977년(56세)	8월, 두 번째 시집 『시인학교』를 신현실사에서 300부 한정판으로 출간. 「기동차가 다니던 철뚝길」 외 38편 수록함.
1978년(57세)	3월, 한국시인협회상을 수상함.
1979년(58세)	5월, 황동규가 엮은 시선집 『북치는 소년』 발간(민음사). 「물통」 외 59편 수록함.
1982년(61세)	9월, 세 번째 시집 『누군가 나에게 물었다』 발간(민음사). 「형(刑)」 외 41편 수록함.
1983년(62세)	12월, 시집 『누군가 나에게 물었다』로 대한민국문학상 우수상 수상.
1984년(63세)	5월, 이승훈이 엮은 시선집 『평화롭게』(고려원) 출간. 12월 8일, 간경화로 미아리 소재 상수병원에서 사망함. 유품으로 현대시학 작품상 상패, 혁대 2점, 도민증 1점, 볼펜 1점, 물통 1개, 모자 1점, 체크무늬 남방 1벌, 본인 시집 2권을 남김. 경기도 송추 울대리 소재의 길음성당 묘지에 안장됨.
1988년	12월, 장석주 편, 『김종삼 전집』 발간(청하).
1992년	12월 7일, 8주기를 맞아 경기도 광릉수목원 앞에 시비 건립. 박중식 시인을 비롯한 39인의 선후배 문인들의 모금 전시회(「고 김종삼 시인 시비 건립을 위한 39인전」, 인사동 '돌' 갤러리, 구중서, 황명걸, 신경림, 김구용, 박두진, 이제하 등이 참여)를 통해 기금이 마련되어 시비가 세워짐. 글씨는 서예가 박양재, 조각은 조각가 최옥영이 담당. 시비의 상빗돌 윗면에는 「북치는 소년」이, 하빗돌 앞면에는 「민간인」이 새겨져 있음.
1996년	여름, 홍수 피해로 묘지의 봉분과 묘비가 유실됨. 다행히 유

해는 온전했음. 유해는 박중식 시인의 도움으로 성당묘지의 다른 곳으로 옮김.

2005년	10월, 권명옥 편, 『김종삼 전집』(나남출판) 발간.
2011년	12월, 시비를 경기도 포천군 소흘읍 고모리 저수지 수변공원으로 이전.
2018년	11월, 홍승진·이민호 외 편, 『김종삼 정집』(북치는 소년) 발간.

김종삼 작품 연보

발표일	분류	제목	발표지
1954. 6	시	돌	현대예술
1954. 6	시	전봉래에게―G마이나	코메트
1955. 6	시	베르카·마스크/개똥이	전시한국문학선시집
1956. 3	시	원정	신세계
1956. 4. 14	시	하나의 죽음 ―고 전봉래 앞에	조선일보
1956. 8	시	소년	여성계
1956. 10	시	오동나무가 많은 부락입니다	신세계
1957. 4	연대시집	전쟁과 음악과 희망과 (그리운 안니·로·리/ G·마이나/돌각담―하나의 전쟁 비치/뾰죽집이 바라보이는/ 원정/해가 머물러 있다/ 전봉래/받기 어려운 선물처럼/ 어디메 있을 너/ 개똥이―일곱살 되던 해의 개똥이의 이름)	자유세계사
1958. 4	시	시사회	자유문학
1958. 가을	시	쑥내음 속의 동화	지성
1959. 1	시	다리 밑―방·고흐의 경지	자유문학
1959. 2	시	베들레헴	소설계

발표일	분류	제목	발표지
1959. 2	시	드빗시 산장 부근	사상계
1959. 6	사화집	신풍토 — 신풍토집 Ⅰ (제작/드빗시/베루가마스크)	백자사
1959. 10	시	책 파는 소녀	자유공론
1959. 11. 25	산문	김광림 시집 『상심하는 접목』	서울신문
1959. 12	시	원색	자유문학
1960	산문	선의에 찬 구름 줄기만이	사랑의 구름다리
1960. 1. 17	시	히국이는 바보	동아일보
1960. 4	시	올훼의 유니폼	새벽
1960. 5	시	토끼똥·꽃	현대문학
1960. 9. 23	시	어두움 속에서 온 소리	경향신문
1960. 11	시	십이음계의 층층대/ 주름 간 대리석	현대문학
1960. 12. 23	산문	조(弔)! 차근호 형	평화신문
1961. 4. 27	시	여인	경향신문(석간)
1961. 7	시	전주곡/라산스카	현대문학
1961. 10	시	부활절/문짝/ 마음의 울타리/원두막/ 둔주곡/이 짧은 이야기/ 쑥 내음 속의 동화	한국전후문제시집
1961. 10	산문	의미의 백서	한국전후문제시집
1961. 12	시	라산스카	
1962. 6	시	구고(舊稿)/초상/실종	현대시 1집
1962. 7·8	시	검은 올페	자유문학
1962. 10	시	일기예보/하루/ 모세의 지팡이	현대시 2집

발표일	분류	제목	발표지
1962. 10. 4	산문	신화 세계에의 향수 —「흑인 올훼」	대한일보
1963. 1	시	피크닉/음	현대시 3집
1963. 2	산문	피난 때 연도 전봉래	현대문학
1963. 6	시	라산스카/요한 쎄바스챤	현대시 4집
1963. 12	시	아우슈뷔치/단모음/ 이 사람을	현대시 5집
1964. 1	시	나의 본적	현대문학
1964. 7	시	「쎄잘·프랑크」의 음	지성계
1964. 11	시	오빤 슈샤인/몇 해 전에	현대시 6집
1964. 12	시	화실환상/발자국/ 문학춘추 문장수업/ 나의 본/종착역 아우슈뷔치/ 음악 — 마라의 「죽은 아이를 추모하는 노래」에 부쳐서	
1965. 2	시	오보의 야튼 음이 /북치는 소년	모음
1965. 6	시	술래잡기 하던 애들	모음
1965. 8	시	무슨 요일일까	현대문학
1965. 9	시	평화/ 한 줄기 넝쿨의 기력지랑	여상
1965. 11	시	생일	문학춘추
1965. 12. 5	시	소리	조선일보
1966	시	앙포르멜	현대시학
1966. 1	시	샹뺑	신동아
1966. 2	시	배음	현대시학
1966. 7	시	5학년 1반/지대	현대시학

발표일	분류	제목	발표지
1966. 7	시	나/배	자유공론
1966. 7. 18	시	어느 고아의 수기	경향신문
1967. 1	시	스와니강이랑 요단강이랑/ 북치는 소년	현대한국문학전집 18·52인시집
1967. 1	산문	이 공백을	현대한국문학전집 18·52인시집
1967. 10. 1	시	달구지 길	조선일보
1967. 11	시	사체실	현대문학
1968. 8	시	미사에 참석한 이중섭씨	현대문학
1968. 9. 5	시	휴가	동아일보
1968. 11	시집	본적지	성문각
1968. 11	시	물통/배음/무슨 요일일까/ 아유슈뷔츠/생일/G마이나	본적지
1969. 6	시	묵화	월간문학
1969. 6	시집	십이음계	삼애사
1969. 6	시	왕십리/잿더미가 있던 마을/ 비옷을 빌어입고/술래잡기/ 아우슈뷔츠 I/아유슈뷔츠 II	
1969. 7	시	지(地) — 옛 벗 전봉래에게	현대시학
1970. 5	시	67년 1월/연인의 마을	현대문학
1970. 11	시	민간인	현대시학
1971. 5	시	개체	월간문학
1971. 8	시	두꺼비의 역사	현대문학
1971. 9	시	엄마/고장 난 기체	현대시학
1973. 3	시	고향	문학시장
1973. 3	산문	먼 「시인의 영역」	문학시장

발표일	분류	제목	발표지
1973. 4	시	시인학교	시문학
1973. 6	시	피카소의 낙서	월간문학
1973. 7	시	트럼펫	시문학
1973. 7. 7	시	스와니강	동아일보
1973. 9	시	첼로의 PABLO CASALS	현대시학
1973. 12	시	올페	심상
1974. 3	시	유성기	현대시학
1974. 9	시	한 마리의 새	월간문학
1974. 겨울	시	투병기 2/투병기 3/ 달 뜰 때까지	문학과지성
1975. 1	시	투병기	현대문학
1975. 2	시	연인	현대시학
1975. 4	시	꿈나라	심상
1975. 4	시	따뜻한 곳	월간문학
1975. 4	시	산/장편	시문학
1975. 7	시	허공	문학사상
1975. 9	시	어부/장편	시문학
1976. 1	시	궂은 날	월간문학
1976. 4	시	발자국/장편	시문학
1976. 11	시	꿈속의 나라	현대문학
1977. 1	시	걷자	현대시학
1977. 1	시	아우슈비츠 라게르	한국문학
1977. 2	시	샤이안/내일은 꼭/ 평범한 이야기	시문학
1977. 봄	시	미켈란젤로의 한낮/실록/ 성하(聖河)	문학과지성

발표일	분류	제목	발표지
1977. 6	시	파편 — 김춘수 씨에게	월간문학
1977. 6	시	동트는 지평선/장편(掌篇)	시문학
1977. 8	시	외출	현대문학
1977. 8	시집	시인학교	신현실사
1978. 1	시	뜬구름	월간문학
1978. 2	시	운동장	한국문학
1978. 2	시	풍경	현대문학
1978. 2	시	행복	문학사상
1978. 5	시	형(刑)	월간문학
1979. 1	시	그날이 오며는	시문학
1980. 4	시	내가 죽던 날	현대문학
1980. 5	시	글짓기/나	심상
1980. 5	시	그럭저럭	문학사상
1980. 여름	시	헨젤과 그레텔/ 장편(掌篇)/맙소사	문학과지성
1980. 9	시	시작 노우트	월간문학
1980. 가을	시	소금 바다/그라나드의 밤/ — 황동규에게	세계의 문학
1980. 9	시	내가 재벌이라면	한국문학
1981. 1	시	꿈이었던가	현대문학
1981. 1	시	난해한 음악들	심상
1981. 1	시	연주회	월간문학
1981. 3	시	새벽	월간조선
1981. 4	시	또 한 번 날자꾸나	한국문학
1981. 여름	시	샹펭/제작/실기	세계의 문학

발표일	분류	제목	발표지
1981. 7. 11	시	고원 지대	동아일보
1981. 8	시	간이 교회당이 있는 동네	월간문학
1981. 8	시	성당	현대문학
1982. 2	시	장편	문학사상
1982. 4	시	전정(前程)	신동아
1982. 7. 24	시	소리	동아일보
1982. 여름	시	한 골짜기에서	세계의문학
1982. 여름	시	검은 문/장님/ 전창근 선생님	문예중앙
1982. 9	시집	누군가 나에게 물었다	민음사
1983. 1	시	오늘	여성중앙
1983. 5	시	백발의 에즈라 파운드	현대문학
1983. 6	시	길	월간문학
1983. 여름	시	나무의 무리도 슬기롭다/ 산과 나	세계의 문학
1983. 가을	시	벼랑바위/비시/어머니	문예중앙
1983. 11	시	꿈속의 향기/ 죽음을 향하여	월간문학
1983. 11	시	사별	현대문학
1984. 3	시	꿈의 나라	문학사상
1984. 5	시	이산가족/심야/오늘	학원
1984. 5. 20	시	한 계곡에서	한국일보
1984. 5	시집	큰 소리로 살아 있다 외쳐라 (「현대시」 1984·24인 시집)	청하
1984. 6	시	기사	한국문학

발표일	분류	제목	발표지
1984. 7	시	연인	현대문학
1984. 가을	시	아름다움의 깊은 뿌리/ 장편	세계의문학
1985. 3	유고시	나/북녘/무제/무제/ 아리랑고개	문학시장
1988. 12	전집	김종삼 전집(장석주 편)	청하
2005. 10	전집	김종삼 전집(권명옥 편)	나남출판
2018. 11	전집	김종삼 정집	북치는 소년

작성자 최현식 인하대 교수

낭만적 주체와 동경(憧憬)의 여정

홍용희 | 경희사이버대 교수

1 서론: 낭만적 동경과 존재의 심연

조병화(1921~2003)는 우리 시사에서 평이하고 온화한 어조로 존재의 근원을 지속적으로 노래하고 향유해 온 대표적인 시인이다. 그는 1949년 시집『버리고 싶은 유산』이래 2003년 타계하기까지 53권의 시집, 37권의 수필집, 5권의 시론집 등을 간행하며 누구보다 성실하고 꾸준하게 존재론적 심연을 깊은 울림으로 환기시켜 왔다. 그의 시적 삶은 해방, 전쟁, 분단으로 이어진 이념 과잉과 '새것' 콤플렉스 속에서 범람한 유행 사조들로부터 초연한 자리에서 일관되게 자신의 실존적 근원에 대한 탐색과 자기 구원의 언어를 추구해 온 것이다. 그에게 시란 기본적으로 "시사적인 언어 작업"과는 변별되는 "영혼의 작업"에 해당하는 것이다.

시는 영혼의 작업이다. 시사적인 언어 작업이 아니다. 인간의 깊은 고뇌,

179

사색, 그 아픈 삶의 영혼에서 조심스럽게 나오는 책임 있는 창작 활동이다. 참된 인간들이 나누는 영혼의 대화이다.[1]

영혼이란 생의 근원으로서 합리적, 객관적, 이성적인 차원 이전의 비가시적인 무형의 본질에 해당한다. 그래서 생의 원리, 사고의 원리, 또는 동시에 이 둘의 원리를 포함하는 넓이 또는 차원과 무관한 본질적 깊이의 속성을 지닌다.[2] 따라서 "영혼의 작업"으로서 시란 현실적 삶의 질서 이전의 존재론적인 근원 심상과 친연성을 지닌다. 조병화의 시적 삶이 사회 역사적인 현실과 무연한 낭만적 주체의 양상을 선명하게 드러내는 배경도 이러한 문맥에서 이해된다.

낭만적 주체는 경험적 현실의 시간과 공간의 제약에서 벗어난 무한 자유의 세계를 동경하는 특성을 지닌다. 낭만적 주체의 동경의 대상은 1) 일상적인 평범한 현실에서 벗어난 원대한 세계 2) 자기 마음의 본원 3) 현실 세계를 초월한 추상적 관념의 세계 4) 현재가 아닌 기억의 세계[3] 등으로 나타난다. 기본적으로 기존의 공식적인 지배 문화의 담론과 그러한 지배 문화로의 편입을 거부하는 자유의지의 속성을 지니는 것이다. 다시 말해, 낭만적 주체는 현실 세계의 제약과 결핍이 없는 충만한 열린 세계를 지향한다. 결핍의 현실에서 "결핍 없는 전체"를 동경하는 것이다. 그래서 낭만적 주체의 시적 삶은 "절대적인 것에 도달하고자 하"는 동경의 속성을 지닌다. "동경의 무한 추구"를 통해 "우리 눈앞에 얼씬거려 그 정체를 파악할 수 없는, 그리고 우리 본질의 가장 깊숙이 함축되어 있는, 그 무엇인가를"[4] 만나고자 하는 것이다.

조병화의 시적 삶은 바로 이와 같이 "나의 인생은 먼 나그네 길/ 가는

1)   조병화, 「나의 광복 50년」, 『너를 살며 나를 살며』(고려원, 1996).
2)   김윤식, 「혼의 형식과 음악의 형식」, 『한국 근대문학 사상 비판』(일지사, 1978), 380쪽.
3)   지명렬, 『독일 낭만주의 총설』(서울대 출판부, 2000), 421~422쪽.
4)   위의 책, 110~112쪽.

것이었습니다"(「나의 인생」)라고 고백하듯이 "미지의 세계에 대한 머물지 않은 동경"[5]을 보여 준다. 그래서 그의 시 세계는 늘 "보이지 않는 먼 내일에의 여행"(「벗」)을 향해 있다. "항시 보이지 않는 곳이 있기에/ 나는 살고 싶"(「낙엽끼리 모여 산다」)은 생리를 사는 것이다. 그렇다면 그의 미지를 향한 낭만적 동경을 추동하고 인도하는 것은 무엇일까? 그것은 사랑, 꿈, 고독, 죽음 등의 본래적 근원 심상이다. 이러한 낭만적 동경은 현실의 불안, 억압, 방황으로부터 자신을 지키는 구원의 언어이면서 동시에 자신의 본래의 모습을 찾아가는 여정이다.

한편, 조병화의 낭만적 주체로서의 시적 삶은 자신만의 주체적 언어를 발견하는 계기로도 작용한다. "혹자는 형태를, 혹자는 기교를, 혹자는 참여를, 혹자는 에스프리를, 다다니, 쉬르니, 이마쥬니, 상징이니"[6] 하는 유행, 세태, 형식과 무관하게 자신의 존재의 근원을 직시하는 다정다감하고 평이한 어사와 어법을 일관되게 추구한다. 그의 시 세계가 독자들에게 비교적 쉽고 친근하고 가깝게 다가갈 수 있었던 배경도 여기에 있다.

한편, 지금까지 논의된 조병화 시 세계에 대한 논의는 의미 구조,[7] 시간 의식,[8] 운율[9] 등에서부터 고독, 사랑, 허무 등의 이미지를 중심으로 하는 낭만적 주제 의식까지 다양하게 전개되었다. 이중에서 특히 낭만적 주제 의식에 대한 주요 논의에 주목하면, 김윤식은 「여행 형식과 편지 형식」[10] 에서 조병화 시 세계의 외로움을 견디는 존재 방식으로서 여행과 편지 형식을 규명하고 있다. 조병화의 기행시의 형식론을 외로움의 내용과 연관시켜 해명하고 있다는 점에서 특기할 만하다. 김명인은 「세계의 끝, 나그네

---

5) 조병화, 「나의 문학적 고백」, 『조병화』(문학사상사, 2002), 210쪽.
6) 조병화, 「후기」, 『來日 어느 자리에서』(춘조사, 1965).
7) 오형엽, 「조병화 시의 역설적 의미 구조」, 『조병화의 문학 세계 II』(국학자료원, 2013).
8) 조강석, 「시간과 유현의 환승」, 위의 책.
9) 이상호, 「조병화의 후기 시에 나타난 리듬과 세계 인식」, 위의 책.
10) 김윤식, 「편지의 형식과 여행의 형식」, 『근대시와 인식』(시와시학사, 1992).

의 꿈」[11]에서 조병화의 시 세계가 여로의 형식을 기반으로 하고 있으며 이를 통해 사랑과 어머니와 꿈의 세계를 추구한다는 점을 추적하고 있다. 그리고 이것이 허무하고 슬픈 인생살이를 견디며 받아들이게 하는 여정이라고 설명한다. 최동호는 「고독의 미학과 용광필조의 시학」[12]에서 현실이 어려울수록 그것을 극복해 가는 인간의 힘도 강화될 것이라는 확신을 고독의 극점에서 찾고 있다고 지적한다. 특히 그는 용광필조의 빛이 그가 평생 간직해 온 휴머니즘의 빛이라고 해석하고 있다. 조병화 시의 일관된 창작 원리의 심연을 규명하고 있다는 점에서 평가된다. 이재복은 「순수 고독, 순수 허무의 시학」[13]을 통해 시간의 한계 혹은 생명의 한계 속에서 운용되는 삶과 죽음에 대해 집중적으로 탐색하고 있다. 특히 그는 조병화의 시에서 죽음이 갖는 의미의 특성을 더는 넘을 수 없는 세월과 연관시켜 해명하고 있어 주목된다.

이상에서 보듯, 아직 조병화 시 세계의 중심 내용에 해당하는 낭만적 서정에 관한 논의가 특정 시집에 국한되고 산발적으로 이루어지고 있음을 알 수 있다. 여기에서는 시집 전반을 대상으로 그의 시적 삶을 관류하는 특성이 낭만적 주체로서의 무한 동경의 여정에 있음을 집중적으로 규명하고 이를 견지하는 세계관으로서 죽음 의식이 작용하고 있음을 종합적으로 살펴보고자 한다. 이러한 논의는 조병화 시 세계 전반의 주제 의식과 형성 원리를 체계적으로 조망하는 데 도움이 될 것이다.

2 비관적 현실 인식과 자유의지

조병화의 시 세계는 현실과 이상의 불화와 갈등에 기초한 낭만적 세계 인식을 기반으로 한다. 낭만적이란 물론 문예사조로서의 낭만주의와 일

---

11) 김명인, 「세계의 끝, 나그네의 꿈」, 『조병화의 문학 세계 Ⅱ』.
12) 최동호, 「고독의 극점과 용광필조의 시학」, 위의 책.
13) 이재복, 「순수 고독, 순수 허무의 시학」, 위의 책.

치하는 것은 아니지만 기본적으로 계몽주의나 고전주의가 표방하는 질서와 체계, 지식의 합리성과 이성 중심주의가 초래시킨 인간 내면의 근원에 대한 상실과 부재에 대한 관심의 속성을 지닌다. 그래서 낭만적 주체는 역사적이고 객관적인 시대상과 당위 속에서 소외되고 배제된 개별적 자아의 실존, 의미, 가치 등에 대한 질문과 답변에 집중한다.

조병화는 자신의 첫 시집 『버리고 싶은 유산』(1949)이 간행되었던 해방 직후의 역사적 격동 앞에서 다음과 같이 낭만적 주체로서의 소회를 직접 전언하고 있다.

　이러한 두 갈래, 세 갈래의 사상의 물결 속에서 나는 나의 존재, 나의 역사, 나의 생활, 나의 가치, 나의 이유, 나의 시대 방향을 어떻게 잡고, 어떻게 유지하고, 어떻게 수호하고, 어떻게 빠져나가야 할지, 끊임없는 회의와 응시 속에서 길을 찾아야만 했던 것입니다. (중략) 결국 나갈 길은 하나밖에 없었습니다. 그것은 '나에게로 향한 길' 그것이었습니다.[14]

해방 직후의 좌우 이념의 대립과 갈등 속에서 겪는 회의와 방황의 정황이 진술되고 있다. 해방 직후 좌·우 진영 논리의 일방적 선택이 강요되는 현실에 대한 회의와 응시 속에서 그는 결국 "나에게로 향한 길"을 개척해 가기로 한다. 그는 시대적 격동이 요구하는 이념적 선택지를 거부하고 실존적 자아의 본모습을 향한 길을 선택한 것이다. 따라서 그의 시적 삶은 "ism도 아니고, 주장도 아니고, 선전도 아니고, 경쟁도 아니고, 비교도 아니고, 오로지 개성이다./ 시인 자신이 살아가는 그 인간의 냄새이다."(「시에 대한 단상」)라는 선언적 명제로 출발한다.

그러나 권력과 자본에 따라 작동하는 현실 세계에서는 "인간의 냄새"를 만나기 어렵다. 이때 그는 "일체의 욕설과 굴욕을 참아 가며/ 그래도/

---

14) 조병화, 「버리고 싶은 유산 시대」, 『한국 에세이 문학 선집 7』, 7~8쪽.

나는 살아가야만 하는 것인가"(「사랑이 가기 전에」) 하는 자문을 거듭하게
된다. 그의 현실과의 불화 의식이 점점 깊어 간다.

① 벗이여
출세와 이득이 가랑잎처럼 쏟아지는
서류의 그늘을 비껴가며
이와는 배치되는 인간 구도의
긴 사양을 걸어가는 벗이여

　　　　　　　　　　　　　　　　　—「인간구도」 부분

② 본의가 아닌 화폐 속에
해골이 되어, 끌려가는 한 마리 당나귀처럼
나의 통근 버스는 기어오른다.

포장한 원거리 화물처럼 나는 말이 없이
돈에 얹혀
사치한 인간의 생리를 잃고
중량에 끼어 둘둘둘 굴러간다.

　　　　　　　　　　　　　　　　　—「귀로」 부분

　시 ①은 "출세와 이득"을 좇는 세태를 "가랑잎"에 비유하고 있다. 세속
적 욕망의 일회성과 허망함에 대한 극명한 감각적 표상이다. 그래서 "인간
구도"는 "출세와 이득"과는 "배치되는" 자리에 설정된다. 시 ②는 좀 더
구체적으로 "화폐"의 교환 회로망 속에 나포되어 가는 일상성에 대한 비
탄을 드러내고 있다. 인간의 사물화에 대한 비판적 인식이 "둘둘둘 굴러
간다"라는 상황 묘사를 통해 실감 있게 그려지고 있다.
　이와 같이 세속적 현실과의 불화, 갈등, 울분이 극심한 자리에서 다음

과 같은 존재 초월의 "구름" 시편이 쓰인다.

내가 영 너를 잊고자 돌아서는 까닭은
말려들 아무런 관계도 없는 곳에서
어지러운 나를 건져 내기 위해서다

이렇게 혼자 내가 떨어져 있는 까닭은
가진 것도 없고, 머물 것도 없지만
한없이 둥 둥
편안하게 떠 있을 수 있기 때문이다

터무니없이, 오만한 너의 인간의 자리
허영의 자리, 부질없는 자리
너의 거드름을 피하여
이만큼 떨어져 있는 자리

아, 이 무구 무한한 하늘

내가 너를 멀리하고자 하는 까닭은
가진 것도, 머물 곳도 없어도
홀로 마냥 떠 있을 수 있는
넓은 그 하늘이 있기 때문이다

그지없이 외롭다 해도
한없이 적막하다 해도
맥없이 넓은 이 자유

─「구름」 부분

"구름"이 시적 화자로 등장하고 있다. "구름"의 거처는 지상의 중력권으로부터 벗어난 열린 천상이다. 그래서 현실계의 속박으로부터 자유로울 수 있다. 그렇다면 "구름"이 현실계로부터 거리를 두는 까닭은 무엇일까? 이에 대해 "인간의 자리"의 "오만", "허영", "거드름", "부질없"음 등을 들고 있다. 세속적 삶의 허위와 허상에 대한 강한 부정이다. "구름"은 비루한 세속적 삶으로부터 자유롭다. 그래서 "아무런 관계도 없는 곳에서/ 어지러운 나를 건져 내"고 "한없이 둥 둥" "편안하게 떠 있을 수 있"다. 물론 현실로부터 "이만큼 떨어져 있"기에 늘 "외롭"고 "적막"하다. 그러나 외로움과 적막은 스스로 자유를 얻고 지키고 향유할 수 있는 유일한 방법이다.

이와 같은 자유와 외로움의 표상으로서 "구름"의 이미지는 조병화의 아호 편운(片雲), 즉 조각구름의 상징성이기도 하다. 그의 시적 삶에서 "구름"은 자신의 존재성이며 이름에 해당하는 것이다.

바람이 집이 없듯이
구름이 거처가 없듯이
나는 바람에 밀려가는
집 없는 구름이옵니다

나뭇가지에 간혹 의지한다 해도
바람이 불면
작별을 해야 할 덧없는 구름이올시다.

—「나의 존재」 전문

"바람"에 밀려가는 "구름"이 "나의 존재"이다. 그래서 "구름"은 거처가 없다. 설령 "나뭇가지에 의지한다 해도" 그곳이 "거처"가 아니다. "바람이 불면" "나뭇가지"와도 "작별을 해야" 한다. "나의 존재"는 어디에 집착하거나 얽매이지 않는 절대 자유의 존재자이다.

그래서 그는 "보이지 않는 먼 내일에의 여행"(「벗」)을 마음껏 구가할 수 있다. "모두가 어제와 같이 배열되는/ 시간 속"을 탈출하여 자기만의 미지의 "내일"(「너와 나는」)을 개척해 나갈 수 있는 것이다.

> 나는 옥상에 오른다
> 나와 유리한 관능은
> 과감한 하늘을 달리고
> 멀리 스치는 해후의 소리
> 나를 부르는 소리
> 나를 부르는 소리 끝에
> 구름은 탄다
> 구름 끝에
> 남은 청춘이
> 날을 샌다.
>
> ─「하늘」 부분

시적 화자는 현실 세계의 속박과 욕망의 중력권으로부터 거리를 두고자 결단할 때 "나를 부르는 소리"를 듣게 된다. 이제 "구름"은 "나를 부르는 소리"를 따라 "남은 청춘"을 다하여 "날을 새"며 나아간다. "나의 존재, 나의 역사, 나의 생활, 나의 가치, 나의 이유, 나의 시대 방향을"[15] 향한 낭만적 주체의 활주이다.

3 사랑과 고독의 여정

조병화의 시적 삶에서 탈현실의 자유의지는 일관되게 지속된다. 그는

---

15) 조병화, 「버리고 싶은 유산 시대」, 『한국 에세이 문학 선집 7』, 7쪽.

비속한 현실을 떠나 "참된 인간들이 나누는 영혼의 대화"를 만나는 자신만의 길을 찾아 나선다. 이제 "보이지 않는 먼 내일에의 여행"(「벗」)을 감행한다. 그래서 그에게 시를 쓰는 것은 "영원으로 영원으로 줄기차게 계속하여 쉬임없는 이 안식 없는 여로! 내일이라는 숙(宿)을 찾아서 또다시 떠나는 길"[16]의 기록물에 해당한다. "길 가는 곳에 내가 있고/ 길 떠나는 곳에 내가 있다"(「길 위에서」).

그렇다면, 그가 "길 떠나는 곳"의 좌표는 무엇이며 어디에 있을까? 이러한 물음 앞에 그는 "용광필조(容光必照)"의 예지(叡智)를 떠올린다.

인간 정신이 어지러워 가는 이 현실,
어찌 이 두꺼운 현실의 벽을 뚫고
인간의 빛이 새어나갈 수 있으리

보이는 것이 약육강식의 생사 풍경이요
오가는 것이 돈의 거래요
듣는 것이 생존 경쟁의 비명이어라

오, 돈에 가려서 꺼져 가는 사랑의 빛이요
돈에 잡혀 허덕이는 생존이여

용광필조(容光必照)하 했던가
빛은 아무리 약할지라도
반드시 비쳐 나간다고 했던가
오, 사랑이여
빛이여

---

16) 조병화, 위의 책, 6쪽. 조병화는 스스로 자신의 시집에 대해 제1숙, 제2숙 등으로 호명하기도 한다.

용광필조(容光必照)란 무엇인가? 맹자의 "관수유술 필관기란 일월유명 용광필조언(觀水有術 必觀其瀾 日月有明 容光必照焉)"에 나오는 말이다. "물을 보는 방법으로는 반드시 그 물결을 보라/ 해와 달은 밝으니 빛을 받아 들이면 반드시 그 빛을 비춘다."라고 풀이된다. 그래서 "빛은 아무리 약할 지라도/ 반드시 비쳐 나간다"라는 의미로 해석된다. "약육강식", "돈의 거래", "생존 경쟁의 비명"으로 에워싸인 현실의 벽 속에서도 새어 나오는 "인간의 빛"을 찾고 감지하면서 이를 삶의 이정표로 삼고자 하는 의지의 표명이다. 다시 말해, 불안, 결핍, 속박 등으로부터 스스로를 해방시키는 자기 구원의 방법론이 "용광필조"인 것이다.

이러한 "용광필조"의 방법론이 가리키는 낭만적 동경의 여정을 추동하고 견인하는 계기는 무엇일까? 이러한 물음 앞에 다음과 같은 시편이 놓인다.

시간을 탈출하는 방법을
너만이 알고 있다

시간을 탈출하는 길을
너만이 알고 있다

탈출 불가능한 이 시간 속에서
너만이 나를
탈출시킬 수 있는 비밀을 안다.

—「사랑 2」 전문

"모두가 어제와 같이 배열되는/ 시간 속에"(「너와 나는」)서 "탈출하는 길"의 이정표는 "사랑"이다. "사랑"은 결핍의 현실을 한순간에 채워 주는 "결핍 없는 전체"로 다가오기 때문이다. 사랑은 결핍과 욕망 그리고 절대 긍정의 구조로 이루어진다. 결핍은 욕망을 낳고 욕망은 어느새 스스로 "결핍 없는 전체"를 향하는 긍정의 힘으로 작용한다.[17] 그래서 "사랑"은 "남은 청춘이/ 날을"(「하늘」) 새며 열정적으로 다가서게 한다. "사랑"이 "탈출 불가능한 이 시간 속에서" "탈출시킬 수 있는 비밀"을 알고 있는 것처럼 보이는 까닭이 이것이다.

한편, 다음 시편은 이러한 사랑의 구조에 기반한 체험적 서사가 개진되고 있어 주목된다.

> 내가 맨 처음 그대를 보았을 땐
> 세상엔 아름다운 사람도 있구나 생각하였지요
>
> 두 번째 그대를 보았을 땐
> 사랑하고 싶어졌지요
>
> 번화한 거리에서 다시 내가 그대를 보았을 땐
> 남모르게 호사스런 고독을 느꼈지요
>
> 그리하여 마지막 내가 그대를 만났을 땐
> 아주 잊어버리자고 슬퍼하며
> 미친 듯이 바다 기슭을 달음질쳐 갔습니다
>
> ─「초상」 전문

사랑의 구조가 내밀하게 전개되고 있다. 사랑의 대상과의 첫 만남, 즉

---

17) 롤랑 바르트, 김희영 옮김, 『사랑의 단상』(문학과지성사, 1991), 30~33쪽.

발견의 환회로부터 시작된다. "그대"의 존재는 무한 긍정의 이미지로 다가온다. "사랑"의 감정이 달아오른다. "번화한 거리에서 다시 그대를" 본다. "그대"가 더 이상 나만의 절대적 대상이 아니라 수많은 타자들과 섞여 있으면서 수많은 타자들의 대상이다. "호사스런 고독"을 느끼게 된다. 잃어버릴 위험이 없는 소유의 즐거움(Gaudium)이 아니라 불안하고 위험스러운 상황 속에서 주어지는 과정적이고 일회적인 즐거움(Laetitia)이다. 그래서 하염없는 "고독"의 고통이 수반된다. "사랑은 슬픔을 기르는 것을/ 사랑은 그 마지막 적막을 기르는 것을"(「황홀한 모순」) 점점 느끼게 된다. 사랑의 환회는 사랑의 시련으로 이어진다. 사랑의 "황홀한 모순"은 점점 감당하기 어렵다. 사랑을 그만두겠다고 결정하고 실행한다. "그리하여" "아주 잊어버리자고 슬퍼하며/ 미친 듯이 바다 기슭을 달음질쳐" 간다. 하지만 사랑은 그만두자고 의도한다고 해서 그만두어질 수 있는 것이 아니다. 오히려 그만두고자 할수록 더욱 확인되고 지속되고 생성된다.

잊어버리자고
바다 기슭을 걸어 보던 날이
하루
이틀
사흘.

여름 가고
가을 가고
조개 줍는 해녀의 무리 사라진 겨울 이 바다에

잊어버리자고
바다 기슭을 걸어가는 날이
하루

이틀

사흘.

──「추억」 전문

   사랑의 괴로움을 제거하고 사랑의 즐거움과 기쁨만을 향유할 수는 없을까? 그것은 불가능하다. 현실의 결핍이 사랑의 열정의 원천이었던 것처럼, 결핍의 고통이 제거되면 현존의 기쁨도 없다. 그리하여 사랑은 고통을 제거해서 사랑의 진정성을 상실하는 것이 아니라 고통을 긍정하면서 사랑의 진정성을 지키는 것이 관건이다.

   "잊어버리자고/ 바다 기슭을 걸어 보던 날이/ 하루/ 이틀/ 사흘" 반복된다. 이제는 여름, 가을, 겨울을 거쳐 한 해가 지나고 있다. 그러나 이 발걸음은 멈추지 않는다. "잊어버리자/ 바다 기슭을 걸어가는 날이" 기약 없이 반복되고 있다. 그러나 잊고자 노력하는 과정은 잊을 수도, 잊히지도 않는 상황을 전제로 한다. 따라서 하염없이 잊고자 하는 것은 역설적으로 영원히 잊지 않고자 하는 무의식적인 다짐으로 해석된다. 사랑의 시련이 사랑을 확인하고 긍정하는 것이 되고 있다. "잊어버리자고" 걸어가는 시간들이 포기가 아니라 새로운 집념이고, 절망이 아니라 황홀인 이중적 속성을 지닌다.

   고독하다는 것은

   아직도 나에게 소망이 남아 있다는 거다

   소망이 남아 있다는 것은

   아직도 나에게 삶이 남아 있다는 거다

삶이 남아 있다는 것은

아직도 나에게 그리움이 남아 있다는 거다

그리움이 남아 있다는 것은

보이지 않는 곳에

아직도 너를 가지고 있다는 거다

—「고독하다는 것은」 부분

"고독하다는 것"이 "나에게 소망"과 "삶"과 "그리움"의 토대가 되고 더 나아가서는 "보이지 않는 곳에/ 아직도 너를 가지고 있다는" 것의 증거가 된다. 다시 말해, "아직도 너를" 향해 가기 위해서는 반드시 "고독"이 전제되어야 한다. "고독"이 전제되지 않고는 "너를" 만날 수도 가질 수도 없다는 것이다. "사랑은 사랑하면 사랑할수록/ 더욱 외로워지는 거// 한없이 그리워지는 것/ 그 그리움을 앓는 것"(「사랑 1」)이기 때문이다. 그래서 조병화의 시 세계에서 "고독"은 헤어 나올 수 없는 존재론적인 숙명이며 "살아 내는 힘"으로 존재한다.[18] 그의 시 세계 전반에서 외로움과 고독이 기본 정조를 이루는 배경이 여기에 있다.

---

18) 인간은 유한한 생명, 잠시 이 세상을 통과하는 순수 허무의 존재요, 혼자서 자기를 살아야 하는 순수 고독의 존재지요. (중략) 살아 내는 힘으로서의 순수한 고독과 순수한 허무를 늘 생각합니다. 임헌영, 「시와 시인을 찾아서 18 — 신임 예술원회장 편운 조병화」, 《시와시학》, 통권 22호, 1996, 624쪽.

4 죽음의 주체와 꿈의 언어

앞에서 살펴보듯, 조병화의 낭만적 동경의 여정은 "황홀한 모순"의 특성을 지닌다. 사랑의 환희에는 하염없는 고독과 외로움이 동반된다. 그럼에도 불구하고, 낭만적 주체의 "보이지 않는 먼 내일에의 여행"(「벗」)은 지속된다. 이것을 가능하게 하는 동력은 무엇일까? 이에 대해 조병화는 "꿈"을 제시한다. "사랑은 간혹 어두운 눈물을 주지만/ 꿈은 외로울수록 빛나는/ 영혼의 등불"(「타향에 핀 작은 들꽃」)이기 때문이다.

> 너는, 항상 무언지 모르게
> 허전하게 비어 있는
> 나의 가슴 안에서, 쉬임 없이 반짝이고 있는
> 맑은 먼 별이다
>
> 나는 평생을 너를 안고,
> 멀리 너를 바라다 보면서
> 맑게 반짝이고 있는 먼 너의 곳으로
> 소리 나지 않는 숨은 기도처럼 살아왔다
>
> ──「꿈」 부분

> 달님아, 이 세상에서 가장 소중한 것은
> 꿈이란다
>
> 꿈은 사랑보다도 소중한 보석이란다
>
> 꿈을 가진 사람은 흔들리지 않는단다
> 꿈을 가진 사람은 외로워하지 않는단다
> 꿈을 가진 사람은 설사 인생에 슬픔이 있다 해도

기쁨을 주는 꿈으로 쉬지 않고

슬픔과 외로움을 이기며 살아간다

— 「시인의 말」[19] 전문(1992. 1. 31.)

"꿈"은 낭만적 동경의 여정을 추동하고 인도하는 성좌이다. "허전하게 비어 있는/ 나의 가슴"이 다시 "먼 나그네 길을"(「나의 인생」) 향할 수 있도록 이끌어 가는 주체가 바로 "꿈"인 것이다. "꿈"은 늘 "맑게 반짝"인다. 따라서 "꿈"을 향해 가는 여정 역시 "맑게 반짝"인다. 그래서 "꿈을 가진 사람은 설사 인생에 슬픔이 있다 해도" 흔들리지 않으면서 "슬픔과 외로움을 이기며 살아"갈 수 있다. "꿈"으로 하여 "가장 쓸쓸하옵고 고통스러운 사랑의 길"(「낮은 목소리로」)도 견뎌 나가는 것이다.

이렇게 보면 조병화의 시적 삶이 일관되게 자유의지를 통해 자신만의 삶을 구가할 수 있었던 배경은 "먼 별"과 같은 "꿈"을 굳은 의지로 지켜 냈기 때문이다. 그렇다면, 그가 이러한 "꿈"을 지속적으로 견지할 수 있었던 삶의 철학은 무엇일까? 그것은 그의 죽음 의식에서 찾아진다.

인간은 자기를 살다 가는 것같이 행복한 것은 없다. 그리고 보람 있는 일이 없다. 그러나 그것이 쉽지 않다. 인간은 누구나 자기를 살다 가고 싶지만 자기 철학이 없이는 그리 쉬운 일이 아니다. 죽음은 그걸 가르쳐 준다. 죽는다는 사실로 하여 "너를 살다 가는 거다."라는 교훈이 나오는 거다. 모험이다. 필요한 거다. 생명 그 자체가 모험 아닌가. 그 모험을 사는 거다. 자기를 자기답게 살아가는 철학과, 그것을 실행해 가는 과감하면서도 고요한 모험, 그것에서 기쁨을 찾으면서 살아가는 거다. 죽음처럼 강한 철학이 또 있으랴.[20]

19) 조병화, 「시인의 말」, 『다는 갈 수 없는 세월』(혜화당, 1992).

20) 조병화, 「죽음이 주는 교훈」, 『마침내 사랑이 그러하듯이』(백상, 1988), 139~140쪽.

"자기를 살다가는 것"의 행복과 보람과 가치를 일관되게 견지할 수 있는 것은 "죽음"에 대한 인식이다. "죽는다는 사실로 하여" "너를 살다 가는 거다."라는 명제를 지속적으로 되새기게 된다. 죽음이 일상적 삶의 저편이 아니라 지금, 여기에 함께한다. 죽음과 삶이 상반된 둘이 아니라 동일한 하나이다. 그래서 그에게는 삶의 주인이 자신이듯이 죽음의 주인도 자신이다.

다음 시편은 이러한 죽음 의식을 구체적으로 노래하고 있다.

수명에 한도가 있는 육체
안에
삶과 죽음을 한 몸으로 동거시켜
잠시 불을 밝히고 있는
이 가숙(假宿)

작별을 하며
헤어지는 연습을 하며
항상 떠나는 생각
속으로 속으로
그 오늘을 산다

삶은 죽음을 품고
죽음은 삶을 키워
한 몸으로 동행을 하는 거
동행하다 그 몸 허물어지면
그뿐
그곳에서 헤어지는 거

———「인간」 부분

"삶은 죽음을 품고/ 죽음은 삶을 키워/ 한 몸으로 동행을" 한다. 삶과 죽음이 배타적인 대립 관계가 아니라 공생 관계이다. 그래서 삶이 죽으면 죽음도 죽는다.

일반적으로 삶에는 주체적이고 능동적인 자세로 접근하는 주인 의식이 강조되지만 죽음에는 의존적이고 수동적인 자세로 접근한다. 죽음은 주체적으로 관리할 수 있는 대상이 아니라 외부에서 느닷없이 엄습하는, 낯설고 두려운 타자와의 직면으로 이해하는 경우가 많기 때문이다. 그러나 삶과 죽음이 "한 몸으로 동행"한다는 것은 삶으로부터 죽음이 소외의 대상이 아니라 적극적인 수용의 대상이라는 것을 강조한다. 따라서 그는 죽음을 삶의 철학으로 주재하고 활용할 수 있게 된다. 다시 말해, "죽는다는 사실로 하여 너를 살다 가는 거다. 하는 교훈"을 꾸준히 자각하면서 실천할 수 있게 된다. 죽음의 관점에서 삶을 성찰함으로써 삶의 본모습을 제대로 인식하고 향유하고 발전시켜 나가는 것이다. "죽음"이 "삶을 키워" 나가는 힘인 것이다. 물론 이것은 다르게 표현하면 삶이 "먼 죽음을 스스로 만들어 가는 작업"이기도 하다.

> 필경, 산다는 것은
> 스스로의 먼 죽음을 스스로 만들어 가는 작업,
> 맑은 죽음, 티 없는 죽음, 천하지 않는 죽음,
> 이것이 소원이려니
> 이러한 죽음을 향하여 작업하는 인내로운 생애,
> ─「죽음은 마지막 예술」 부분

> 삶과 죽음, 그걸 같이 살기 위해서
> 시를 쓴다
> 소유와 포기, 그걸 같이 살기 위해서
> 시를 쓴다

상봉과 작별, 그걸 같이 살기 위해서

시를 쓴다

　　　　　　　　　　　　　　　　—「어느 생애」부분

시적 화자는 삶의 주체이면서 죽음의 주체이다. 그래서 스스로 "맑은 죽음, 티 없는 죽음, 천하지 않는 죽음"을 만들어 나갈 수 있게 된다. 이때 삶이란 "죽음을 향하여 작업하는 인내로운" 과정에 해당한다. 이와 같은 "삶과 죽음의 동거" 관계는 "소유와 포기", "상봉과 작별"의 경우에도 동일하게 해당 된다. 포기를 전제로 한 소유, 작별을 전제로 한 상봉일 때, 인간사의 모든 집착, 욕망, 미련에 구속되지 않고 "나를 찾아서/ 먼 곳, 먼 길, 먼 세월"(「나의 있음」)을 치열하게 살고 향유할 수 있기 때문이다. 그래서 조병화는 마침내 "걸어서 다는 갈 수 없는 곳에/ 바다가 있었습니다// 날개로 다는 갈 수 없는 곳에/ 하늘이 있었습니다// 꿈으로 다는 갈 수 없는 곳에/ 세월이 있었습니다// 아, 나의 세월로 다는 갈 수 없는 곳에/ 내일이 있었습니다"(「세월」)라고 노래할 수 있게 된다. 그는 낭만적 동경의 무한을 유감없이 구가하고 있었던 것이다.

5 결론

조병화의 시적 삶은 "보이지 않는 먼 내일에의 여행"(「벗」)으로 요약된다. 그래서 그의 시편들은 스스로 "너는 어느 길을 가고 있는가// 지금쯤"(「길」)이라는 질문에 대한 답변에 해당한다. 그가 53권에 이르는 시집을 가리켜 각각 지나가는 "가숙(假宿)"이라고 지칭했던 배경도 여기에 있다. 그의 이러한 "가숙"은 "시대가 변해도, 사회가 변해도, 역사가 변해도" "변하지 않는 것을 찾아"(「자문자답」)가는 자기만의 외로운 여정이며 구원의 과정이었다.

그래서 그의 시적 삶은 우리 시사에서 누구보다 주관적인 미의식과 존재의 심연에 집중하는 낭만적 주체의 여정을 선명하게 보여 준다. 그렇다면, 그의 끊임없는 낭만적 동경의 여정을 찾아가는 방법론은 무엇인가? 그것은 "용광필조"의 예지 속에 감지되는 빛으로서 "사랑"이고 "꿈"이다. 그러나 "사랑"은 절대 고독과 외로움을 동반한다. "사랑하면 사랑할수록/ 더욱 외로워지"고 "그리움을 앓"(「사랑 1」)아야 하는 이율배반적 속성을 지닌다. 그래서 "나의 가슴 안에서, 쉬임 없이 반짝이고 있는/맑은 먼 별"(「꿈」)과 같은 "꿈"을 잠시라도 잃지 말아야 한다.

한편, 그가 이러한 "꿈"을 일관되게 견지할 수 있었던 바탕은 역설적으로 "죽음"의 힘이다. 그에게 "죽음"은 "너를 살다 가는 거다"라는 교훈을 지속적으로 일깨워 주는 역할을 한다. "죽음"을 통해 삶을 성찰하고 "나의 역사, 나의 가치, 나의 이유, 나의 시대 방향"[21]을 바로잡아 간다. "삶은 죽음을 품고/ 죽음은 삶을 키"(「인간」)우는 관계이다. 그는 삶의 주인이면서 죽음의 주인이기도 한 것이다. 그리하여 "나에게 배당된 세월 다 끝나는 지금/ 나를 찾아서/ 먼 곳, 먼 길, 먼 세월 덧없이 헤매 돈 것/ 바로 헤매인 그것이/ 다름 아닌 바로 나의 그 있음"(「나의 "있음"」)이었던 삶을 살고 향유해 왔던 것이다.

조병화의 시적 삶에서 "한 몸으로 동행"(「인간」)하던 삶과 죽음은 육신의 수명이 다하면서 서로 헤어진다. 삶이 죽으면서 죽음도 죽는다. 그러나 그의 사랑과 꿈의 여정은 멈춘 것이 아니다. 그는 자신의 사랑과 꿈을 멈출 수 없었으므로 죽은 것일지 모른다. 그리하여 이제는 더욱 자유롭게 "사람이 사는 마을을 떠나/ 끝없는 저 넓은 하늘나라로" "여행을"(「어느 노인의 유언」) 하고 있을지 모른다. 그가 남긴 특유의 쉽고도 다정다감한 낭만적 감성과 감각의 어휘와 어법으로 쓴 유언이 이를 증거한다.

애들아, 잘 들어 두어라

---

21) 조병화, 「버리고 싶은 유산 시대」, 『한국 에세이 문학 선집 7』, 7~8쪽.

이제 할아버지는 사람이 사는 마을을 떠나
끝없는 저 넓은 하늘나라로
보이지 않는 내 길을 스스로 찾아 더듬어서
긴 내 여행을 이어서 떠나련다

—「어느 노인의 유언 — 소년에게」 부분

참고 문헌

1차 자료

조병화, 「나의 광복 50년」, 『너를 살며 나를 살며』, 고려원, 1996

_____, 「버리고 싶은 유산 시대」, 『한국 에세이 문학 선집 7』, 중앙출판공사, 1979

_____, 「죽음이 주는 교훈」, 『마침내 사랑이 그러하듯이』, 백상, 1988

_____, 「나의 문학적 고백」, 『조병화』, 문학사상사, 2002

_____, 「시인의 말」, 『다는 갈 수 없는 세월』, 혜화당, 1992

_____, 『조병화 시 전집 1, 2, 3, 4, 5, 6』, 국학자료원, 2013

2차 자료

김명인, 「세계의 끝, 나그네의 꿈」, 『조병화의 문학 세계 Ⅱ』, 국학자료원, 2013

김윤식, 「혼의 형식과 음악의 형식」, 『한국 근대 문학 사상 비판』, 일지사, 1978

_____, 「편지의 형식과 여행의 형식」, 『근대시와 인식』, 시와시학사, 1992

오형엽, 「조병화 시의 역설적 의미 구조」, 조병화의 문학 세계 Ⅱ, 국학자료원, 2013

이상호, 「조병화의 후기 시에 나타난 리듬과 세계 인식」, 조병화의 문학 세계 Ⅱ』, 국학자료원, 2013

이재복, 「순수 고독, 순수 허무의 시학」, 조병화의 문학 세계 Ⅱ』, 국학자료원, 2013

조강석, 「시간과 유현의 환승」, 조병화의 문학 세계 Ⅱ』, 국학자료원, 2013

지명렬, 『독일 낭만주의 총설』, 서울대 출판부, 2000

최동호, 「고독의 극점과 용광필조의 시학」, 『조병화의 문학 세계 Ⅱ』, 국학자료
　원, 2013

임헌영, 「시와 시인을 찾아서 18 ― 신임 예술원회장 편운 조병화」, 《시와시학》,
　통권 제22호, 1996

롤랑 바르트, 김희영 옮김, 『사랑의 단상』, 문학과지성사, 1991

제4주제에 관한 토론문

임지연 | 건국대 교수

　저는 조병화 시인의 시를 읽고 분석하려고 할 때, 어떤 압도감을 느낍니다. 조병화 시인은 53권의 시집, 37권의 수필집, 5권의 시론집을 쓰셨는데, 이 거대한 분량의 작품 속에서 내가 읽는 이 글의 위치는 어디일까, 내가 그 위치를 잘 잡아내고 있는 걸까 하는 불안감을 느끼곤 합니다. 홍용희 선생님은 조병화 시의 시적 주체를 '낭만적 주체'로 명명하면서, 압도적 분량의 작품 속에서 시인의 '위치'를 잡아냈습니다. 수고하셨다는 말씀을 먼저 드립니다. '낭만적 주체' 개념은 선생님이 지적한 것처럼, 문예사조로서의 낭만주의와 일치하지 않으며, 낭만주의 철학(사상)과 연관되어 있을 것입니다. 그런데 한국문학사에서 '낭만적', '낭만성', '낭만주의'라는 용어는 특정 작품을 부정적으로 평가하는 데 주로 사용되었다고 생각합니다. 조병화 시의 낭만적 주체 개념은 그러한 부정적으로 인식되었던 낭만주의를 재사유하고 재인식할 수 있는 의미 있는 개념으로 활용될 것 같습니다. 사랑, 고독, 죽음, 꿈, 외국 등의 시적 소재나 주제 의식을 생각할 때, 저도 낭만적 주체라는 관점에 동의합니다.

토론자의 의무를 다하기 위해 몇 가지 질문을 드리고자 합니다.

첫째, 조병화 시의 낭만적 주체 개념은 53권의 시집 전체를 관통하는 개념으로서 사용하고 있는 것인지, 아니면 특정 시기에 한정하여 사용하고 있는지에 대해 보충 설명을 부탁드립니다. 발표문에서 다루고 있는 시들은 초기 시(1949~1960년대)에 집중되어 있기는 하지만 부분적으로 그 이후나, 1990년대의 글도 인용하고 있습니다. 선생님의 의견을 듣고 싶습니다.

둘째, 선생님은 조병화의 낭만적 주체의 양상을 "사회 역사적인 현실과 무연"하다고 설명하고 있는데요, 제가 보기에 조병화의 초기 시에 국한하여 볼 때, 사회 역사적 현실과 무연하다고 단정하기 어렵다는 판단이 듭니다. 낭만성은 현실을 부정적으로 인식하고, 초월적이고 이상화된 세계를 동경하는 이중적 태도에서 나올 것입니다. 현실이 어두울수록 저 멀리서 별은 더욱 밝은 법이라는 것이 낭만적 주체들의 현실 인식이기 때문입니다. 우선 현실을 부정적으로 본다는 것 자체가 현실 비판적 태도일 수 있을 것입니다. 또한 조병화는 PEN 대회에 참석하기 위해 아시아 및 유럽에 여행을 하게 되는데, 유럽의 정치적 선진성을 선망하면서 한국의 후진적 민주주의를 사유하기도 하고, 세계시민주의적 개인 주체를 설정하면서 인류애적 정치성(코스모폴리타니즘)을 지향했습니다. 대만 여행에서는 장개석 총통을 고평하면서 중국 공산주의를 간접적으로 비판하기도 합니다. 그런 점에서 사회 역사적 현실과 무연하다고 판단하는 것은 낭만적 주체 개념을 다소 이론적으로 접근한 것은 아닌가 합니다. 의견을 듣고 싶습니다.

셋째, 조병화 시에서 사랑의 특징에 대해 더 자세하게 듣고 싶습니다. 사랑은 조병화 시에서 낭만적 주체의 면모를 부각하는 주요한 논점입니다. 지적하신 것처럼 조병화 시에서 사랑은 "소유의 즐거움이 아니라 위험한 상황 속에서 주어지는 과정적이고 일회적인 즐거움으로서, 고독의 고통이 수반"됩니다. 그러니까 조병화에게 사랑은 소유와 존재, 타자 지향의 복수적 관계와 개인적 고독, 슬픔과 환희, 결핍과 기쁨, 절망과 황홀이라는 '이중적 속성'을 구조적으로 가지고 있습니다. 그런 점에서 사랑은 낭만적 주체의 속성을 단적으로 드러내는 시적 장치로 보입니다. 보충 설명을 듣고 싶은 것은 여기에서 말하는 '사랑'은 어떤 사랑인가에 대한 것입니다. 발표문에서 낭만적 주체는 사랑하는 상대를 전적으로 긍정하지는 않는 것처럼 보입니다. 알랭 바디우는 『사랑 예찬』에서 연인들이 하나로 융해되는 사랑이 아니라, 차이가 긍정되는 '둘이 등장하는 무대'를 강조하면서, 사랑을 둘 됨으로 이해한 바 있습니다. 그렇다면 이 글에서 낭만적 주체는 사랑하는 상대를 주체와는 다른 '타자'로서 긍정하는가에 대해 묻고 싶습니다. 혹시 조병화의 사랑은 주체에 포섭된 타자 혹은 또 다른 자기로서의 타자와의 관계가 아닌가 하는 의문이 들었습니다. 그러한 사랑은 어떤 사랑일까요? 그 특수한 사랑의 성격을 밝힐 때, 조병화 시에서 낭만적 사랑 주체의 특징이 분명해지지 않을까 합니다.

1921년	5월 2일(음력 3월 25일) 축시, 경기 안성 양성면 난실리 322번
	지에서 출생. 5남 2녀 중 막내. 아호는 편운(片雲). 부 난유(蘭
	圃) 조두원(趙斗元, 본관: 한양), 모 진종(陳鍾, 본관: 여양).
1928년(8세)	2월, 부친으로부터 천자문을 배움. 부 조두원 별세.
1929년(9세)	4월, 용인군 송전 공립보통학교 입학.
1930년(10세)	3월, 모친을 따라 서울로 이사.
1931년(11세)	서울 미동공립보통학교 2학년 편입. 아동 문선, 아동 미전에
	입선. 육상 릴레이 선수.
1936년(16세)	4월, 경성사범학교 보통과 입학. 미술부, 육상 경기부, 럭비부
	생활을 함. 중등부 조선 럭비 대표로 일본에 원정. 교내 조선
	어연구회 회지(조윤제 선생 지도)에 선우휘와 같이 시를 발표.
1941년(21세)	3월, 경성사범학교 보통과 5년 졸업. 4월, 경성사범학교 연습
	과 입학.
1943년(23세)	3월, 경성사범학교 연습과 2년 졸업. 4월, 일본 동경고등사범
	학교 이과(물리, 화학)에 입학. 동경문리과대학 럭비부 생활
	을 함.
1945년(25세)	6월, 동경고등사범학교 3학년 재학 중 귀국. 7월, 경성사범학
	교 이화학실 근무. 9월 1일, 경성사범학교 교유(교사)(물리,
	수학). 9월 3일, 김준(金埈, 아호 시영(詩影). 광산 김씨. 경성여
	의전 졸업반)과 결혼.
1946년(26세)	4월, 대한럭비축구협회 이사(~1963년). 11월, 장남 진형(眞衡)

출생.

1947년(27세)	8월, 서울 혜화동에서 인천시 관동 3가 3번지로 이사. 9월, 인천중학교(6년제, 현 제물포고등학교) 교사(물리, 수학). 럭비부 창설.
1949년(29세)	2월, 서울중학교(6년제, 현 서울고등학교) 교사(물리, 수학). 럭비부 창설. 3월, 장녀 원(媛) 출생.
1950년(30세)	6월, 6·25전쟁 발발. 12월, 부산 암남동으로 피난.
1951년(31세)	8월, 차녀 양(洋) 출생.
1953년(33세)	9월, 서울 환도.
1955년(35세)	8월, 3녀 영 출생. 9월, 중앙대학교 문리과대학 출강(시론).
1957년(37세)	8월, 『사랑이 가기 전에』를 영역(김동성), 『Before Love Fades Away』으로 출판(창신문화사), 그 후 『Stopping by』로 개제되어 성문각(1973)에서 재출간됨. 9월, 국제펜동경대회에 한국 대표단원으로 참석. 12월, 중화민국 초청으로 대만 문화 시찰.
1959년(39세)	4월, 경희대학교 문리과대학 조교수로 전직. 7월, 국제펜프랑크푸르트대회에 참석. 10월, 『The World's Love Poety』(Bantam Books: N. Y.)에 작품 수록.
1960년(40세)	1월 19일, 제7회 아세아자유문학상 수상.(수상 작품 '밤의 이야기' 외 5편) 4월 1일, 경희대학교 출판국 창설. 초대 국장. (~1974. 2. 28)
1962년(42세)	6월 3일, 모 진종 여사 별세.
1963년(43세)	4월 6일, 모친의 묘소 옆에 묘막 편운재(片雲齋) 기공. 7월, 경희대학교 문리과 대학 부교수. 10월, 서울특별시 문화위원.
1966년(46세)	6월, 국제펜뉴욕대회에 참석.
1967년(47세)	5월, 경희대학교 문리과대학 교수. 이화여자대학교 대학원 출강.
1969년(49세)	9월, 국제펜프랑스망통대회에 참석. 12월 4일, 경희대학교 문

화상 수상.

1970년(50세) 7월, 국제펜서울대회 재정위원장 피선.

1971년(51세) 7월, 중화민국 신시학회(新詩學會), 중화민국 필회(中華民國 筆會, P.E.N.), 중화민국 문예협회, 중화민국 수채화회 공동 초 청으로 중화민국 예방. 중화민국 신시학회로부터 두보상패(杜 甫像牌)를 받음.

1972년(52세) 2월, 『琅代詩のアンソロジ(현대시 앤솔러지)』(上)(일본, 북천동 언(北川多彦) 편)에 작품 수록. 3월 1일, 경희대학교 문리과 대 학장 취임(~1978. 2. 28). 8월, 재일 경성사범학교 동창회의 초 대로 아다미 온천 회의에 참석.

1973년(53세) 1월, 한국문인협회 부이사장 피선. 6월 20일, 영역 시집 『Stopping by(사랑이 가기 전에)』(김동성 옮김, 성문각) 재출 간. 9월, 영역 시집 『Fourteen Poems』(Kevin O'Rourke, Norman Thorpe 옮김, 경희대학교) 출간. 11월 11~17일, 제2차 세계시 인대회에 참석.(타이베이)

1974년(54세) 4월, 한국시인협회상 수상(시집 『어머니』). 8월, 괌에 있는 김영철의 초대로 하와이, 괌 스케치 여행. 11월, 영역 시집 『Where Clouds Pass by(구름이 지나는 곳)』(Kevin O'Rourke 옮 김, 중앙출판공사) 출간. 12월 28일, 중화민국 중화문화대학 (中國文化大學) 중화학술원(中華學術院)에서 명예 철학박사 학위를 받음.(제107호)

1975년(55세) 4월 10~15일. 제2회 유화 개인전.(미도파화랑 초대) 6월 21~25일, 제1회 아시아시인대회에 한국 대표 단장으로 참석 (마드라스).

1976년(56세) 2월 25일~3월 2일, 한일개발 초대(괌 주재 김욱경 이사)로 괌 등 태평양 스케치 여행. 4월, 정부 시책 평가 교수 취임. (~1980. 9) 4월 6일, 한국시인협회상 수상 기념으로 어머님 묘

소에 묘비 세움. 6월 8~13일, 제3회 유화 개인전(신세계미술관 초대). 6월, 영역 시집 『Twenty Poems』(Kevin O'Rourke 옮김, 경희대학교) 출간. 6월 23~26일, 제3차 세계시인대회에 한국 대표 단장으로 참석(볼티모어), 제4차 세계시인대회 대회장으로 피선. 8월, 재일 한국인 교육자 연수회에 강사로 초대되어 참석(야마나시현 石和 온천 후지호텔). 10월, 일본어 시집 『寂寥の炎』(경희대학교) 출간. 12월 14일, 국민훈장 동백장 받음.

1977년(57세) 2월 5~10일, 제4차 세계시인대회 준비차 중화민국 방문. 6월 9~17일, 제4회 유화 개인전(선화랑 초대). 7월, 독일어역 시집 『Ein Leben(어느 생애)』(Hans-Jurgen Zaborowski 옮김, 경희대학교) 출간. 12월 10~17일, 국제펜시드니대회에 참석.

1979년(59세) 1월 25일~2월 13일, 제4차 세계시인대회 준비차 일본, 미국 순방. 2월, 제1회 시화전.(예화랑 초대) 4월, 한국시인협회 심의위원장 피선. 4월, 불역 시집 『En un Lien Secret』(Reger Leverrier 옮김, 정음사) 출간. 7월, 제4차 세계시인대회 집행. 9월, 제2회 시화전(광주 공간 화랑, 동광주청년회의소 배경애 님 초대). 10월, 경희대학교 교육대학원장 취임(~1980. 5. 30). 12월, 영역 시집 『Trumpet Shell(소라)』(Kevin O'Rourke 옮김, 경희대학교) 출간. 12월, 제4차 세계시인대회 사무국 위로 여행.(타이완, 일본, 중화민국 태평양기금 회장 초대로 김요섭, 김혜숙, 성춘복과 함께)

1980년(60세) 11월, 제5회 유화 개인전.(New York Hankook Art Gallery 초대) 11월, 일본 국제시인회의에 한국 대표 단장으로 참석.(도쿄)

1981년(61세) 3월, 인하대학교 문과대 학장 취임. 5월, 회갑 기념집 『편운 조병화 시인』 출간.(편집 성춘복, 정음사) 7월, 제5차 세계시인대회에 한국 대표 단장으로 참석(샌프란시스코). 이 대회에서 세계시인대회 계관시인으로 추대됨. 7월, 일본 홋카이도 현대

시인회에 초대 강연. 8월, 대한민국예술원 정회원에 피선. 9월, 서울시 문화상 수상.

1982년(62세) 3월 1일, 인하대학교 부총장 취임. 3월, 중앙대학교 대학원에서 명예 문학박사 학위 받음. 5월, 영역 시집 『The Road Through The Fog(안개로 가는 길)』(Kevin O'Rourke 영역, 인하대학교) 출간. 7월, 제6차 세계시인대회에 국제 위원으로 참석(마드리드). 9월, 한국시인협회 회장에 피선(~1984). 9월, 서울특별시 문화예술 자문위원회 위원장 취임. 세계시인회의 한국 위원회 결성, 위원장 피선.

1984년(64세) 2월, 프랑스 화가 Reva Remy와 불란서문화원 초대 시화전. 3월 1일, 인하대학교 대학원 원장 취임. 10월, 제7차 세계시인대회에 국제 위원으로 참석.(모로코 마라케시) 10월, 《New Europe》지(No. 45) 51~57쪽에 시와 그림이 특집으로 수록됨.(뤽상부르) 11월, 제6회 유화 개인전.(연화랑 초대전)

1985년(65세) 9월, 대한민국 예술원상 작품상을 받음. 9월, 제8차 세계시인대회에 국제 위원으로 참석.(그리스 코르푸)

1986년(66세) 6월, 제9차 세계시인대회에 한국 대표 단장으로 참석.(피렌체) 8월, 정년 퇴직 기념 논문집 『조병화의 문학 세계』 출간(일지사). 8월 31일, 인하대학교 대학원 원장으로 정년 퇴직. 국민훈장 모란장을 받음. 명예 교수. 8월, 청와헌 상량식. 10월, 표화랑 초대 유화전. 12월, 제9차 세계시인대회에 국제 위원으로 참석.(마드리드) 이 대회에서 라빈드라나드 문학 기념배를 받음. 12월, 한국문인협회 부이사장에 피선. 12월, 정부 인권옹호특별위원회 위원으로 피선(국무총리).

1987(67세) 3월 18일, 청와헌 준공, 입주. 5월, 제50회 국제펜스위스대회에 참석(루가노). 유럽을 기차로 여행. 6월, Poetry International Rotterdam, 87, Netherlands에 초청되어 자작시 발표, 대환영

을 받음. 일간지 《Metropool》에 인터뷰 기사 나옴.(1987. 6. 4)
6월, 프랑스어 시집 『NUAGES』 출간(Euroeditor, Luxembourg)
8월, 중앙대학교 재단 이사장 직무 대리에 피선.(~9. 11) 8월,
일본 제2회 국제시인제에 한국 대표 단장으로 참석. 12월, 컬
러 시화집 『길』(동문선) 출간. 12월, 일본 계간 시지 《花神(화
신)》(3호)에 일어 역시 12편 수록.(茨木のり子 옮김)

1988년(68세) 6월, 이스라엘 독립 40주년 기념 텔아비브 국제시인제에 초청
되어 준비했으나 이스라엘 국내 사정으로 중지. 그러나 여행
단을 구성했기 때문에 여행을 감행하여 6월 2~20일까지 서
울→카이로→알렉산드리아→이스라엘→이스탄불→아테
네→코린토스→도쿄를 방문함. 6월, 네덜란드 암스테르담
Meulenhoff 출판사에서 출판한 『Spiegel International』 시집
에 시 4편 「나귀의 로스트파라다이스」, 「무더운 여름밤에」,
「어느 존재」, 「겉봉 뜯으면」 수록. 8월 28일, 제52차 펜서울대
회 주제 발표. 9월 17일, 88올림픽 개막 축하 칸타타 제작 상
연.(작곡 박영근) 10월, 일본 홋카이도 현대시인회 초청 세미
나 참가. 11월, 제10차 세계시인대회 방콕 대회에 국제위원으
로 참석 및 중국 여행. 12월, 올림픽 공원 기념 벽에 88올림픽
축시 새김.

1989년(69세) 1월, KBS 1TV 1월 1일 「명사 영상 에세이」 방영. 1월 7일, 서
울 프레스센터에서 열린 제28회 대의원총회(참석233명)에서
제18회 한국문인협회 이사장으로 무투표 당선. 3월 28일,
MBC 「명작의 무대」(피디 이진섭) 방영. 4월, 소련과 동구권
여행.(6월, EUROEDITOR 《ESPACES》 시지 95~98쪽에 작품 수
록.(EuroEditor, Luxembourg)

1990년(70세) 3월 1일, 삼일문화상 수상. 5월, 고희 기념 제8회 유화개인
전, 고희연, 편운문학상 제정.(벽제 연화랑 초대) 6월, 영어

시집 『The Fact That I am lonely(고독하다는 건)』 출간.(Kevin O'Rourke 옮김, Universal Publications Agency) 7월, 아일랜드 더블린 여행. 8월, 제1회 한국문인협회 해외 심포지엄. 제1회 해외문학상 시상 김용익(미국), 미국 여행 11월, 『한국 현대시선』 39~57쪽에 작품 수록.(11. 10. 일본 花神社 刊, 茨木のり子 譯) 12월, 시화, 유화, 초대전(부산 롯데한성화랑, 유춘기).

1991년(71세)   5월, 제1회 편운문학상 시상.(조태일/김재홍(본상), 신창호(우수상)), 7월, 제2회 한국문인협회 해외 심포지엄.(북경 연길) 제2회 해외문학상 시상, 김철 시인.(북경) 9월, 세계시인대회 공로상 수상.(이스탄불 대회) 11월, 제9회 유화 개인전. 삼풍백화점 삼풍갤러리 개관 초대전.

1992년(72세)   5월, 제2회 편운문학상 시상.(허영자/오세영(본상), 박덕규(우수상)) 6월, 손자 성환의 EXETER 졸업식 참가 후 뉴잉글랜드 여행 프로스트의 집 방문. 10월, 위성 "우리별 1호"에 처음으로 시를 올림. 11월, 대한민국문학대상 수상.

1993년(73세)   2월, 편운회관(현 '조병화문학관') 준공식.(경기도 안성군 양성면 난실리 322) 일본 시코쿠 지방 여행. 유화·시화, 초대전(신세계미술관 초대). 2월 23일, 경희대학교에서 대학장 금장을 받음. 5월, 제3회 편운문학상 시상.(김윤식/김종철(본상), 차한수(우수상)) 5월 29일, 문학공간사 주최 문학상 시상식에서 제1회 공로상 수상. 7월 31일, 시 10편 작곡집 『꿈』 출간.(박민종 곡, 음악춘추사) 10월 26일, 자작시 낭송 레코드 취입.(예당음향) 11월 8일, 애송시 낭송 레코드 취입.(예당음향) 11월, 일본역사문학기행 단장으로 일본 여행. 12월, 대한민국 예술원 부회장에 피선됨.

1994년(74세)   2월, 제1회 순수문학상 수상. 5월 1일, 제4회 편운문학상 시상.(김광규/김대규(본상), 허형만(우수상)) 8월, 제15회 세계시인대회 겸 이사회 참석, 감사패 받음.(타이베이) 9월, 조병화 대표 시집, 문단활동반세기 40시집 기념『사랑하면 할수록』출간.(김재홍 해설·편집, 시와시학사) 9월 27일, '편운 조병화 시인의 밤' 개최.(북촌 창우극장, 시와시학회 주최, 시와시학사·북촌창우극장 후원) 11월, L. A. Radio Korea 초청 문학 강연 및 미국·브라질 문학 기행. 12월, 광복50주년기념 '95 서울국제음악제' 기념 칸타타 작시.

1995년(75세) 3월, 시 5편 작곡집『안개』출간.(박민종 작곡, 작은우리) 5월 2일, 제5회 편운문학상 시상.(유종호/박이도(본상), 복효근(신인상)) 9월, 제27회 대한민국 문화예술상 심사위원장. 9월, 광복 50주년 기념 '95 서울국제음악회' 기념 칸타타 공연.(작곡 이영자, 지휘 임원식) 12월 19일, 27대 대한민국예술원 회장 피선.

1996년(76세) 1월, 일본 구주 시문학 기행. 5월, 제6회 편운문학상 시상.(임헌영/이가림(본상), 고영조(우수상)) 7~9월, 제3회 서울 평화상 심사원. 10월, 대한민국 금관문화훈장 받음.

1997년(77세) 5월 2일, 제7회 편운문학상 시상.(마종기/홍기삼(본상), 채종한(신인상), 최화국(특별상)) 5월, 5·16민족상 수상 5월, 김삼주 교수와 프랑스 여행. 8월, 영역시집『Songs at Twilight』출간. 마케도니아 스트라그 시제 참가. 12월, 제99차 대한민국 예술원 총회에서 예술원 회장 재선.

1998년(78세) 3월 13일, 처 사망. 5월, 제8회 편운문학상시상(정공채(본상), 천병태(신인상)) 5월, 묘비 세움. 5월, 아미타불상 봉납.(일본 목공예가 시게마쓰미찌오(重松三千男) 작) 8월, 경희대학교 학원 이사. 9월, '영'하고의 부녀미술전.(분당 삼성플라자갤러리 초대)

1999년(79세) 1월, 신중설 씨가「어머니 지금 당신을」을 시비로 세움.(남양주시 오남면 팔현리) 5월, 제9회 편운문학상 시상.(이제하(본상), 최동호(본상), 복효근(신인상)) 6월, 캐나다 빅토리아대학에서 명예문학박사 학위 받음.

2000년(80세)　5월, 제10회 편운문학상 시상.(이근배(본상), 김상현(신인상), 박주택(신인상)) 5월, 일본 도야마 지방 여행. 7월, 제10회 한국문협 해외 심포지엄 참석(L.A.) 9월, 일본 아오모리 지방 여행. 10월, 광주 동구공원에 시비 세움.

2001년(81세)　4월, 국립 전통문화대학교 시비 건립. 5월, 전남 진도시에「진도찬가」시비 건립. 5월, 제11회 편운문학상 시상.(정호승/이상호(본상), 박윤우(신인상)) 6월, 경기 안성의 태평무전수관에 "한성준 춤비"시 비 건립. 10월, 스페인 바르셀로나의 '마라톤 우승 기념벽'에 기념시 설치.

2002년(82세)　5월, 제12회 편운문학상 시상.(신중신(본상), 유자효(본상), 박찬일(우수상))

2003년(83세)　1월, 노환으로 경희의료원에 입원. 3월 8일, 경희의료원 내과 중환자실에서 영면. 5일장으로 원불교식 가족장으로 장례를 치름. 영결식에서 시인 허영자, 이성부가 추도시를 낭송하고 예술원장 차범석의 추도사, 문학평론가 김재홍의 문학 세계 소개, 문학평론가 김양수의 약력 보고가 있었음. 4월 25일, 사십구재 날에 난실리 편운재 뜰에서 시비 제막식 거행. 시인 김남조, 오세영, 박이도, 김광규, 김대규, 이생진, 임보, 홍해리, 등 100여 명 참석. 5월, 제13회 편운문학상 시상.(우이시회(본상), 홍용희(우수상)) 5월 23일, 문학의 집 서울에서 음악이 있는 문학의 밤−조병화 시인 추모의 밤 개최. 성악가 오현명, 작곡가 최영섭, 시인 김후란, 성춘복, 김유선 등을 비롯 100여 명의 문인, 문학 동호인들이 참석. 노래와 시 낭송 그리고 선생의 시 세계와 인생에 대해 얘기함. 오후 6시, 조시인의 자제 조진형 씨의 부친에 대한 회고담이 있었음.

조병화 작품 연보

발표일	분류	제목	발표지
1949. 7. 1	시집	버리고 싶은 유산	산호장
1950. 4. 13	시집	하루 만의 위안	산호장
1952. 8. 18	시집	패각의 침실	정음사
1954. 3. 20	시집	인간 고도	산호장
1955. 11. 5	시집	사랑이 가기 전에	정음사
1956. 10. 30	역서	현대시론(A Hope for Poetry: C. Day Lewis)	정음사
1956. 12. 20	선시	여숙(합본 시집)	정음사
1957. 8. 10	외국어역 시집	Before Love Fades Away (사랑이 가기 전에, 김동성 영역)	창신문화사
1957. 11. 20	시집	서울	성문각
1958. 3. 15	시집	석아화	정음사
1958. 9. 29	시론	밤이 가면 아침이 온다	신흥출판사
1959. 3. 31	역서	현대시작법(The Poetic Image: C. Day Lewis)	정음사
1959. 4	외국어역 시집	석아화(石阿花, 중국 작가 郭衣洞 중국어역)	중국문학출판사 (타이베이)
1959. 11. 30	시집	기다리며 사는 사람들	성문각
1961. 10. 30	시집	밤의 이야기	정음사
1962. 11. 10	시집	낮은 목소리로	중앙문화사

발표일	분류	제목	발표지
1963. 6. 30	시집	공존의 이유	선명문화사
1963. 10. 25	시집	쓸개포도의 비가	동아출판사
1964. 10. 30	시집	시간의 숙소를 더듬어서	양지사
1965. 11. 15	시집	내일 어느 자리에서	춘조사
1966. 12. 10	시집	가을은 남은 거에	성문각
1967. 11. 11	시론	슬픔과 기쁨이 있는 곳	중앙출판공사
1968. 4. 30	시집	가숙의 램프	민중서관
1968. 11. 20	선시	고독한 하이웨이	성문각
1968. 12. 25	기타	깊은 혼자 속에서 (『세계 여류 명시집』 조병화 편)	홍익출판사
1969. 12. 15	시집	내 고향 먼 곳에	중앙출판공사
1971. 2. 20	시집	오산 인터체인지	문원사
1971. 11. 25	시집	별의 시장	동화출판공사
1972. 11. 5	시집	먼지와 바람 사이	동화출판공사
1973. 6. 20	외국어역 시집	Stopping by(사랑이 가기 전에, 김동성 영역)	성문각
1973. 11. 15	시집	어머니	중앙출판공사
1974. 12. 10	시화집	길(The Road)	동화출판공사
1974. 12. 10	외국어역 시집	Where Clouds Pass By (구름이 지나는 곳, Kevin O'Rourke 영역)	중앙출판공사
1975. 6. 5	선시	나는 내 어둠을	민음사
1975. 7. 20	시집	남남	일지사
1976. 3. 30	선시	조병화 시선(문고)	정음사
1976. 5. 5	선시	때로 때때로(문고)	삼중당
1976. 11. 15	시집	창안에 창밖에	열화당

발표일	분류	제목	발표지
1977. 5. 30	외국어역 시집	Ein Leben(어느 생애, Hans-Jürgen Zaborowski 독역)	경희대 출판부
1977. 9. 25	수필집	시인의 비망록	문학예술사
1977. 10. 15	시론	시인의 편지	청조사
1978. 6. 15	시집	딸의 파이프	일지사
1978. 7. 15	수필집	낮 달	태창문화사
1978. 12. 24	선시	만나는 거와 떠나는 거와	정음사
1979. 4. 20	외국어역 시집	En Un Lieu Secret (비밀의 장소에서 만나세, Roger Leverrier 불역)	정음사
1979. 11. 5	선시	조병화의 명시(시화집)	한림출판사
1979. 11. 5	시화집	조병화의 명시(시화집)	한림출판사
1980. 12. 25	수필집	안개에 뿌리내리는 나무	예성사
1981. 9. 15	시집	안개로 가는 길	일지사
1982	외국어역 시집	The Cutting Edge —A Selection of Korean Poetry, Ancient and Modern (Kevin O'Rourke 영역)	연세대 출판부
1982. 9. 25	시화집	안개(The Fog)	보진재
1982. 11. 20	시론	도전과 응시	인하대 출판부
1983. 4. 20	수필집	흙바람 속에 피는 꽃들	문음사
1983. 6. 7	선시	벼랑의 램프	고려원
1983. 10. 7	시집	머나먼 약속	현대문학사
1984	외국어역 시집	The Nest of Cloud (구름의 둥지, 영·불·독· 일·중·스페인어 역)	시인사
1984. 7. 5	시화집	그때 그곳(Times and Places)	보진재

발표일	분류	제목	발표지
1984. 7. 25	수필집	꿈을 꾸는 파이프	오상사
1984. 8. 2	외국어역 시집	Ein Leben (어느 생애, Hans-Jürgen Zaborowski 독역)	Korin-Verlag Limburg/ Lahn
1985. 1. 15	선시	바람의 둥지	오상사
1985. 3. 20	수필집	저 바람 속에 저 구름 속에	문학세계사
1985. 4. 20	시론	순간처럼 영원처럼 1, 2	고려원
1985. 5. 20	시집	어두운 밤에도 별은 떠서	혜진서관
1985. 6. 5	시집	나귀의 눈물	정음사
1985. 10. 16	수필집	구름이 흘린 것들	현대문학사
1985. 11. 10	전집	바다를 잃은 소라	학원사
1985. 11. 15	선시	빈 의자로 오시지요	열음사
1985. 12. 1	시집	해가 뜨고 해가 지고	오상사
1985. 12. 1	외국어역 시집	Cho Byung-Hwa; Selected Poems 조병화 영역 시집(Kevin O'Rourke 영역) 오늘의 시인 7	오상출판회사
1985. 12. 25	시론	순결한 영혼을 찾아서	해냄출판사
1985. 12. 25	전집	빛을 그리는 어둠	학원사
1985. 12. 25	전집	사랑, 그 영원한 고독	학원사
1986. 2. 25	수필집	마지막 그리움의 등불	학원사
1986. 2. 25	전집	머나먼 길, 구름처럼	학원사
1986. 3. 5	수필집	자유로운 삶을 위하여	어문각
1986. 4. 5	선시	그리움이 지면 별이 뜨고	예전사
1986. 8. 15	기타	저 어둠 속에 불빛 (조병화 엮음)	한겨레
1986. 8. 27	수필집	언제나처럼 그 자리에 서서	융성출판

발표일	분류	제목	발표지
1986. 8. 30	수필집	왜 사는가	자유문학사
1986. 9. 5	전집	머물지 않는 바람	학원사
1986. 9. 10	선시	조병화 시집	범우사
1986. 11. 10	선시	홀로 있는 곳에 (사랑의 시화집)	어문각
1986. 11. 10	시화집	홀로 있는 곳에 (사랑의 시화집)	어문각
1986. 11. 30	선시	이렇게 될 줄 알면서도	융성출판
1986. 12. 5	수필집	고독과 사색의 창가에서	자유문학사
1986. 12. 30	전집	있는 거와 없는 거와	학원사
1987. 2. 27	기타	나의 사랑하는 생활 (조병화 엮음)	현대문학사
1987. 5. 1	수필집	너와 나의 시간에	동문선
1987. 5. 10	수필집	어머님 방의 등불을 바라보며	삼중당
1987. 5. 15	시집	외로운 혼자들	한국문학사
1987. 5. 30	전집	하늘에 떠 있는 고독	학원사
1987. 6	외국어역 시집	Nuages (Roger Leverrier 불역)	EuroEditor, Luxembourg
1987. 9. 30	수필집	내일로 가는 길에	영언문화사
1987. 11. 15	선시	추억	자유문학사
1987. 12. 15	선시	길	동문선
1987. 12. 15	시화집	길	동문선
1987. 12. 20	시집	길은 나를 부르며	청하출판사
1987. 12. 20	수필집	홀로 지다 남은 들꽃처럼	해문출판사
1988. 1. 10	수필집	사랑, 그 홀로	백양출판사

발표일	분류	제목	발표지
1988. 1. 25	선시	구름으로 바람으로	문학사상사
1988. 2. 10	전집	내마음 빈자리	학원사
1988. 2. 25	선시	여숙의 바람 소리	혜원출판사
1988. 5. 17	수필집	마침내 사랑이 그러하듯이	백상
1988. 6. 10	수필집	사랑은 아직도	백양출판사
1988. 7. 30	수필집	새벽은 꿈을 안고	신원문화사
1988. 8	외국어역 시집	Night Talk(밤의 이야기, Kevin O'Rourke 영역)	Universal Publishing Co.
1988. 8	외국어역 시집	Stranger(남남, Kim, Dong-Sung 영역)	Universal Publishing Co.
1988. 8. 25	기타	오늘도 고향은 — 김기림 시선(조병화 편)	심설당
1988. 8. 31	수필집	꿈과 사랑, 그리고 내일	현대문화센터
1988. 10. 5	시집	혼자 가는 길	우일문화사
1988. 10. 15	전집	영혼에 머무는 별	학원사
1988. 12. 30	전집	고독과 허무를 넘어서 — 조병화의 문학과 인생	학원사
1989. 7. 15	수필집	떠난 세월, 떠난 사람	현대문학사
1989. 7. 30	선시	사랑의 계절	거암출판사
1989. 8. 10	수필집	마음이 외로울 때	자유문학사
1989. 8. 27	기타	사랑은 비치다 사라지는 무지개(융성종합기획 편집)	융성출판
1989. 11. 10	시집	지나가는 길에	신원문화사
1989. 11. 30	수필집	하늘 아래 그 빈 자리에	성정출판사
1990. 4. 30	시집	후회 없는 고독	미학사
1990. 5. 2	선시	꿈 — 떠나는 자의 노래	동문선

발표일	분류	제목	발표지
1990. 5. 20	수필집	시간 속에 지은 집	인문당
1990. 6	외국어역 시집	The Fact that I am Lonely (고독하다는 건, Kevin O'Rourke 영역)	Universal Publication Agency
1991. 3. 15	시집	찾아가야 할 길	인문당
1991. 3. 15	수필집	나의 생애 나의 사상 (자서전)	둥지
1991. 8. 5	수필집	꿈은 너와 나에게	해냄출판사
1991. 11. 15	선시	숨어서 우는 노래	미래사
1992. 1. 5	시집	낙타의 울음소리	동문선
1992. 4. 15	시집	타향에 핀 작은 들꽃	시와시학사
1992. 5. 26	선시	잠 잃은 밤의 편지	세기
1992. 5. 30	수필집	시의 오솔길을 가며	스포츠서울
1992. 10. 20	수필집	꿈이 있는 정거장	고려원
1992. 11. 10	시집	다는 갈 수 없는 세월	혜화당
1993. 2. 22	선시	그리움(시화집)	동문선
1993. 2. 22	시화집	그리움	동문선
1993. 2. 25	선시	사랑의 노숙	동문선
1993. 5. 8	선시	황홀한 모순	동서문학사
1993. 8. 30	선시	길(개정판)	동문선
1993. 8. 30	시화집	길(개정판)(시화집)	동문선
1993. 9. 5	시집	잠 잃은 밤에	동문선
1993. 9. 8	외국어역 시집	Dröm(꿈, Choi Byung-Eun 스웨덴어역)	Royal Printing House, Stockholm
1993. 12. 15	수필집	집을 떠난 사람이 길을 안다	은율

발표일	분류	제목	발표지
1994. 1. 10	시론	시인의 편지(개정판)	문지사
1994. 2. 21	수필집	나의 생애	영하
1994. 7. 20	시집	개구리의 명상	동문선
1994. 8. 10	수필집	버릴 거 버리고 왔습니다	문단과문학사
1994. 9. 30	선시	사랑하면 할수록	시와시학사
1994. 11. 20	시 전집	버리고 싶은 유산	동문선
1994. 11. 20	시 전집	하루 만의 위안	동문선
1994. 11. 20	시 전집	패각의 침실	동문선
1994. 12. 10	시집	내일로 가는 밤길에서	문학수첩
1994. 12. 20	선시	사랑은 숨어서 부르는 노래	백문사
1995. 6. 15	수필집	세월은 자란다 (시로 쓰는 자서전)	문학수첩
1995. 10. 31	시집	시간의 속도	융성출판사
1996. 2. 10	수필집	떠난 세월 떠난 사람 (증보판)	융성출판
1996. 4. 5	외국어역 시집	雲の笛(姜晶中 일역)	花神社(일본)
1996.0 4. 20	수필집	너를 살며 나를 살며	고려원
1996. 5. 1	시집	서로 따로 따로	예니출판사
1996. 9. 16	수필집	나보다 더 외로운 사람에게: 편운재에서의 편지	둥지
1996. 12. 17	시화집	조병화 시와 그림	동문선
1996. 12. 25	시화집	사랑의 여백	동문선
1997. 3. 1	시론	그리다 만 초상화	지혜네
1997. 5. 2	시집	아내의 방	동문선

발표일	분류	제목	발표지
1997. 8	외국어역 시집	Songs at Twilight (황혼의 노래, for Macedonia Poetry Festival, Yeon Jeom-Suk & Lynne Coville Jeon 영역)	Seoul Poets Club
1997. 10. 20	시집	황혼의 노래	마을
1997. 11. 16	외국어역 시집	趙炳華 詩畵集 ─旅 ～ 近くて 遠い 異國の 友へ(申潤植, 일역)	淇風社(일본大阪)
1997. 11. 16	시화집	趙炳華 詩畵集 ─旅 ～ 近くて 遠い 異國の 友へ	淇風社(일본大阪)
1997. 11. 20	시집	그리운 사람이 있다는 것은	동문선
1998. 2. 5	선시	헤어지는 연습을 하며	오상사
1998. 4. 30	시집	먼 약속	마을
1998. 10. 1	수필집	외로우며 사랑하며: 편운재에서의 서신	가야미디어
1998. 12. 10	시집	기다림은 아련히	가야미디어
1999. 1. 15	수필집	내게 슬픔과 기쁨이 삶이듯이	미래사
1999. 11. 15	시론	고백 ─ 밤이 가면 아침이 온다	오상
1999. 11. 20	시집	따뜻한 슬픔	동문선
2000. 3. 10	시집	고요한 귀향	시와시학사
2001. 9	외국어역 시집	Mit leiser Stimme (낮은 목소리로, Wha Seon Roske-Cho 독역)	Peperkorn (Thunum, Ostfriesland)
2001. 10. 30	시집	세월의 이삭	월간에세이
2002. 5. 10	시집	남은 세월의 이삭	동문선

발표일	분류	제목	발표지
2002. 10. 10	선시	한국대표시인 101인 선집 ―조병화	문학사상사
2003	외국어역 시집	The Dream Goes Home (꿈의 귀향, Kevin O'Rourke 영역)	Universal Press
2003. 2	외국어역 시집	Un Soleil Infini(무수한 태양, Lee Joon-Oh 불역)	AutresTemps (Marseille, France)
2003. 2. 8	수필집	편운재에서의 편지	문학수첩
2003. 3. 15	선시	사랑이 그러하듯이	우리글
2005. 3. 7	시집	넘을 수 없는 세월	동문선
2013. 3. 8	시 전집	조병화 시 전집 1~6권	국학자료원

작성자 홍용희 경희사이버대 교수

장용학의 문학, 진리가 맺히는 단독적 사유의 자리*

연남경 | 이화여대 부교수

서론

장용학은 1955년 「요한 시집(詩集)」[1]으로 전후 신세대 작가이자 실존주의의 기수로서 문단의 주목을 받았다.[2] 등단은 《문예》에 추천된 「지동설

---

* 이 글은 '탄생 100주년 문학인 기념 문학제'에서 발표한 원고를 지정 토론자의 질의에 답하고 《한국현대문학연구》 64(2021. 8)에 게재하는 과정을 거쳐 작성되었다. 유익한 조언을 해 준 토론자 송주현 선생님과 익명의 논문 심사자들에게 감사드린다.

1) 「요한 詩集」은 1953년 부산 피난 시절 탈고한 작품으로 《현대문학》(1955. 7.)에 실려 소개되었다.

2) 첫 작품은 「육수(肉囚)」(1948), 「희화(戲畫)」(1949)가 최초 발표작이며, 「지동설(地動說)」(1950)이 《문예》에 추천되어 등단했다. 「사화산(死火山)」(1951)을 탈고했으며 「미련소묘(未練素描)」(1952)를 발표했다. 1953년에 「찢어진 윤리학(倫理學)의 근본(根本) 문제(問題)」, 「인간(人間)의 종언(終焉)」, 「무영탑(無影塔)」을 발표했으며 「요한 시집(詩集)」을 탈고했다. 1954년에 「기상도(氣象圖)」, 「부활미수(復活未遂)」를 발표하고 장편소설 『라마(羅馬)의 달』을 중앙일보에 연재했다. 1955년에 「그늘진 사탑(斜塔)」, 「육수(肉

(地動説)」(1950년)로 이루어졌으나 「요한 시집」이 사르트르의 「구토」를 읽고 창작했다는 바가 알려지면서 당시 실존주의 열풍에 힘입어 실존주의 문학을 열어젖힌 장본인이 되었던 것이다. 그러나 작가 본인은 자신의 작품을 특정 사조에 가두는 데 불편함을 느꼈던 것으로 여겨진다. 대표적인 전후 신세대 작가이자 실존주의의 기수, 한자 남용의 소설 창작, 관념주의자 등으로 호명되어 온 장용학은 그때까지 없었고 이후에도 드문 독창적인 작품 세계를 형성한 작가였다. 그는 한국문학의 '이단아'였고,[3] 그래서 새로움의 차원에서 주목되었지만, 그 '새로움'으로 인해 "그만큼 이해되지 못한 사람도 드물다."[4]는 판단이 여전히 유효해 보인다.

김현은 장용학이 말하는 구원이 생의 한가운데에서 이루어지지 않기에, '인간이 죽음으로 구원된다는 결론은 에피메니드의 역설에 불과하다'[5]며 장용학 문학의 한계를 지적한다. 이 평가는 상징적인데, 전후 세대의 문학에 대한 평가가 바로 다음 세대인 이른바 '4·19세대'에 의해 형성되었기 때문이다. 4·19세대 문학의 이데올로그로서 김현은 "역사상 가장 진보적인 세대"이자 현대 비평을 수립할 주체로 '65년대 비평가', "소위 '4·19'세대"를 거론하며, 1955년을 전후로 등장한 신세대의 문학을 '도저한 절망'으로 본다.[6] 이처럼 전후 문학을 '타자'로 설정하면서, 자기 세대 문학의 정당성을 확보하고자[7] 했던 4·19세대에 의해 현대문학의 주체는 '55년대 신세대'에서 '65년대 4·19세대'로 빠르게 바뀌었고, 한글세대

囚)」, 「요한 시집」, 「사화산(死火山)」을 발표했다. 중편소설이자 연작인 「비인 탄생(非人誕生)」(1956), 「역성서설(易姓序說)」(1958), 장편 『원형(圓形)의 전설(傳說)』(1962)을 《사상계》에 연재했으며, 이외에도 다수의 장·단편 소설, 희곡, 에세이 등의 글을 남겼다. 유고는 「천도시야비야(天道是也非也)」(2001)로 1999년 작고 이후에 발표되었다.

3)   박창원 엮음, 「전집 서문」, 장용학, 『장용학 문학 전집』(국학자료원, 2002), 6쪽.
4)   김현, 「에피메니드의 역설」(1967), 위의 책 7권, 77쪽.
5)   위의 글, 77~94쪽.
6)   김현, 「한국 비평의 가능성」(1968), 「테러리즘의 문학」(1971), 『김현 문학 전집 2 — 현대 한국문학의 이론/사회와 윤리』(문학과지성사, 1991).
7)   한수영, 『전후 문학을 다시 읽는다』(소명출판, 2015), 28쪽.

로서 자부심을 갖는 이들의 이념은 민족문학과 문학의 주체성에 놓여 있었으므로 "일본어로 초급 교육을 받고, 해방 후에는 한국어로 자신의 감정과 사상을 표현하지 않으면 안 되었던 찢긴 세대에"[8] 속하는 장용학의 문학은 이해의 범주에 들지 못했다. 소설에 한자 사용을 고집하는 장용학은 한글세대인 이들에게 한글을 제대로 익히지 못해 오문과 악문이 범람하는 작품을 쓰는 작가였고, 민족주의도 문학을 옥죄는 굴레로 여겼던 장용학의 개별적 보편주의는 학병 세대의 한계로, 구원을 향한 절규의 제스처는 전후 병리 현상이라는 부정적 평가로 이어졌다. 이와 같이 장용학은 세대론적 차원에서 주목되었으나 같은 차원에서 바로 다음 세대에 의해 저평가되었다. 그리고 이후의 문학사에서 "장용학의 철학적 문학은 철학적 사고의 논리성을 감당할 수 없거나 그 수준이 높지 않"으며 "그의 소설의 난해함은 깊이에서 말미암은 난해함이 아닌 것"으로, '전후 세대 작가들의 모국어 능력의 불구성의 대표자'로 기록된다.[9] 이렇게 문학사에서의 평가는 고착화된다.

이후 장용학을 이해하기 위한 논의가 여러 차원에서 이루어졌으며, 다양한 시각에서 장용학 문학의 문제성을 포착하고 연구의 저변을 확장하는 데 기여했다. 우선 세대론의 시각에서 신세대 작가들의 현실 비판 의식과 저항 정신에 주목한 논의들이 있다. 이들은 신세대 작가들의 적극적 현실 극복 의지를 규명해 낸 의미 있는 성과를 거두었지만, 관념 지향성을 한계로 여기거나[10] 새로운 미의식을 밝히고 있는 경우에도 허무주의와 절망에서 주조를 찾고 있다.[11] 전후 소설을 전쟁으로 인한 트라우마에 대한 대응으로 보거나[12] 그것에 대한 승화의 차원에서 읽는 정신분석

---

8) 김윤식·김현, 『한국문학사』(1973)(민음사, 1996), 413~145쪽.
9) 김윤식·정호웅, 『한국소설사』(문학동네, 2000), 366~368쪽.
10) 유철상, 「한국 전후 소설의 관념 지향성 연구」, 서울대 박사 학위 논문, 1999.
11) 조현일, 「손창섭, 장용학 소설의 허무주의적 미의식에 대한 연구」, 서울대 박사 학위 논문, 2002.
12) 김장원, 「1950년대 소설의 트로마 연구―장용학, 손창섭, 오상원 소설을 중심으로」, 서

학적 논의[13]는 방법론적 차원에서 전후 문학을 분석하는 데 확실한 기여를 했지만 전후 문학을 체험적 충격의 차원에서 벗어나지 못한 것으로 본다. 신세대 작가들의 독특한 서사 기법에 대한 연구들은 신세대 작가들의 세계 인식과 효과를 면밀히 추적했다는 점에서 연구 성과를 확장하고 작가별 특수성을 규명하는 데 기여한 바 크다.[14] 그러나 그 대안의 비현실성과 추상성을 한계로 보기에 허무주의라는 결론에 도달한다. 리얼리즘 혹은 모더니즘이라는 예술 사조의 차원에서 다루어진 경우, 특히 1950년대 한국 모더니즘은 문학의 세대교체로 인해 곧바로 부정되었기에 평가 역시 세대론적 환원론에서 자유롭지 못하다.[15]

한편 장용학의 소설을 두 가지 모더니티의 대결로 보는 논의는 허무주의에서 벗어나 작품의 의의를 적극적으로 긍정한다는 점에서 성취를 거두었지만 해결책에 해당하는 미적 모더니티가 이성 비판을 통해 찾아졌다는 점이 문제이다.[16] 탈근대적 방법론을 도입하여 일체의 근대적 규범에서 벗어나는 잠재성에 주목한 경우에도 역시 이성을 극복하며 긍정성을 확보하려 한다.[17] 그러나 장용학의 소설에서 이성의 작용과 사유를 부정할 수 있을지는 의문이다. 이때 장용학 소설을 철학적 탐색의 소산으로서 평가한 논의[18]와 전후 신세대 작가의 정치성을 밝히며 적극적인 긍정

강대 박사 학위 논문, 2003.

13) 김형중, 「정신분석학적 서사론 연구 — 한국 전후 소설을 중심으로」, 전남대 박사 학위 논문, 2003.

14) 나은진, 「1950년대 소설의 서사적 세 모형 연구 — 장용학, 손창섭, 김성한을 중심으로」; 이화여대 박사 학위 논문, 1998; 박유희, 「1950년대 소설의 반어적 기법 연구 — 손창섭, 장용학, 김성한의 소설을 중심으로」, 고려대 박사 학위 논문, 2002; 방민호, 「한국 전후 문학과 세대 — 이어령, 장용학, 손창섭을 중심으로」, 향연, 2003.

15) 손자영, 「1950년대 한국 모더니즘 문학론 연구」, 이화여대 박사 학위 논문, 2012.

16) 박창원, 「장용학 소설 연구」, 세종대 박사 학위 논문, 1995.

17) 류희식, 「장용학 소설의 삶문학적 특성 연구」, 경북대 박사 학위 논문, 2015.

18) 방민호, 「한국 전후 문학 연구의 방법」, 《춘원연구학보》 11, 춘원연구학회, 2017, 180쪽.

의 논리를 마련한 연구[19]가 장용학 소설을 이성 중심의 사유로서 새롭게 이해하는 데에 단초를 제공한다. 특히 이성의 작용을 부정하지 않고 현실 비판을 위해 이성을 적극적으로 사용한다는 논지[20]에 동의하며 본고에서는 장용학 소설의 특장인 사유의 역능에 초점을 맞추고자 한다.

여기에서 잠시 문학의 지향점을 '국민문학'으로 설정한 장용학의 문학관을 점검해 볼 필요가 있다. 당시로서는 대단히 파격적이었다고 평가되는 그의 국민문학론은 '한국어다운 소설 문장'을 옹호하며 그의 한자 혼용 소설 작법을 비판한 유종호와의 논쟁에서 비롯된 일종의 방어기제이자, '민족문학'과의 대립을 통해 새로운 한국문학의 패러다임을 보여 주려는 이론적 고투의 산물이었다.[21]

> 오랫동안 植民地 생활을 해 온 우리는 '민족'이라는 말을 좋아하고 '國民'이라는 말을 싫어하기까지는 않는다 해도 距離感을 느끼고 있다. 有史 이래 국민이 되기는 이번이 처음이기도 하다. 그 이전에는 그저 百姓이었다. 日本의 壓制는 그 백성을 民族으로 만들어 놓아서, 우리의 설움이란 민족의 설움이었고, '민족'에는 어머니와 같은 포근함이 있다.
>
> 그러나 그 '민족'도 해방되어 主權國家를 가지게 된 오늘날에는, 거기에 主義라는 말까지 붙으면 우리가 원하지 않는 얼굴이 된다. 정치에 이용되어서는 파시즘이 되고 문학에 있어서는 地方主義와 연결된다. (중략)
>
> 민족은 개인이나 인류를 배척하는 개념으로 그 閉鎖的이고 排他的인 점에

---

19) 정보람, 「1950년대 신세대 작가의 정치성 연구」, 이화여대 박사 학위 논문, 2015.

20) 정보람, 「1950년대 장용학 소설과 사유의 전략—「非人誕生」, 「易姓序說」을 중심으로」, 《어문연구》 42-3, 한국어문교육연구회, 2014, 233~257쪽.

21) 한수영은 「국민문학을 위해서」가 장용학의 보편주의의 미망이 지닌 한계를 넘어설 단초를 보여 주는 드문 글이긴 하지만, 장용학은 '민족'과 '국민' 사이에 존재하는 자기에 대해 질문을 던졌어야 옳았을 것이라 보고, 전후 세대 작가는 대체로 자기의식으로부터의 소외된 자들이었다고 한계를 지적하고 있지만, 장용학의 국민문학론에 주목하고 그 가치를 발견해 낸 논의로서 참고할 만하다.(한수영, 앞의 글, 399~400쪽 참조)

있어서 휴머니즘과 대립된다. (중략)

이 땅에는 國民文學이라는 말이 없다. 매력도 없다. 그렇지만 세계문학의 一環이 될 수 있는 것은 民族(主義)文學이 아니라 국민문학이겠다. (중략)

'民族'에는 神이 있지만, '國民'에는 그것이 없다. 국민문학에는 民族情緒라는 大地가 있을 뿐이다. 그것은 어떠한 外來種도 거부하지 않는 대지이다. (중략)

우리 문학에 있어서 최고의 德은 순수가 아니라 豊富여야 하고 發展이어야 한다. 한국소설의 무엇보다도 短點은 그것이 貧弱하다는 데에 있다. 풍부는 異質에서 생긴다. 우리 한국 문학에는 이질적인 것, 異端的인 것이 流入되어야 하겠다. 민족 정서가 안 보일 만큼 滲亂해져야 하겠다.[22]

장용학 문학의 세계관을 담고 있다는 중요성을 감안해 다소 길게 인용된 이 글에서 그는 먼저 식민지 체험으로 인해 우리에게 '민족' 개념이 중요해질 수밖에 없었음을 지적하고 있다. 그러나 '민족'에 '주의'가 붙어 '민족주의'가 되면 순수문학을 지향한 구세대의 문학처럼 향토성과 지방성만을 갖는 빈약한 문학이 되고 만다. 나아가 그에게 민족은 개인이나 인류를 배척하는 폐쇄적이고 배타적인 개념이다. 그렇기에 한국문학에 '풍부', '이질', '혼란'을 요청하는 장용학의 국민문학은 세계문학에 어깨를 나란히 할 수 있는 이상태에 해당한다. 이는 세계문학을 향한 '보편주의의 미망'일 수 있으나, 민족이라는 '신'에서 벗어난 개별성에 주목하고 있다는 점에서 일반적 보편주의와 구별되는 '개별적 보편주의'라 명명해 볼 수 있다.

이때, 장용학 문학의 개별성을 밝힌 선행 연구들을 환기해 볼 수 있다. 먼저 실존주의의 보편성과 구별되는 개별적 '개인'에 대한 인식론적 사유로서 장용학의 문학을 개인주의적 아나키즘으로 본 경우가 있다.[23] 이 논

---

22) 장용학, 「국민문학을 위해서」(1965), 『장용학 문학 전집』 6권, 129~133쪽.

23) 최성실, 「장용학 소설의 반전 인식과 개인주의적 아나키즘 특성 연구」, 《우리말글》 37,

의는 장용학의 문학에서 개인의 자유를 발견하고 적극적으로 해석했다는 점에서 의의를 갖지만 장용학은 '한국어'와 '민족정서'를 토대로 삼는 국민문학을 지향하고 있다는 점에서 아나키즘으로 보기에는 다소 무리가 있다. 한편 알레고리의 방법론 자체가 개별성에 해당하는 것임을 밝힌 논의가 있다.[24] 김윤식은 알레고리의 방법론이 보편적인 것에서 개별성에로 나아가는 것이기에 알레고리를 방법론으로 삼고 있는 장용학의 문학은 개별성(특수성)에서 보편성으로 나아가는 리얼리즘을 성취할 수 없다고 본다.[25]

그러나 장용학은 소설을 창작함에 있어 한자를 사용함으로써 근대문학의 규범에 '혼란'을 초래하고, 그때까지 보지 못했던 '이질'적인 소설을 창작함으로써 한국문학을 '풍부'하게 만들고자 했다. 이렇게 장용학은 당대 '민족(주의)문학'을 넘어서서 '풍부', '이질', '혼란'을 야기하는 문학을 통해 협소한 한국문학의 범주를 확장시키고 세계문학의 수준으로 발전시키려는 이상을 갖고 있었다. 이질적이고 이단적인 작품을 요청했다는 점에서 개별성에의 지향을, 풍부와 발전을 통해 세계문학의 일환이 되고자 했다는 점에서 보편성에의 지향을 동시에 엿볼 수 있다는 점에서 그의 문학관은 '개별적 보편주의'에 해당한다. 이에 본고는 장용학 문학에서 이성의 작용과 사유의 역능에 주목함과 동시에 리얼리즘의 시각을 넘어서서 장용학의 문학관인 '개별적 보편주의'에 충실할 것이다. 그를 위해 알랭 바디우의 시각을 방법론으로 채택하여 장용학 문학 이해의 지평을 넓히는 데 기

우리말글학회, 2006.

24) "장용학 소설은 (……) 리얼리즘에서 비껴난 한갓 알레고리로 되지 않으면 안 되었다. 보편적인 것에서 개별성에로 나아가기, 그것이 알레고리의 방법론이었다. 개별성(특수성)에서 보편성으로 나아가기인 리얼리즘이란 그에겐 생심도 할 수 없었다. 여기에 전후 문학의 최대 특징이자 특권적인 비밀이 잠겨 있다."(김윤식, 『소설과 현장 비평』(새미, 1994), 274쪽)

25) 이 글은 리얼리즘을 기준으로 장용학 문학의 한계를 지적하고 있지만, 장용학 문학이 갖는 개별성을 방법론적 차원에서 미리 발견했다는 점에서 의미가 있다.

여하고자 한다.

해체 이후의 탈구축을 추구하는 알랭 바디우는 신플라톤주의자이자 진리 철학자로 일컬어진다.[26] 그는 탈근대 철학이 진리를 해체함으로써 현실에 개입할 수 있는 힘을 잃어버린 것을 비판하고, 사유의 작용을 통해 진리를 발견할 수 있다고 본다. 그는 사유의 긍정이 갖는 힘을 믿으며, '법칙성의 파괴'와 '새로운 것의 창안'이 진리를 추동할 때 인간은 자신의 유한성을 뛰어넘을 수 있다고 말한다.[27] 이때 바디우가 말하는 진리는 단 하나밖에 없는 대문자 진리가 아니라 수많은 소문자 진리들이라는 점에서 그의 철학은 개별성을 긍정하면서도 보편주의를 추구한다. 그렇기에 '개별적 보편주의'를 지향했던 장용학의 문학을 이해하는 데 적절한 시각이 될 수 있다.

또한 바디우가 베케트를 최초로 읽은 것이 1950년대 중반이었고 당시에 오해했던 베케트를 나중에야 제대로 이해하게 된 과정도 참고할 수 있다. 1956년경 당시 사르트르주의자였던 바디우는 모든 사람들이 베케트에게서 발견했던 것들밖에 볼 수가 없었다고 고백하는데, 비슷한 시기 장용학이 문단에서 이해되던 방식도 크게 다르지 않기 때문이다.[28] 장용학은 '새로운 인간'을 모색하기 위해 다음 세대(來世)에 희망을 건다. 그럼에

---

26) 서용순, 「바디우의 '공산주의 가설' — 진리와 주체의 정치」, 『포스트모더니즘 이후』, 비평이론학교 발표집, 2011.

27) 알랭 바디우, 서용순·임수현 옮김, 서용순, 「역자 후기」, 『베케트에 대하여』(민음사, 2013), 266~267쪽.

28) 가령, 『원형의 전설』 연재 직후 《사상계》에 실린 방담(放談)을 읽어 보면 참가자 모두가 작품뿐 아니라 작가의 대답을 제대로 이해하지 않는 것으로 보인다. 작가가 '근친상간이 인간의 죄 가운데 가장 깊은 것'이라 착목했다고 하면 그것을 '기독교의 원죄의식'으로 오해하고, '새로운 인간'이라고 하면 '니체의 초인'이라는 개념과 부합하지 않는다고 비판한다. 이 방담은 『圓形의 傳說』은 "인간의 금지된 한계를 뛰어넘은 것이 아니라 동물이 된 것"이라 결론지으며 종결되는데, 토론자들이 당시의 이론을 토대로 형성된 지식 체계로 작품을 재단하며 생긴 오해의 연속으로 읽힌다.(장용학 외, 「뛰어넘었느냐? 못 넘었느냐? — 연재소설 『圓形의 傳說』을 읽고」(1963), 앞의 책 6권, 65~82쪽)

도 『원형의 전설』은 "인간을 뛰어넘은 게 아니라 동물이 된 것"이라 해석되고 그의 문학은 퇴행, 절망, 패배주의로 여겨졌다. 이는 1956년 바디우에게 베케트가 "부조리와 절망과 빈 하늘과 의사소통의 불가능성, 한마디로 실존주의자"[29]로 인식되었던 것과 크게 다르지 않다. 그러나 시간이 흐른 뒤에 바디우는 베케트를 "글쓰기의 운명, 되풀이되는 말과 원초적 침묵 사이의 관계 이 모든 것들이 어떠한 사실적 또는 재현적 의도로부터 멀리 벗어난 채 산문 안에 내포되어 있다는 점에서 '현대적인' 작가"로 다시 재발견한다.[30] 나아가 불필요한 모든 것을 제거하고, 비참하고 극단적인 상황을 설정한 가운데, 모든 가능한 사유의 실험을 감행했던 베케트에게서 누구도 발견하려 하지 않았던 것을 발견함으로써 그를 희망의 예술가, 진리의 예술가로 만들었다.[31] 이렇게 패배주의에 허무주의적이라 여겨졌던 베케트가 바디우를 통해 '절도와 엄밀함과 용기'의 문학으로 재해석되었다면, 장용학도 바디우를 통해 재해석이 가능할 것이다. "오직 나만이 인간이며 나머지 모두는 신성하다."라는 베케트의 말이 "오직 나만이 인간이며 나머지 모두는 인간적이다."라고 보는 장용학의 인식과 정확히 겹치기 때문이다.

바디우는 예술과 진리의 관계에서 비롯된 예술관을 갖는 진리 철학자이다. 그에 따르면 예술은 그 자체로 진리를 생성시키는 하나의 진리 절차에 해당한다. 예술, 과학, 정치, 사랑에서 진리 창출이 가능하다고 보는 바디우에 따르면, 예술적 진리는 과학적 진리이든 정치적 진리이든 사랑의 진리이든 간에 다른 진리들로 환원될 수 없다. "내재성의 차원에서 예술은 자신이 내놓는 진리와 정확히 외연이 같으며, 독특함의 차원에서 이

---

29) 알랭 바디우, 앞의 책, 78쪽.
30) 바디우는 "모든 서사적 원칙을 포기하는, 예술의 원천을 모두 동원해 광범위하게 글쓰기의 무화를 보여 주는, 의미의 무화에 대한 냉혹한 인식, 죽음과 유한성, 병들고 버려진 육체들 (……) 말에 대한 끈질긴 집착을 제외하곤 어둠과 공허만이 있다고 확신하는 베케트"를 발견한다.(위의 책, 77~82쪽 참고)
31) 서용순, 앞의 글, 269쪽 참고.

러한 진리는 예술 이외의 다른 어느 곳에서도 주어질 수 없다."[32]라는 관점에 따라 예술은 독특한 사유로서, 다른 진리들과는 구별되며, 철학으로 환원될 수도 없다. 이런 차원에서 장용학이 에세이나 비평과는 다른 차원에서 소설을 창작한 이유가 설명된다.[33] 그리고 작가는 사상가가 아니며, 관념어의 남발은 소설로서는 실패작이라는 평가[34]를 넘어서는 시각을 제공한다. 바디우의 시각에서 예술가는 사상가이며, 예술은 진리를 펼쳐 놓는 독특한 사유일 수 있다. 수많은 소문자 진리들의 생성이 가능하다고 보는 바디우에 따르면 장용학의 소설은 독창적인 하나의 진리가 맺히는 장소가 될 수 있다.

문학을 내재적이고 독특한 진리로서 사유한다는 것은 사건에 의한 어떤 단절로부터 시작되는 예술적 짜임[35]으로 파악한다는 것으로, 바디우가 문학에서 발견하는 진리란 어떤 '사건'에서 시작된다. 사건은 예측 불가능하며 설명 불가능한데, 그것은 상황의 공백을 드러낸다. 즉 기성의 지식 체계(doxa)가 설명하지 못하는 단절에서 발생한다. 진리는 언제나 공백에 이름을 붙임으로써, 버려진 장소에 대해 씀으로써 시작된다고[36] 할 때, 문학의 진리는 공백에 대한 하나의 작품에서 시작되고 그에 충실한 글쓰기를 지속시키면서 계속된다. 궁극적으로 사건에 대한 충실성을 통해 진리를 발생시키는 문학은 기존 지식 체계에 구멍을 내고 그것을 교정한다. 본고는 이러한 바디우의 진리 절차를 통해 장용학의 작품에서 발견되는 독창적인 진리란 어떤 것인지 밝혀 보려 한다.[37]

---

32) 알랭 바디우, 장태순 옮김, 『비미학』(이학사, 2010), 22~24쪽.
33) "배경이라는 말보다 상황이라는 말이 적당하지 않을까 하는데요. 과학에서는 사상이 개념에 의해 이끌려 나오지만 문학에서는 상황에서 촉발되는 것이라고 할 수 있지 않아요."와 같은 작가의 말은 이를 방증한다.(장용학, 「나는 왜 소설에 한자를 쓰는가」, 앞의 책 6권, 113쪽)
34) 김윤식, 「우화성과 '이데올로기' 비판」(1981), 위의 책 7권, 73~75쪽 참고.
35) 알랭 바디우, 앞의 책, 30쪽.
36) 위의 책, 105~107쪽 참고.
37) 본고에서 인용하는 작품은 장용학, 『장용학 문학 전집』 1~7권(박창원 엮음, 국학자료원,

2 그림자의 형상, '유적(類的)인 것'과 진리의 추구

저기에 1+1=2의 세계가 있는 것처럼 여기에 1+1=3의 세계가 있어도 좋다.[38]

「요한 시집」에 나오는 위의 수식(數式), 혹은 생각은 동호가 죽음을 목전에 두고 있는 누혜의 노모를 맞닥뜨렸을 때 비롯된다. 포로수용소에서 철조망에 목을 맨 누혜는 시체마저 반역자로서 포로들의 복수의 대상이 되었다. 그의 시체는 절단되고 훼손되어 손은 변소에 불쑥 솟아 있고 친구였던 동호는 그의 눈알을 손바닥에 들고 서 있는 벌을 받았던 것이다. 그런데 아사 직전에 처한 누혜의 노모를 만나는 순간, "두 개의 죽음 사이에 끼"인 동호는 그의 아들, 누혜가 된 것 같다 여긴다. 노파에게 손가락을 잡힌 순간 '변소의 손'이 나를 잡은 것이라는 착각 속에 동호의 몸은 시체처럼 차갑게 식어 간다. 그 순간 동호의 뇌리에 떠오른 위의 수식을 장용학은 다른 글에서 다음과 같이 설명한 바 있다.

문제는 '1+1=2'라는 公式에 있는 것이 아니겠는가. 현기증은 '1+1=2' 위에 이루어지는 세계에서는 免할 수 없는 것인지도 모른다. 이런데서 우리는 '1+1=3'의 세계를 渴望해 보게 되는 것이다.[39]

인용문은 문단의 신세대로서 기성과는 다른 자신들의 문학관을 피력하는 차원에서 쓰인 글의 일부이다. 여기서 1+1=2의 세계는 현실 규칙이다. 현대는 '합리적' 메커니즘을 갖는다. 그런데 장용학이 볼 때, '합리적'이라는 관형사는 하나의 신화가 되어 인간을 억압함으로써 비합리가

2010)을 참고하며, 작품 발표 연도는 밝히되 작품 출처는 권호와 쪽수만 표기한다.
38) 장용학, 「요한 시집」(1955), 위의 책 1권, 214쪽.
39) 장용학, 「감상적 발언」(1956), 위의 책 6권, 32쪽.

된다. '1+1=2'은 수식의 형태로 공식화되었지만, 알고 보면 합리를 가장한 비합리, 즉 신화일 뿐이라는 것이며, 그 세계의 공식에 현기증을 느끼며 반역하려는 것이 신세대 문학의 위치가 된다. 이때 장용학의 문학은 '1+1=3'을 지향한다. 그런데 현실 질서를 극복하기 위해 새롭게 모색된 수식은 왜 하필 '1+1=3'인 것일까.

그것은 바디우의 '유적(類的, générique)인 것'으로 설명 가능하다. 바디우에 따르면 '유적'이라는 단어는 '보편적'으로 존재하는 것이지만, 기존의 지식 체계 내에서는 어떤 식별 기준을 통해서도 파악할 수 없는 것을 가리키는 말로, 진리가 가지는 중요한 성격 중 하나이다.[40] 기존의 지식 체계에 해당하는 '1+1=2'라는 공식(公式)은 부분 집합으로 속해 있는 진리를 식별해 내지 못한다. 그렇기에 세상에 보편적으로 내재해 있으나 기존의 지식이 간과해 버린 진리를 표현하기 위해서 장용학은 '1+1=3'의 수식을 제안한 것이다. 기성의 지식 체계로 설명 불가능한 진리, 즉 상황의 공백은 「요한 시집」에서 이데올로기 대립 국면이 양자 어디에도 포함시키지 못한 실존인 자살한 누혜의 존재, 전쟁의 뒤편에서 비참하게 죽어 가지만 비가시화된 노모의 형상으로 제시된다. 나아가 죽어 가는 노모 앞에서 동호가 누혜와 동일시되고 그들의 죽음을 몸으로 느끼며 인간의 취약함을 공감하는 순간 '1+1=3'의 세계가 현상한다. '1+1=2'의 합리적 세계에서 비가시화된 죽음이 실은 보편적인 것으로서 실재하는 것임을 드러내 준다. 유적인 부분 집합인 진리는 이렇게 장용학의 작품에 자리 잡고 있었던 것이다. 그리고 진리가 실재함을 표현하기 위해 검은 그림자의 형상이 등장한다.

---

40) 한 집합의 유적인 부분집합은 그 집합의 부분집합들을 규정하기 위한 모든 서술어를 벗어나며, 따라서 기존의 지식 체계 내에서는 이해 불가능하다. 진리는 바로 이런 유적인 부분집합이며, (……) '유적'이라는 단어는 대부분의 경우 '보편적'과 동의어로 이해해도 큰 문제가 없다.(알랭 바디우, 『비미학』, 26쪽)

…… 눈 속으로 <u>검은 그림자</u>가 나타났다. 갓을 푹 숙여 쓴 그 젊은 道僧은 눈이 먼 것이다. 손으로 앞을 더듬으면서 가까이 온다. 지팡이도 없이, 눈알을 어디에다 두고, 험한 산 넓은 들을 넘어 그는 천리길을 그렇게 손을 저으면서 여기까지 찾아온 것이다. 저만치에 와 서서 그 먼 눈으로 눈물을 흘린다.

이 <u>거지 행색을 한 도승</u>이 바로 저 도살장을 부숴 버리고, <u>사전을 뜯어 버린</u> 그가 아닐까?

"누혜!"[41]

바디우에 따르면 문학에서 진리는 순수 존재, 공백 혹은 어둠함으로 표현된다. 어둠함 속에서 나타나는 것은 그림자이다. 그리고 그림자들은 '유적'인 것의 형상이다.[42] 「요한 시집」에서 등장하는 '검은 그림자'는 눈알이 없어 눈이 먼 상태로 눈물을 흘리는 누혜의 타자성[43]이다. 그러나 동시에 누혜는 도살장을 부수고 사전을 뜯어 버린 젊은 도승이기도 하다. 세상을 인간 살육의 도살장으로 만들어 버린 기성의 지식 체계를 부수고 이방인의 자리에서 모든 규범을 낯설게 만듦으로써 진리를 길어올리는 자이다. 이어서 누혜의 그림자는 나의 그림자로 전이된다. '누혜의 비단옷을 빌려 입은 나의 그림자'가 "그래도 잠자고 있을 것인가? 깨어날 것인가?"를 묻는 '파란 두 눈'의 응시에 노출된 채 끝나는 이 소설은 "인간과 인간조건과의 대결"이 유일한 대화이며, 그것은 "자기 그림자와의 대화"[44]라는 작가의 말을 환기할 때 의미가 확실해진다. 동호는 누혜의 그림자가 전이된 존재로 동호에게 그림자와의 대화란 누혜와의 대화이고, 누혜의 타자성을

---

41) 장용학, 「요한 시집」, 앞의 책 1권, 218쪽.(강조는 필자)
42) 알랭 바디우, 『비미학』, 170~172쪽.
43) 그림자로서의 인생은 자기 자신에 대한 타자성으로서의 인생을 가리킨다.(위의 글, 175쪽)
44) 장용학, 「감상적 발언」, 앞의 책 6권, 42쪽.

'사건'으로 맞닥뜨리며 인간 조건의 어둑함 혹은 기성 지식 체계의 한계에 문제를 제기하는 깨어남의 과정일 터이다.

한편 도승은 거지처럼 초라하며 안 보이는 눈을 대신해 손으로 앞을 더듬으면서 눈물을 흘리는 존재이다. 이 고통 받는 초라한 존재의 형상에 대해 좀 더 생각해 볼 필요가 있다.

3 '독백의 연금술', 감산(減算)의 방법과 사유의 주체

인물들이 갖는 초라함, 그들의 가난, 그들의 병, 그들의 이상한 고정성 또는 목적을 파악할 수 없는 그들의 방황, 인간 조건의 무한한 빈곤에 대한 알레고리로 간주되곤 하는 모든 것[45]은 장용학 문학의 특징이다. 바디우에 따르면 초라함의 극치에 있는 이 인물들은 '장식을 없앤 인류', 바로 '유적 인류'의 형상에 해당한다.[46] 그리하여 삶이 동반하는 너절한 복잡성을 걷어 내고 의심스러운 소유물들을 잃어버리는 데 성공하고 나서 몇 가지 기능들로 환원된 인류는 오직 가치 있는 질문들로 곧장 나아갈 수 있게 해 주는 사유의 자리가 된다.[47]

「비인탄생(非人誕生)」은 사유의 자리를 마련하기 위한 방법적 고행이 잘 드러나는 작품이다. 주인공 지호는 교사였으나 실직당하고 셋집에서 쫓겨난 후 노모를 모시고 방공호에서 혈거 생활을 하게 된다. 채석장에서 돌을 깨 생계를 돌보던 노모가 병져 눕고, 사랑하는 종희와의 결혼도 포기한 와중에 절도죄의 누명을 쓰고 유치장에 감금된 며칠 동안 어머니는 사망하고, 풀려난 지호는 까마귀 떼에 훼손된 채 방치된 시신을 발견하게 된다. 지호라는 사람의 입장에서 보면 더 이상 나빠질 수 없을 만큼 최악의 상황으로 일이 흘러간 상태다. 그러나 '유적 인류'의 현현이라는 차원에

---

45) 알랭 바디우, 『베케트에 대하여』, 91쪽.
46) 위의 글, 92~94쪽.
47) 위의 글, 97쪽.

서 보자면 이것은 '감산(減算)', 즉 '악화시키기'[48]의 방법이다.

감산(subtraction)을 통해 인류의 형상에서 장식과 여흥거리를 제거함으로써 도달하는 '유적 인류'는 장용학에 의해 '비인(非人)'으로 명명된다. 지평선이 없어지고 시간이 흘러 나가 버린 공간에 처한 지호는 "인간을 그만두겠다"라고 선언한다.[49] 어머니의 시신을 화장하기 위해 원시의 불을 피우는 데 성공한 그 순간 '비인'은 탄생한다. 이렇게 장용학의 '비인'은 실직으로 생계를 영위하기 어렵고 결혼도 불가능한 인물이 마침내는 탕아가 되어 효(孝) 이데올로기에서조차 자유로워진 상황에서 만들어진다. 모든 '인간적'인 굴레가 악화시키기의 역설적인 방식으로 완전히 벗겨졌을 때 가능해진다. "사뿐사뿐" 이슬을 밟고 가까이 오는 발자국 소리가 처한 오욕되지 않는 땅에서 "그가 그렇게 되기를 원했던 비인(非人)"이 제시되는 소설의 마지막 문장은 결국 '비인'을 기존의 지식 체계를 절단하고 생각의 자리를 마련하기 위한 하나의 장치로 여겨지게 한다. 연작 「역성서설(易姓序說)」과 연결해서 보면 「비인탄생」은 사유가 깃드는 '유적 인류'를 맞이하기 위한 방법적 고행, 혹은 감산의 글쓰기였던 셈이다. 그렇다면 모든 것을 내려놓은 '비인'은 무엇을 하는가.

'비인 탄생 제이부(非人誕生 第二部)'라는 부제를 달고 있는 「역성서설(易姓序說)」은 "상기 인간은 하나의 가설"[50]이라는 지호의 말이 에피그램으로 달려 있는 한 편의 동화로 규정된다. 이 동화는 '세계에서 단절된 괄호'이고 새로운 인간 실험의 장이다. 그리고 이름에서 해방된 인물[51]은 모든

---

48) 악화시키기란, '덜한 것'에 대해 '더 말하는 것'이다. 더 잘 축소시키기 위한 더 많은 말들.(위의 글, 199쪽) 바디우에 따르면 베케트의 『최악을 향하여』는 유적 인류의 형상에 대해 악화시키기의 실행을 아낌없이 보여 주는 텍스트다. 다리를, 머리를, 외투를, 할 수 있는 한 모든 것을 잘라 내어 순수한 윤곽을 도래하게 하는 데 집중하는 악화시키기의 법칙을 보여 준다.(위의 글, 201~203쪽)

49) 장용학, 「非人誕生」(1956), 앞의 책 1권, 367쪽.

50) 장용학, 「易姓序說」(1958), 위의 책, 371쪽.

51) 이 소설에서는 호적상에 기재된 이름인 '지호' 대신 어린 시절 불렸던 '삼수'라는 아명이 사용된다.

인간적인 관계에서 벗어난 '무의미'에 해당한다. 그리고 '비인'은 그림자의 의식으로 바뀌고, '세계에서 단절된 괄호' 안에서 자기 그림자와의 대화, 즉 독백이 시작된다.

　主人이 외출한 그 속으로 누가 슬그머니 들어서고 있다. 내 옆에 누워 있던 그림자라고 했다. 그러나 그는 눈을 뜨고 싶지 않았다. (……)
　동굴은 깊었다. 구름 속보다 더 깊은지 모르겠다. 저쪽이 되는 데가 있을 것 같지 않았다. 뒤를 돌아보았다. 어둠이었다. 나는 내 그림자 속에 빠져드는 것이다, 하는 생각이 들었다. (……)
　方位가 메워지고 空間이 죽었다. 흐를 곳이 없어 시간도 꺼졌다.
　나는 없이 됐다. 없다. 없어졌다. 依支할 데가 없는 存在 그 자체가 존재해 있지 않는 것이다.
　無存在……. 그러면서 나는 여기에 있다.[52]

　소설은 주인이 외출한 그 속으로 슬그머니 들어선 그림자의 의식에서 비롯된다. 여기에서 '대화가 상실된 현대에 남은 오직 하나의 대화가 자기 그림자와의 대화, 즉 독백'이라 언급한 작가의 말을 다시 환기하게 된다. "현대문학에 있어서의 독백은 새로운 대화를 만들어 내려는 연금술"[53]이 기에 자기 그림자와의 대화로 이루어진 「역성서설」은 독백의 방법, 즉 진행되는 사유의 기록이 될 것이다. 장용학의 독백, 즉 자기 그림자와의 대화는 언어와 관련된 존재와 실존의 분열에 해당한다. 이는 '비-존재'인 진정한 존재를 제시한다. 이 이름이 지칭하는 것은 존재의 비실존이며, 그것은 바로 말로 표현되지 않게 주어진 것이기 때문이다. 궁극적으로 정화된 공간인 회색 암흑 속에서 진리의 탐구는 '비-존재'의 탐구로 대체된

---

52) 장용학, 「易姓序說」, 앞의 책 1권, 375~377쪽.(강조는 필자)
53) 장용학, 「감상적 발언」, 앞의 책 6권, 42쪽.

다.[54] 「역성서설」에서는 "방위가 메워지고 공간이 죽고 시간도 꺼진" 상태에서 그림자, '무존재'의 탐구가 시작된다. 이때 그림자-'무존재'는 바디우에 따르면 정화된 공간 속에서 출현하는 '비-존재'에 다름없으며 진리 탐구의 주체가 된다.

정화된 공간 혹은 '세계에서 단절된 괄호' 안에서 삼수는 녹두대사를 만난다. 삼수는 연희를 찾아다니고 녹두대사는 물에서 관세음보살을 건져올리려 한다. 매일 아침 둘은 같은 장소에서 만나지만 원하는 것을 찾지 못한다. 소설에서 계속 반복되는 말과 구조는 스크린의 영상이 고장나 멎는 순간 '인간성'이 '인간'을 대신하고 있었음을 깨닫게 해 준다. 그것은 자동화되고 무반성적인 삶에서 진리를 발견할 수 없었음을 표현하는 것이며, '인간성'이라는 이름으로 실존을 규정하던 수많은 당위로부터 벗어나는 순간에 해당한다. 즉 기성 지식 체계의 메커니즘이 작동하는 가운데 기존 언술이 포착하지 못했던 구멍이 발견되는 것이다. 이렇게 말로 표현될 수 없는 존재인 '비-존재'가 감지되는 순간 진리는 현현한다. 그것은 인간이라는 이름에서 인간을 빼내는 것으로, 말〔言〕에서 생(生)을 구출하는 것으로 설명된다. 또한 그것은 절에 불이 나고 거대한 화염에 휩싸인 관세음보살상에서 도금이 벗겨지며 마침내 연희가 모습을 드러내는 것으로 표현된다. 이로써 녹두대사는 삼수의 분신이었고 화염에 휩싸인 괴물과 거인의 결투는 결국 주인과 그림자의 분열, 존재와 실존의 분열을 의미했으며, 혹은 '독백의 연금술'에 해당하는 것이었음이 밝혀진다. 마침내 괴물을 물리친 후 연희를 팔에 안고 하산하는 거인의 뒷모습은 '비-존재'의 형상화이며, 혹은 기존 언술로 설명 불가능한 언술 행위의 순수 지점, 침묵이자 기존 지식 체계로 설명 불가능한 공백, 괄호 속 '유적인 것'의 드러냄이다.

「비인탄생」, 「역성서설」 연작은 악화시키기의 방법적 고행을 통해 '비인'

---

54) 알랭 바디우, 앞의 글, 22~25쪽.

을 탄생시키고, 세상의 공백에서 비롯된 괄호를 열어 독백의 연금술로서 거기에 깃든 진리를 엿보게 해 준다. 제도와 문명과 사상을 하나씩 덜어 내고 언술의 침묵 지점에서 이름에서조차 빠져나오는 감산의 글쓰기는 괴물과의 사투를 벌이는 지난한 과정이자 화염 안에서 살갗에 씌운 금이 녹아내리는 고통이고 생(生)에의 진통이다. 진리는 현실 논리 안에서나 익숙한 재현의 방식을 통해서는 발견되지 않는다. 그렇기에 장용학은 자신의 소설을 세속의 법칙에서 단절시키고자, 비인으로 재탄생하는 방법적 고행과 지난한 쇄신의 과정을 통해 진리 추구를 위한 사유의 자리로 만들었던 것이다.

4 타자와의 만남과 사랑, 유아론(唯我論) 극복의 모색

「비인탄생」, 「역성서설」 연작에서 장용학은 '독백의 연금술'을 통해 그림자(비-존재)의 의미를 설명해 냈다. 그런데 이 '독백'이라는 방법은 3장에서 살펴본바, 사유 주체의 반복되는 목소리로 인해 비대해진 '거인'으로 형상화된다. 물론 삼수는 '세계의 괄호'에서 연희를 찾기는 했지만 여기서 연희는 타자라기보다는 진리의 형상에 가깝다. 바디우에 따르면 이러한 유아론(唯我論)적 유폐에 균열을 일으키고 그것을 이동시키는 것이 바로 타자와의 만남이다.[55] 주체를 그 동일성의 숙명에서 뿌리 뽑는 계산 불가능한 도래, 돌발[56]이 『원형의 전설』에서는 이장이 안지야를 만나는 것에 의해 모색된다.

전쟁이 발발한 서울에서, 이장(李章)은 자신이 양부모에 의해 길러진 사생아였음을 알게 된다. 이후 그는 의용군으로 전쟁에 끌려갔다 국군 낙오병으로 생포된 후 포로수용소에서 북한 체제를 선택한다. 광산에서 대학원으로, 간첩으로 남파된 그의 여정을 통해 인민군과 국군을, 남과 북을

---

55) 위의 글, 36쪽.
56) 위의 글, 40쪽.

넘나드는 이장의 행보는 "자유든 평등이든 매한가지라는 것, 교회냐 소비에트냐 하는 것은 같은" 제도일 뿐임을 보여 준다. 특히 간첩이라는 이장의 정체성은 남북 양자 어디에도 적(籍)을 갖지 않은 실존에 해당하며 마침내 생부인 오택부를 찾아가는 오랜 여로의 귀결은 사생아로서 세상에 적(籍)을 갖지 않은 실존을 드러낸다. 회귀의 여로를 통해 오택부의 동굴에 갇힌 이장은 사생아라는 정체성의 근원으로 돌아온 셈이다.

동굴의 이장은 사유의 주체이다. 동굴에 갇힌 이장은 생각밖에 할 수 있는 게 없으므로 이는 3장과 마찬가지로 생각의 자리를 마련하기 위한 장치인 셈이다. 그런데 이 소설이 달라지는 국면은 두 번째의 동굴이 있기 때문이다. 오택부에 의해 감금된 첫 번째의 동굴은 외부에서 강제된 조건에서 이장이 사유의 주체로 변모하여 '인간'을 탐구했다면, 안지야와 함께 찾아와 자발적으로 들어간 두 번째의 동굴은 사랑을 위한 공간으로 탈바꿈한다. '현대의 영웅'이 인간 지배의 메커니즘을 벗어난 "여러모로 안온한 것을 '굿바이'하는 사람"[57]이라 할 때, 현 선생의 유산과 공자의 청혼을 거절하고 사랑을 택한 이장과 희대의 요부 "마담 바타플라이"의 자리를 내려놓고 사랑을 택한 안지야 둘 모두 현대의 영웅일 것이다. 이때 사랑에 충실한 이들은 도래하는 둘이며 무한으로 확장 가능성을 갖는다.

그런데 이들은 오누이다. 작가에 따르면 "근친상간은 '인간적'인 사고방식이 만들어 낸 죄의 최대치"[58]이다. 한편 현대는 자연악이 가져온 불행이나 고통보다 인간악이 빚어낸 그것이 더 큰 것[59]이라 할 때, 근친상간이라는 조건은 '인간성'에서 비롯된 인간악, 즉 인간이 규정한 악이자 그에 따른 죄에 해당한다. 장용학의 문학은 지속적으로 '인간성'에서 '인간'을 해방시켜 고통에서 벗어나려는 고투이고 과정이었기에 『원형의 전설』

---

57) 장용학, 『圓形의 傳說』(1962), 앞의 책 3권, 624쪽.

58) 장용학 외, 「뛰어넘었느냐? 못 넘었느냐? ─ 연재소설 『圓形의 傳說』을 읽고」(1963), 위의 책 6권, 71쪽.

59) 장용학, 『圓形의 傳說』, 앞의 책 3권, 557쪽.

에서의 근친상간이라는 관계의 설정은 최대치의 사유 실험에 해당한다 하겠다. 그러나 그것은 유아론적으로 유폐된 주체의 노력만으로는 해결되지 않는다. 국면의 전환을 가져올 수 있는 계기는 바로 타자와의 만남이고, 사랑이다. 그러나 사생아로서 이장이 겪는 고통의 기원이자 '오랑지묘(吳娘之墓)'의 상처로 남은 오누이의 근친상간은 사랑이라 할 수 없다. 오기미의 죽음을 야기한 근친상간은 오택부의 욕정에 의한 일방적인 폭력이었기 때문이다. 이때 또 다른 오누이 이장과 안지야의 결합은 둘이 나란히 선무대, 사랑이라는 점[60]에서 그것과 확연히 구별된다. 벼락 맞은 거목 아래에서 이장이 출생하고 또 소멸했다는 설정은 이러한 차이점을 오히려 부각시키려는 장치로 보인다. 즉 근친상간이라는 인간적인 언술이 규정한 관계가 중요한 게 아니라 두 사람의 관계가 폭력이었는지 사랑이었는지가 중요하다는 것이다. 그럴 때 이 소설에서 보이는 폭력에서 사랑으로의 국면의 전환이야말로 '인간성'으로부터의 '인간' 해방의 모색이 가능해지는 중대한 계기가 되는 것이다.

여기까지 『원형의 전설』의 골자를 바디우가 말하는 사랑의 진리 절차[61]에 비추어 정리해 보면 이렇다. "사랑 안에는 유아론의 하나(일자)가 있다. 이는 말의 무한한 반복 속에서 코기토와 존재의 회색 어둠이 정면으로 맞서는 것이다." 여기까지가 첫 번째 동굴에서의 이장의 경우이다. "그다음에는 만남이라는 사건 속에서 그것을 명명하는 계산 불가능한 시 속에서 도래하는 둘이 있다." 둘의 첫 마주침은 우연이었지만 오누이라는 '인간적' 관계에도 불구하고 만남을 사건으로 인식하고, 사랑이라 명명하며, 그에 충실한 '인간' 이장과 안지야가 있다. "마침내 둘이 가로지르고 펼쳐내는 감각적인 것의 무한이 있다. 하나-둘-무한이라는 이 수적 성격은 사랑의 절차에 고유한 것이다." 두 번째의 동굴에서 이장과 안지야는 사랑을 나누고, 그들의 사랑은 먼 미래에 열매가 열리는 것으로 결실을 맺는다.

60) 알랭 바디우, 조재룡 옮김, 『사랑 예찬』(길, 2010), 77쪽.
61) 알랭 바디우, 『베케트에 대하여』, 68쪽.

"아 우리는 같이 죽는 거예요!"

芝夜의 歡喜에 찬 소리가, 그 무엇에 홀린 것 같은 李章에게 매달렸습니다.

李章의 입에서 흘러나온 마지막 말은 끝을 다 맺지 못하고, 芝夜의 타는 입김과 함께 바윗덩이에 부서져 버렸습니다.

"獄이 깨어지는 것이다! 〈올 것〉이 오고 〈온 것〉이 부서진 것이다! 芝夜, 이제 우리는 죽는 것이 아니다! 꽃이 지는 것이다! 꽃이 지면……." (……)

그렇게 해서 그 동굴은 무너졌다기보다 꺼져 버렸습니다. (…)

그 남자와 여자는 죽은 것이 아니라, 地上에서 消滅된 것이 되었습니다.[62]

인용문에서 보이듯 '동굴이 꺼져' '지상에서 소멸'되었다가 핵전쟁의 방사능이 지상의 모든 것을 휩쓴 다음에도 그 자리에 '복숭아나무'가 솟아나 열매가 맺혔다는 '복숭아의 유래기(由來記)'로서 '원형의 전설'은 사랑하는 둘의 만남으로 가능한 무한을 보여 준다. "'올 것'이 오고 '온 것'이 부서진 것"이라는 소설의 결말은 '법칙성의 파괴'로서 가능한 '새로운 것의 창안'[63]에 해당한다. 그렇기에 "자연주의는 지면을 길 것을 권고하지만 우리는 하늘을 나르기 위하여 땅속으로 파고드는"[64] 방식으로 다음 세대에 도래할 진리를 향한 희망을 갖고 모든 사유의 실험을 감행했던 장용학의 문학이 어떠한 방식으로 유효한지 증명된다.

---

5 결론

식민지에서 태어나 학병으로 징집되고 해방 후 한국전쟁을 체험한 장용학에게 '인간성'이란 인간들 스스로가 만들어 놓은 굴레에 갇혀 누군가를

---

62) 위의 글, 647~648쪽.
63) 서용순, 「역자 후기」, 위의 책, 266쪽 참고.
64) 장용학, 「감상적 발언」, 앞의 책 6권, 31쪽.

적대시하고 남을 죽여야 내가 사는 세상을 만든 원인으로 인식되었다. 굶주림과 공포에서 자유로울 수 없는 수많은 사람들의 삶이 이러한 인간성에서 기인한 것이라면, 그로부터 '인간'을 구출하기 위해 장용학은 모든 인간적인 명명, 관계, 당위를 효력 정지시키고, 모든 익숙함에서, 기존 지식체계에서 단절할 것을 선택한다. 그렇기에 장용학의 문학은 설명 불가능한 상황 속의 공백을 맞닥뜨리고, 끊임없이 나빠지고 덜어 내는 방식으로 사유의 자리를 마련한다. 극단적으로 근친상간의 금기마저도 깨뜨리고 그로부터 초월하는 용기와 종말 이후의 완벽한 새 세상에서 진정한 사랑의 결실로부터 새출발하려는 의지에서 장용학 문학의 독창적인 면모가 찾아질 것이다.

정리해 보자. 장용학의 문학에서 매번 등장하는 고통 받는 초라한 존재와 병들고 버려진 육체들은 허무주의와 절망의 표상이라기보다는 감산적 글쓰기를 통해 삶의 복잡성을 걷어 낸 상태로서의 '유적인 것(보편적인 것)'에 가깝다. 이러한 '악화시키기'의 방식은 죽음과 유한성을 보여 주기 위해, 즉 덜한 것에 대해 더 말하기 위해 시도된 것이다. 가치 있는 질문들로 곧장 나아갈 수 있는 사유의 자리를 확보하기 위해서 말이다. 기존의 지식 체계가 누락시킨 공백에서, 기존 언술로 설명 불가능한 침묵의 순간에 진리는 길어 올려지기 때문이다. 그러니 그의 작품은 현실의 부정이나 초월의 불가능성을 보여 주는 것이 아니라 오히려 현실 초월의 가능성을 탐색하기 위해 익숙함에서 단절하려는 용기에 해당한다. 기성 문학의 사실적, 재현적 전통에서 거리를 둔 방식이라야 기존의 언술을 중지시킨 침묵의 순간 진리가 실재함을 발견해 낼 수 있기 때문이다. 그렇기에 의도적으로 '잘못 말하기'[65] 위해서, 덜한 것에 대해 더 말하기 위한 사유에의 천착을 위해서, 소설에 한자를 섞어 쓸 필요도 있었던 것이다.

지금까지 살펴본바 장용학의 문학은 사유의 작용에 기댄 이질적 소설

---

65) '잘못 말하기'는 '잘 말하기', 즉 일치의 가설과 대립되는 것으로 일치의 지배를 받지 않는 자유로운 말하기, 특히 예술적인 말하기를 뜻한다.(알랭 바디우, 앞의 글, 190~200쪽)

창작 방법을 통해 민족주의와 리얼리즘 등의 일체의 규범에서 벗어나려 한 점에서 개별적이다. 한편 그를 통해 전후 한국의 상황을 인류 보편적인 문제의식으로 공유하고 세계문학으로서의 한국문학을 추구했다는 점에서 보편적이다. 이와 같이 사유의 역능을 최대치로 끌어올려 개별적 보편주의를 지향한 장용학의 문학은 이질적이고 독특한 작품 세계를 통해 한국문학의 범주를 확대하는 데 기여했다.

그간 한국문학사에서 지식인 작가의 범주가 협소하고 다양한 문학적 성취가 알려지지 않았었다면 그것은 오랜 기간 압도적이었던 리얼리즘의 전통 때문일지 모른다. 그러니 낯설고 다르기 때문에 배제할 것이 아니라 새롭고 다른 충격에서 가능한 진리를 환대해야 한다는 차원에서 진리가 맺히는 단독적 사유로서 장용학의 문학을 다시 확인할 때이다. 그리고 이것이 2021년 현재, 작가 탄생 100주년을 맞이하여 장용학의 재평가가 필요한 이유이다.

참고 문헌

기본 자료

장용학, 『장용학 문학 전집』 1~7권, 박창원 엮음, 국학자료원, 2010

연구 논저

김장원, 「1950년대 소설의 트로마 연구 ― 장용학, 손창섭, 오상원 소설을 중심
  으로」, 서강대 박사 학위 논문, 2003

김윤식·김현, 『한국문학사』, 민음사, 1996

김윤식·정호웅, 『한국소설사』, 문학동네, 2000

김현, 「한국 비평의 가능성」, 「테러리즘의 문학」, 『김현 문학 전집 2-현대한국
  문학의 이론/사회와 윤리』, 문학과지성사, 1991

김형중, 「정신분석학적 서사론 연구 ― 한국 전후 소설을 중심으로」, 전남대
  박사 학위 논문, 2003

나은진, 「1950년대 소설의 서사적 세 모형 연구 ― 장용학, 손창섭, 김성한을
  중심으로」, 이화여대 박사 학위 논문, 1998

류희식, 「장용학 소설의 삶문학적 특성 연구」, 경북대 박사 학위 논문, 2015

_____, 「장용학 전기소설에 나타난 '비인 되기'와 '소수(자) 되기'」, 《한국문학
  이론과 비평》 72, 한국문학이론과비평학회, 2016, 55~78쪽

박유희, 「1950년대 소설의 반어적 기법 연구 ― 손창섭, 장용학, 김성한의 소설
  을 중심으로」, 고려대 박사 학위 논문, 2002

박창원, 「장용학 소설 연구」, 세종대 박사 학위 논문, 1995

방민호, 「한국 전후 문학과 세대 ― 이어령, 장용학, 손창섭을 중심으로」, 향

연, 2003

_____, 「한국 전후 문학 연구의 방법」,《춘원연구학보》11, 춘원연구학회, 2017, 173~208쪽

서용순, 「바디우의 '공산주의 가설'― 진리와 주체의 정치」, 『포스트모더니즘 이후』, 비평이론학교 발표집, 2011, 27~35쪽

손자영, 「1950년대 한국 모더니즘 문학론 연구」, 이화여대 박사 학위 논문, 2012

유철상, 「한국 전후 소설의 관념 지향성 연구」, 서울대 박사 학위 논문, 1999

정보람, 「1950년대 신세대 작가의 정치성 연구」, 이화여대 박사 학위 논문, 2015

_____, 「1950년대 장용학 소설과 사유의 전략―「非人誕生」, 「易姓序說」을 중심으로」,《어문연구》42-3, 한국어문교육연구회, 2014, 233~257쪽

조현일, 「손창섭, 장용학 소설의 허무주의적 미의식에 대한 연구」, 서울대 박사 학위 논문, 2002

최성실, 「장용학 소설의 반전 인식과 개인주의적 아나키즘 특성 연구」,《우리말글》37, 우리말글학회, 2006, 391~426쪽

한수영, 『전후 문학을 다시 읽는다』, 소명출판, 2015

알랭 바디우, 장태순 옮김, 『비미학』, 이학사, 2010

_____, 조재룡 옮김, 『사랑 예찬』, 길, 2010

_____, 서용순·임수현 옮김, 『베케트에 대하여』, 민음사, 2013

제5주제에 관한 토론문

송주현 | 한신대 교양대학 부교수

연남경 선생님의 발표 잘 읽고 들었습니다. 선생님의 글은 장용학의 소설이 갖는 기존 연구의 한계, 즉 허무주의로의 귀결, 철학적·관념론적 사변에 대한 난해성 등을 문제 삼고 알랭 바디우의 이론으로써 장용학 소설의 새로운 탐색의 지평을 열고 있다고 하겠습니다. 실제로 바디우가 사상가·철학자이면서도 세계 변혁의 가능성을 믿고 있던 정치가·혁명가였음을 생각해 보았을 때, 이 논문은 불구자적 패배주의에 갇혔던 장용학 문학의 역동적 가능성을 기대하게 합니다. 이해를 돕고자 몇 가지 질문을 드리고자 합니다.

첫째, 장용학 소설 읽기의 이론적 바탕이 될 수 있는 알랭 바디우의 철학과 사뮈엘 베케트의 연관성에 대해서 더 듣고 싶습니다. 알랭 바디우는 철학을 실천적 행위로 규정합니다. 철저한 이성주의자였던 그가 마르크스주의를 신봉하게 된 것도 그것이 갖는 이론적·과학적 정합성 때문이 아닌가 합니다. 그러한 바디우를 생각해 보건대 문학과 예술에 대한 그의 사유가 매우 낯설기도 하고, 그의 이론적 행보에서 어떤 위치를 차지하는지 궁금하기도 합니다. 명징한 이성의 작용과 그 결과로서의 진리를 확신한 바디우이기에 모호함으로 가득 찬 문학, 더구나 사뮈엘 바게트의 문학은 장용학의 철학적 지향과 특성과는 반대편에 있는 것으로 짐작되기 때문입니다. 이를 바디우가 말한 '복수(複數)'의 진리, 혹은 불투명한 성격을 지닌 '사건'으로서 예술과 문학을 사유했던 것이라 보면 될까요?

둘째, 이 논문의 핵심이자 기존 연구와 차별되는 지점은, 장용학 소설 속 고통 받는 초라한 존재와 병들고 버려진 육체들이 허무주의와 절망의 표상이 아니라고 보았다는 점입니다. 선생님께서는 이를 "감산적 글쓰기를 통해 삶의 복잡성을 걷어 낸 상태로서의 '유적인 것'"으로 표현하셨습니다. 또한 장용학 소설은 "유아론(唯我論)적 유폐에 균열을 일으키고 그것을 이동시키는 타자와의 만남, 즉 '사랑의 진리 절차'를 보여 준다."라고 하셨습니다.

어떻게 보면 '유적'인 것, '감산'이라는 개념이 이 논문을 관통하는 핵심이 될 텐데, 이 개념이 잘 와닿지가 않습니다. 가령 '유적인 것'은 "기존의 지식 체계 내에서는 어떤 식별 기준을 통해서도 파악할 수 없는 것"이라고 표현되었는데요, 어원적 차원에서 '무리'(類), 총칭한다는 뜻('générique')과의 연관성 속에서 이를 어떻게 이해하면 될까요? 또한 "덜한 것에 대해 더 말하는" '감산'의 개념에 대해서도 설명을 더 듣고 싶습니다. 장용학 소설에서 '덜한 것'을 통해 '더 말하고자 한 것'이 결국 무엇이었는가 잘 잡히지 않기 때문입니다.

셋째, 선생님의 논의를 정리해 보면 이런 것 같습니다. 장용학 소설은 결국 유적인 것을 보여 주고 감산의 글쓰기를 보여 주었다는 것, 이를 통해 기존의 세계에 존재하는 것들에 대한 비틀기와 낯설게 하기를 행했다는 것, 이러한 사랑의 진리 절차는 인간 해방의 가능성을 보여 주었다는 것. 여기에서 저는 이런 질문을 해 봅니다. 이러한 장용학 소설이, 혹은 바디우를 통한 장용학 읽기가 지향한 '진리'의 최종 귀결점, 혹은 내용이나 실체는 무엇이었을까요? 이 논문의 제목도 "진리가 맺히는 단독적 사유의 자리"인데요, 그렇다면 이토록 난해하고도 복잡한 과정을 통해 결국 그가 지향한 진리의 실체는 무엇이었을까요? 장용학이, 또한 바디우가 문학을 통해 도달하고자 했던 진리가 무엇일까 라는 질문을 하게 됩니다.

  이 논문을 읽으면서 그간 항상 어렵고 우울하게만 읽혔던 장용학 문학이 참으로 새롭고도 역동적으로 다가왔습니다. 바디우가 진리란 공백, 혹은 어둠함으로 존재한다고 했던 것과 같이, 그간의 장용학 소설 역시도 뿌연 어둠과 그림자 속에 존재해 왔던 것은 아닐까라는 생각이 들었기 때문입니다. 그간 오해받고 저평가되었던 장용학의 문학이 작가 탄생 100주년이 된 지금, 그리고 여기에서 새로이 의미를 부여받는다는 점은 참으로 반가운 일이 아닐 수 없습니다. 이 과정은 문학의 위기와 죽음이 선언된 지 오랜 우리에게 문학의 보편성과 영원성의 의미를 생각게 합니다. 소중한 기회를 주심에 감사드립니다.

1921년(1세)	4월 25일, 함북 부령군(富寧郡) 부령면(富寧面) 부령동(富寧洞) 357번지에서 장지원과 박숙자 사이의 2남 1녀 중 차남으로 출생. 관료인 아버지 덕에 가난하지 않은 환경에서 유년기를 보냄. 중학 시절 농구 선수로 활약할 정도로 건강한 체력을 자랑했지만, 곧 몸이 아파 선수 생활을 그만두게 됨.
1940년(19세)	경성공립중학교 졸업. 같은 해에 아버지가 돌아가심.
1942년(21세)	일본 와세다대학 상과 입학. 일본 유학 경험이 훗날 소설에서 한자를 사용하는 배경이 된 것으로 보임.
1944년(23세)	와세다대학 재학 중 학병으로 입대하게 되어 중퇴.
1945년(24세)	학병으로 제주도에서 복무하다가 해방을 맞음. 해방 후 귀국하던 길에 교통사고를 당해 여러 달을 병석에 누워 있었는데, 병원에 입원해 있을 때 친구가 준 오키의 『희곡론』을 읽음. 이 작품을 통해 처음으로 연극에 관심을 갖게 되었으며, 첫 작품으로 5000매가 넘는 양의 희곡 3부작을 썼으나 현재 남아 있지는 않음.
1946년(25세)	6월, 매부가 후원회 회장을 맡고 있던 청진여자중학교 교사로 취임. 개교 1주년 기념 예술제에서 3·1운동을 소재로 공연할 연극의 각본을 쓰고 연출을 맡음. 그러나 예술제를 이틀 앞두고 시인민위원회에서 각본 내용이 반동이라 하여 상연을 금지한다는 명령을 받음. 학교 교장의 도움으로 연극은 상연될 수 있었고, 좋은 평을 받음.

1947년(26세)	"공산주의가 싫고, 희곡을 쓰고 싶어서" 9월, 월남. 동양극장에서 공연되던 「원술랑」이라는 작품의 관객들이 대부분 어린 이들인 것을 보고 실망하여 희곡에 대한 열정이 사그라들고 소설로 진로를 바꿈.
1948년(27세)	첫 작품인 「육수(肉囚)」 탈고. 중학 동창인 이종구를 통해 작품을 김동리에게 보였으나, 한정된 지면 때문에 발표되지 못함. 한국어에 익숙하지 않아 「육수」를 포함한 초기 작품들은 일본 말로 문장을 떠올리고 그것을 우리말로 다시 옮기는 번역 작업을 통해 창작함. 같은 해 한양공업고등학교 교사로 취임했으며 재직 시절 동료였던 이어령과 문우 관계를 형성함.
1949년(28세)	11월, 「회화(戱畫)」를 잡지 《신세기》에 실었으나 작품이 수록될 무렵 성인 잡지가 된 매체의 성격에 따라 작품이 부분적으로 잘려 나가고 교정부호가 그대로 인쇄되는 등 잡지사 측의 문제로 이후 《연합신문》에 다시 발표.
1950년(29세)	단편소설 「지동설(地動說)」이 《문예》에 추천되어 문단에 정식으로 데뷔함.
1951년(30세)	무학여자고등학교 교사로 취임. 재직 중 단편소설 「사화산(死火山)」 탈고.
1952년(31세)	단편소설 「미련소묘(未練素描)」로 《문예》 1월호에 추천됨.
1953년(32세)	단편소설 「찢어진 윤리학(倫理學)의 근본(根本) 문제(問題)」 (《문예》), 「인간(人間)의 종언(終焉)」(《문화세계》), 「무영탑(無影塔)」(《현대여성》)을 발표. 우연히 상점 앞을 지나다 진열된 책들 중에서 거제도 포로수용소 생활 수기를 발견하고 참혹한 내용에 충격을 받았으며, 작품을 구상할 수 있겠다고 생각함. 며칠 후 강사로 일했던 고등학교의 학생이 그의 방에 사르트르의 『구토』를 읽어 보라고 두고 갔고, 그 책을 통해 실존주의 철학에 매력을 느끼게 됨. 이에 작품의 구체적인 방향을

잡고 「요한 시집(詩集)」을 쓰기 시작하여, 몇 번이고 멈췄다가 다시 쓰기를 반복한 끝에 탈고함.

1954년(33세)   단편소설 「기상도(氣象圖)」(《청춘》), 「부활미수(復活未遂)」(《신천지》)를 발표하고 장편소설 『라마(羅馬)의 달』을 《중앙일보》에 연재.

1955년(34세)   단편소설 「그늘진 사탑(斜塔)」(《신태양》), 「육수(肉囚)」(《사상계》), 「요한 시집(詩集)」(《현대문학》), 「사화산(死火山)」(《문학예술》)을 발표.

1956년(35세)   경기고등학교 교사로 취임. 중편소설 「비인탄생(非人誕生)」을 《사상계》에 연재.

1958년(37세)   중편소설 「역성서설(易姓序說)」을 《사상계》에 연재.

1959년(38세)   단편소설 「대관령(大關嶺)」(《자유문학》)을 발표하고 희곡 「일부변경선근처(日附變更線近處)」(4막 5장)를 《현대문학》에 연재.

1960년(39세)   단편소설 「현대(琅代)의 야(野)」(《사상계》)를 발표. 이화자 씨와 결혼.

1961년(40세)   단편소설 「유피(遺皮)」(《사상계》)를 발표하고, 덕성여자대학교 조교수로 임명됨.

1962년(41세)   『경향신문』 논설위원 지냄. 덕성여자대학교 조교수 사임. 장편소설 『원형(圓形)의 전설(傳說)』을 《사상계》에 연재하고, 단행본 『원형(圓形)의 전설(傳說)』을 사상계사에서 간행.

1963년(42세)   중편소설 「위사(僞史)가 보이는 풍경(風景)」(《사상계》)을 발표.

1964년(43세)   단편소설 「상립신화(喪笠神話)」(《문학춘추》)를 발표하고, 「낙관론(樂觀論)의 주변(周邊) ― 평론가 유종호론 초」(《세대》)와 「편리한 비평정신(批評精神)」(《문학춘추》)을 발표하며 한자 사용 문제로 평론가 유종호와 일련의 논쟁을 벌여 나감.

1965년(44세)   단편소설 「부화(孵化)」(《사상계》), 「시장(市長)의 고독(孤獨)」

《《문학춘추》)을 발표하고 장편소설 『태양(太陽)의 아들』을 《사상계》에 연재.

1966년(45세)	희곡 「세계사(世界史)의 하루」(《한국문학》)를 발표.
1967년(46세)	《동아일보》 논설위원 취임. 단편소설 「형상화미수(形象化未遂)」(《신동아》)를 발표하고, 장편소설 『청동기(靑銅器)』를 《세대》에 연재.
1969년(48세)	7월 31일, 이희승·이가원 등과 함께 한국어문교육연구회를 설립, 임원 선임을 위한 전형위원으로 위촉됨. 국한문 혼용 운동에 참여.
1972년(51세)	《동아일보》 논설위원 사임. 단편소설 「잔인(殘忍)의 계절(季節)」(《문학사상》)을 발표.
1974년(53세)	단편소설 「상흔(傷痕)」(《현대문학》), 「채국기(彩菊記)」(《사목(司牧)》)를 발표.
1979년(58세)	단편소설 「효자점경(孝子點景)」(《한국문학》)을 발표.
1980년(59세)	단편소설 「부여(夫餘)에 죽다」(《현대문학》)를 발표.
1981년(60세)	장편소설 『유역(流域)』을 《문예중앙》에 연재.
1982년(61세)	단행본 『유역(流域)』을 중앙일보사에서 간행.
1984년(63세)	교양서 『허구(虛構)의 나라 일본(日本)』을 일월서각에서 출간.
1985년(64세)	단편소설 「오늘의 풍물고(風物考)」(《현대문학》)를 발표.
1987년(66세)	단편소설 「하여가행(何妊歌行)」(《현대문학》)을 발표. 이 작품을 끝으로, 군사정권이 물러간 이후 저항할 체제가 사라졌다는 생각에 사실상 절필 상태에 들어감. 한동안 서울 갈현동 자택에서 은둔함.
1999년(78세)	8월 31일, 서울시 은평구 갈현동 462번지 44호에서 간암으로 사망. 유작으로 「가제(假題) 빙하기행(氷河紀行)」(《문학사상》)과 「천도시야비야(天道是也非也)」(《한국문학》, 2001) 등이 있음.

장용학 작품 연보

발표일	분류	제목	발표지
1949. 11. 19	단편	희화	신세계(부분 연재), 연합신문(재연재)
1950. 5	단편	지동설	문예
1952. 1	단편	미련소묘	문예
1953. 6	단편	찢어진 윤리학의 근본 문제	문예
1953. 11	단편	인간의 종언	문화세계
1953. 12	단편	무영탑	현대여성
1954. 5	단편	기상도	청춘
1954. 8. 9 ~ 1955. 8. 20	장편	라마(羅馬)의 달	중앙일보
1954. 9	단편	부활미수	신천지
1955. 1	단편	그늘진 사탑	신태양
1955. 3	단편	육수	사상계
1955. 7	단편	요한 시집	현대문학
1955. 10	단편	사화산	문학예술
1955. 10	단편	역류	무학
1956. 9	산문	감상적 발언	문학예술
1956. 10 ~1957. 1	중편	비인탄생	사상계
1958. 3 ~1958. 6	중편	역성서설	사상계

발표일	분류	제목	발표지
1959. 1	단편	대관령	자유문학
1959. 5. 8	산문	현대문학의 양상 — 주어와 연금술	동아일보
1959. 5. 9	산문	현대문학의 양상 — 인간 조건과의 대결	동아일보
1959. 7 ～1959. 10	희곡	일부 변경선 근처 4막 5장	현대문학
1960. 3	단편	현대의 야(野)	사상계
1960. 8	산문	작가의 변	새벽
1961. 1	산문	나의 작가 수업	현대문학
1961. 2	산문	예고 금지된 동작	사상계
1961. 11	산문	한글 전용론이 의미하는 것	자유문학
1961. 11	단편	유피(遺皮)	사상계
1962. 3～11	장편	원형(圓形)의 전설	사상계
1962. 9	산문	(좌담회) 소설 50년의 반성과 전망	사상계
1962. 10	산문	작가의 시각 — 창작 여담	사상계
1962. 11	산문	뛰어넘었느냐? 못 넘었느냐?	사상계
1963. 1	산문	「실존」과 「요한 시집」	한국전후문제작품집, 신구문화사
1963. 6	산문	형용사의 나라 한국	세대
1963. 9	산문	나는 왜 소설에 한자를 쓰는가	세대
1963. 11	중편	위사(僞史)가 보이는 풍경	사상계
1964. 4	단편	상립신화(喪笠神話)	문학춘추
1964. 7	산문	응모 작품 심사기	문학춘추

발표일	분류	제목	발표지
1964. 8	산문	해바라기와 「순수」 신판	문학춘추
1964. 8	산문	긴 안목이라는 유령	세대
1964. 10	산문	낙관론의 주변	세대
1964. 11	산문	편리한 비평정신	문학춘추
1965. 1	산문	신년사	문학춘추
1965. 1	산문	(작가는 말한다) 국민문학을 위해서 현대 한국문학 전집 4	신구문화사
1965. 2	단편	부화(孵化)	사상계
1965. 3	산문	시장의 고독	문학춘추
1965. 6	산문	백십오 인의 발언	사상계
1965. 7	산문	불모의 문학 풍토	사상계
1965. 7	산문	작가의 말 ―『태양의 아들』	사상계
1965. 8 ~1966. 12	장편	태양의 아들	사상계
1966	희곡	세계사(世界史)의 하루	한국문학
1966. 1	산문	소재 노우트 ― 원형(圓形)의 전설의 근친상간	한국문학
1967. 2. 25	산문	주체성의 회복 ― 학생을 위한 실존주의 ABC	주간경기
1967. 7	산문	작가의 말 ―「청동기」	세대
1967. 7. 12	산문	과장과 지성	동아일보
1967. 7. 25	산문	대왕(大王)	동아일보
1967. 8	단편	형상화미수(形象化未遂)	신동아
1967. 8. 8	산문	균형감각	동아일보
1967. 8. 24	산문	언어의 혼란	동아일보

발표일	분류	제목	발표지
1967. 8 ~1968. 12	장편	청동기(위사(僞史)가 보이는 풍경 완결판)	세대(1968년 6월호 제외)
1967. 9. 7	산문	사진예술	동아일보
1967. 9. 21	산문	홍익인간	동아일보
1967. 10. 9 ~1967. 11. 16	산문	횡설수설	동아일보
1968. 6. 25	산문	코펠니크스적 전회(轉回) — 고교생을 위한 철학 입문	주간경기
1968. 10. 25	산문	선(善), 자유, 현대인	주간경기
1969	산문	삼일 운동의 발단 경위에 대한 고찰 — 삼일운동 50주년 기념 논집	동아일보사
1969. 2. 4	산문	문화엔 반정부(反政府) 없다	동아일보
1972	산문	인촌과 언론 — 인촌 정신의 재구성	고대문화
1972. 1. 23	산문	정지된 시간 속에서 (신년 수상)	카톨릭시보
1972. 11	단편	잔인의 계절	문학사상
1974. 1	단편	상흔	현대문학(동년 한일 아시아리뷰 하계호에 일본어 번역판 수록)
1974. 3	단편	채국기(彩菊記)	사목
1974. 4	산문	러시아의 민권 운동	씨알의 소리
1976. 10	산문	작가의 말 —「부활 미수(復活未遂)」	문학사상
1977. 8	산문	한글과 언어 예술	어문연구
1979	산문	작품 노트 — 자유의 희생	세계문학 100선집, 경미문화사

발표일	분류	제목	발표지
1979. 1	단편	효자점경(孝子點景)	한국문학
1980. 3	산문	근황	문예중앙
1980. 9	단편	부여(夫餘)에 죽다	현대문학
1981. 1	단편	抹余に死す(文英子 옮김)	アジア公論
1981. 3 ~1982. 3	장편	유역(流域)	문예중앙
1982	산문	작가의 말 —「유역(流域)」	중앙일보사
1982. 11	산문	추억을 위하여 — 실향기(失鄕記), 함북(咸北), 청진(淸津), 통일(統一)	
1983	산문	임나일본부(任那日本府)의 정체(正體); 조선 모욕 (朝鮮侮辱)의 궤적	문학사상
1984	산문	허구의 나라 일본	일월서각
1985	산문	한글 신화(神話)의 허구	한글과 한자, 한국어문교육연구회 편, 일조각
1985. 3	산문	六, 七世紀の東アジア情勢	アジア公論
1985. 6	단편	풍물고(風物考)(후에 '오늘의 풍물고'로 제목 변경)	현대문학
1986. 2	단편	산방야화(山房夜話)	동서문학
1986. 2	산문	작가의 변(辯) —「산방야화」	동서문학
1986. 6	산문	데뷔작이 어떤 것인지 모르는 까닭	문학사상
1987. 11	단편	하여가행(何妊歌行)	현대문학
1987. 11	산문	작가의 말 —「하여가행」	현대문학

발표일	분류	제목	발표지
1995. 2	산문	종이라면 좋겠다	소설 속의 시, 지명사
1999. 10	산문 (유작)	한글 전용(專用)의 이상향	문학사상
1999. 10	단편 (미완성 유작)	가제(假題) 빙하 기행	문학사상
1999. 11	산문 (유작)	한글 전용 소설은 예술이 아니다	월간조선
2001	단편 (유작)	천도시야비야 (天道是也非也)	한국문학
연도 미상	산문	혼란과 국민투표	신문사설
연도 미상	산문	한글 전용 정책과 이론	신문사설
연도 미상	산문	소명	신문사설
연도 미상	산문	통념	동아일보

작성자 연남경 이화여대 부교수

'텍스트'로서 파악하는 실록대하소설의 의의와 서사 전략

― 류주현의 『조선총독부』와 『대한제국』에 대하여

홍기돈 | 가톨릭대 교수

1 류주현의 재평가와 텍스트로서의 실록대하소설

작가로서 류주현(柳周鉉, 1921~1982)이 펼쳐 보였던 문학에 대한 열정은 널리 알려져 있다. 류주현에 대한 약전(略傳)의 다음과 같은 서두가 이를 집약하여 드러낸다. "류주현은 다작의 작가다. 그의 작품이 장편 26편, 중단편 100여 편, 원고지 총량으로는 10여 만 매에 이른다고 하니, 그는 한시도 손에서 원고지를 놓아 본 적이 없다는 얘기가 된다. (중략) 그에게 문학은 말 그대로 삶 자체, 그의 삶의 근간이자 토대였음을 짐작할 수 있게해 주는 대목이다."[1] 그럼에도 불구하고 류주현에 대한 학계의 평가는 인색하기 그지없다. 류주현만을 단독으로 다룬 논문이 전무에 가깝다는데서 저간의 상황을 충분히 짐작할 수 있다.[2]

---

1)   공임순, 「류주현」, 『약전으로 읽는 문학사 2 ― 해방 후』(소명출판, 2008), 91쪽.
2)   류주현에 대한 논의는 다음 자료를 참조할 수 있다. ① 『柳周鉉 硏究』(도서출판 서울,

어찌하여 류주현은 작가로서의 열정에 상응하는 평가를 받지 못하고 있는 것일까. 이는 작품 세계의 변모와 관련이 깊어 보인다. 일반적으로 류주현의 작품 세계는 세 시기로 정리된다. 초기 "대(對)사회적인 관심보다는 소설로서의 예술성과 형상화에 관심을 가지고" 있었으나, 1950년대 후반 "역사를 오도하고 선량한 민중을 기만하는 악에 대한 도전으로 그의 작가 의식은 바뀌게 되었다."[3] "60년대 후반에 이르러 류주현은 또 한 번의 변모를 시도한다. 그와 같은 '현실의 근본이 어디에 위치하고 있는 것인가.' 새로운 역사의식을 갖기 위해 그는 지나간 우리 역사에 관심을 돌리기 시작한 것이다."[4] 『류주현 연구』 뒤에 붙은 작가 연보라든가, 공임

1992): 류주현 사후 10년을 맞아 사위인 소설가 오인문(吳仁文)이 펴낸 책이다. 제1부는 류주현 작품에 대한 평론, 제II부는 작가들이 기억하는 인간 류주현, 제III부는 류주현의 자전 기록으로 구성되어 있다. ② 김명임, 「류주현 소설에 나타난 아버지 찾기 — 1950년대 단편을 중심으로」(《한국문예비평연구》 23호, 한국현대문예비평학회, 2007) ③ 공임순, 「류주현」, 『약전으로 읽는 문학사 2 — 해방 후』 ④ 이승하, 「해설」, 『류주현 작품집』(지식을만드는지식, 2010) ⑤ 방민호, 「전후 알레고리 소설 연구 — 장용학·김성한·류주현 소설을 중심으로」, 『논문으로 읽는 문학사 2 — 해방 후 남한(1)』(소명출판, 2013).

3) 劉賢鐘, 「도도한 長江의 문학 — 후배 문인이 쓴 柳周鉉의 作品世界」, 『柳周鉉 研究』, 123쪽. 두 세계의 차이를 적극적으로 분석한 평론으로는 李英一의 「柳周鉉論 — '小說'과 '惡魔'」를 꼽을 수 있다. 「오늘과 來日」(1958. 12), 「張氏一家」(1959. 5) 등으로부터 발견되는 변화를 일러 이영일은 "'小說'이라는 개념에서 깨어나 '현실'이라는 디먼[惡魔]을 응시한다."라고 정리하고 있다.(『柳周鉉 研究』, 52쪽)

4) 劉賢鐘, 위의 글, 124쪽. 류주현 문학의 제3기는 1964년부터 시작된다고 할 수 있다. "등단한 1948년부터 1963년까지 약 15년 동안은 중단편소설을 주로 썼는데 『조선총독부』를 《신동아》에, 『부계가족』을 《국제신문》에 연재하는 1964년부터는 신문연재 전문 작가로 전환하다시피 하여 왕성한 작품 활동을 전개한다."(이승하, 「해설」, 『류주현 작품집』, 12쪽)

류주현 문학 세계의 제2기에서 제3기로의 변모와 관련하여 '「임진강」 필화 사건'을 고려할 필요가 있다. 1962년 7월 류주현은 《사상계》에 단편 「임진강」을 발표하였는바, 미군에 의한 한국 농민 피살을 다룬 이 소설로 인하여 작가는 당국에 끌려가 혹독한 조사를 받았다. 이는 작가로 하여금 현실 문제에 집중하는 대신 현실 문제를 낳는 기원으로 눈돌리는 계기가 되었을 법하다. 즉 현실에 참여하되 직접적인 충돌 가능성을 피하는 방편이 역사소설 창작이었다는 것이다.

순의 「류주현」 약사는 이와 같은 시기 구분과 일치하고 있다. 류주현의 창작 활동 전·중반기가 단편 창작에 쏠린 반면, 후반기 대하소설(장편소설)로 집중됨은 익히 알려진 바와 같다.

그런데 류주현의 대하소설(장편소설)은 단편소설이 거둔 성취와의 대비 가운데서 줄곧 폄하되는 처지에 내몰려 왔다. "류주현 씨에게는 10여 편의 장편소설이 있다. 그러나 그의 문학적 특질을 더욱 분명하게 보여 주고 있는 것은 오히려 단편물들이라 거듭 생각된다."라는 홍기삼의 지적이라든가,[5] "류주현 문학의 진수는 장편보다는 단편 쪽에서 찾는 것이 그의 문학을 올바르게 이해하는 것이라고 생각된다."[6]라는 이내수의 견해가 대표적인 사례이다. 이러한 양상 속에서 류주현은 점차 대하소설(장편소설) 작가로 위상이 굳어졌고, 단편소설에서 거두었던 성취까지 퇴색되기에 이르렀던 것이다. 류주현에 대한 이승하의 평가는 이러한 과정을 보여 준다. "등단한 1948년부터 1963년까지 약 15년 동안은 중·단편소설을 주로 썼는데 『조선총독부』를 《신동아》에, 『부계가족』을 《국제신문》에 연재하는 1964년부터는 신문연재 전문 작가로 전환하다시피 하여 왕성한 작품 활동을 전개한다. 그 바람에 그의 우수한 단편소설이 제대로 평가받지 못한 것은 안타까운 일이다."[7]

류주현 문학의 의미가 퇴색해 나간 과정을 돌이켜 본다면, 복권을 위하여 우선 요청되는 작업은 중단편소설에 대한 정당한 평가라 할 수 있다. 그렇지만 중단편소설에 대한 정당한 평가와는 별개로 류주현이 후반기 매진했던 대하소설(장편소설)은 폄하해도 무방한가, 라는 문제는 여전히 우리 앞에 남아 있게 된다. 그동안 한국문학계는 류주현의 대하소설에 대하여 '작품(work)' 개념을 적용하여 평가해 왔다. 예컨대 홍기삼과 이내수가 류주현 문학에서 장편소설에 대한 단편소설의 우위를 선언했던 잣대는

---

5) 洲起三, 「柳周鉉論」, 『柳周鉉 研究』, 28쪽.
6) 이내수, 「시대 상황의 단면도」, 위의 책, 98쪽.
7) 이승하, 위의 글, 같은 쪽.

"문학적 특질"과 "문학의 진수"였다. 그런데 1967년 『조선총독부』(신태양사) 5권을 출간하면서 류주현은 '실록대하소설(實錄大河小說)'이라는 용어를 창안하여 나름의 세계를 설명했던바,[8] '실록(實錄)'이라는 접두어를 굳이 덧붙였던 까닭은 '작품(work)' 관점, 다시 말해 문학성 여부로만 판단되어서는 곤란하겠다는 의지가 아니었을까. 그렇다면 류주현의 실록대하소설에는 그에 합당한 평가의 틀을 마련해야 할 터, 실록대하소설을 '텍스트(text)' 관점에서 규정하고 콘텍스트(context)와의 상관 맥락에서 접근해야 할 필요가 요청된다.

이 논문의 목적은 텍스트 관점을 적용하여 류주현의 실록대하소설 『조선총독부』와 『대한제국』의 의미를 살펴보는 데 있다.

2 실록대하소설 『조선총독부』의 의의와 평가 방식

『조선총독부』는 1964년 9월부터 1967년 6월까지 34회에 걸쳐 《신동아》에 연재된 복간 기념 장편소설이다. 작품 연재와 관련하여 주목해야 하는 사실은 두 가지이다. 첫째, 1964년 3월 한일 외교 정상화 방침이 발표되자 전국 각지에서 이에 반발하는 시위가 격화되었다. 대통령이 나서서 전국 비상계엄령을 선포하고 모든 학교에 휴교령을 내렸던 6·3사태는 당시 상황의 심각성을 가늠케 한다. 둘째, 《신동아》의 1964년 9월 복간은 이러한 정세와 무관치 않았다. 일찍이 손기정 사진 일장기 말소 사건으로 인해 1936년 8월 통권 59호로 강제 폐간 당했던 잡지가 《신동아》이다. 그러한 만큼 일본과의 국교 정상화에 민감할 수밖에 없었을 터, 동아일보사 사장 이희승의 복간사(復刊辭)는 과거사 반성이 없는 일본을 엄중하게 꾸짖고 있다.

---

8) 柳周鉉·洲急重,「對談: 『小說 朝鮮總督府』論」, 『柳周鉉 研究』, 105~106쪽.

日政 三十六年間에 걸쳐 兇惡한 彈壓手段으로 植民地 同化政策을 敢行한 者들의 입으로도, 鐵道를 敷設하였느니, 道路·港灣을 修築하였느니, 農事를 改良하였느니, 學校를 建設하였느니 하는 式으로 늘어놓으며, 朝鮮人의 福利增進을 위하여 실로 남긴 바 業績이 많았으니, 이것은 다름 아닌 朝鮮民族에 대한 日本人의 善政이었다고 自畵自讚을 마지않았으며, 지금도 이러한 얌체 없고 앙큼한 主張을 하는 者가 있다고 들린다. 이것은 참으로 웃어넘길 수 없는 賊反荷杖 격의 臆說이요, 도둑놈도 얼마큼 辨明의 理由를 가졌다는 셈이 되고 마는 것이다.[9]

《신동아》 복간과 더불어 연재된 소설이 『조선총독부』였던 까닭에 류주현으로서는 그와 같은 정세와 《신동아》 복간 정신을 소설 가운데 담아내지 않으면 안 되었다. 그런데 문제는 그리 간단치가 않았다. 훗날 '식민지근대화론'으로 자리를 잡게 될 "일본인의 선정" 치하가 아무리 "적반하장 격의 억설"이라 하더라도, 이를 논박하기 위해서는 논리 구성을 위한 자료가 확보되어야 한다. 그런데 당시는 역사학계조차도 일제 치하에 대한 비난이 경험적 사실에 근거한 감정적 질타에 머무르는 실정이었다. 류주현과의 대담에서 홍사중은 이를 적절하게 정리해 내고 있다. "무엇보다도 『소설 조선총독부』의 참고 자료가 신기하게 생각되는데요. 그 시기가 역사학에서는 완전히 공백의 역사로 남아 있는 형편인데 (중략) 유 선생의 노고는 충분히 짐작이 갑니다. 나중에 그 자료들을 정리해서 발표해 주시면 좋겠어요. 그러면 문학하는 사람들보다도 역사학도에게 큰 도움을 줄 수 있을 것 같아요."[10]

『조선총독부』가 문학작품이면서 동시에 역사 교재로서의 위상을 마련해 나갈 수밖에 없었던 사정은 이로써 드러난다. 출간 당시 독자의 반응도 이에 그대로 부합했던 듯하다. "이 책이 처음 나왔을 때 '한국인이면 누구

---

9) 李熙昇, 「民主主義의 岐路에 서서 — 復刊에 際하여」, 《신동아(新東亞)》, 1964. 9, 39쪽.
10) 柳周鉉·洲急重, 앞의 책, 102~103쪽.

나 읽어야 할 민족 필독의 교과서'(중략) 라는 격찬이 쏟아졌고, 미처 책을 찍어 낼 겨를이 없을 정도로 독자들의 반응이 엄청났던 것은 이미 널리 알려진 사실이다."[11] 작가 류주현으로서도 『조선총독부』를 써 내려가면서 이러한 상황을 충분하게 고려해야만 했을 터, 이에 대한 고민과 나름의 작법을 집약해 낸 용어가 '실록대하소설'이었다. 소설과 논픽션을 절충하는 방식으로 『조선총독부』를 창작한 까닭에 원고를 책으로 묶어 내면서 "말이 되는지 안 되는지 몰라도 상당한 궁리 끝에" '實錄大河小說'이라 붙여 봤노라 류주현은 밝히고 있다.[12]

　　소설 수법으로 말하자면 기록과 픽션이 반반씩 섞였다고 봐요. 그런데 그 픽션도 대개 실제 있었던 사건과 관련을 시키고 연결을 지어서 복선을 깐 것이기 때문에 독자로서는 전체를 다 사실로 생각하더라도 별로 큰 손해 안 보리라고 생각합니다. 그리고 제가 작품을 쓰는 동안에 이런 항의를 여러 번 받은 일이 있습니다. 즉 명칭을 소설이라고 붙여 놓았는데 그게 기록이지 어째 소설이냐, 어디 소설적인 요소가 있느냐, 하는 거지요. 이런 소리를 들을 때마다 저는 내심 만족스러웠습니다. 왜냐하면 픽션을 분명히 50퍼센트 가량 섞었는데도 독자가 책을 읽으면서 그것을 조금도 느끼지 못했다는 얘기거든요.[13]

　　그렇다면 『조선총독부』를 온전한 문학작품의 관점에서만 평가하기가 곤란해진다. '민족 필독의 교과서'라는 측면에서 파악하건대 실제 사건에 얼마나 정확히 부합하느냐가 관건일 것이며, 작품성 측면에서 접근하자면 싸늘하게 널브러져 있는 활자 더미가 얼마나 생동감을 획득했느냐가 초점이 될 수밖에 없다. 인물, 구체적인 상황, 분위기 등 작가가 구상해 낸 모

---

11) 오인문, 「책머리에」, 『소설 조선총독부』1(培英社, 1993), 6~7쪽.
12) 柳周鉉·洲急重, 앞의 대담, 105쪽.
13) 위의 글, 104~105쪽.

든 장치는 실제 사건에 녹아들어 자연스럽게 수렴되어야 하는 것이 『조선총독부』의 어쩔 수 없는 존재 조건이다. 인용문에서 확인할 수 있는 작가의 만족은 정확히 그러한 조건을 충족시켰다는 지점을 가리키고 있다. 김상선이 『조선총독부』를 상찬하는 근거도 이와 일치한다. "숱하게 많은 인물들을 등장시킨 『조선총독부』는 그야말로 흥미진진한 사건들이 전개되면서 모든 인물들이 생동하고 있다. (중략) 무엇보다도 이 작품이 독자의 심금을 울리는 것은 역사적 사실에 충실했으면서도 하나하나의 사건이 무리 없이 엮어져 나간 때문이라고 하면 지나친 말이 될 것인가?"[14]

역사의 측면에서 『조선총독부』에 삽입되어 들어간 허구의 요소는 불필요한 거품에 불과할 터이며, 문학의 관점에서는 어떠한 소설적인 장치도 결국 실제 사건으로 수렴하고 마는 『조선총독부』의 구조가 문학적 성취 미달로 평가될 수밖에 없다. 그렇지만 실록대하소설은 역사와 문학에 각각 한 발씩 딛고 있는 범주인 까닭에 그러한 비판을 기꺼이 감당하면서 존재할 수밖에 없는 처지에 놓여 있을 수밖에 없다. 그러니 실록대하소설의 존재 근거로 향해야 할 물음이 실록대하소설의 한계 비판으로 굴절되는 것은 그리 현명한 처사라 보기는 어려울 성싶다. 문제 삼으려면 차라리 실록대하소설이라는 범주를 출현하게끔 촉발했던 당대의 상황부터 심문하는 것이 타당한 게 아닐까. 『조선총독부』에 대한 문학성 성취 논의는 그 이후에나 가능할 터이다.

3 『조선총독부』의 서사 전략: 친일 논리와 반일 논리의 공존 및 충돌

『조선총독부』의 등장인물들은 판단과 행동에 나름의 근거를 갖고 있다. 심지어 우리가 흔히 매국노라고 단정하는 이들까지도 스스로에 대한 근거가 있어서 민족을 내세우는 형편이다. 가령 을사늑약과 한일병합조약

---

14) 金相善, 「柳周鉉의 極限意識」, 『柳周鉉 硏究』, 36쪽.

의 주역으로 나섰던 친일파 대표인물 이완용까지도 민족을 위한 선택이었 노라 강변하는 모양새다. "망국의 을사조약도 경술합방도 모두 임금을 위 하고 나라를 위해서 한 짓이란 말씀인가요?" 작가가 설정한 가상 인물 박 충권이 추궁하자 이완용은 다음과 같이 강변하고 있다.

"이봐, 젊은이. 너무 흥분하지 말고 내 말을 들어 보시오. 나 이완용도 단 군 조선의 아들이야. 젊은이나 나나 조선 사람이라는 건 다를 바가 없어. 난들 왜 조선의 독립을 바라지 않고, 조선 민족의 번성을 싫어하겠소. 그리 고 왜 황실의 번영을 기원하지 않겠소. 허나 이미 기울었던 말이야. 무슨 약 을 써도 소생할 가망이 없을 지경이었어. 어디 그뿐인가? 밖에서는 이 땅덩 어리를 제각기 집어삼키려고 이리 떼들이 으르렁댔지. 이봐요, 젊은이. 제 힘으로 걸을 수 없는 어린애는 어느 믿음직한 보호자에게 손목을 잡혀야 하는 법이야. 그러기를 싫어하고서 힘도 지각도 없는 어린애를 짐승들이 들 끓는 산골짜기에 내버려 둔다고 가정해 봐. 팔은 범이 물어 가고 머리는 산 돼지가 떼어 가고 발은 승냥이가 잘라 먹고 심장은 까마귀가 쪼아 먹을 게 아닌가? 우리 조선의 형세는 그런 어린애와 같았단 말이야, 병든 어린애와 같았지. 제 힘으로 못 자랄 어린애는 보모에게 맡기는 것이 그 어린애를 살 리는 하나의 방도가 아닐까? 일본은 우리 보모나 다름없는 걸세. 나 이완 용을 나라 팔아먹은 역적이라고 모두들 욕하는 걸 잘 알고 있소만 나는 나 대로 생각이 있었어."[15]

이완용의 강변을 뒤이어 박충근의 논리적인 반박이 뒤따르고, "방관자 의 명분론에 지나지" 않는다는 이완용의 재반박, 명분 없는 정치는 가치 가 없다는 박충근의 재재반박이 이어지는 식으로 두 사람의 입장은 평행 을 달린다. 민족이 나아갈 향방을 둘러싸고 두 개의 관점이 정면에서 맞

---

15) 류주현, 『소설 조선총독부』 2(培英社, 1993), 85~86쪽.

서는 형국인 것이다. 실록대하소설이 장편소설의 하위 범주에 해당하는 만큼 류주현으로서는 친일파 이완용을 이와 같은 방식으로 살려 낼 수밖에 없었으리라. 주지하다시피 단편소설과 장편소설은 분량의 차이로 인하여 제각각의 작가 정신을 요구하게 마련이다. 단편소설이 완결된 구성과 단일한 정조를 유지하는 방편으로 하나의 통일된 목소리〔單聲〕를 요구하는 반면, 두툼한 분량의 장편소설은 대립/갈등하는 여러 목소리들〔夢聲〕의 상호 충돌을 통하여 서사가 전개된다는 사실이 이에 해당한다. 다시 말해 생동감을 확보한 구체적인 한 인물(목소리)이 자신이 속한 계급이나 지역·세대·세력 따위를 대변하면서 다른 세계관의 인물(목소리)과 갈등하고 대립하며, 그러한 갈등/대립을 해결해 나가는 것이 장편소설의 서사 전개라는 것이다.

선과 악의 대결 구도로 흘러서는 등장인물이 한낱 인형 처지를 면치 못하게 된다. 이러한 위험을 극복하기 위하여 류주현은 친일파에게까지 하나의 목소리를 당당하게 부여하는 방편을 취했다. 이는 적대국인 일본 제국의 정치인을 형상화할 때도 적용되었다. 작가는 이를 다음과 같이 밝힌다. "일본 사람을 다루되 왜놈이니 그 자식들이니 하는 소리를 피하고 잔인하고 교활한 사람은 그대로 그린 반면 잘나고 관대한 사람 또한 그대로 그려 주는, 작가와 작품의 객관성에 처음부터 많은 노력을 기울인 셈입니다. 가령 이등박문(伊藤博文)으로 말하더라도 그가 우리에게 잊을 수 없는 원수지만 일본에게는 굉장히 잘난 인물이거든요. 쌍방의 위치에 따라서 그 사람에 대한 평가가 아주 달라지게 마련 아니에요? 그러니 작품에서도 그 점을 아주 무시할 수가 없지요."[16] 류주현은 같은 친일파라도 각각의 성향과 입장을 배분하여 내부의 경쟁, 예컨대 송병준과 이완용의 반목을 그려 내는 데까지 나아갔다. 생동감을 확보했다는『조선총독부』에 대한 평가는 이로 인해 가능해졌을 것이다.

---

16) 柳周鉉·洲急重, 앞의 대담, 115~116쪽.

그렇지만 류주현의 이러한 성취는 보다 넓은 틀에서 한계를 예비하고 있다. 가령 이완용과 박충근의 불꽃 튀는 논리 대결은 자체 동력을 획득하여 굵직한 사건의 전개로 이어지지 못하는바, 이는 실제 사건의 방향 내에 가둬져야만 하는 실록대하소설의 조건에서 말미암는 것이다. 그러한 까닭에 문학성 측면에서의 성취가 다소 제한되었다고 하겠으나, 역사학과 문학 연구의 관점에서 말하자면 『조선총독부』의 이러한 면모가 폄하될 이유는 조금도 없다. 일제 강점기의 과거사 및 문학작품을 파악해 나갈 태도와 방향을 제시해 놓고 있기 때문이다. 친일파 인물에 접근하는 류주현의 태도는 다음 구절에 집약되어 있다. "이완용은 제가 알기에 그 당시의 상당한 인텔리겐치아인데, 그가 그런 결과를 가져오기까지는 자신의 내면적인 고민이 있었을 것이고 갈등도 있었을 것이라는 관점으로 그 가능성을 이완용에게서 추구해 보았죠. (중략) 그의 생애를 볼 것 같으면 친러파가 되려고도 했고 친청파도 돼 보려고도 했다가 결국에는 친일파가 되고 말았지만 어쨌든 그만큼 지식 있는 사람이 역사에 오점을 찍게 된 그 동기와 과정이 결코 단순하지가 않을 것이라는 생각을 한 겁니다."[17]

1990년대까지 한국 사회에서는 '암흑기'라는 용어가 통용되는 실정이었다. 암흑기란 중일전쟁(1937년 7월 발발) 이후 일제 강점기를 가리킨다. 그런데 여기에는 상황이 워낙 엄중했던 까닭에 당시 조선인으로서는 살아남기 위하여 친일할 수밖에 없었다는 전제가 깔려 있다. 『조선총독부』가 연재될 당시 출간된 임종국의 『친일문학론』(평화출판사, 1966)도 이를 비껴가지 못했다. "이 책에서의 친일문학이란 어떤 개념에서 사용된 어휘냐? 주체적 조건을 상실한 맹목적 사대주의적인 일본 예찬과 추종을 내용으로 하는 문학이라는 뜻으로 사용하였다."[18] 그렇지만 2000년대로 접어들면서 친일 협력에는 나름의 논리가 있으며, 논리를 구축하는 조선인 주체가 뚜렷한 만큼 암흑기라는 전제는 폐기해야 한다는 인식이 퍼져 나가기 시

---

17) 위의 좌담, 107~108쪽.
18) 林鐘國, 『親日文學論』(민족문제연구소, 2005), 19쪽.

작했다. 이를 전면화시킨 저작이 김재용의 『협력과 저항』이다. "친일 협력은 일반의 통념과 달리 외부의 강요에 못 이겨 어쩔 수 없이 한 것이 아니라 철저하게 자발적으로 이루어진 것이다. 또한 거기에는 그러한 자발성을 뒷받침해 주는 내적 논리도 엄연하게 존재하였다."[19]

『조선총독부』가 일제 강점기 전체를 대상으로 삼고 있는 실록대하소설인 반면, 『협력과 저항』은 암흑기 작가들을 분석한 연구서이다. 『조선총독부』에서 나름의 목소리를 개진하는 대표적인 인물로 이완용·이광수가 부각된다면, 『협력과 저항』에서는 채만식·서정주·최정희·송영이 주로 분석되고 있다. 하지만 이러한 차이에도 불구하고 일제 강점기에 벌어졌던 지식인들의 친일 행위를 파악해 나가는 기본 태도에서 『조선총독부』와 『협력과 저항』은 동일한 지평 위에 놓인다. 《신동아》 복간호에서 이희승이 한낱 "적반하장 격의 억설", "도둑놈"이 늘어놓는 "변명" 따위로 치부했던 주장이 세력을 이루어서 '식민지 근대화론'이라는 논리로 횡행하는 작금의 사태를 돌아보면, 『조선총독부』를 통하여 친일 협력의 논리를 파헤쳐 나갔던 류주현의 태도는 더욱 중요하게 부각될 수밖에 없을 것이다.

4 전사(前史) 『대한제국』의 서사 전략: 민후 시해를 둘러싸고 마련된 문학의 자리

독립된 형태를 갖추고 있으나, 1968년 4월부터 1970년 5월까지 《신동아》에 연재된 실록대하소설 『대한제국』은 『조선총독부』와 따로 떼어 놓고 파악해서는 곤란하다. 『조선총독부』의 전사로서 어째서 조선이 "무슨 약을 써도 소생할 가망이 없을 지경"(『조선총독부』의 이완용)에 이르렀는가를 탐사하고 있는 텍스트가 『대한제국』인 까닭이다. 이때 망국으로 치달았던 원인의 추적은 몇 개의 목소리가 병존하는 양상으로 펼쳐지기가 어려울

---

19) 김재용, 「책머리에」, 『협력과 저항』(소명출판, 2004), 3쪽.

수밖에 없다. 새로운 세계를 향한 어떠한 전망도 포기하게 된 과정의 기술이므로 논리로 무장한 목소리가 아닌, 꼴사나운 이전투구의 행태가 논리를 대신하게 되는 것이다. 동일한 실록대하소설임에도 불구하고 『대한제국』과 『조선총독부』의 서사 전략이 달리 펼쳐지는 이유는 바로 여기에서 찾아야 한다.

『대한제국』이 다루는 시기는 갑오농민전쟁·청일전쟁 발발 직전부터 대한제국의 멸망까지이다. 파국 과정을 일방적인 흐름으로 이끄는 외부 요인은 열강의 침탈이다. 청일전쟁, 러일전쟁으로 드러나는 청·일본·러시아의 쇄도는 물론 이들 제국과 연대하면서 때로는 견제하면서 조선을 유린했던 미국·영국·프랑스의 면면이 『대한제국』에는 성실하게 서술되어 있다. 열강의 횡포 가운데 가장 부각되는 사건은 민후(閔后) 시해라 하겠다. 아무런 자구책도 마련하지 못한 채 속수무책 침탈을 방관하는 형편의 조선이었다고는 하나, 낭인 무리와 일본 경찰·친일 군대를 동원하여 왕궁 침탈에 나서고 왕비의 도륙까지 저질렀다는 것은 어떠한 논리로도 합리화할 수 없는 사건이다. 일본이 국제사회에서 엄청난 지탄을 받았을 뿐만 아니라, 폭거를 추진했던 미우라 고로오(三浦梧樓) 공사가 즉각 파면·소환되어 히로시마에서 재판정에 서야 했던 전개는 민후 시해가 얼마나 야만적이었는가를 방증한다.

이완용과 논쟁에서 『조선총독부』의 가상 인물 박충권은 다음과 같이 반박한다. "왜 제 민족을 산골짜기에 버려진 어린애에다 비유합니까? 이리 떼들이 팔과 다리와 머리통을 제각기 찢어 갈 듯싶어서 보모에게 맡겼다고요? 일본이 마음 착한 보모입니까? (중략) 일본은 청국이나 러시아와 마찬가지로 저 숲속의 흉악한 짐승처럼 우리 땅을 뜯어먹으려고 으르렁대고 싸움을 하지 않았습니까?"[20] 그러니까 박충권의 논리가 타당한 근거에 입각해 있음을 증명하는 사례가 일본의 민후 시해였다는 것이다. 한편

---

20) 류주현, 『소설 조선총독부』 2(培英社, 1993), 86쪽.

1967년 신태양사 5권으로 출간된 『조선총독부』는 기무라 기(木村毅)에 의해 1968년 일본에서도 번역·출간되었다. 『조선총독부』를 소개하는 그의 글은 퍽 호의적이나 다음과 같은 주장에는 선뜻 동의하기가 어렵다. "나는 좌익 학자나 아메리카가 아무리 침략 전쟁이라고 큰소리를 쳐도, 일청전쟁과 일로전쟁은 불가피한 것이었다고 생각하고 있다. 그것은 아메리카 남북전쟁과 같은 의전(義戰)은 아니었어도, 영국의 아편전쟁이나 남아전쟁(南阿戰爭), 또는 아메리카의 병합보다야 훨씬 이유가 있는 전쟁이었다. 그러나 그 후의 일한합방만은 불필요한 것이었다."[21] 청을 제압한 일본이 배타적인 조선 독점을 위하여 러시아와 맞부딪친 것은 필연이었다. 민비 시해(1895)는 서막에 해당하며, 러일전쟁(1904~1905)에서 승리한 일제가 을사늑약(1905)을 거쳐 한일병합(1910)으로 나아갔음은 주지의 사실이다. 민후 시해를 둘러싼 맥락을 제대로 이해한다면 기무라 기와 같은 판단이 나올 수 없다는 것이다.

파국으로 치달은 일방적 흐름을 야기했던 내부 요인은 영달을 위하여 외세에 달라붙었던 정치인과 관료들이며, 그 정점에 대원군과 민후가 자리한다. 청·일본·러시아는 서로를 견제하는 한편 조선에서의 지배력을 틀어쥐기 위하여 견원지간인 대원군과 민후의 반목을 활용했으며, 대원군과 민후는 상대를 누르고 올라서기 위해 외세와 결탁했다. 대원군 혹은 민후가 어느 외세와 결탁했느냐에 따라 국내 정치판이 요동쳤고, 열강 실력자를 등에 업고 대원군/민후에게 줄을 대거나 실력 행사에 나서는 정치인들이 무리를 이뤘으며, 대원군과 민후 사이를 오락가락하며 양지를 좇는 관료도 있었다. 애초 동학군의 항쟁을 수습할 만한 능력도 갖추지 못하여 외세를 끌어들여야 했던 조정과 관료들이었으니, 조국이 파국을 맞기까지 지리멸렬한 행태에 몰두한 것은 충분히 이해할 수 있는 바이다.

민후 시해는 그와 같은 국내 세력들의 갈등과 이합집산을 종결시킨 사

---

21) 木村毅, 「作品「朝鮮總督府」」, 『柳周鉉 硏究』, 119쪽.

건이었다. 대원군과 반목하는 국내 세력의 반대편 정점이었던 민후가 이제 사라져 버린 형국 아닌가. 더군다나 가마에 탄 대원군을 앞세워 낭인·일본 경찰·친일 군대의 왕궁 침탈이 진행되었으니, 대원군이 민후 시해에까지 가담하지는 않았더라도 갈등의 극복 과정은 상당히 극적이기도 했다. 이후 국권을 상실한 때까지 정치 영역은 사라진 형편이었다. 고종이 일본의 폭거에 충격을 받아 벌어진 사건이 아관파천이었으니, 이는 민후 시해를 둘러싼 반작용에 해당하겠고, 그로써 가능해진 친일 내각의 해소 또한 러시아를 배경으로 삼은 고종의 일방적인 단죄였지 정치 세력 간 타협과 조정의 결과가 아니었다. 뒤이은 사건이 러일전쟁이었다.

『대한제국』에서 작가가 가장 공을 들인 대목이 민후 시해가 모의·진행되는 양상이다. 전체 10장 가운데 민후 시해 사건에 두 개의 장(8장, 9장)이나 할애하고 있는 바가 이를 증명하며, 텍스트가 마무리되는 바로 앞에 위치하여 서사가 마치 이 지점을 향하여 달려온 양 구성되었다는 사실도 이와 무관치 않다. 조선의 파국을 낳았던 외부 요인과 내부 요인을 선명하게 부각시키고자 했던 의도가 작동했음은 주지의 사실이겠다. 기실 류주현의 작가 역량이 분출하는 지점도 8장 「석양(夕陽)의 행진(行進)」과 9장 「녹원(鹿苑)의 불길」이라 할 수 있다. 민후 시해 모의가 진행되기 이전까지 『대한제국』은 유창한 흐름을 확보하고 있기는 하나 용해되지 못한 당대의 자료가 툭툭 발에 걸리는 양상을 빚어내기도 한다.[22] 그렇지만 민후 시해 사건에 이르러서 작가는 작심한 것처럼 자신의 모든 문학 역량을 쏟아붓고 있다. 긴장된 분위기 조성, 대원군의 복잡한 심리, 생동감 있는 현장, 흡입력 있는 전개, 봉건 관료 체제의 허례에 대한 냉소[23]가 워낙 흡입

---

22) 작가 자신도 이를 충분히 인식하고 있었던 듯하다. 다음은 『조선총독부』에 대한 류주현의 진술이지만 『대한제국』에 적용해도 문제가 없겠다. "독자에게 지루한 감을 줄 것을 예측하지 않은 것은 아니지만 그것까지 버린다면 그 시대를 너무나 무시하는 결과가 되고 말 것이 아닌가? 이 점 취사선택에 신경을 썼다는 것이다."(記者, 류주현 취재 「새 轉機 마련 언저리 ─ 歷史小說觀」, 『柳周鉉 研究』, 130쪽)
23) 이를 부각시키는 대목에서도 작가는 자료를 정보 형태로 제시하고 있다. 그렇지만 이조

력 있게 전개되고 있는 것이다.

　이상의 내용을 정리한다면 『대한제국』의 서사 전략은 다음과 같이 정리할 수 있다. 전작(前作) 실록대하소설 『조선총독부』는 전형성을 부여하여 친일의 논리와 반일의 논리를 충돌·경합시키는 방식을 취했으며, 두 입장이 마주 설 수 있는 자리는 바람 앞의 촛불인 양 위태로웠던 조선의 상황이었다. 즉 작가는 상황을 타개하려는 나름의 논리를 친일에도, 반일에도 부여해 나갔던 것이다. 『대한제국』은 『조선총독부』의 전사인 까닭에 그러한 상황이 어찌하여 배태되었는가를 제시하여야 했다. 중반부를 넘어서까지 『대한제국』에서 막강한 외세의 침탈과 봉건제 방식의 입신(立身)을 위한 관료들의 이합집산이 끈덕지게 그려져야 했던 이유이다. 물론 이때 부각되는 것은 논리의 대결이 아니라, 여러 외세의 야욕과 국내 정치 세력들 간의 이전투구여야 했다. 그 정점에 배치된 사건이 바로 민후 시해 사건이다. 앞서 펼쳐졌던 복잡다기하게 난마처럼 얽힌 모든 사건들이 민후 시해 사건이며, 류주현은 온 역량을 쏟아부었다. 『조선총독부』에서 문학의 자리를 마련하는 방식이 살아 있는 인물의 형상화와 목소리 복원이었다면, 『대한제국』에서는 개별적인 여러 사건들을 한 점으로 수렴시켜 의미를 극대화 하는 한편 문학적 글쓰기의 전범을 펼쳐 보임으로써 효과를 증대시키는 방식으로 문학의 자리를 마련해 나갔던 것이다.

5 가상 인물의 행로로 드러나는 작가의 심중

　실록으로서의 성격을 지탱하기 위해 류주현은 온갖 자료를 섭렵하고 있다. 사실성의 관점에서 그 반대편에 놓이는 존재는 류주현이 만들어 낸 가상 인물이다. 자신의 의지에 따라 국내 전역뿐 아니라 나라 바깥으로까

　차도 효과를 부각시키는 양상으로 작용하는 형국이다. 가령 평양감찰사의 권귀(權貴)를 설명하는 대목(柳周鉉, 『大韓帝國』 II(良友堂, 1983), 229~230쪽)을 대표적으로 꼽을 수 있다.

지 나다니는 가상 인물들은 정보 전달의 기능을 톡톡히 수행하고 있다. 뿐만 아니라 이완용과 논쟁하는 박충권에게서 확인할 수 있듯이, 객관성을 유지해 나가는 작가의 은밀한 심중은 가상 인물을 통하여 파악할 단서가 주어지기도 한다. 『대한제국』의 전개가 『조선총독부』 박충권의 논리 근거를 확인하는 작업과 일치했음을 떠올린다면 이는 충분히 동의할 수 있으리라. 『대한제국』과 『조선총독부』에 등장하는 주요 가상 인물들의 행로는 다음과 같이 간략하게 정리할 수 있다.

『대한제국』의 경우 두 갈래로 나뉜다. 첫째, 채상철(蔡尙徹)은 본디 동학군 초토사(招討使)의 전령으로 전봉준을 정탐하는 역할이었으나, 동학군을 쫓다가 그들의 주장에 이끌려 동학군에 합류하게 된다. 동학군이 해산된 뒤에는 비밀 항일 단체 탁족회(濯足會)를 결성하여 활동하던 중 민후가 살해당하자 시해범 야마다 시게가스(山田重一, 呂命方)를 찾아내 처단하기에 이른다. 둘째, 갑신정변 실패 후 일본으로 망명한 김옥균의 인품에 감화되어 그를 추종하는 '아마기 노부꼬(失城信子)'가 있다. 김옥균이 중국에서 암살당하자 조선에 들어온 '노부꼬'는 풍비박산이 된 김옥균 가족들을 수소문하여 챙기는 한편 민후 시해범의 정체를 채상철에게 알려 준다. 항일 의식으로 무장한 『조선총독부』의 박충권이 채상철의 후예임은 첨언이 필요 없을 터이다.

『대한제국』·『조선총독부』 주요 가상 인물의 향방을 이와 같이 정리한다면, 작가가 갑신정변의 실패를 안타깝게 여겼으리라 추정할 수 있다. 죽어서까지 일본인들에게 김옥균의 인품과 기획이 영향을 끼쳤다는 설정이 이를 드러낸다. 또한 조선의 근대화는 기층 민중들의 이해와 요구를 끌어안으면서 진행되었어야 했다는 시각은 채상철의 전신(轉身)으로써 확인할 수 있다. 특히 후자와 잇닿은 의식은 봉건질서에 갇힌 관료들의 탐욕과 대비되면서 보다 분명하게 부각된다고 하겠다. 자, 이제 국권을 상실한 마당에는 빼앗긴 국권을 되찾아야 한다는 명제가 지상과제로 내걸리게 된다. 『조선총독부』의 박충권이 그 길을 따르고 있다. 이들 가상 인물들은 갑신정변 실패(1884) · 갑오농민전쟁(1894)으로부터 일제 강점기가 끝나는 시점에까지 이르는 한국 근대사의 굵직한 흐름에서 튕겨져 나갔던 유형이라 할 수 있다. 역사가 그네들의 의지마냥 순순히 흘러가지 않았다는 의미이다.

역사는 그렇게 흐르게 마련이라고, 실록대하소설『대한제국』연재를 끝마친 뒤 류주현은 생각하지 않았을까. 그는 1976년《한국문학》3월호에 단편「신의 눈초리」를 발표했다. 여기에 살아 보겠노라 처절하리만큼 힘겹게 팔 올리기 운동을 반복하는 중풍 환자가 등장한다. 걷다가 넘어져 땅바닥을 뒹굴면 흉하기 그지없을 지경이다. "ㄴ자로 꺾인 왼팔이 땅바닥에 깔리며 그 위에 덮친 육중한 몸이 흉하게 버둥거리고 있었다. 등을 깔고 자빠진 갑충(甲蟲)의 버둥거림과 같다."[24] 그의 아들 강은 "쓸모없는 생명을 연장해 보려는 저 동물적인 욕망을"[25] 경멸하고 있다. 그런데 엉뚱하게도 복상사로 강이 먼저 죽음에 이르지 않았는가. 류주현은 이에 대해 다음과 같이 해석해 놓았다. "그것은 어떤 누구에게 허물이 있는 것도 아니고 그 누구의 뜻도 아니고 또 스스로 원해서도 아니고 오로지 절대자만이 알 수 있는 절대자 그의 의사라고 생각한다."[26]

제어할 수 없는 흐름 가운데 인간은 자리한다는 것. 「신의 눈초리」에서 그러한 흐름은 존재의 숙명이겠고, 실록대하소설에서는 개인의 의지와 무관한 역사에 해당하겠다. 살아 있는 인간이라면 그와 같은 흐름을 직시하되, 그 흐름에 맞서서 스스로의 자리를 마련하는 데 나서야 한다는 것이 「신의 눈초리」의 전언이며, 실록대하소설 가상 인물들의 존재 의미일 것이다. 역사와 문학을 하나로 봉합해 나가는 실록대하소설 또한 이러한 도전 정신을 적극적으로 끌어안으면서 성립할 수 있었던 범주라 할 수 있겠다.

---

24) 柳周鉉,「신의 눈초리」,『한국 문학 전집』17(삼성출판사, 1989), 109쪽.
25) 위의 소설, 107쪽.
26) 위의 소설, 111쪽.

참고 문헌

기본 자료

류주현, 『大韓帝國』 Ⅰ·Ⅱ(柳周鉉歷史小說群大全集 제 14·15권), 良友堂, 1983

_____, 「신의 눈초리」, 『한국문학 전집』 17, 삼성출판사, 1989, 93~112쪽

_____, 『조선총독부』 1~5권, 培英社, 1993

단행본

김재용, 『협력과 저항』, 소명출판, 2004

吳仁文 編, 『柳周鉉 研究』, 도서출판 서울, 1992

林鐘國, 『親日文學論』, 평화출판사, 1966

논문

공임순, 「류주현」, 『약전으로 읽는 문학사 2 — 해방 후』, 소명출판, 2008, 91~96쪽

이승하, 「해설」, 『류주현 작품집』, 지식을만드는지식, 2010, 11~21쪽

李熙昇, 「民主主義의 岐路에 서서 — 復刊에 際하여」, 《신동아》 복간호, 1964. 9, 36~43쪽

제6주제에 관한 토론문

서영인 I 국민대 강사

다작의 작가이되 단편 중심으로 평가되었던 류주현의 소설 세계를 '실록대하소설'을 중심으로 논함으로써 작가론의 기반을 풍부하게 확장하는 발표였습니다. 토론자의 입장에서는 함께 논하기 버거운 과제를 안게 된 상황이라고도 할 수 있습니다. 발표문을 중심으로 몇 가지 질문을 제시하는 것으로 토론을 대신하고자 합니다.

1 단편 작품들과 실록대하소설의 연결 지점

발표자가 서두에서 밝혔다시피 류주현은 주로 단편소설이 거둔 성과 중심으로 논의되었습니다. 작가 활동의 후반기에 주력했던 실록대하소설을 텍스트로서 온당하게 연구하는 것은 중요한 과제임이 틀림없지만, 그의 전체적인 작품 세계가 함께 설명될 필요도 있습니다. 실록대하소설을 주로 검토하시면서 그의 단편 세계와 실록대하소설이 어떻게 연결되면서 그의 문학적 성과를 이루고 있는지 확인하신 바가 있다면 듣고 싶습니다. 선행 연구에서 거론한 바와 같이 류주현은 초기 현실에 대한 관심보다는 예술적 형상화에 주력했고, 대표작인 「장씨 일가」나 「유전 24시」 같은 작품은 타락한 당대의 세태에 대한 비판적, 풍자적 의식을 담고 있습니다. 「언덕을 향하여」나 「태양의 유산」 같은 작품은 전후의 처참한 현실과 거기에 휩쓸려 살아가는 개인들을 휴머니즘의 시선으로 그려 냈습니다. 처참한 현실 반영과 풍자적 작품들은 공히 그러한 현실의 문제를 개인의 과오나 책임이 아닌 역사의 흐름이나 운명의 뜻으로 파악하고 있다는 점에서 허무주의적 의식을 보여 준다고 해석할 수 있습니다. '실록대하소설'의 집필이 1964년 한일정상외교 반대 시위에 대응하는 역사의식의 발로이며 문학 작품인 동시에 역사 교과서이기도 했다는 발표자의 의견에 동의하면서, 단편에서 보여 준 비판적, 풍자적 작품 세계, 그리고 그 배면에 깔려 있는 허무주의적 의식과 연결되는 지점에 대한 설명을 더 듣고 싶습니다.

2 『조선총독부』의 서사 전략

『조선총독부』의 서사 전략을 친일 논리와 반일 논리의 공존과 쟁투라고 정리하고 있습니다. 이는 일제 강점기 말을 암흑기라 지칭하며 친일 논리에 대한 해명 자체를 생략했던 기존 연구를 비판하고 친일의 내적 논리를 구명하고자 했던 『협력과 저항』의 연구 성과와 연결되어 있다는 것이 발표자의 해석입니다. 좀 더 상세한 내용을 확인하고 싶습니다. 『협력과 저항』에서 '협력'의 논리는 일본 제국의 지배 이데올로기, 즉 조선 지배 전략과 연결되어 있고 친일 협력논자들은 이러한 지배 전략에 한편으로 부응하고 한편으로 설득당하면서 지배 논리를 강화해 갔다고 할 수 있습니다. 그에 반해 발표자의 해석에 따르면 『조선총독부』에서 친일 논리와 반일 논리가 공존했던 까닭은 독자에게 서사적 실감과 생동감을 주기 위한 서술 전략이라고 판단됩니다. 예컨대 이완용과 박충근의 논쟁은 쌍방의 주장이 충돌하면서 서사적 개연성을 확보해 가는 과정이라고 이해할 수 있습니다. 이완용의 주장을 친일에 부여된 논리로 이해하고 여기에서 "일제 강점기의 과거사 및 문학작품을 파악해 나갈 태도와 방향"을 찾기 위해서는 이완용으로 대표되는 논리가 당시 제국의 지배 전략이나 담론 방향과 어떻게 결합되는지를 더 분석할 필요가 있다고 생각합니다. 물론 지배 논리가 노골화되고 '대동아 공영'이나 '동아 신질서'가 지배 명분으로 제시되었던 일제 강점기 말의 지형을 『조선총독부』에 그대로 적용할 수는 없겠습니다만, 『조선총독부』의 서사 전략이 어떤 명분과 근거를 확보하면서 전체 서사를 끌고 가고 있는지에 대한 설명을 보충해 주셨으면 합니다.

3 『대한제국』과 『조선총독부』의 연결 지점, '실록대하소설'의 의의

시기적으로는 『조선총독부』가 먼저 발표되고, 그 전사로서의 『대한제국』은 『조선총독부』보다 이후에 발표되었습니다. 작가의 의식이 작품 발표의 순서에 따라 정립되는 것은 아니겠습니다만, 편의상 말하자면 『조선총독부』의 주제가 먼저 정리되고 이를 있게 한 원인, 또는 전제로서 『대한제국』의 시기가 정리되었다고 볼 수도 있겠습니다. 발표자가 이를 '전사(前史)'라고 설명한 까닭도 여기에 있다고 짐작합니다. 『조선총독부』의 친일 인사의 논리는 '대한제국' 시대의 외세 침탈과 거기에 제대로 대응하지 못하고 무너진 이전투구에 대한 실망과 포기의 결과였다고 정리됩니다. '민후 시해'는 이 이전투구의 지리멸렬한 시대를 폭력적으로 마감한 사건이라고 할 수 있습니다. 연결시켜 놓고 보자면 『대한제국』 시대의 무력이 『조선총독부』의 지배와 협력을 낳았고, 거기에 대응하는 (가상의) 인물과 저항이 없었던 것은 아니나, 이는 결국 성과를 얻지 못하고 사라집니다. 그리고 작가는 이를 인간의 의지로 제어할 수 없는 역사의 흐름으로 파악합니다. 이 결론은 일견 허무주의적으로 읽히기도 합니다. "그와 같은 흐름을 직시하되, 그 흐름에 맞서서 스스로의 자리를 마련"해야 한다는 전언은 이 허무주의에 대한 대답을 어떻게 준비하고 있는지 궁금합니다. 반드시 대안이나 전망을 마련해야 한다는 요구는 아닙니다. 역사적 사료를 모으고 가상의 인물을 제시하면서 '대하' 소설을 집필한 작가의 뜻과, 그 작품을 통해 얻은 문학적 성과에 대해 좀 더 적극적인 의미 부여가 필요하지 않을까 하는 생각에서 질문 드립니다. '실록대하소설'의 의의는 역사에 대한 사실적 재현과 직시에 있다고 보아야 할까요. 발표문에서 밝힌 바와 같이 식민지 시기가 "역사학에서 공백의 역사로 남아 있는 형편"이었다면, 사료의 수집과 해석을 통해 작가는 식민지 시기를 어떻게 규정하고자 했을까요. 발표자는 "훗날 식민지 근대화론으로 자리를 잡게 될 '일본인의 선정' 치하"에 대한 논박과 반대가 '실록대하소설'에 준비되어 있다고 암시하고 있는 것처럼 느껴지기도 합니다. 좀 더 구체적인 설명을 부탁드립니다.

4 문학으로서의 실록의 가치에 대해

발표자는 류주현의 '실록대하소설'에 접근하기 위해 '작품'의 관점이 아니라 '텍스트'의 관점이 필요하다고 전제하셨습니다. 문학적 성과를 논하기 위해 소설의 구성이나 묘사, 또는 허구적 상상력 같은 '예술적 요소'가 표준이 되는 방법론을 지양하고, '텍스트'를 객관적 분석의 대상으로 두고 거기에 포함되어 있는 요소들의 관계로 작품의 의미를 파악해야 한다는 제안으로 이해했습니다. 그러나 또한 이러한 '작품'과 '텍스트'의 구분이야말로 문학의 분석을 '예술성'의 여부로 판단하는 기존의 입장을 강화시킬 수 있다는 생각이 듭니다. 알려져 있다시피 '소설'은 잡종의 장르로서 당대의 온갖 문학 형식을 섭렵하면서 새로운 문학적 대화의 양식을 창출해 냅니다. 그렇다면 류주현의 '실록대하소설' 역시 소설쓰기의 한 방식으로서, 한일협정 반대 시위나 민족주의적 관심사를 반영한 당시의 '소설 양식'으로 재배치될 수는 없는지 고민해 보았으면 합니다.

류주현 연보

1921년	6월 3일(음력), 경기 여주 능서면(陵西面) 번두리(番頭里)에서 류기하(柳基夏) 씨와 구리곡(具理谷) 여사 사이의 3남 2녀 중 둘째 아들로 태어남. 호는 묵사(黙史). 조부 류세열(柳世烈)은 성리학에 저명했으며, 한말 의병장이었음.
1922년	봄, 당시 의병대장이던 류세열을 검거하려다 실패한 일제 관헌이 고향집에 불을 지름. 일제의 감시를 피해 온 가족이 밤중에 짐 보따리를 지고 여주를 떠남. 경기도 양주군 노해면 상계리(琅 서울시 상계동)으로 이주.
1928년	조부 류세열로부터 한학(漢學) 공부 시작.
1929년	경기 의정부 소재 양주공립보통학교 입학.
1935년	양주공립보통학교 졸업. 원산(元山), 청진(淸津), 웅기(雄基) 등지 방랑.
1939년	일본으로 건너가 동경에서 고학.
1943년	와세다대학 전문부(專門部) 문과(文科) 수학.
1944년	3월, 4세 연하 조점봉(趙點鳳) 씨와 혼인. 상계보통학교 교사 생활.
1945년	해방 뒤 상경, 여러 사업에 손을 댔으나 실패. 12월 17일 장녀 호진(浩珍) 출생.
1947년	9월 11일, 차녀 호정(浩貞) 출생.
1948년	10월 21일, 3녀 호영(浩英) 출생.
1949년	중앙문화협회의 《백민(白民)》에 박연희와 더불어 편집 동인.

모친 구리곡 여사 타계.

1950년	9·28수복 뒤 국방부 편집실 편수관으로 근무하며 기관지 《국방(國防)》을 곽하신(郭夏信)과 함께 편집. 겨울에 단신 대구로 피난.
1951년	1·4후퇴 때 가족은 서울에 둔 채 피난. 피난지 대구에서 마해송, 조지훈, 박목월, 최정희, 박두진, 방기환, 김윤성, 이한직 등과 공군문인단 창설. 동기관지 《창공(蒼空)》 편집간사.
1952년	피난지 대구에서 황준성이 편집 및 발행인인 월간지 《신태양》 편집에 참여. 육·공군 전선종군을 빈번히 하고 이무영, 박영준, 김동리, 정비석, 구상, 조연현 등과 친교.
1954년	상경하여 6·25전쟁 이전 거주했던 중구 인현동(仁峴洞) 집으로 복귀. 3월 6일 장남 호창(浩昌) 출생.
1958년	단편 「언덕을 향하여」(《자유문학》 6월)로 제6회 아시아자유문학상 수상. 아우 광현(光鉉)이 복무 중 사고사함. 이 사건을 소재로 단편 「오디 하나」 창작.
1959년	인현동(仁峴洞)에서 서울 서대문구 홍제동(弘濟洞, 문인촌 문인마을)으로 이사.
1960년	신경쇠약 증세 보임. 서대문구 홍제동 21-14호로 이사.
1968년	장편 『조선총독부』로 제8회 한국출판문화상 저작 부문 본상 수상. 홍제동 21의 14 양옥을 헐고 2층으로 신축. 곽종원, 황순원, 임옥인, 방기환, 김윤성, 윤병로, 김수명 등과 일본 시찰.
1970년	장녀 호진, 유선호와 결혼. 고미술품에 관심 갖기 시작. 한국도서잡지 윤리위원, 펜클럽 한국본부 중앙위원. 한국문인협회 이사.
1971년	등산, 테니스 등으로 건강 회복. 일본 여행.
1972년	차녀 호정, 작가 오인문(吳仁文)과 결혼.
1973년	20여 년 근무한 신태양사 퇴사.

1974년	중앙대학교 예술대학 문예창작과 출강. 한국소설가협회 창립, 초대회장 취임. 삼녀 호영, 서정겸(徐正謙)과 결혼. 한일화친친회(韓日化懇親會) 대표로 일본에 가서 강연회 주관.
1975년	3월, 중앙대학교 예술대학 문예창작학과 교수 취임. 한국소설가협회 주관으로 서울 사직공원 김동인문학비 건립. 동(同) 협회에서 한국소설문학상 제정, 시상.
1976년	10월, 대한민국 문화예술상 본상(대통령상) 수상. 계간지 일어판《한국문학(韓國文學)》주간.
1978년	척수골절로 와병, 일체 집필 중지.
1981년	병세 호전하여 대학 출강.
1982년	병세 악화로 서울대 부속병원 입원, 5월 26일 하오 4시 40분, 자택에서 골수염 등 합병증으로 타계. 경기 여주 가남면 태평리 선산에 안장.

발표일	분류	제목	발표지
1948. 10	단편	번요(煩擾)의 거리	백민 16
1949. 3	수필	사색과 계절	백민 18
1950. 2	단편	군상	백민 20
1950. 3	단편	퇴근시간	별 창간호
1951	단편	새로운 결심	
1951	단편	부부서정	
1951	단편	불량소년	
1951	단편	여인의 노래	
1951. 3	수필	눈 날리는 밤	『전시문학독본』 (김송 편, 계몽사)
1951. 7	단편	신기루	대조 2
1951. 12	단편	슬픈 인연	신생공론
1952	단편	절정	
1952	단편	영(嶺)	
1952	단편	호심(湖心)	
1952	단편	엉터리 순찰 행장기	
1952	단편	학대받는 사람들	
1952	단편	자매계보	
1952	단편	그는 살아 있다	

발표일	분류	제목	발표지
1952	단편	골목길	
1952	단편	전가(轉歌)	
1952. 5	단편	춘수(春愁)	연합신문
1952. 6	단편	피와 눈물	『사병문고 3: 단편소설집』 (육군본부 정훈감실)
1952. 8	단편	새벽안개	『걸작 소설 선집』 (현암사)
1952. 11	단편	심화(心火)	자유예술 1
1953. 2	단편	역설	전선문학 3
1953	단편	애원(愛怨)	
1953	단편	포로와 산 시체	
1953	단편	여정여환(餘情餘歡)	
1953	단편	수평선이 보이는 창	
1953	제1 창작집	자매계보(姉妹系譜)	동아문화사
1953	단편	젊은 사람들	
1953	단편	시계와 달밤	
1953	단편	현대인	
1953. 4	단편	기상도	전선문학 4
1953. 6	단편	패배자	문예 16
1953. 8	단편	광상(狂惻)의 장(章)	문화세계 2
1953. 9	수필	허실	전선문학 6
1953. 11	단편	잃어버린 눈동자	문예 19
1954	단편	유랑	
1954. 1	단편	명함 한 장	신천지 59

발표일	분류	제목	발표지
1954. 3	단편	만가	애향 1
1954. 4	단편	(속)명함 한 장	신천지 62
1954. 6	단편	봄비는 내리는데	신태양 22
1954. 8	단편	폐허의 독백	현대공론 8
1954. 12 ~1956. 3	장편	바람 옥문을 열라	신태양 28~43
1955	단편	산성의 거화(炬火)	
1955. 4	단편	노염(老炎)	현대문학 4
1955. 5	단편	유전(流轉) 24시	사상계 22
1955. 7	단편	인간낙수(人間落穗)	문화예술 4
1955. 8	단편	소설가 K씨의 행장	청조
1955. 10	단편	하일원정	현대문학 10
1956	단편	헐어진 여인상	
1956. 1	단편	인생은 서러워	새벽 9
1956. 3	단편	온천장 야화(夜話)	문학예술 12
1956. 3~4	단편	구름은 하늘에	서울신문
1956. 4	단편	암흑의 풍속	현대문학 16
1956. 8	단편	인생을 불사르는 사람들	문학예술 17
1956. 8	단편	요화의 시(時)	자유문학 2
1956. 8	단편	하늘은 하나	평화신문
1956. 9	단편	패륜아	사상계 38
1956. 9	단편	권태	현대문학 21
1957. 3	단편	망각의 기도	신태양 54
1957. 3	단편	태양의 유산	문학예술 23
1957. 6	단편	허구의 종말	현대문학 30

발표일	분류	제목	발표지
1957. 8	단편	투정(鬪情)	문학예술 28
1957. 8	단편	하나의 생명	자유문학 6
1957. 11	단편	일각(一覺) 선생	사상계 52
1957. 12	단편	첩자(諜者)	사상계 53
1958	중편	아버지의 연인	서울신문
1958	제2 창작집	태양의 유산	장문사
1958	장편 소설	바람 옥문(獄門)을 열라	장문사
1958. 2	단편	오디 하나	자유문학 11
1958. 6	단편	언덕을 향하여	자유문학 15
1958. 7	단편	비정(非情)	사상계 60
1958. 12	단편	오늘과 내일	신태양 75
1959	단편	노처녀	
1959	단편	과거에 사는 사나이	
1959	단편	풍속과 여심	
1959. 5	단편	장씨일가	사상계 70
1959. 7	단편	홀어머니	서울신문
1959. 9	단편	희곡사제(戲曲四題)	사상계 74
1959. 11. 15	콩트	산성(山城)의 젊은이	동아일보
1960	장편	분노의 강	부산일보
1960. 6	중편	잃어버린 여정	사상계 83
1961	단편	곤비(困憊)	
1961	장편	언덕은 폭풍설(暴風說)	서울일일신문 (신문 폐간으로 연재 중단)

발표일	분류	제목	발표지
1961. 1	단편	방황하고 있다	사상계 90
1961. 6	단편	밀고자	사상계 95
1962	단편	백야(白夜)	
1962	장편	너와 나의 시(詩)	부산일보
1962	장편	희극인간(喜劇人間)	매일신문
1962. 4	단편	연녹색의 회의(懷疑)	신사조 3
1962. 11	단편	갈대꽃 필 무렵	사상계 114(증)
1962. 7	단편	임진강	사상계 109
1963. 6	단편	허(虛)	현대문학 102
1963	장편	장미부인	한국일보 (정기간행물, 079.519 한17456)
1963	장편	강 건너 정인(情人)들 ('분노의 강' 개제)	을유문화사
1964	장편	부계가족(父系家族)	국제신문
1964. 5	단편	육인공화국(六人共和國)	사상계 135
1964. 7	단편	이 엄청난 집넘	현대문학 115
1964. 8	중편	남한산성	문학춘추 5
1964. 9 ~1967. 6	장편	조선총독부	신동아 1~34
1965	장편	대원군	조선일보
1966	단편	우울한 여로(旅路)	
1966	단편	독고 선생	소설문예
1966	장편	녹수(綠水)는 님의 정(情)	서울신문
1966. 봄	단편	삐에르	현대문학』
1966. 봄	단편	연기된 재판	현대문학 149

발표일	분류	제목	발표지
1966. 11	단편	이 엄청난 비정(非情)	현대문학 143
1967	장편	새마을의 신부(新婦)들	부산일보
1967	장편	조선총독부 전 5권	신태양사
1967	장편	대원군 전 3권	삼성출판사
1967	장편	장미부인	신태양사
1968. 4 ~1970. 5	장편	대한제국	신동아 44~69
1968	장편	「백조 산으로」	조선일보
1968	선집	류주현 선집 전 6권	신태양사
1968	장편	대원군(전 5권으로 보완 간행)	
1968	작품집	하오의 연가	삼중당
1969	장편	통곡	동아일보
1969	장편	군학도(群鶴圖)	서울신문
1969	장편	신부들	국민문고사
1970	장편	상아의 문	중앙일보
1970	장편	대한제국 전 5권	신태양사
1970	선집	류주현 선집 (전 10권으로 보완 간행)	
1970. 3	단편	경자(鏡子)의 집	월간 중앙 24
1971	수필	나의 사생활	한국문학가수기전집 (평화문화사)
1971	장편	욕망의 저택	여성중앙
1971	장편	백조 산으로	삼성출판사
1972	장편	우수(憂愁)의 성(城)	중앙일보
1972	장편	군학도	신태양사

발표일	분류	제목	발표지
1972	장편	통곡	신태양사
1972	전집	류주현 문제작 역사소설대전집	신태양사
1972. 8	단편	잠보다 긴 꿈	현대문학 212
1972. 10 ~1975. 2	장편	황녀(皇女)	문학사상 1~29
1973	장편	파천무(破失舞)	중앙일보
1973	장편	대치(大痴) 선생	서울신문
1973	전집	류주현 역사소설군 대전집 전 10권	양우당
1974. 5	단편	축생기(畜生記)	한국문학 7
1974. 6	단편	어떤 파괴	현대문학 234
1974. 11	단편	배덕(背德)의 묘	월간중앙 80
1974	장편	모계 가	주부생활
1975	장편	배덕 시대(背德時代)	매일신보
1975	단편집	남한산성	삼중당
1975	장편	황녀 전 3권	동화출판공사
1975. 5 ~1976. 4	장편	인간 군도(群島)	한국문학 19~30
1976	장편	금환식(金環蝕)	중앙일보
1976	장편	우수의 성	문리사
1976	장편	파천무	신태양사
1976	전집	류주현 역사소설군 대전집 (전 15권으로 보완 간행. 『파천무』,『통곡』 추가)	
1976. 7	단편	연극 연습	문학사상 46
1976. 7	단편	신의 눈초리	한국문학 33

발표일	분류	제목	발표지
1977	제3 창작집	신의 눈초리	문리사
1977	단편집	장씨일가	범우사
1977	장편	고요한 종말 ('인간 군도' 개제)	태창문화사
1977. 4	단편	어느 하오의 혼돈	문학사상 56
1977. 11	중편	죽음이 보이는 안경	한국문학 49
1978	수필집	정(情) 그리고 지(知)	문예창작사
1978	장편	황진이(원제 '綠水는 님의 情')	범서출판사
1978	장편	희한한 신부(新婦)들 (원제 '신부들')	문예창작사
1978	장편	강 건너 정인(情人)들 (개정 간행)	경미문화사
1978	선집	류주현 대표작 선집 전 12권	경미문화사
1978	수필집	정(情) 그리고 지(知)	
1978. 3	단편	슬픈 유희	문학사상 66
1978. 4	단편	환상의 현장	문예중앙 1
1978. 10	중편	소복 입은 묵시(默示)	문학사상 73
1978. 11	단편	이제 어디로	한국문학 61
1979	선집	류주현 대표작 선집 (전 15권으로 보완 간행)	
1980	제4 창작집	죽음이 보이는 안경	문학사상사
1982		풍운 전 2권	한국방송사업단

작성자 홍기돈 가톨릭대 교수

이병주 문학론 — 탄생 100주년을 맞아

정호웅 | 홍익대 교수

1 지리산맥의 문학

지금 내 앞에는 이병주 전문가인 정범준의 역저 『작가의 탄생』(실크캐슬, 2009)에 실린 「이병주의 작품 연보」가 펼쳐져 있다. 굉장하다. 주 장르인 소설 말고도 이병주는 엄청난 양의 에세이도 썼다. 2006년 한길사에서 낸 『이병주 전집』(30권)은 이병주 문학의 30퍼센트 정도만을 담았을 뿐이라고 한다. 쓴 글의 양에서 그를 넘어서는 한국 현대 작가가 따로 있을까? 이광수, 염상섭, 박경리, 고은 등이 그와 나란히 설 수 있을지 모르겠다.

지금까지 국문학 연구자, 문학평론가로서 이병주 문학을 다룬 몇 편의 글을 발표했지만 내 뒤에는 여전히 내가 검토하지 못한 이병주의 글이 더미로 쌓여 있다. 그런 점에서 내가 쓴 '이병주론'은, 이병주 문학 전체를 대상으로 하지 않은 것이기에 그 이름에 걸맞지 않는, 이병주 문학의 일부분 또는 한두 측면에 관한 것일 수밖에 없다.

297

탄생 100주년을 맞아 마련된 이 심포지엄에서 발표하는 이 글 또한 그러할 것임은 물론이다. 산 하나로 산맥을 이루는, 그래서 지리산맥이라 불러 마땅한 지리산과도 같은 이병주 문학의 전부를 다룰 수도 담아낼 수도 없는 것, 여기서는 이병주 문학의 두드러진 특징 하나를 붙잡고 나아가 보기로 한다. 삽입시가 그것이다.

나림 이병주(1921~1992)가 남긴 방대한 이병주 문학 곳곳에는 시가 나온다. 작품 밖 기성 시인의 시를 인용한 경우도 있고, 작품 안 인물의 자작시인 경우도 있다. 인용 시는 우리 한시와 현대시는 물론이고, 프랑스와 스페인 등 서구 시인의 시, 중국과 일본의 시 등에 두루 걸쳐 있어 이병주의 넓고 깊은 시 교양을 보여 준다. 작가가 지은 것이 틀림없는 작중 인물의 자작시도 많은데, 우리말 시가 대부분이지만 영어로 쓴 것도 있고 한문으로 쓴 것도 있다. 그러니까 이병주는 영어 시도 한문 시도 지을 수 있는 능력을 지녔던 특별한 교양인이었던 것이다. 이런 특별함과 관련하여 이병주가 창작한 한시 한 수를 살펴보기로 한다.

　　書之卷李賀詩杲文
　　一顆無名柿
　　枕邊蟋蟀夜半低
　　客舍夜半秋風起[1]

함련의 자수가 다른 연의 자수와 다르니 엄격한 정형이 요구되는 절구 및 율시와는 구별되는 고체시이다. 지은이는 작가가 만들어 낸 가상의 인물인 천재 시인 민하이다. 당나라의 천재 시인 이하를 좇아 시의 길을 열어 나아가는 자부의 시인이면서, 동지들과 손잡고 구한말과 일제 강점기 격동을 시대를 넘어 새로운 사회를 이루고자 했던 혁명가이다. 이 시는 민

---

1)　이병주, 『바람과 구름과 碑』 1(대방출판사, 1981), 22쪽.

하의 이 같은 두 성격을 이하의 시문, 이름 없는 감, 깊은 밤 베갯머리에 들리는 귀뚜라미 소리와 가을바람 소리를 통해 핍진하게 드러냈다. 상당한 수준의 한시 교양이 없으면 가능하지 않은, 좋은 작품이다.

이 글에서는 이 특별한 교양인이 창작한 또는 인용한 삽입 시 가운데 몇 개를 골라, 이것들을 통해 이병주 문학의 특성을 살펴보기로 한다.

2 불모의 청춘, 신생의 지향

이병주의 문학에는 '청춘의 부재', '청춘 상실', '청춘의 불모성' 등 다양하게 표현할 수 있는 진단, 한탄, 자조, 자학의 내용이 빈번하게 나온다. 자신의 불운에 대한 한탄이면서 자신의 책임을 인정하는 성찰적 정신의 자조이고 자학이며 자기부정의 언어들이다. 처참하다. 그러나 자신의 부정성을 정시하는 정직한 눈이 읽어 낸 것이기에 진실에 육박하는 힘이 있다.

부재하는 청춘, 잃어버린 청춘, 불모의 청춘과 관련하여 이병주 문학에 여러 번 인용되는 시는 김광섭의 「자화상 삼십칠 년(自畵像三七年)」(1938)이다. 이 시의 5연은 "아침에 나간 靑春이/ 저녁에 靑春을 일코 도라올줄은 밋지못한일이엿다."[2]인데, 핵심은 청춘의 상실이다. 청춘의 상실에 대한 인식은 이 시의 곳곳에 흩어져 있는 어둡고 무거운 언어들 곧, "薔薇를 일은해", "나의하늘을 흐리우든날", "우수", "溺死以前의感情", "니힐의꽃" 등과 어울려 무서운 한 세계를 이룬다. 이 무서운 세계에 감응하여 「관부연락선」의 주인공 유태림은 "이러한 혼미한 나날을 애상(哀傷)과 더불어 내 마음을 어루만지는"[3] 시라고 했다. 무서운 세계를 담고 있는 시를 읽고 위안을 얻는 마음이라, 섬뜩하다. 일제 강점기 막바지 조선 지식인들의 마음 안쪽은 이처럼 충충하여 참으로 헤아리기 어렵다. 지금의 잣대를 들이대어 몇 마디 단정의 추상어로 규정하고 재려는 모든 시도는 애당초 어불

---

2) 김광섭, 《동경》, 대동인쇄소, 1938, 73쪽.
3) 이병주, 『관부연락선』 2(한길사, 2006), 363쪽.

성설, 그 진실에 까마득히 미치지 못한다.

「자화상 삼십칠 년」은 '조국 부재의 사상'을 담은 글과 '통일론'을 피력한 글 두 편 때문에 감옥살이를 했던 「그해 5월」의 중심 인물인 이사마(이병주의 분신)의 머릿속에 "우울할 때면 거의 반드시라고 할 정도로"[4] 떠오르곤 하는데, 이사마의 이때 나이 이미 40대이므로 여기에서의 '청춘 상실'은 나이를 넘어서는 함의를 담고 있는 것으로 보아야 할 터, 폭력적인 권력에 눌리고 갇혀 말의 자유, 사상의 자유, 행동의 자유를 빼앗긴 정신의 우울을 드러내는 말일 것이다.

청춘의 상실, 청춘의 불모성, 청춘의 부재와 관련하여, 당나라 시인 이하의 「증진상(贈陳商)」도 여러 번 인용되어 있다. 34행의 장편인데 특히 "장안에 한 젊은이 있어 長安有男兒/ 나이 스물에 마음은 벌써 늙어 버렸네 二十心已朽"(1~2구)와 "지금 길이 이미 막혔는데 只今道已塞/ 백발까지 기다려 본들 무엇하리 何必須白首"(7~8구)가 인용되어 이병주적 인물들의 우울을 부각한다. 「자화상 삼십칠 년」, 「증진상」 등의 삽입 시를 매개로 한 자기 진단은, 식민 지배 체제가 정비된 시기인 1920년 언저리에 태어나, 1930년대 후반에서 1940년대 초반 그러니까 일제 강점기 마지막 시기 고등교육을 받았던 세대 지식 계층의 내면에 대한 탐구로서, 다른 데서는 만날 수 없는 것이며 심층적인 것이라는 점에서 문학사적 의의가 크다.

이병주 문학의 인물들은 잃어버린 청춘, 불모 상태에 빠진 청춘을 돌아보며 자조, 자학, 한탄한다. 그러나 이 어둡고 무거운 자기부정의 심리는 그 내부에 스스로 일어나 나아가고 하는 신생의 지향성을 품고 있어 이병주 문학을 새롭게 연다. "청춘을 창조하고 싶다."[5]라는 열망, 증언과 기록의 문학 창작에 나아가겠다는 의지, 교육으로써 다음 세대를 바르게 키우겠다는 다짐 등이 그 지향성에 담긴 요소들이다.

---

4)   이병주, 『그해 5월』 5(한길사, 2006), 73쪽.
5)   이병주, 『산하』 4, 167쪽.

3 '학병 체험을 다룬 가상의 작품' 한 편과 자기파괴의 윤리

학병 체험은 이병주 문학의 핵에 해당한다. 이병주는 그의 글에서 계속해서, 반복하여 자신의 학병 체험을 다루었다. 이병주 문학은 이것으로부터 시작하여 끝나며, 이것을 중심으로 뻗어 나가고 이것으로 수렴한다. 이병주 문학은 한마디로 학병 체험자의 문학이다. 방대한 이병주 문학의 이곳저곳에 흩어져 있는, 또는 반복되는 학병 관련 삽화와 진술 등이 구성하는 '학병 체험을 다룬 가상의 작품' 하나가 우리 앞에 떠오른다.

이병주는 학병으로서 자신이 직접 체험한 것을 반복하여 그리는 데 집중함으로써 그 밖의 학병 체험을 거의 수용하지 않았다. 김준엽과 장준하 등의 글이 증언하는바 임시정부 광복군으로의 탈출, 신상초와 엄영식 그리고 정철수 등의 글이 증언하는바 조선의용군으로의 탈출, 박순동의 글이 증언하는바 투항하여 포로 신분으로 OSS 첩보원으로 활동하기, 이가형의 글이 증언하는바 버마 전선에 투입되어 걸어야 했던 악전고투 죽음의 길 등을 다루지 않았다. 황용주의 글이 증언하는바 간부후보생 훈련을 거쳐 일본군 장교로 임관되어 상대적으로 여유 있는 군생활을 했던 학병들의 체험도 이병주 문학에서는 거의 찾을 수 없다. 학병 지원을 거부하고 징용을 택했던 사람들의 체험, 학병에 지원하여 일본 그리고 조선에서 근무했던 사람들의 체험, 일본 또는 조선 주둔 일본군 부대에서 탈출해 숨어 지냈던 사람들의 체험 등도 이병주 문학은 들이지 않았다.

자신의 직접 체험 밖 학병 체험 가운데 이병주 문학이 수용한 것은, 남도부란 가명으로 유명한 빨치산 지도자 하준수의 증언을 바탕으로 상상한 학병 거부자들의 생활이다. 그 중심에 놓인 것은 '화원의 사상'이다. '조국의 독립'과 '민족의 해방'을 위한 투쟁이 바른 삶의 길이라는 생각, '새로운 질서'를 건설하기 위해 '견디지 못할 것까지 견디'며 새나라 건설에 헌신하는 것이 역사적 책무라는 생각 등이 이 사상의 중심 내용이다. "제우스가 질투할 정도로 황홀한 화원"[6]이라는 말이 잘 보여 주듯이 그 생활을 그리는 작가의 붓길을 이끄는 것은 극단적 이상화의 태도이다.

이 같은 극단적 이상화는 '학병 지원'과 '학병 거부'가 양립 불가능의 차원에서 극단 대립하는 이분법으로써 '학병 지원'이 악이고 '학병 거부'가 선이라는 윤리적 판단을 효과적으로 드러내기 위한 글쓰기 전략의 소산이다. 그러나 이로 인해, 이병주 문학이 작가 자신의 직접 체험 밖으로 크게 확장되지 못한 점은 아쉽다. 자신의 직접 체험 밖으로 크게 나아가지 않았기에 이병주는 학병 체험과 관련된 윤리적 죄의식의 문제를 집중적으로, 날카롭게 제기할 수 있었지만, 동시에 이 때문에 학병 체험이라는 집단적 역사 체험을 폭넓게 다룬 보다 큰 학병 문학을 일구는 데 나아가지는 못했다.

이런 문제점에도 불구하고 이병주 학병 문학에는 학병 체험을 다룬 다른 문학과는 구별되는 면을 지니고 있다. 그 하나는 온갖 상황론과 세뇌론(비윤리적임을 알았지만 강제 때문에 어쩔 수 없었다는 상황론, 황도 사상에 깊이 세뇌되어 비윤리적임을 몰랐기 때문에 그것이 황국신민 된 자의 마땅한 책무라 생각했고 그래서 자발적으로 나아갔다든가 하는 세뇌론)의 근본을 무찌르는 철저한 자기부정의 윤리인 자기 파괴의 윤리이다. 독자가 새롭게 구성하는 가상의 이병주 학병 문학을 지배하는 것은 식민지를 통치하는 제국의 권력에 굴복, 일본군에 지원했다는 윤리적 자기 처벌의 의식이다. 단편 「8월의 사상」에 삽입된 다음 시가 이를 잘 보여 준다. 학병에 지원하여 중국 소주에 배치되었다가 살아 돌아온 주인공의 창작시이다.

먼 훗날
살아서 너의 집으로 돌아갈 수 있더라도
사람으로서 행세할 생각은 말라.
돼지를 배워 살을 찌우고
개를 배워 개처럼 짖어라.

---

6) 이병주, 『지리산』 3, 155~157쪽.

고 적어 놓은 네 수첩을 불태우고
죽어서 너는 유언이 없어야 한다.

헌데 네겐 죽음조차도 없다는 것은
죽음은 사람에게만 있는 것이기 때문이다.
죽을 수 있는 것은 사람뿐이다.
그 밖의 모든 것, 동물과 식물, 그리고 너처럼
자기가 자기를 팔아먹은, 제값도 모르고 스스로를 팔아먹은,
노예 같지도 않은 노예들은 멸하여 썩어
없어질 뿐이다.

—「8월의 사상」[7]

사람이 아니기에 "죽음조차 없"는 존재라는 것, 그러므로 죽을 때 인간의 언어로써 무엇인가를 남기는 일은 용납될 수 없다는 것, 또 그러므로 다만 "멸하여 썩어 없어질 뿐"이라는 것, 그리고 "노예 같지도 않은 노예"라는 것이니 무시무시한 절대의 자기부정이다. 그는 우리 소설사의 여기저기, 고통의 바다를 허우적거리며 음산한 신음을 토하는 윤리적 자기 처벌자의 하나이다.

이 윤리적 자기 처벌자의 내면을 깊이 파고듦으로써 이병주는 크고 깊은 역사의 상처 하나를 증언하는 문학을 세웠다. 우리 문학사에서는 이와 나란히 설 수 있는 작품은 거의 없다. 황도 사상에 갇힌 일본군 장교로서 천황을 위해 죽는다는 생각으로 참전했다가 그 허구성을 깨닫고, 종전이 되었음에도 고국으로 돌아오는 것을 스스로 용납하지 못하여 타국에서 살다 주는 인물의 자기 처벌이 핵인 최인훈의 장편 『태풍』 하나를 들 수 있을 정도이다.

---

7) 이병주, 『그 테러리스트를 위한 만사』(한길사, 2006), 278쪽.

이 점만으로도 이병주 문학은 한국 현대문학사의 한 봉우리일 수 있다. 게다가 자신의 내부에 깃든 노예 의식에 대한 진지하고 정직한 윤리적 성찰은 언제나 현재적인 의미를 갖는 것이니 이병주의 학병 문학은 미래적인 것이기도 하다. 이 점에서 "그의 소설들은/ 언제나 과거/ 언제나 현실이되/ 현실인 양/ 비현실적인 회한의 반동"[8]이라는 시인의 단호한 부정의 평가는 이병주 문학의 실재에 미치지 못한다.

이병주 학병 문학의 또 하나 남다른 점은 학병 지원의 다양한 동기를 담아냄으로써 학병 지원이라는 거대한 역사적 사건의 복잡미묘하여 '민족/반민족' 또는 '반일/친일'의 단순 이분법으로는 포착할 수 없는 진실을 드러냈다는 사실이다.

이병주의 학병 문학에 담긴 학병 지원의 동기는 갖가지이다. 운명론, 세뇌론, 상황론도 물론 있고, '한 시대가 보여 주는 징조의 껍질을 뚫어 볼 힘이 없었'기 때문이라는 지식인으로서의 한계, 집안의 힘으로 혼자만 모면했다는 오해를 받을지 모른다는 염려, '청춘의 불모성', '야무진 행동을 통해 비굴에서 스스로를 구하려는 발작', '우리를 희생하고 동족을 살린다.' 또는 '일본의 병정 노릇을 함으로써 일본의 조선인에 대한 차별대우를 없앤다.'라는 생각 등도 있으며, "나는, 나 혼자 잘난 척하기 싫어서 지원했소."라는 고백이 보여 주듯 대중과 함께하고자 하는 심리도 있고, 자신 때문에 좋아하는 여성이 궁지에 몰렸는데 도울 방도가 전혀 없다는 데서 생긴 자포자기의 심리와 같은 지극히 개인적인 차원의 동기(『토지』의 최환국이 학병에 지원한 이유 가운데 하나인 '맺어질 가능성이 없는 사랑의 번뇌에 쫓겨서'도 이와 통한다.)도 있다. 이처럼 다양한 학병 지원 동기를 담아냄으로써 이병주 학병 문학은 일제 강점기 우리 문학에 대한 해석을 지배하는 '민족/반민족' 또는 '반일/친일'의 이분법을 해체하고 학병 지원의 진실에 보다 가까이 다가갈 수 있었다.

---

8)   고은, 『만인보』 12(창작과 비평사), 1996.

4 원한의 증언, 영락에의 정열 예찬

앞에서 작가 세대의 '청춘의 상실'과 관련하여 이하의 「贈陳商」이 인용되었음을 살폈는바, 이병주는 이하에 관심이 많았다. '이백은 失才 중 으뜸이고, 백거이는 人才 중 으뜸이며, 이하는 鬼才 중 으뜸'이라는 평이 있거니와, 이하(李賀, 790~816)는 중심에 들지 못한 주변인의 어둡고 무거운 마음을 표현한 시를 썼다. 게다가 스물일곱에 요절했으니, 한을 품은 사람들이 공감하여 애송하는 시인이었다. 이병주도 그 가운데 하나였다. 그의 글 여러 군데서 이하의 또 다른 작품인 칠언고시 「추래(秋來)」의 7, 8행을 인용했다.

秋墳鬼唱鮑家詩 恰血千年土中碧
"원한에 사무친 사람의 피는 천년이 가도 흙 속의 벽옥처럼 완연하리라"는 아득히 1천 년의 저편에서 들려오는 이하의 탄식이다.[9]

이 인용에서 '한혈'의 주인공은 탁인수, 학병으로 중국 일본군 부대에서 근무하던 중 탈출하고자 했지만 한국인 밀정이 밀고하는 바람에 실패, 해방 직전 '적전(敵前) 부대 이탈' 등의 죄목으로 사형당했다. 일본의 침략 전쟁에 강제 동원된 것만 해도 원통한데 동족의 밀고 때문에 죽었으니 하늘에 가닿은 원통함이다. 게다가 밀고자는 비열한 과거를 숨기고 독립지사를 가장하며 국회의원 선거에까지 나왔다. 먼 옛날 이하가 읊은 한혈의 절구가 시간을 넘어, 천년 세월이 흘러도 풀리지 않을 탁인수의 원통함 그리고 서술자의 원통해하는 마음을 붙안고 함께 운다.

이하의 '한혈'의 절구에 담긴 '탄식'의 마음은 "테러리스트란 결국 원한에 사무친 인간들을 대표하는 엘리트"라는 말에 담긴 테러리즘에 대한 적극적 의미 부여, 사마천을 좇아 '억울하게 죽은 사람들'의 사연을 증언하

---

9) 이병주, 「변명」, 『마술사』(한길사, 2006), 106쪽.

는 '기억 또는 기록'[10]의 가치에 대한 믿음과 통한다. 이 한혈의 절구가 이병주 문학의 바탕에 놓여 있다. 이병주 문학은 원통한 사연들의 기억 또는 기록이고 함께 울기이다.

타락한 정치권력, 자본 권력, 출세와 치부를 향한 이기의 욕망에 짓눌리고 수탈당하는 존재들의 원통함을 연민하여 기억 또는 기록으로써 그 원통함을 드러내고 함께 아파하는 이병주의 문학 정신은 다른 한편, 그런 권력과 욕망의 반대편을 택하여 낮은 곳 가난한 자리에 나아가 서는 정신을 기린다. 김종삼의 시 몇 편이 이를 매개한다.

작곡자 윤용하(尹龍河) 씨는
언제나 찬연한 꽃나라
언제나 자비스런 나라
언제나 인정이 넘치는 나라
음악의 나라 기쁨의 나라에서
살고 있을 것입니다.

유품이라곤 유산이라곤
오선지 몇 장이었습니다
허름한 등산 모자 하나였습니다
허름한 이부자리 한 채였습니다
몇 권의 책이었습니다

날마다 추모합니다

— 김종삼, 「추모합니다」[11]

---

10) 이병주, 『그해 5월』(한길사, 2006), 137쪽.
11) 『그해 5월』 4, 142~143쪽.

작곡가 윤용하의 마지막을 다룬 「추모합니다」 전편이다. 「그해 5월」에
는 모차르트의 쓸쓸한 장례식을 다룬 「실기(實記)」, 한 거지 소녀의 아버
지 사랑과 자존을 아름답게 그린 「장편(掌篇) 2」가 함께 인용되어 있는데,
「추모합니다」와 「실기」는 스스로 소외의 자리를 택한 정신을, 「장편 2」는
소외된 존재의 내부에 깃든 자존을 고귀하게 여기는 정신을 예찬하는 작
가 의식을 매개한다.

모든 사람들이 생존 경쟁의 선두주자가 되려고 애쓰고 있을 때 최 씨는
레이스에서 비껴서 버려 구경을 할 생각도 안 하는 사람이었다. 남 씨는 비
껴서서 구경은 할망정 참여할 생각은 안 하는 사람이고 시인 김 씨는 생존
경쟁의 반대편으로 걸어가 최말단의 낙오자를 지원하여 청계천 변의 10전
균일 밥집 앞에서 거지 소녀의 얼굴을 쳐다보고 있는 것이다.[12]

최 씨는 소설가 최태웅, 남 씨는 소설가 남정현을 가리키는 듯하다. 김
씨는 물론 김종삼 시인이다. 이들에 더해 '천 군'도 이들과 함께하는데 아
마도 시인 천상병일 것이다. 김종삼의 시 몇 편을 통해 작가는 김종삼을
비롯하여 다방 알리스에 모이던 문인들의 "영락에의 향수라고 할 수 있는
미묘한 정열"(143쪽)을 예찬했다.

이 미묘한 정열은 "이 세상엔 맞지 아니"[13]한 정신의 산물이다. 이 점에
서 김종삼 들은 이병주 문학에 나오는, "마음속의 당에 충실"[14]이라는 원
칙을 지켜 "속에 있는 혁명의 불꽃"[15]을 지키고자 하는 인물, 테러리스트,
정신적 망명가 및 이단자 등과 통한다.

---

12) 위의 책, 143~144쪽.
13) 김종삼, 「그날이 오며는」, 『김종삼 전집』(나남, 2018), 193쪽.
14) 『지리산』 4(한길사, 2006), 236쪽.
15) 『지리산』 5, 53쪽.

5 남은 말

이 글에서 필자는 삽입시를 통해 이병주 문학의 주요한 점 몇 가지를 살펴보고자 했다. 물론 부족하다. 이병주 문학에 나오는 삽입 시 가운데 일부만을 다루었을 뿐이고, 큰 작가 이병주의 방대한 문학에 담긴 특성 몇 개를 간략히 검토하는 데 그치고 말았다. 이후의 과제로 남겨 두고자 한다.

삽입 시를 통한 이병주 문학 탐사가 국문학 연구계에서 상대적으로 소홀하게 다루어져 온 이 큰 문학의 본격 연구에 한 길잡이가 되기를 바란다.

제7주제에 관한 토론문

정미진 | 경상국립대 강사

매년 4월 이병주 문학관에서 '이병주 문학 학술 세미나'가 열립니다. 2016년 그 자리에서 선생님께서 '이병주 문학의 공간'이라는 주제로 발표하실 때 이병주 소설에 인용된 시를 통해 이병주 문학을 읽어 낼 수 있다는 취지로 말씀하신 것이 어쩐지 머릿속에 오래 남아 있었습니다. 이후 이병주 소설을 읽으며 소설 곳곳에 인용된 여러 시편들을 볼 때마다 자연스레 선생님의 그 말씀을 떠올리곤 했습니다. 그리고 이병주 탄생 100주년이 되는 해에 그 내용을 구체적으로 확인하게 되어 기쁘고 반가운 마음이 큽니다.

선생님께서는 발제문에서 이병주 소설 전반에 고루 등장하는 삽입시 — 김광섭의 「자화상 삼십칠 년」, 당나라 시인 이하의 「증진상」, 「추래」, 김종삼의 시 등 — 를 통해 작가 이병주의 문학론을 정리하고 계십니다. 이병주의 현실 인식과 문학적 의의를 동시에 보여 주는 귀중한 논의라고 생각합니다. 선생님께서 발제문에 서술하신 대부분의 내용에 공감하기에 발제문을 읽으며 갖게 된 몇 가지 생각에 대해 선생님의 의견을 여쭙는 것으로 토론자의 소임을 다하고자 합니다.

첫째, 선생님께서 언급하신 것처럼 이병주는 테러리스트에 관심이 많은 작가였음이 분명한 듯합니다. 「소설·알렉산드리아」의 사라 안젤이나 한스 셀러, 「그 테러리스트를 위한 만사(挽詞)」의 동정람, 「산하」의 양근환, 문창곡 등은 민족적 비극의 역사 가운데 개인의 원한을 담지한 채 원한의 해소를 위해 스스로 테러리스트가 된 인물들입니다. 이병주의 소설에서 역사적 현실로 인한 원한과 원한을 빚어낸 과거에 연루되어 살아가는 인물들의 삶은 곧잘 운명으로 설명되곤 합니다.

이와 관련하여 「그 테러리스트를 위한 만사」의 정람은 "보다 큰 사랑을 위해서" 테러리스트가 되었다고 언급합니다. 이병주는 신이 죽은 시대에 신을 대리하여 '이미 인간이 아닌 존재'를 처단하는 '운명'을 짊어진 것이 테러리스트이며, 국가와 민족을 위한 '사랑'의 실천으로 '테러'를 선택한 것이라고도 서술하고 있습니다. 이병주가 "테러로써 부정적 대상을 절멸하고자 혼돈과 어둠의 시대를 종횡하는 사내"인 테러리스트에 큰 관심을 기울인 것은 원한에 대한 소설적 해결 방법인 동시에 테러-폭력을 일정 정도 긍정하는 것으로도, 「그 테러리스트를 위한 輓詞」의 결말이 보여주듯 의도나 목적이 어떠하든 폭력을 용인할 수 없다는 입장을 우회적으로 드러내는 것으로도 읽힙니다. 이에 대해 선생님의 생각을 여쭙고 싶습니다.

둘째, 2장에서 선생님께서는 이병주 문학의 인물들의 내부에 자리한 어둡고 무거운 자기 부정의 심리는 한편으로 "신생의 지향성"을 품고 있다고 설명하셨습니다. 『산하』의 한 구절을 들어 이에 대해 간략하게 언급하셨지만 "증언과 기록의 문학 창작에 나아가겠다는 의지, 교육으로써 다음 세대를 바르게 키우겠다는 다짐" 등이 담긴 "신생의 지향성"과 관련하여 조금 더 자세한 설명을 부탁드립니다.

셋째, 이병주는 자신의 학병 출정을 두고 "용서할 수 없는 역사적 과오"라고 설명하고, 학병으로 복무했던 자신을 "노예"나, "한 마리 버러지"로 표현하는 등 작품을 통해 줄기차게, 그리고 직접적으로 그 죄의식을 드러내고 있습니다. 이와 관련하여 '3장 '학병 체험을 다룬 가상의 작품' 한 편과 자기파괴의 윤리'에서 선생님께서는 이병주 문학의 핵심에 놓이는 것이 학병 체험이며, 특히 이병주는 "자신이 직접 체험한 것을 반복하여 그리는 데 집중함으로써 그 밖의 학병 체험을 거의 수용하지 않았"으나 "빨치산 지도자 하준수의 증언을 바탕으로 상상한 학병 거부자들의 생활"의 중심에 "화원의 사상"을 놓아 학병 지원과 학병 거부를 이분법적으로 드러내고 있다고 설명하셨습니다. 이것이 자신의 학병 체험과 관련된 윤리적 죄의식의 문제를 날카롭게 제기할 수 있게 했지만 집단적 역사 체험을 폭넓게 다루는 데로 나아가지는 못했다고 평가하셨습니다.

『지리산』 외에도 자신의 체험 바깥에 놓인 학병 거부자의 운명을 다루려는 시도가 있었습니다. 장편 『꽃의 이름을 물었더니』(1979)와 중편 『백로선생』(1983)은 학병을 거부했던 인물들이 처했던 상황과 그 이후의 삶을 다루고 있습니다. 특히 『꽃의 이름을 물었더니』에서는 독립운동가의 아들과 친일인사 딸의 비극적인 사랑을 중심으로 박태열이라는 인물을 통해 "죄 없이 쫓기는 신세"가 된 학병 거부자의 내면과 삶을 기술하고 있습니다. 그러나 이들 작품은 학병 체험을 전면에 내세운 다른 소설들과는 달리 소설사에서 언급조차 되지 않고 있습니다. 여기에는 분명 어떤 이유가 있을 것이라는 생각이 들었습니다.

이병주는 주로 사적 체험에 의존하여 과거의 역사적 사건을 소설이라는 담론 형식으로 기록해 왔습니다. 객관적이고 구체적인 용어를 통해 역사를 설명해 낼 수는 있지만 거기에는 사건의 당사자로 가지는 원한과 진심이 결락될 수 있다고 생각했기 때문인 듯합니다. 이는 차가운 타인의 눈이 아닌 정감으로서 기록하려는 이병주의 소설적 목표와도 이어지는 부분일 것입니다. 『지리산』의 경우 하준수의 증언이 결락된 원한과 진심을 채워 주지만, 언급한 소설들의 경우 자기 체험, 혹은 자기 체험의 빈자리를 메워줄 수 있는 증언을 바탕으로 하지 않은, 온전히 체험 바깥을 상상한 것이기에 학병 거부자의 내면이 다소 피상적인 차원에서 다루어진 부분이 있지 않나 생각해 봅니다. 이병주가 학병 문제를 소설화할 때 자신이 직접 경험한 것 바깥으로 확장하지 않았던 것도 이런 맥락으로 이해할 수 있을지 선생님의 생각을 여쭙고 싶습니다.

　마지막으로 이병주 문학이 "국문학 연구계에서 상대적으로 소홀하게 다루어져" 온 원인에 대해서 이미 여러 연구자들이 언급(문단 데뷔 절차, 작품 간의 편차, 딜레탕티즘, 관제작가 등)했습니다만 선생님께서는 어떻게 생각하고 계신지 여쭤 보고 싶습니다. 이와 함께 한국 소설사에서 이병주 문학이 지니는 위치와 의미에 대해서도 말씀을 청해 듣고 싶습니다.

이병주 생애 연보

1921년	3월 16일, 경남 하동군 북천면 옥정리 안남골에서 아버지 이세식과 어머니 김수조 사이에서 출생.
1927년(8세)	하동군 북천면 북천공립보통학교 입학.
1931년(12세)	북천공립보통학교 4년 과정 수료. 하동군 양보면 양보공립보통학교 입학(5학년).
1933년(14세)	양보공립보통학교 6학년 과정 졸업.
1936년(17세)	진주공립농업학교 입학.
1940년(19세)	진주공립농업학교에서 퇴학당함. 이후 일본 교토로 건너가 전검 시험에 응시하여 합격. 교토3고에 입학했다가 퇴학당한 것으로 추정.
1941년(20세)	메이지대학 전문부 문과 문예과 입학.
1943년(22세)	이점휘와 결혼. 메이지대학 전문부 문과 문예과 졸업. 일본 조선인 학도지원병제도 실시에 따라 학병에 지원하여 경성제국대학 동숭동 교사에서 연성 훈련을 받음.
1944년(23세)	대구 소재의 일본 제20사단 제80연대 입대. 이후 중국 쑤저우에 배치됨.
1945년(24세)	파상풍으로 오른손 중지 한 마디를 절단한 것으로 추정. 일제 패망에 따른 현지 제대. 이후 상해에서 체류. 희곡 「유맹-나라를 잃은 사람들」 집필.
1946년(25세)	부산으로 귀국한 것으로 추정. 모교인 진주농림중학교 교사로 발령.

1947년(26세)	장남 권기 출생.
1948년(27세)	진주농과대학(현 경상국립대) 강사로 발령. 진주농림중학교 교사직과 겸임.
1949년(28세)	진주농과대학 개교 1주년 기념연극으로 오스카 와일드의 '살로메' 연출. 진주농과대학 조교수 발령. 진주농림중학교 교사직 사임.
1950년(29세)	한국 전쟁 발발. 진주가 함락되어 아내와 자녀를 데리고 처가가 있는 고성군 고성읍 덕선리로 피신. 고성이 인민군에 점령당하자 가족은 남겨둔 채 하동의 부모에게로 가다가 정치보위부에 체포. 친구 권달현의 도움으로 정치보위부에서 풀려남. 이후 진주시 집현면에서 20여일 가량 피신. 문예선전대 이동연극단을 이끌고 전선으로 출발. 진주 수복. 인민군 퇴각으로 이동연극단 해산. 진주농과대학 조교수직 사임. 고향에 잠시 머물다가 부산으로 감. 부역 문제로 진주에 와서 자수. 불기소 처분으로 다시 부산으로 갔으나 미군CIC(방첩대) 요원에 의해 연행. 구금 이후 불기소 처분으로 풀려남.
1951년(30세)	하동으로 돌아와 가업인 양조장 일을 돌봄. 승려로 출가하기 위해 해인사로 들어가 반(半) 승려 생활을 함.
1952년(31세)	해인사 경내로 교사를 이전한 '최범술의 국민대학'이 교명을 해인대학으로 변경했고, 해인대학 측의 요청에 의해 강사 생활을 한 것으로 추정. 해인사를 습격한 빨치산에 의해 끌려갔다가 하루 만에 탈출에 성공. 이후 진주로 거주지를 이전. 해인대학, 교사를 경남 진주로 이전.
1953년(32세)	해인대학에서 계속 강의.
1954년(33세)	해인대학 학장 직무대리에 취임. 하동군 제3대 민의원 선거에 출마하여 3위로 낙선.
1956년(35세)	해인대학이 마산시 완월동으로 이전한 때를 전후하여 마산으

로 거주지 이전.

1957년(36세)	부산일보에 「내일 없는 그날」 연재 시작.(종료 1958년 2월 25일)
1958년(37세)	해인대학 교내신문 《해인대학보》 주간 교수. 《국제신보》 상임 논설위원으로 발령. 수개월간 교수직과 겸임하다 교수직 사임.
1959년(38세)	《국제신보》 주필로 발령. 부친 이세식 타계. 편집국장 겸직. 월간 《문학》에 희곡 「유맹」 발표.
1960년(39세)	부산군수기지 사령관에 취임한 박정희와 몇 차례 만남. 하동군 제5대 국회의원 선거에 출마하여 3위로 낙선. 월간 《새벽》에 논설 「조국의 부재」 발표.
1961년(40세)	《국제신보》에 「통일에 민족역량을 총집결하자」라는 연두사 게재. 5·16군사정변 발발. 쿠데타 세력에 의해 체포되어 혁명재판에 회부. 혁명재판에서 징역 10년형 선고.
1962년(41세)	이병주의 변호인단이 제출한 상소가 기각되어 10년형 확정. 부산교도소로 이감.
1963년(42세)	특사로 부산교도소에서 출감. 상경 이후 폴리에틸렌 사업을 시작하며 사업가로 활동.
1965년(44세)	《국제신보》 논설위원 취임. 《세대》 6월호에 중편 「소설·알렉산드리아」 발표.
1966년(45세)	《신동아》 3월호에 단편 「매화나무의 인과」 발표. 제자인 김현옥이 서울시장에 취임한 때를 전후로 신한건재 설립 추정. 서울시 조립식주택 건설 공사(서대문구 남가좌동)에 착수하나 공사가 중지되고 이후 신한건재 경영에 실패한 것으로 추정.
1967년(46세)	《국제신보》 논설위원직 사퇴.
1968년(47세)	《국제신보》 서울 주재 논설위원. 《월간중앙》 4월호에 「관부연락선」 연재 시작.(종료 1970년 3월) 《경남매일신문》에 「돌아보지 말라」 연재 시작.(종료 1969년 1월 22일) 《국제신보》 서울 주재 논설위원 사퇴. 《현대문학》 8월호에 단편 「마술사」 발표.

출판사 '아폴로사'를 설립. 초기 3부작을 묶어 소설집 『마술사』 출간.

1973년(52세)   《서울신문》 순회특파원.

1977년(56세)   장편 『낙엽』으로 한국문학작가상, 중편 「망명의 늪」으로 한국창작문학상 수상.

1981년(60세)   《부산일보》 논설위원.

1984년(63세)   장편 『비창』으로 한국펜문학상 수상.

1985년(64세)   영남 문우회 회장.

1990년(69세)   《신경남일보》의 명예 주필 겸 뉴욕지사장 발령으로 뉴욕으로 출국.

1991년(70세)   건강 악화로 서울대학교 부속병원에 입원, 폐암 선고 받음.

1992년(71세)   4월 3일, 지병으로 타계.

이병주 작품 연보

발표일	분류	제목	발표지
1957. 8. 1 ~1958. 2. 25	장편 연재	내일 없는 그날	부산일보
1959. 3	장편 단행본	내일 없는 그날	국제신보사
1965. 6	소설	소설 알렉산드리아	세대
1966. 3	소설	매화나무의 인과	신동아
1968. 4 ~1970. 3	장편 연재	관부연락선	월간중앙
1968. 7. 2 ~1969. 1. 22	장편 연재	돌아보지 말라	경남매일신문
1968. 8	소설	마술사	현대문학
1968. 10	소설집	마술사	아폴로사
1969. 12	소설	쥘부채	세대
1970. 1. 1 ~12. 30	장편 연재	배신의 강	부산일보
1970. 5 ~1971. 12	장편 연재	망향	새농민
1970. 5. 1 ~1971. 2. 28	장편	허상과 장미	경향신문
1971. 1 ~1979. 8	장편 연재	산하	신동아

발표일	분류	제목	발표지
1971. 6. 2 ~1971. 12. 30	장편 연재	화원의 사상	국제신문
1971. 7	소설	패자의 관	정경연구
1972. 1. 5 ~2. 27	장편 연재	언제나 그 은하를	주간여성
1972. 1. 5 ~1977. 8	장편 연재	지리산	세대
1972. 4	장편 단행본	관부연락선(I·II)	신구문화사
1972. 5	소설	예낭풍물지	세대
1972. 6	소설	목격자	신동아
1972. 7	소설	초록(草綠)	여성동아
1972. 11 ~1973. 2	장편 연재	망각의 화원	현대여성
1972. 11. 1 ~1973. 10. 31	장편 연재	여인의 백야	부산일보
1972. 12	소설	변명	문학사상
1973	소설	미스 산(山)	선데이서울
1973. 6	에세이집	백지의 유혹	남강출판사
1974. 1 ~1975. 12	장편 연재	낙엽	한국문학
1974. 10	소설	겨울밤 ―어느 황제의 회상	문학사상
1974. 10	소설	칸나 x 타나토스	문학사상
1974. 10	소설집	예낭풍물지	세대문고
1975	소설	제4막	주간조선
1975. 3	에세이집	사랑을 위한 독백	회현사

발표일	분류	제목	발표지
1975. 6. 2 ~1976. 7. 31	장편 연재	그림 속의 승자	서울신문
1975. 7	소설	중랑교	소설문예
1975. 10	소설	내 마음은 돌이 아니다	한국문학
1976. 1	소설	여사록	현대문학
1976. 4 ~1982. 9	장편 연재	행복어 사전	문학사상
1976. 5	소설	철학적 살인	한국문학
1976. 6 ~1977. 7	장편 연재	소설 조선공산당	북한
1976. 6	소설	만도린이 있는 풍경	한전(한국전력 사보)
1976. 7	소설	이사벨라의 행방	뿌리깊은나무
1976. 9	소설	망명의 늪	한국문학
1976. 10	소설집	망명의 늪	서음출판사
1976. 12	소설	수선화를 닮은 여인	한전(한국전력 사보)
1976. 12	소설집	철학적 살인	서음출판사
1977	소설	유리빛 목장에서 별을 삼키다	동아문화
1977	에세이집	성, 그 빛과 그늘(상·하)	물결사
1977. 2. 12 ~1980. 12. 31	장편 연재	바람과 구름과 비(碑)	조선일보
1977. 5	소설	정학준	한국문학
1977. 5	단행본	소설 알렉산드리아	범우사
1977. 9	소설	삐에로와 국화	한국문학
1977. 11	소설집	삐에로와 국화	일신서적공사
1978. 5	소설	계절은 그때 끝났다	한국문학

발표일	분류	제목	발표지
1978. 5	장편 단행본	망향	경미문화사
1978. 6	에세이집	사랑받는 이브의 초상	문학예술사
1978. 8·9	에세이집	허망과 진실 —나의 문학적 편력(상·하)	기린원
1978. 10	에세이집	미(美)와 진실의 그림자	대광출판사
1978. 11	소설	추풍사	한국문학
1978. 12	장편 단행본	허상과 장미	범우사
1979. 1	장편 단행본	언제나 그 은하를	백제
1979. 1. 1 ~12. 29	장편 연재	별과 꽃과의 향연	영남일보
1979. 2~10	장편 연재	인과의 화원	법륜
1979. 2	장편 단행본	낙엽 (=연재소설「화원의 사상」)	태창문화사
1979. 3	소설	서울은 천국	한국문학
1979. 봄	소설	어느 독신녀	화랑
1979. 4	장편 단행본	여인의 백야(상·하)	문음사
1979. 9 ~1972. 8?	장편 연재	황백의 문	신동아
1979. 9. 9 ~1979. 10. 28	장편 연재	꽃의 이름을 물었더니	새시대
1979. 11	기행문집	바람소리 발소리 목소리	한진출판사
1979. 12	에세이집	1979년	세운문화사
1979. 12	장편 단행본	배신의 강(상·하)	범우사

발표일	분류	제목	발표지
1980. 2	장편 단행본	인과의 화원	형성사
1980. 3	장편 단행본	코스모스 시첩	어문각
1980. 3	장편 단행본	(재)관부연락선	기린원
1980. 4	소설집	서울은 천국	태창문화사
1980. 5	중편 단행본	역성의 풍, 화산의 월	신기원사
1980. 5 · 6	장편 단행본	행복어 사전(1 · 2부)	문학사상사
1980. 6	소설	세우지 않은 비명(碑銘) (=역성의 풍, 화산의 월)	한국문학
1980. 8	장편 단행본	행복어 사전(3부)	문학사상사
1980. 11	소설	8월의 사상	한국문학
1980. 12	에세이집	아담과 이브의 합창	지문사
1981. 1	장편 단행본	서울 버마재비(상 · 하) (=연재소설 '그림 속의 승자')	집현전
1981. 2. 10 ~1982. 7. 2	장편 연재	유성의 부	한국일보
1981. 3	소설	피려다만 꽃	소설문학
1981. 3. 2 ~1982. 3. 31	장편 연재	미완의 극(劇)	중앙일보
1981. 5	장편 단행본	행복어 사전(4부)	문학사상사
1981. 6	장편 단행본	풍설(상 · 하) (=연재소설 '별과 꽃과의 향연')	문음사

발표일	분류	제목	발표지
1981. 7	장편 단행본	행복어 사전(5부)	문학사상사
1981. 8 ~1982. 7	장편 연재	황혼의 시	소설문학
1981. 9	장편 단행본	당신의 성좌	주우
1981. 9	장편 단행본	황백의 문(1부)	동아일보사
1981. 11	소설	거년(去年)의 곡(曲)	월간조선
1982	소설	아무도 모르는 가을	문예출판사
1982. 1	에세이집	나 모두 용서하리라 (=용서합시다)	집현전
1982. 1	장편 단행본	허드슨강이 말하는 강변 이야기	국문
1982. 2	소설	빈영출	현대문학
1982. 4. 1 ~1983. 7. 30	장편 연재	무지개 연구	동아일보
1982. 6. 27	소설	세르게이 홍(洪)	주간조선
1982. 9 ~1988. 8	장편 연재	그해 5월	신동아
1982. 9	장편 단행본	(완)행복어 사전(6부)	문학사상사
1982. 10	소설집	허망의 정열	문예출판사
1982. 12	에세이집	현대를 살기 위한 사색	정음사
1982. 12	에세이집	공산주의의 허상과 실상	신기원사
1982. 12	장편 단행본	무지개 연구(1부)	두레
1982. 12	장편 단행본	미완의 극(상·하)	소설문학사

발표일	분류	제목	발표지
1983. 1	소설	그 테러리스트를 위한 만사(輓詞)	한국문학
1983. 1. 1 ~12. 30	장편	화(和)의 의미	매일신문
1983. 3	소설	우아한 집념	문학사상
1983. 4	장편 단행본	당신의 뜻대로 하옵소서 :소설 김대건	대학문화사
1983. 8·9	장편 연재	소설 이용구	문학사상
1983. 8	에세이집	이병주 고백록 ― 자아와 세계의 만남 (=허망과 진실 ― 나의 문학적 편력)	기린원
1983. 8	장편 단행본	황백의 문(2부)	동아일보사
1983. 9	소설	박사상회	현대문학
1983. 11	소설	백로 선생	한국문학
1983. 11	소설집	그 테러리스트를 위한 만사(輓詞)	홍성사
1983. 12 ~1984. 7	장편 연재	팔만대장경	불교사상
1984. 1. 1~ 7. 31	장편 연재	서울 1984	경향신문
1984. 2	장편 단행본	비창	문예출판사
1984. 5	에세이집	길 따라 발 따라(1)	행림출판
1984. 9	장편 단행본	바람과 구름과 비(碑)(1~9)	한국교육출판공사
1984. 10 ~1985. 3	장편 연재	약과 독	재경춘추

발표일	분류	제목	발표지
1984. 10	장편 단행본	그해 5월(1권)	기린원
1984. 11	번역	불모 지대(1~5권)	신원
1984. 11	장편 단행본	그해 5월(2권)	기린원
1984. 11	소설	강기완	소설문학
1984. 12 ~1987. 8	장편 연재	남로당	월간조선
1984. 12	장편 단행본	황혼의 시	기린원
1985. 1 ~ 1987. 2	장편 연재	니르바나의 꽃	문학사상
1985. 2	장편 단행본	꽃의 이름을 물었더니	심지
1985. 3	장편 단행본	그해 5월(3권)	기린원
1985. 3·4	장편 단행본	지리산(1·2·3·4권)	기린원
1985. 4	에세이집	생각을 가다듬고	정암
1985. 5	장편 단행본	(재)여로의 끝(=망향)	창작예술사
1985. 5·6	장편 단행본	지리산(5·6권)	기린원
1985. 6	장편 단행본	(완)무지개 사냥(1·2부) (=무지개 연구)	문지사
1985. 6	장편 단행본	산하(1-4권)	동아일보사
1985. 7	에세이집	청사에 얽힌 홍사	원음사

발표일	분류	제목	발표지
1985. 7	장편 단행본	(재)강물이 내 가슴을 쳐도 심지 (=허드슨강이 말하는 강변 이야기)	
1985. 9	장편 단행본	지리산(7권)	기린원
1985. 12	에세이집	악녀를 위하여	창작예술사
1985. 12	에세이집	여체미학·샘	청한문화사
1985. 12	번역	신역 삼국지(1~5권)	금호서관
1985. 12	장편 단행본	지오콘다의 미소	신기원사
1986	소설	산무덤	한국문학
1986. 1~3	장편 연재	명의열전·편작	건강시대
1986. 2	장편 단행본	낙엽	동문선
1986. 4 ~1988. 2	장편 연재	소설 허균	사담
1986. 4	소설	어느 낙일	동서문학
1986. 4	장편 단행본	행복어 사전(1부)	문학사상사
1986. 5	장편 단행본	행복어 사전(2·3부)	문학사상사
1986. 7 ~1987. 10	장편 연재	그들의 향연	한국문학
1986. 11 ~1987. 1	중편 연재	소설 장자	월간경향
1986. 11	에세이집	사상의 빛과 그늘	신기원사
1987. 1	장편 단행본	저 은하에 내 별이 (=언제나 그 은하를)	동문선

발표일	분류	제목	발표지
1987. 3	장편 단행본	소설 일본제국(1)	문학생활사
1987. 4	장편 단행본	소설 일본제국(2)	문학생활사
1987. 6	장편 단행본	소설 장자	문학사상사
1987. 7	소설집	박사상회	이조출판사
1987. 9	장편 단행본	니르바나의 꽃(1·2)	행림출판
1987. 10	장편 단행본	남로당(상·중·하)	청계
1987. 11	에세이집	허와 실의 인간학	중앙문화사
1988. 2	장편 단행본	그들의 향연	기린원
1988. 3	장편 단행본	(재)황금의 탑(1·2·3) (=황백의 문)	기린원
1988. 3. 24 ~1990. 3. 31	장편 연재	'그'를 버린 여인	매일경제신문
1988. 4 ~1989. 3	장편 연재	어느 인생	동녘
1988. 6	에세이집	산을 생각한다	서당
1988. 6	장편 단행본	유성의 부(1·2권)	서당
1988. 8	소설집	알렉산드리아	책세상
1988. 9	장편 단행본	유성의 부(3권)	서당
1988. 12	기행문집	잃어버린 시간을 위한 문학적 기행	서당

발표일	분류	제목	발표지
1989. 1	장편 단행본	장군의 시대 — 그해 5월(1~5) (=그해 5월)	기린원
1989. 1. 1 ~3. 31	장편 연재	정몽주	서울신문
1989. 3	장편 단행본	(재)내일 없는 그날	문이당
1989. 4	장편 단행본	(완)유성의 부(4권)	서당
1989. 5	에세이집	젊음은 항상 가꾸는 것	해문출판사
1989. 7	장편 단행본	허균	서당
1989. 10	장편 단행본	(재)산하	늘푸른
1989. 12	장편 단행본	포은 정몽주	서당
1989 겨울 봄 ~1992	장편 연재	별이 차가운 밤이면	민족과문학
1989. 12. 28 ~1991. 2. 18	장편 연재	아아! 그들의 청춘 (=관부연락선)	신경남일보
1990. 4	장편 단행본	'그'를 버린 여인(상·중·하)	서당
1990. 10	장편 단행본	(재)꽃이 핀 여인의 그늘에서(상·하) (=여인의 백야)	서당
1990. 11	장편 단행본	(재)그대를 위한 종소리(상·하)(=허상과 장미)	서당
1991. 4	장편 단행본	(재)배신의 강(상·하)	서당

발표일	분류	제목	발표지
1991. 6	장편 단행본	(재)달빛 서울(=연재소설 '화원의 사상'=낙엽)	민족과문학사
1991. 9	에세이집	대통령들의 초상	서당
1991. 12	번역	금병매(상·하)	명문당
1992. 3	소설집	내 마음은 돌이 아니다	서당
1992. 7	장편 단행본	(재)운명의 덫(상·하) (=연재소설 '별과 꽃과의 향연'=풍설)	문예출판사
1992. 7	장편 단행본	(재·미)바람과 구름과 비(전 10권)	기린원
1992. 9	소설집	세우지 않은 비명(碑銘)	서당
1993. 9	장편 단행본	정도전	큰산
2002. 1	에세이집	이병주의 에로스 문화 탐사(1·2)	생각의나무
2002. 3	에세이집	이병주의 동서양 고전 탐사(1·2)	생각의 나무
2003. 6	장편 단행본	(재·미)바람과 구름과 비(전 10권)	들녘
2006. 4	전집	이병주 전집(전 30권)	한길사
2009. 4	장편 단행본	별이 차가운 밤이면	문학의 숲
2009. 8	장편 단행본	(재)장자에게 길을 묻다 (=소설 장자)	동아일보사
2009. 9	소설집	박사상회·빈영출	바이북스
2009. 9	소설집	쥘부채	바이북스
2009. 9	단행본	소설·알렉산드리아	바이북스
2010. 3	소설집	이병주 작품집	지만지
2010. 9	에세이집	문학을 위한 변명	바이북스

발표일	분류	제목	발표지
2010. 9	소설집	변명	바이북스
2010. 9	소설집	패자의 관	바이북스
2011. 4	소설집	마술사·겨울밤	바이북스
2012. 4	에세이집	잃어버린 시간을 위한 문학 기행	바이북스
2013. 4	에세이집	스페인 내전의 비극	바이북스
2013. 4	소설집	예낭풍물지	바이북스
2014. 3	장편 단행본	(재)정도전	나남
2014. 4	장편 단행본	(재)정몽주	나남
2014. 4	소설집	여사록	바이북스
2014. 9	장편 단행본	(재)허균	나남
2014. 9	에세이집	이병주 역사 기행	바이북스
2014. 10	장편 단행본	돌아보지 말라	나남
2015. 4	장편 단행본	(재)남로당(상·중·하)	기파랑
2015. 4	소설집	망명의 늪	바이북스
2015. 9	에세이집	긴 밤을 어떻게 새울까	바이북스
2016. 5	장편 단행본	천명 — 영웅 홍계남을 위하여(1·2)(=유성의 부)	나남
2017. 7	장편 단행본	(재)비창	나남
2017. 8	에세이집	이병주 수필선집	지식을만드는지식
2018. 8	장편 단행본	(재)운명의 덫(상·하) (=연재소설 '별과 꽃과의 향연'=풍설)	나남

발표일	분류	제목	발표지
2019. 4	소설집	허드슨강이 말하는 강변 이야기·제4막	바이북스
2020. 5	장편 단행본	(재)바람과 구름과 비 (전 10권)	그림같은세상

작성자 정미진 경상국립대 교수

전후 작가로서의 김광식과 '개인'의 의미

정은경 | 중앙대 교수

서론

김광식은 1921년에 태어나 1954년 「환상곡」으로 데뷔해 작품 활동을 시작한 전후 세대 작가이다. 2002년 타계하기까지 네 권의 창작집[1]과 여러 권의 장편소설을 출판했으나 그의 문학에 대한 평가는 주로 1950년대에 발표한 작품에 모아지고 있다. 특히 제2회 현대문학상을 수상한 「213호 주택」(《문학예술》, 1956. 6)은 그의 문명을 널리 알린 출세작으로 『한국 전후 문제 작품집』에 수록되어 문제작으로 평가받은 바 있다. 도시 문명 속에서 혼란을 겪는 개인을 그린 이 작품은 이후 '획일주의와 기계 문명,

---

[1] 김광식은 네 권의 창작집과 세 권의 장편소설을 펴냈고, 그 목록은 아래와 같다. 창작집으로 『환상곡』(정음사, 1958), 『비정의 향연』(동국문화사, 1959), 『진공 지대』(선명문화사, 1967), 『상상하는 여인』(종로서적출판주식회사, 1991), 장편소설로 『아름다운 오해』(동아출판사, 1958), 『식민지』(을유문화사, 1963), 『고독한 양지』(선경도서, 1979) 등이 있다.

현대인의 소외, 비인간화' 등을 주요 의제로 다룬 그의 작품 세계를 견인하는 대표작으로 논의되어 왔다.

이러한 당대의 평가는 이후 단평은 물론 본격적인 연구에도 이어지고 있는데, 김명석, 신종곤, 임기현, 이상민, 방금단, 윤영현 등의 연구[2]가 이에 해당된다. 김명석은 1960년대 본격화된 한국 근대성의 경험이 1950년대 소설에도 나타나고 있다고 보고 김광식의 「213호 주택」과 「의자의 풍경」에서 '산업화의 발전 속도에 뒤처진 부적응자', '자본주의적 인간관계' 등을 읽어 낸다. 신종곤은 '허무주의' '역사의식 부재', '새것 콤플렉스' 등의 일축된 1950년대 문학에서 구체적인 현실 대응 감각을 읽어 내고자 하는 맥락에서 김광식을 살피고 있다. 위 작품이 '기계화된 삶에 적응하지 못하는 절망적 자의식'을 보여 준다며 긍정적으로 평가하고 있다. 임기현은 1930년대 움튼 도시 문학이 1970년대 본격화되기 전에 1950년대 김광식의 『환상곡』에서 선취되고 있다고 보고 '기계문명, 획일성. 개성 상실, 가족 해체, 윤리의식 부재' 등 도시 문학적 특징을 다룬다. 더불어 이러한 김광식의 선구적 업적과 특징이 전후 소설의 범주에서 차별적으로 다루어져야 한다고 주장한다. 이상민 또한 이와 유사한 맥락에서 김광식 소설이 '전쟁'이라는 특정한 시·공간과 긴밀한 관계에 놓여 있지 않고, "1950년대 소설사에서 볼 수 없었던 거대 문명에 종속되는 인간의 내면을 다루는 특이함을 보여 준다."라고 언급한다. 방금단은 이러한 문제의식을 공유하면서 김광식 소설에 나타나는 '소외 의식'을 세분화하여 고찰하고 있는데, 김광식이 여타의 전후 작가들과 달리 '전후 본격화된 자본주의화와 도시화'를 다루고 있다는 점에서 변별된다고 본다. 윤영현은 앞선 논의들이 김

---

2) 김명석(1996), 「1950년대 소설에 나타난 근대성의 경험」, 《현대문학의 연구》 7; 신종곤 (2002), 「1950년대 전후 소설에 나타난 현실 인식의 굴절 양상」, 《현대소설연구》 16, 한국현대소설학회; 임기현(2000), 「김광식 도시 소설 연구」, 《개신어문연구》 17, 개신어문학회; 이상민(2009), 「김광식 소설 연구」, 《한국사상과 문화》 48; 방금단(2013), 「김광식 소설의 소외 의식 연구」, 《국제어문》 57, 국제어문학회; 윤영현(2019), 「전후 감각과 현대성 비판의 컬래버레이션 ― 김광식 소설 연구」, 《현대문학의 연구》 9.

광식 소설이 갖는 '전쟁' 관련성을 과소평가하고 있다고 보고, 작품들을 '전후 소설적 경향'과 '현대성 비판 소설'로 구분하여 살펴보고 있다.

많지 않은 김광식 연구 중 최근 나타난 새로운 유형은 학병과 식민지 기억과 관련한 『식민지』(1963) 연구이다.[3] 류동규는 김광식의 자전적 경험이 투영된 『식민지』가 전후 세대의 식민지 기억 서사를 풍부하게 보여 주는 작품으로 보고, 이 작품이 전후 내셔널리즘에 구속되면서도 이를 벗어나는 지점에 대해 주목하고 있다. 학병 기피자인 주인공이 만주를 전전하는 이야기를 담은 이 작품이 탈주와 사랑의 서사에서는 민족주의를 보여 주는 한편, 만주 체험의 후반부에서는 이방인의 시선을 취함으로써 내셔널리즘을 벗어나는 지점을 보여 주고 있다는 것이다. 학병 기피자의 시대 응전 방식과 내면의식에 주목하고 있는 손혜숙은 김광식의 『식민지』가 기피자의 비겁과 소극적 저항이라는 양가감정을 보여 주는 동시에, 만주라는 식민 공간에서 존재했던 혼종적 주체들의 불안을 형상화하고 있다고 고찰하고 있다. 이다온의 글 또한 『식민지』가 만주의 다양한 이중적 타자들을 통해 일본 제국주의의 폭력성을 비판하고 디아스포라적 연대성을 강조하고 있다고 평가한다.

이상의 기존 논의들을 고찰하면서 드는 의문점은 다음과 같다. 첫째 '현대인의 소외, 비인간성'이라는 초기 단편과 '식민지 기억 서사'와의 거리이다. 위의 연구들은 각각 두 유형 중 하나만을 고찰하고 있어 거의 무관한 세계처럼 느껴진다. '현대문명 비판과 식민 경험의 역사화라는 그 표면적인 차별성과 별도로 심층적 상관성과 내적 동일성을 지니고 있지 않을까' 하는 의구심이 든다. 둘째, '도시 소설을 선취한 선구적 업적' 혹은 '1950년대 소설사에서 볼 수 없었던 거대 문명에 종속되는 인간의 내면을

---

3) 류동규(2010), 「학병 기피자의 식민지 기억과 서사 ― 김광식의 『식민지』(1963)론」, 《어문학》 109; 손혜숙(2016), 「김광식의 『식민지』에 나타난 학병 기피자의 내면 의식 연구」, 《국제어문》 69, 국제어문학회; 이다온(2017), 「학병 소설에 나타난 디아스포라 정체성 연구」, 《민족문학사연구》 65.

다루는 특이함'이라는 구절에서 확인할 수 있는, 전후 작가 김광식의 현대성 비판의 진위이다. '선취'라는 단어에서 짐작할 수 있듯, 1950년대 한국 사회는 산업화된 도시 일상의 병폐를 드러내기 어려운 현실에 처해 있었다.

또 하나 기존 연구사에서도 볼 수 있듯, 김광식의 작품은 현대 문명의 병폐만이 아니라 전쟁으로 황폐화된 현실과 교육 문제, 성 문제 등을 다루었다. 김광식 작가론의 첫자리에 놓이는「김광식 소설에 나타난 가정과 직장에 대하여」[4]에서 김용구가 김광식 소설을 가정, 직장, 성 문제로 귀결된다고 보았듯, 김광식 작품 세계는 실제 다양한 주제로 이루어져 있다. 실직한 인텔리가 장사에 실패하여 가족 동반 자살을 시도하는「비정한 향연」같이 한국전쟁 후 피난살이와 궁핍한 현실을 그린 유형, 청교도적 성관념을 가진 청년이 선배 의사 부인의 유혹에 갈등하는「표랑」같이 성과 연애를 다룬 유형, 부패한 정치인과 일상에 만연한 비리를 보여 주는「입후보자」,「오늘」, 청소년과 교육 문제를 다룬「백호 꾸룹」,「원심구심」,「가난한 연기」, 전남편의 유령에 시달리는 인물을 그린「고목의 유령」같은 심리주의 경향, 그리고 후기에 와서 두드러지는 가족의 일상과 세태를 다룬 '문씨 일가' 연작 등 김광식 작품 경향은 넓게 산포되어 있다. 신인 작가의 다양한 모색으로 볼 수 있으나 그럼에도 불구하고 이들 작품에서 일관되게 두드러지는 작가 의식을 발견할 수 있다. '개인에 대한 강조'와 '소외 의식'이다. 이는 전후 현실을 다룬『환상곡』에서부터 세태 소설적 성격을 지닌『진공지대』, 식민지 기억을 서사화한『식민지』에 이르기까지 공통되게 견지되고 있다. 본고는 '개인'에 대한 예민한 자의식을 중심으로 김광식 소설이 놓여 있는 문제적 지형들을 살펴보고자 한다.

---

4)   이주형 외,『한국 현대 작가 연구』(민음사, 1989).

2 모더니즘 감각의 행방

'김광식의 문학론에는 유독 '현대인의 소외'와 '개성' '참된 자기'를 강조하는 부분이 많다. 니체를 언급하며 '근대인은 신을 죽였으나 과학과 함께 살게 되었으며, 이 기계문명 속에서 인간성과 개성을 상실하고 자기로부터 소외되었고, 이러한 현대인의 운명을 그리는 것이 현대문학의 과제'[5]라고 요약되는 그의 문학관은 에세이집『문학적 인생론』의 도처에서 발견되는바, 김광식 문학 세계의 핵심적 요체라고 할 수 있다.

> 자기 소외란 이러한 도주를 말한다. 다시 말하면 참된 자기로부터 허위의 자기가 되는 것을 말한다. 자기의 진실을 던져 버리고 자기 이외의 어떤 무엇에 사로잡힌 괴뢰라는 뜻이다. 자유의 자기로부터 도주하여 괴뢰의 조종을 받는 것을 말한다.[6]

위의 글은 1965년 신구문화사가 출판한『현대 한국문학 전집』의 김광식 편에 실린 대표 문학론으로 제출된 것으로 이외에도 많은 에세이에서 유사한 문장이 반복된다. '자기소외'의 문제는 전후 문학이 공유하는 실존주의 맥락을 지닌 것이기도 한데, 김광식의 경우 특이한 것은 '기계문명, 획일주의' 등과 관련하여 보편적 도시 문제로 연결된다는 것이다. 물론 그의 작품은 이러한 문학사적 평가에 값하는 특이한 지점들이 있다. 가령「213호 주택」(《문학예술》 15, 1956)의 주인공이 인쇄 공장에서 기계를 다루는 기술자라는 것,「의자의 풍경」(《문학예술》 11, 1956)의 주인공이 극도로 분화되고 조직화된 은행원이라는 것이다. '기술자의 좌절'(조동일), '획일주의와 기계문명', '문명의 부작용과 규격품, 집단과 개인의 문제'(김

---

5) 김광식,「현대인의 정신적 풍토」,『문학적 인생론』(신구문화사, 1981).
6) 김광식,「自己疎外 — 自由로부터의 逃走」,『현대 한국문학 전집』6(신구문화사, 1965), 463쪽.

우종) 등 김광식 작품에 대한 문학사적 평가[7]는 거의 이 두 작품에 등장하는 기술자, 기계, 은행, 자본, 현대 주택 등에서 비롯되었다고 보인다. 그러나 이들 작품이 전쟁 상흔이 채 가시지도 않은 1956년에 발표되었다는 것, 그리고 이들 작품이 전후 궁핍한 현실을 다룬 작품군(「비정의 향연」 (1958), 「절망 속에서」(1958))보다 앞에 놓인다는 것은 다소 의아한 일이다. 좀 더 구체적으로 살펴보자.

「213호 주택」은 인쇄 공장의 기술자 김명학을 그린 작품이다. 김명학은 일제 시 고공 기계과 출신으로 전전에는 방직 공장에 근무했으나 동란으로 공장이 파괴되자 인쇄 공장에 취직하게 된다. 그의 주 임무는 인쇄기를 담당하는 것이었으나 임금을 아끼려는 사장은 그에게 자가발전기 관리까지 맡긴다. 기계과 출신이긴 하지만 전기에 대해서는 전문 지식을 갖지 못한 김명학은 결국 과열된 전기 기계를 수리하지 못하고 파면되고 만다. 김명학은 아내와 다섯 아이들을 생각하며 절망하고 매일 집에서 나와 취직 운동을 벌인다. 그러던 어느 날 동창을 만나 술이 취한 김명학은 착각을 일으켜 꼭 같은 모양의 특호 주택에 들어서 있는 자신의 집을 잘못 찾아 들어간다. 미군과 양공주가 자고 있는 집에 들어간 김명학은 파출소에 연행되어 봉변을 당하고, 화가 난 나머지 삽으로 자기 집 앞에 길을 내고, 칼로 손잡이를 깎는 등의 이상 행동을 한다.

「213호 주택」이 제시하는 이러한 풍경과 좌절은 동란, 환도, 미군, 자가발전기 등 몇몇 사실[8]을 제외하면 196~1970년대 작품으로 보아도 무방할 만큼 도시의 보편적 병폐와 닿아 있다. 또한 "사회란, 그놈의 조직이란, 의무와 약속도 규칙도 질서도 강제적으로 인간에게 요구해. 우리는 대등이 아니야. 그러니까 우리는 노동에서 고통을 느끼는 거야."라는 비판은 자

---

7) 김우종, 「분노한 오늘의 증인 ─ 김광식론」, 조동일, 「기술자의 좌절을 제시」, 『현대 한국 문학 전집』 6(신구문화사, 1965).
8) 이 작품에 등장하는 상도동 을호주택은 전후 실제로 있었던 상도동 재건 주택을 모델로 했다고 볼 수 있다.

본주의 생산 관계와 노동의 상품성에 대한 유의미한 비판으로 보인다.

(가) 김명학 씨는 사직원을 쓰고 의자에서 일어나 인쇄 공장으로 들어가 제1호기에서부터 32호까지 하나하나 바라보며, 이 인쇄기의 고장은 어디에서 나고, 저 인쇄기는 어디가 약하고…… 직공들이 인사하는 것도 모르고 기계만을 응시하며 지나갔다. 제1 제2 제3 제4 제5 기계실을 빙 돈 후, 출입구에 서서 인쇄기를 바라볼 때, 그는 그 인쇄기들이 움직이는 괴물처럼 보였다. 또 자기를 덮칠 것같이 노려보고 있는 것 같았다. 그는 강한 고독을 느꼈다. 공허한 가슴을 느꼈다. 인쇄기를 다시 대하지 못한다는 것으로 이렇게 차거운 고독이 절박해 오는 것일까.[9]

(나) 나는 온갖 정력을 기울여 일하고 일했다. 기계와 살아왔다. 한데 발전기와 인쇄기들은. 아니 사장은 고장의 사전 발견을 못했다고 나를 내어쫓는다. 기계나 사람이나 너희들은 나의 식구를 생각지 않아도 좋으냐? 사장 당신은 인간이 아닌가. 내가 고장 예측 못하는 데 고장이 난다는 것을 기술자라면 안다. 기사는 사람이다. 사람은 고장 전에 기계의 고장을 발견하는 기계는 아니다. 사람은 기계가 못 되는 것이다.[10]

위의 인용문에서 김명학이 보여 주는 기계에 대한 애착과 동일화, 물화된 인간 존재, 그리고 기계에 의해 밀려나는 인간 소외 현상, 양가감정 등은 인공지능과 씨름하는 현대인의 고뇌에 겹치는 것으로 여전히 첨예한 감각적 형상화로 읽힌다.

「의자의 풍경」 또한 삼화은행 종로지점에 근무하는 남윤호라는 인물을 통해 분업화, 전문화된 조직 속에서 느끼는 소외 의식을 실감 있게 그리고 있다. 윤호는 대학에서 회계학이니 케인스 이론 같은 것을 배웠지만, 단순

---

9) 김광식, 「213호 주택」, 『환상곡』(정음사, 1958), 162쪽.
10) 위의 책, 170쪽.

한 기계적 동작에 하루를 바친다. 은행원들은 마치 자동기계처럼 훈련되어 일사분란하게 작동한다. 가령 자리를 떠날 때는 반드시 '도장'을 챙기는 습관이나, 손이 빳빳해지고, 쥐가 날 때까지 지폐를 세어야 하는 반복동작에서 개인의 고유성이나 감정 같은 것은 잉여 혹은 오류에 지나지 않는 것이다.

"나는 요새 이러한 것을 생각하는구만. 출납실에 들어가 앉으면 나는 무슨 동물 같은 착각이야. 나 자신이 그렇게 생각해서 그런지 모르지마는 창살 사이로 나를 들여다보는 손님들은 나를 동물로 보는 것 같단 말이야. 돈세는 나를 원숭이가 재주를 부리는 것으로 아는지 신기하게 바라본단 말이야. (……) 또 어떤 때는 이러한 것을 느끼는구만, 나는 누구보다도 아침 출근이 이른 편인데 일찍 사무실 안을 들어서면, 나밖에 아무도 온 사람이 없는데, 휘 둘러 보면, 의자마다 분명히 그 의자의 주인들이 허수아비들처럼 앉아 있는 것이 보여. 내 의자를 바라봐도 내 얼빠진 허줄한 얼굴이 거기 있는 것 같아. 결국 허수아비지."[11]

위의 인용문은 20년 동안 일한 행원 이만길 씨의 푸념으로, 거대한 현대 조직의 메커니즘 속에서 '기능인'이자 '부품'으로 전락한 현대인의 소외 문제를 정면으로 겨냥하고 있다. 어떤 인간이어도, 아니 차라리 부재여도 상관이 없다는, 인간을 대신한 의자들의 존재 증명은 「213호 주택」의 '자기를 덮칠 것만 같은 괴물 같은 기계'와 더불어 현대사회의 비정함과 물화, 비인간화, 관료화 속에 지워지는 인간 존재를 섬뜩하게 제시하고 있다. 움직이는 기계와 사물화된 인간의 이 거꾸로 선 그림은 동일한 시각에 숱한 사람들을 삼키고 토해 내는 도시 건물들과 전철, 매분 매초 정확하게 자신의 속도로 흘러가는 돈의 흐름으로 이루어진 우리의 일상을 생각해

---

11) 김광식, 「의자의 풍경」, 『환상곡』, 147쪽.

볼 때, '선구'에 값하는 미학적 성취라 할 수 있다. 특히 늙은 이만길 씨가 '백일 번……백일 번'이라며 수표 번호를 외치는 잠꼬대 장면은 인간이라는 고유 가치를 대체해 버린 돈이라는 교환가치의 악마적 회로를 상징적으로 보여 주는 것으로 이 작품의 백미라 할 수 있다.

이상의 고찰을 통해, 김광식의 현대성 비판이 작품에서 구체적으로 어떻게 형상화되었는지를 알 수 있다. 그것은 기계, 자본, 조직이라는 현대성과의 대결을 보여 주는 것으로 이러한 문제의식은 지금도 설득력을 지니고 있다. 그러나 앞서 언급한 대로, 이들 작품이 1956년산이라는 것을 생각해 보면 이 작품들은 좀 더 면밀히 고찰될 필요가 있다. 특히 이들 작품 앞뒤에 놓인 다소 감상적이며 세태소설적 작품들[12]을 일별할 때 이 두 작품이 보여 주는 예리한 문제의식과 모던한 감각은 돌올한 것이다.

---

12) 이들 작품 앞뒤에는 「환상곡」(《사상계》, 1954. 10), 「오늘」(《현대문학》,1955. 7), 「표랑」(《사상계》. 1955. 8), 「거리」(《중앙일보》, 1955), 「부녀상」(《현대문학》, 1956. 7), 「어설픈 獨白」(《淇軍》, 1955), 「背律의 淹夜」(《현대문학》, 1957. 6), 「白虎의 그루우프」(《문학예술》, 1957. 10), 「無花果」(《현대문학》, 1957. 12), 「이율의 배음」(《自由文學》, 1959. 4), 「非情의 饗宴」(《自由文學》, 1958. 2), 「가난한 演技」(《현대》, 1958. 2), 「遠心」(《사상계》, 1958. 8, 「원심구심」으로 개제), 「絶望 속에서도」(《自由文學》, 1958. 11), 「古木의 幽靈」(《사상계》, 1959. 12), 「아이스만 見聞記」(《사상계》, 1960. 9), 「濁流에 흐르다」(《사상계》, 61. 11. 100호 특집 증간호), 「中江鎭」(《현대문학》, 1960. 11), 「자유에의 피안」(《현대문학》, 1961. 6), 「깨어진 얼굴」(《사상계》, 1963. 11-문예특별 증간호), 「어떤 産婦」(《현대문학》, 1964. 11), 「문씨 일가의 餘暇」(《현대문학》, 1966. 1), 「상상하는 여인」(《현대문학》, 1969. 5) 등이 놓여 있다. 데뷔작인 「환상곡」은 다방 마담을 아내로 둔 음악가 남편의 불안과 의혹을 그린 작품이다. '무능한 남편에게 돈과 약을 주는 아내'라는 설정은 이상의 「날개」를 연상케 하는 것으로 습작에 가까운 작품으로 볼 수 있다. 출판사 직원인 주인공이 교과서 채택을 청탁하기 위해 교사들에게 술 접대를 하는 샐러리맨의 고단함을 그린 「오늘」, 미국 연수를 떠난 선배 의사 대신 병원에 근무하게 된 청년 의사가 선배 부인의 유혹으로 인해 굳건한 순결 의식이 흔들리게 된다는 「표랑」, 미군 부대에서 일하는 남편이 빼내 오는 군수물자에 환멸과 모멸을 느끼는 아내의 심경과 전후 궁핍상을 그린 「거리」, 재혼한 아버지와 전처 자식 간의 갈등을 그리고 있는 「부녀상」, 전쟁으로 인해 엘리트에서 여급으로 전락한 아내가 룸펜 남편을 살해한다는 「배율의 심야」, 반항적인 청소년의 일탈을 그린 「백호의 그루우프」 등이 있다.

현대인의 소외 의식과 고독은 1950년대 실존주의와 허무주의 맥락과 맞닿아 있지만, 저렇듯 음울하지 않은 모던한 감각은 전후 현실의 것으로 보기 어렵다. 해방과 한국전쟁, 휴전, 이승만 정권의 부패와 실정 등을 겪으면서 원조 경제 체제에 기댄 1950년대 한국 사회는 혼란과 빈곤에 허덕여야 했다. 이 시기 인구 대이동에 따른 인구 밀집이라는 양적 팽창은 산업화를 동반하지 못한 것으로 진정한 도시화는 경제개발이 본격화되는 1960년대에 들어오면서 가능하게 되었던 것이다.[13] 저 모더니즘 감각은 김광식이 놓여 있는 역사적 지형들과 함께 고찰되어야 한다.

김광식은 1921년 평북 용천에서 출생했으며, 여섯 살 나던 해 중강진으로 이사하여 1933년 중강진 보통학교를 졸업한다. 부친의 병환으로 고향인 용천(龍川) 운향시로 옮겨 상급학교 진학을 미루고 농사를 짓고 장사도 하다가 열다섯 살에 선천상업학교에 들어가 1939년에 졸업한다. 졸업 후 만주의 만철과 신경금융조합에 몇 달씩 근무하다가 부모님과 의논 없이 홀로 동경유학을 떠난다. 동경주계상업학교(東京主計商業學校)를 다니며 우유배달과 신문배달로 고학을 하다가 부모님의 학비 지원으로 1941년 메이지대학(明治大學) 문예과에 입학하여 이병주 등의 동기와 함께 다니며 고바야시 히데오(小林秀雄)의 도스토옙스키 강의에 매료된다. 학병 지원으로 인해 1943년 9월에 일찍 졸업했으나 만주로 도피, 대도시를 전전하다가 만주흥업은행에 입사, 남만주영구지점에서 근무하다가 해방을 맞이한다. 소련군이 진주한 만주의 혼란을 피해 20여 일 만에 귀국하여, 부친과 보통학교 동기동창인 함석헌 선생님의 주선으로 신의주남고녀에서 교편을 잡았다. 1947에 월남하여 서울중고등학교의 교사로 근무하게 된다. 부산 피난살이에서 황순원, 조병화 등과 교유하며 습작을 한다. 환도

---

13) 조명래에 따르면 해방과 전쟁으로 인한 인구 대이동으로 인해 1955년 도시인 528만 명으로 도시화율은 24.5퍼센트에 달했으나, 이는 산업화와 인과관계를 갖지 않은 외형적, 양적 도시화에 불과했다.(조명래(2003), 「도시화의 흐름과 전망 — 한국 도시의 과거, 현재, 미래」, 《경제와 사회》 60)

후 1954년 「환상곡」을 《사상계》에 발표, 작품 활동을 시작한다. 「213호 주택」으로 1957년 제2회 현대문학상을 수상(심사위원은 김동리, 황순원, 곽종원, 조연현)한다. 1959년 경기대학교 교수로 취임한다.[14]

이상의 연보에서 1921년생, 학병 기피, 만주 체험, 은행원, 월남 등은 김광식 작품을 이해하는 데 중요한 지침을 준다. 우선 「의자의 풍경」의 은행원 이야기는 만주 신경금융조합과 만주흥업은행의 남만주 영구지점에서의 체험에서 비롯되었을 가능성이 크다. 즉 「의자의 풍경」의 모더니즘은 1950년대 한국의 모더니즘이 아니라, 일제 강점기 말 도쿄와 만주의 모더니즘에 가깝다. 그럴 때 두 작품이 함축하고 있는 현대성과 권태롭기까지 한 평온한 일상의 감각을 이해할 수 있으며 이상의 「날개」와 닮은꼴을 하고 있는 데뷔작 「환상곡」의 감각을 이해할 수 있는 것이다.

이즈음에서 전후 문학을 새롭게 읽어 내고 있는 최근 연구방법론을 참고할 필요가 있다. '포스트식민 기억상실'과 '관전사의 논리'이다. 한수영은 '왜 대부분의 전후소설에는 일제 말 전쟁의 체험과 기억이 삭제되어 있는가'라는 질문을 던지며 릴라 간디의 '포스트식민적 기억상실(amnesia)'을 제시한다. 식민주의를 경험한 많은 반(反)식민 '독립' 국가들이 신생 의지에 사로잡혀 식민 기억을 억압하고 은폐하게 된다는 것이다. 그러나 기억은 말끔히 제거되지 않고 무의식에 잠재되어 있다가 다른 형태로 나타나게 된다.[15] 이는 그가 전후 문학을 재검토하는 또 하나의 지표로서 제시하고 있는 '관전사(貫戰史, trans-war history)의 논리'와 연결된다. 전전(戰前)과 전후(戰後)를 단절이 아니라 연속성으로 이해했을 때 전후 문학이 놓여 있는 겹들을 이해할 수 있다는 것이다.[16] 방민호 또한 유사한 맥락에

---

14) 작가 연보는 『한국 현대문학 전집 6권』(신구문화사, 1965)과 수필 「탈출과 나의 인생 ─ 나의 이력서」(《현대문학》, 1982. 1)를 바탕으로 재구성한 것이다. 선천상업고등학교 졸업 후의 만철과 신경은행 근무 사실은 작가의 공식적인 연보에는 빠져 있는 것으로, 「탈출과 나의 인생 ─ 나의 이력서」에서 가져온 것이다.
15) 한수영, 『전후 문학을 다시 읽는다』(소명출판사, 2015), 75쪽.
16) 위의 책, 77쪽.

서 '두 개의 전후'를 제기하고 있다. 1920년대 전반기에 출생하여 학병을 겪은, 한국적 전후 세대는 일본과 달리 태평양전쟁과 한국전쟁이라는 두 개의 전후를 경험했으며, 일제 강점기 한복판에서 태어나 성장했던 이들이 겪은 '일본인 됨과 조선인 됨'의 자기분열과 함께 전후 문학을 읽어 낼 필요가 있다고 강조하고 있다.[17]

이상의 방법론은 김광식 작품을 고찰하는 데 있어서 유용한 참고점이 될 수 있다. 특히 위 두 작품의 모더니즘 감각은 김광식이 해방 전 40년대 도쿄라는 대도시에서의 유학 경험과 만주국에서 체득한 것이기 쉽다. 1932년 일제가 세운 괴뢰국 만주국은 '오족협화'라는 코스모폴리탄을 표방하는 국제도시로 개발되었다. '하이 모던'을 내세운 일제는 제국 팽창의 촉수로서 철도, 통신, 비행기 등을 통해 만주 지역을 빠른 속도로 열어젖히고 불도저식 산업화, 도시화를 진행했다.[18] 평북 용천, 중강진, 선천 등에서 성장하다가 스무 살 전후 처음 경험한 제국의 코스모폴리탄적 모던은 경이로운 것이다. 이때의 감각이 해방과 한국전쟁을 거치면서 굳건히 형성된 내셔널리즘에 의해 억압되었다가 저렇듯 '낯선, 기괴한' 형상으로 호출된 것이라 볼 수 있다. 이때의 '낯선, 기괴'는 두 가지 의미가 있다. 하나는 혼돈과 절망으로 얼룩진 1950년대 전후소설 속에서의 낯섦이고 또

---

17) 방민호(2017), 「한국 전후 문학 연구의 방법」, 《춘원연구학보》 11, 춘원연구학회, 178쪽.
18) 일본 제국주의는 하이 모던(high modernism: 자연의 변형, 미래 지향, 희생의 정당화, 과학기술에 대한 숭배, 발전을 향한 지도자들의 역사적 사명을 주조로 한 신념)을 내세워 만주국에 일종의 국제화 시대를 열었다. 일본은 1930년대 이곳의 풍부한 자원을 바탕으로 다이쇼와(大昭和) 제철소, 만주화학, 평만(豊滿) 댐, 수풍(水豊) 댐 등 세계적인 중공업단지를 건설하고, 만주국 산업개발 5개년계획을 통해 '테크노 파시즘'을 실천했다. 압축적 수탈을 통해 제국 팽창의 촉수로서 철도, 통신, 비행기는 과거의 폐쇄적인 지역들을 광장한 속도로 열어젖히며 '만주 모던'을 건설했다. 만주국 체제는 건설 분야뿐 아니라 생산, 안보, 위생 등 사회 전반에 걸친 국가적 정책을 수행했다. 조선 농민들의 엑소더스, 경계의 확장, 광활한 대륙을 달리는 만철, 급속한 산업화와 도시화, 오족협화, 고난과 개척, 폭력과 근대, 이류들의 약진, 국방국가의 비전, 국제적 계보의 영화·음악 등은 만주를 설명하는 장면이다.(한석정, 『만주 모던』(문학과 지성사, 2016))

하나는 '괴물처럼 움직이는 기계가 인간을 내쫓는' 장면에서 오는 '기괴함'이다. 이 기괴함은 「213호 주택」의 다음의 묘사에서도 드러난다.

> 이 내천 양편으로 수양버드나무 늘어진 가지가 푸른 바람을 받고 실가지를 내천에 적신다. 멋진 길이 이러한 데 있으리라고는 상상도 못할 것이다.
> 이 로타리 이 길을 기점으로 주택이 좌우로 줄지어 아득히 보이는 산허리에까지 뻗치었다. 잔잔한 계곡을 타고 자리잡은 꼭 같은 형의 특호 주택, 꼭 같은 형의 갑호주택, 꼭 같은 형의 을호 주택이, <u>줄줄이 좌우로 마치 전차 기갑사단이 푸른 기를 꽂고 관병식장에 정렬하여 서 있는 것 같은 감</u>이다. 관악산의 줄기가 평풍처럼 천여 호의 주택을 둘러쌌다. 이 주택촌(住宅村)을 상도동이라고 한다.[19] (밑줄은 필자)

위의 문장에서 특이한 것은 즐비한 주택을 "전차 기갑사단이 푸른 기를 꽂고 관병식장에 정렬하여 서 있는 것"이라고 묘사한 것이다. '수양버드나무 가지가 늘어선 멋진 길'에 들어서 있는 자신의 안락한 주택이 '전차, 푸른 기, 관병식'을 통해 군대와 전쟁의 한 장면으로 바뀌어 놓는 데에서 '섬뜩함'이 발생한다. '두려운 낯섦(Das Unhemlich)'[20]은 집같이(heimlich) 친숙한 것, 오래전부터 잘 알던 것이 낯설어질 때 발생하는 감정이다. 지적 불확실성을 동반하며, 친숙했던 것이 억압에 의해 멀어졌을 때 발생하는 것이 섬뜩함이다.[21] 김광식의 「고목의 유령」은 이 '기괴함'의 전후적 성격을 함축하고 있다. 주인공 '나'는 약대 출신의 아름다운 미영과 재혼하여 꿈같은 나날을 보내고 있다. 둘은 이사가 여의치 않아 미영의 전남편이

---

19) 김광식, 「213호 주택」, 『환상곡』, 158쪽.
20) 프로이트의 '낯선 두려움(Das Unheimlich)'은 번역자에 따라 기괴(uncanny), 두려운 낯설음, 섬뜩함 등으로 번역된다.
21) 지그문트 프로이트, 정장진 옮김, 「두려운 낯설음」, 『예술, 문학, 정신분석』(열린책들, 2010), 399∼452쪽.

살던 집에서 살게 되는데, 나는 어느 날 밤 고목 은행나무 아래서 까만 우산을 받고 레인코트를 입은 한 사내의 모습을 한 유령을 목격한다. 이후 '신경증'에 시달리는 주인공은 미영과 전남편의 딸이 자신 몰래 전남편을 만난다는 망상에 시달린다. 고딕풍의 심리소설로 볼 수 있는 이 작품에서 유령은 곧 '나'가 억압한 것들의 총칭이다. 그것은 전남편에 대한 죄책감일 수 있고, '너는 내 것이야'라는 반복 강조에서 드러나는 질투와 소유욕일 수 있다. 또는 주인공이 이발관의 '면도칼날'에서 신경증적으로 느낀 공포이기도 하다. '나'는 학도병에 끌려갔다가 돌아와 아내와 아이를 잃은 청년이고, 미영의 전남편은 일제 시 귀족의 후예로 별장 같은 집을 남겼다는 설정은 좀 더 확장된 그림을 환기시킨다. 즉 '나'에게 돌아온 친숙함은 귀족같이 화려한 '일제'이고 나를 학병으로 끌고 갔던 파시스트 권력으로 원래 '주인'이었던 힘이라고 볼 수 있지 않을까.

이 소설과 위 문장을 통해 우리는 망각되었으나 기이한 형상으로 되돌아온 것이 도쿄와 만주 모던만이 아니라는 것을 알 수 있다. 억압된 식민지 모던의 감각과 더불어 '전쟁'은 저렇듯 폭력적 모습으로 1950년대 전후 감각에 틈입해 들어온 것이다. 이때의 '전쟁'이 과연 한국전쟁만을 가리키는 것일까.

3 세 개의 전후와 식민화된 주체

한국전쟁 후 붕괴된 일상이 복구되고 거듭된 정치적 파행과 4·19혁명을 거치자 김광식은 두 편의 '식민지 기억 서사'[22]를 내놓는다. 단편 「중

---

22) 김광식을 비롯한 전후 작가의 '식민지 기억'에 관해 주목하고 있는 류동규는 그 필요성에 대해 이렇게 지적한 바 있다. "전후 작가의 작품을 전후 시기 이후 작품까지 포괄하여 다루는 것으로 그 범위를 확장할 필요가 있다. (……) 이들 작품 중 상당수는 전후 소설이 보여 주는 허무와 자기 연민의 분위기에서 벗어나 작가 자신이 살아온 동시대에 대해 보다 포괄적, 객관적으로 해명하고자 한 것이다. 다음으로 전후 작가의 1960년대 이후 작품을 같은 작가의 전후 시기 작품과 비교 검토함으로써 그 연관되는 지점을 세밀하게 밝

강진」(《현대문학》, 1960. 11)과 장편 『식민지』(1963. 4)이다. 「중강진」은 김광식 작가의 유년 시절에 대한 회고의 성격을 띤 자전적 소설이다. 1931년 중강진의 사계절을 에피소드 형식으로 배열한 이 작품에 대해 염무웅은 다음과 같이 아쉬움을 표한 바 있다.

　　몇 개의 에피소우드로써 몽타아즈되어 있는 이 작품은 우리의 기대와 무관한 곳에 남아 있다. 작자가 의도하는 것은 어떤 강인한 역사적 통찰이 아니고 일제의 군국주의가 한창 그 魔手를 번뜩이던 시대에 보낸 소년기의 회상인 것이다. 오스데기로의 원족, 이웃집 소녀, 압록강 모래섬에서의 헤엄치기 등은 물론이고 만보산 사건이나 일본군과 중국군의 전투 같은 정치적 사건도 소년다운 눈에 완전한 潤色을 받고 있다.[23]

윗글에서 지적한 것처럼 이 작품은 파편적인 이미지와 느슨한 사건들로 구성되어 있어 뚜렷한 주제의식을 보여 주지 못한다. 나이 많은 동급 학생들과 함께 다녔던 보통학교와 담뱃대로 누명을 썼던 이야기, 꽁꽁 언 거리에서 썰매와 피큐어를 탔던 추억, 풍금을 타는 영자에 대해 느낀 열등감, 13살 난 색시 등 이 작품은 유년기 추억을 회상이 동반하는 어떤 노스텔지어적 분위기 속에 펼쳐진다. 그럼에도 불구하고 이 작품은 1960년대 김광식의 내밀한 '전후 감각'과 식민지 기억 서사에 내포된 겹들을 이해할 수 있는 몇 가지 지점들을 지니고 있다. 첫째 도입부의 만보산 사건의 재현에서 드러나는 민족주의와 반일 감정이다. 첫 장은 동네 젊은 청년들이 도끼를 들고 함성을 올리며 몰려가고 있는 장면으로 시작하는데, "우리 동포를 무참히 죽인 뙤놈은 죽여라!"라는 조선인들의 폭동과 일본 경찰의

힐 필요가 있다. 여기에서 주목되는 것이 바로 전후 작가의 작품에 나타난 식민지의 기억이다."(류동규(2010), 「전후 작가의 식민지 기억과 그 재현」, 《현대소설연구》 44, 현대소설학회, 146쪽)

23)　염무웅, 「少年期의 回惻-中江鎭」, 『현대 한국문학 전집 6』(신구문화사, 1968), 453쪽.

진압, 그리고 이웃으로 지내던 중국 만두집 주인과 작잠(作蠶)하러 압록강을 건너오던 중국인에 대한 화자의 은근한 염려 등이 그려진다. 그러나 중국인에 대한 원한은 곧 일본에 대한 증오로 돌려진다. 경찰의 밀정인 수철이 동네 청년들에게 "만보산에서 우리 농민들을 수없이 학살하였는데 가만히 있어야 하는가?"라고 선동했기 때문이라는 설명을 붙임으로써 작가는 반일 감정을 드러낸다.

그러나 만주사변을 즈음한 관동군과 장학량 중국군의 전투에서는 이를 비껴나는 지점들을 보여 준다. 중국군과 싸우기 전 소년의 집에서 유숙하게 된 일본군을 '유순하게 생긴 군인'이라고 묘사한다든가 중국군의 살상과 폭격 때문에 피난을 떠난 것을 재현하는 부분에서는 일본과 운명을 같이하고 있는 식민지 조선인의 처지를 보여 준다. 이 작품에서 좀 더 중요한 것은 이러한 균열이 아니라 다음과 같은 전쟁에 대한 기억이다.

(가) 아버지는 나를 안고 꽉 땅바닥에 엎디었다. 나는 죽는다는 것을 처음 느꼈다. 아버지는 곧 일어나 방 안으로 뛰어 들어가면서 어머니와 동생들을 부르고 할아버지 할머니를 부르며 빨리 김치 움으로 들어가라고 고함을 질렀다. 우리 가족들은 어떻게 움에 들어갔는지 정신없었다. (……) 벌써 거리에는 피난 가는 사람으로 물밀 듯했다. 거리에 나선 나는 강 건너 산을 바라보았다. 중국 군대가, 즉 장학량(張學良) 군대가 산정에 왔다 갔다 하는 것이 보이고 꽝 하고 터지는 시커먼 대포 같은 것이 보였다. (……) 박격포탄이 내가 선 바로 10미터도 안 되는 밭에 떨어지면서 모래를 끼얹었다. 나는 엎드렸다.[24]

(나) 그 소리는, 헌병 하나는 단번에 완전히 목을 내리쳐 버렸으나 다른 헌병은 서툴러 첫 번에 내리쳐 버리지 못하고…… 뒷목이 삼분의 일밖에 비

---

24) 김광식, 「중강진」, 『진공 지대』(선명문화사, 1967), 236~237쪽.

어지지 않은 포로 사형수는 칼에 맞아 벌떡 일어서면서 피를 내어 뿜으며 비칠비칠하는 것을 헌병이 칼로 걷어 차 쓰러뜨리고 난도질을 하다시피 목을 베었다고…… 오는 길에 동무들은 무시무시한 광경을 이렇게 말했다.

통역 수철이가 무슨 말을 하자 수십 병의 군중이 시체로 마치 경주나 하는 것처럼 달려갔다. 두 개의 시체를 벌 떼같이 삥. 둘러싸고 싸우는 듯했다. 손에 손에 흰 만두를 들고.

시체의 목에서 흐르는 피를 만두에 물들여 병자에게 먹이면 낫는다는 미신으로 그렇게 벌떼처럼 모여든 것이다.[25]

위의 인용문은 김광식이 겪은 최초의 전쟁이 무엇이었고 그것이 이후 작가 의식에 어떻게 남게 되는지를 보여 준다. 육학년 11살[26]이 겪은 만주사변은 민족과 이념을 넘어선, '원초적 공포'로 일종의 트라우마로 남는다. 중국군이 쏜 박격포를 피해 달아나는 소년과 가족, 김치움의 공포와 긴박한 피난 행렬은 김광식이 직접 겪은 '최초의 전쟁'으로 인용문 (나)와 같은 괴담의 이미지로 무의식 속에 깊게 자리 잡게 되는 것이다. '성문 밖 높은 가지에 가끔 매달려 있는 죄수의 목', '창을 들고 춤추며 일본군에 달려드는 대도회(大刀會)의 병사들의 쓰러짐', '압록강에 떠 내려오는 시체들', 이러한 것들은 세월에 의해 옛이야기나 잔혹 동화처럼 멀어졌지만, 언제든 다시 떠오를 수 있는 '시체'처럼 작가의 원초적 정서로 남는다. 「중강진」은 그저 소년기를 회상하기 위해 호출된 것이 아니라, 억압된 원초적 공포와 불안을 마주하기 위해 일부러 선택한, 작가의 1931년 첫 전쟁이다. 이 서사가 파편적이고 분열적일 수밖에 없는 것은, 은폐되고 망각된 시체가 내셔널리즘이라든가 휴머니즘, 반공주의, 반전 사상 등의 이념이라는 표상을 찾지 못한 탓일 것이다. 보석처럼 반짝이는 중강진의 풍경들이 파노라마처럼 펼쳐지다가 불현듯 저 만보산 사건 재현 뒤에 민족주의적 주석이

---

25) 위의 책, 258쪽.
26) 「탈출과 나의 인생」에 따르면, 김광식은 7살에 보통학교에 입학했다.

붙는 것은, 전후 내셔널리즘과 4·19 혁명의 영향에 의한 것으로 보인다.

『식민지』는 「중강진」과 유사하게 김광식 자전적 경험이 많이 투영된 작품이다. 특히 학병 기피, 만주 탈출, 해방 후 귀국에 이르는 '탈주 연대기'는 역사적 사실과 거의 일치한다고 점에서 사료적 가치를 지니고 있다. 총 15장으로 이루어진 이 소설은 각 장마다 일자를 표기하고 있으며 1943년 9월에서 시작하여 1945년 10월에 끝난다. 회고록과 '수기'에 가까운 이러한 방식과 풍부한 사실들의 기록에서 지난 자신의 역사와 정면 대결하려는 작가의 진정성과 의욕을 엿볼 수 있다. 사실 식민지 경험을 조밀한 기록을 통해 역사화하고 있는 이 작품은 이전의 허무주의와 심정적 세태소설과는 다른 결을 보여 준다. 우선 줄거리를 살펴보자.

1943년 9월 도쿄의 한 대학 졸업식이 열리고 주인공 한동사는 연인 김신애와 일본 여인 세쯔꼬의 축하를 받는다. 세쯔꼬는 한동사가 거주하는 아파트의 이웃으로 '식품 배급' 등을 교환하며 친분을 쌓았던 사이다. 한동사는 11월 명치대학 대강당에서 열린 '조선학도 특별지원병 격려대회'에 참석하여 변절한 민족 지도자 '최선남, 이원춘' 등의 연설을 듣는다. 1943년 10월 21일 조선인과 대만인을 상대로 한 특별지원병제 실시가 공포되었으나 금년 졸업생인 한동사는 해당이 되지 않아 안심하고 있다가 11월 12일 금년 졸업생을 포함한다는 공포를 접하고 절망, 도주하기로 결심한다.

한동사는 시모노세키를 거쳐 서울 안국동의 이모 집에 당도, 도주 결심을 털어놓고 개성 집에 연락, 아버지를 만난다. 한동사의 아버지 한태열은 3·1운동에 학생 대표로 활약하기도 하고 동경 유학을 경험한 인텔리로 관계에 진출하지 않고 한약상을 하는 철저한 배일주의자이다. 한동사는 우선 만주로 도망하여 상해 정부 등 독립대열로 넘어갈 것이라는 결심을 내비친다. 일본의 패망을 확신하는 한태열은 탈주를 격려하지만, 독립운동 가담은 위험하다고 염려를 표하고, 만주 영구(잉커우)의 중국인 한약재상에 대한 정보를 준다. 학도지원병의 지원 마감일인 11월 20일을 전후로 조선 청년들의 울분과 폭동, 난취 등의 모습이 그려진다. 이들 중에는 혈서로 지원을 맹세한 친일파 윤상룡 같은 이도 등장한다.

12월 동사는 검거를 염려해 만주 신경행 특급 열차를 타는 대신 신의주까지만 가서 신애의 당숙댁을 찾아간다. 일경의 검열이 있었으나 무사히 넘기고 친구 차균태의 도움으로 압록강 철교를 무사히 넘어 안동에 이른다. 안동까지 동행했던 신애는 돌아가고, 동사는 봉천에 머물다가 계획대로 북경 쪽으로 넘어가려 했으나 삼엄한 경비에 의해 저지당하자 신경으로 방향을 돌린다. 신경 교향악단에 있다는 김봉조(동경 유학 시 룸메이트)와 또 다른 학병 기피자이자 대학 동창인 엄영수를 만나 함께 지내게 된다. 1944년 4월 협회회관의 음악회에서 세쯔꼬를 우연히 만나게 되고, 그녀의 집을 방문하게 된다. 세쯔꼬의 아버지가 남만주 영구의 만주 홍업은행 지점장으로 가게 되었다는 얘기를 듣고, 세쯔꼬와 식민지 일인의 우월감 등에 대해 토론한다. 세쯔꼬의 아버지가 지점장으로 간 지 두어 달 뒤 공교롭게도 취직 운동을 하던 엄영수가 만주홍업은행 영구지점으로 가게 되고, 동사는 만선일보 기자가 되어 신경에 남는다.

1944년 동사는 만주국 총무청에 출입하다가 니힐리스트 일본인 야마다와 친해지고, 설탕 배급으로 인한 조선인 폭동 사건을 취재하러 하얼빈에 간다. 조선 문인들과 명사들이 참가하는 시국 순회 강연에 동행하며 북만주를 둘러보게 된다.

1945년 4월부터는 만주홍업은행에 근무하는 엄영수를 중심으로 이야기가 펼쳐진다. 만주홍업은행 대부계에서 일하는 엄영수의 일상과 만주에서의 일계, 만계, 선계의 차별이 이야기된다. 신경에서 사귀었던 여급 김영자가 엄영수를 찾아와 사택에서 동거하게 되고, 세쯔꼬도 중앙은행 영구지점에 행원으로 근무하게 되었다는 사실이 나열된다. 엄영수는 징집되어 나간 일인들을 대신하여 지점장으로부터 대부계 주임직을 제안 받는다. 더불어 만계 직원의 스파이 일까지 부탁받는데, 꺼려하던 엄영수는 사직까지 생각하지만 그대로 근무하고 만다. 그 무렵 동사는 이전부터 그를 감시하던 관동군 특고과 밀정에 의해 스파이 제의를 받고 영구로 탈주한다. 이 밀정은 여급 김영자의 전남편 하근태로 나중에 밝혀진다.

　엄영수의 소개로 한동사는 영구 평안 농장에 취직하고, 협화회 영구 본부에 근무하고 있는 우경학 등과 어울린다. 김신애가 찾아와 한동사는 함께 하북 농촌에서 농사일을 체험한다. 일본 헌병대가 만주흥업은행에 들이닥치고 국민당원 왕주명을 찾지만, 왕주명은 한동사에게 돈을 빌려 은행을 몰래 나가 버린다. 엄영수의 집에 밀정 하근태가 찾아오고, 김영자는 편지를 남기고 사라지고, 한동사와 엄영수는 체포되어 고문을 당한다. 1945년 8월 엄영수와 김신애는 다까다 지점장의 로비로 8일 만에 석방되지만, 한동사는 영구 형무소로 가서 중국 국민당원, 공산당원을 통해 만주의 일제 만행과 항일운동에 대해 알게 된다.

　종전과 함께 한동사가 풀려나고 시내에서 철거당하고 피난 가는 일본인들이 모습이 그려진다. 제일차 귀국단의 단장으로 뽑힌 한동사는 엄영수, 신애, 우경학 등과 함께 피난 열차에 오르고, 봉천에서 세쯔꼬 가족을 재회, 다까다로부터 세쯔꼬의 안전을 부탁받고 그녀를 데리고 안동에 이른다.

　이상에서 알 수 있듯 『식민지』는 크게 탈주 서사, 사랑 서사, 만주 서사로 구성되어 있다. 학병을 둘러싼 조선 청년들의 절망과 분노는 '탈주 서사'에서 한동사를 중심으로 생생하게 그려지고 있다. 특히 수천 명이 모인 〈조선학도 특별지원병 격려대회〉에서 춘원을 모델로 한 민족지사 '이원춘'의 연설에 "이원춘은 죽었다"라며 절규하는 학생, 입영을 앞둔 학병들이 벌이는 위태로운 자멸적 폭주 등은 실감있게 묘사되고 있다. 한동사가 느끼는 절망은 학병 세대가 공히 갖는 세대적 절망과 피해의식으로 확대되어 다음과 같이 표출된다.

　　"우리 이십대들은 완전히 일본놈들의 산 제물이 되어버리고 말았어. 지원병이다, 학도병이다, 여자 정신대(挺身隊)다 하고 다 끌려 나가 제물이 되고 말아. 너무 불행해. 허무해." (……) 학생복을 벗은 지 바로 엊그젠데, 학생 시절이 그래도 즐거웠다. 벌써 먼 먼 옛날만 같이 생각된다. 조선 천지는 이제 감옥이다. 농촌이고 도시고 공포와 굶주림 속에서 허덕이는 지옥이다. 이제 우리 젊은 놈들은 무엇 때문에 죽어야 하는지 모르는 죽음의 그림자를 안고 질식할 것만 같은 불안 속에서 떨고만 있다. (……) "민족의 고난을 혼자 짊어지고 쓰러지는 듯하던 조선의 민족 지도자라고, 지사로 자처하던 자들이 그 지조를 이제는 헌신짝 벗어 버리듯 던져 버리고, 우리를 죽음의 길로, 불구덩이로 몰아넣는 일본의 앞잡이로 나서서 우리를 끌어당기고 밀고 부채질하고"[27]

이 인용문에는 지원병, 학도병뿐 아니라, 정신대로 끌려간 학병 세대의 여성들까지 언급함으로써 학병 세대들이 갖는 억울함 뿐 아니라, 이렇게 자신들을 희생자로 몰아넣은 '선배'세대와 식민지 조선에 대한 원망을 표출한다.

또한 만주 기행과 영구 만주홍업은행의 일상과 차별의 실태 묘사는 작가 김광식의 체험이 실린만큼 흥미롭게 진행된다. 그러나 이 방대한 사건과 디테일들이 강력한 하나의 서사로 묶이지 않고 각기 다른 방향으로 달리고 있다는 느낌을 지울 수 없다. 아마도 이는 작가의 식민지 기억 서사가 일차적으로 마련한 내셔널리즘에 포섭되지 않는, 다양한 균열과 충돌 지점이 있기 때문으로 보인다.[28]

균열의 핵심은 한동사와 엄영수라는 두 인물이다. 한동사는 전반부의 탈주와 사랑 서사를 이끌고, 엄영수는 후반부의 만주 체험 서사를 이끌고 있다. 때문에 후반부에서 흡사 주인공이 바뀐 듯한 느낌을 갖게 된다. 당

---

27) 김광식, 『식민지』(을유문화사, 1963), 55쪽.

28) 『식민지』를 전후 세대의 자기 정체성 형성의 관점에서 고찰하고 있는 류동규는, 『식민지』가 필연적으로 독립국가 성립 이후의 내셔널리즘의 작동 원리에 의해 지배되고 있으나, 여기에서 벗어나는 충돌 지점들이 있다고 고찰한 바 있다.(류동규(2010), 「학병 기피자의 식민지 기억과 서사 — 김광식의 식민지(1963)론」)

겨 말하자면 이 주인물의 분열은 '민족주의자'와 '식민화된 주체'라는 이념과 실제 사이에서 필연적으로 발생할 수밖에 없는 결과이다. 우선 학병 탈출 서사를 이끌고 있는 한동사는 민족주의자로 그려진다. 그는 일본 대학에서 서양사를 전공했고, 대학 연구실에서 비매품 도서인 『선만 경영』 등을 통해 안중근, 이봉창 열사와 상해임시정부의 존재를 알고 있는 역사학도이다. 이러한 민족주의자의 면모는 그의 아버지 한태열에 겹쳐지는데, 한태열은 본인이 감옥에 갈지언정 아들을 절대 일본의 전쟁에 내보낼 수 없다고 여기고, 동경 유학 당시 간도 대지진으로 일본인의 테러를 경험한, 반일주의자로 그려진다. 한동사는 만주로 탈출, 독립군 대열로 넘어가려 했으나 실패하고 만선일보에 취직해 시국 순회강연회에 동행하여 만주 지역의 고구려, 부여의 흔적을 돌아보면서 민족주의 이념을 지속적으로 드러낸다. 또한 하르빈에서 설탕 배급을 둘러싼 조선인 폭동 사건을 취재하면서, '왕도낙토'를 표방한 만주국의 실상을 폭로하기도 한다. 또한 그는 밀정 하태근의 스파이 제안에 만선일보를 그만두고 영구로 탈주하지만, 후에 그에게 체포되어 고문을 당하는 민족 수난자로 그려진다.

한편, 작가의 또 다른 분신으로 볼 수 있는 엄영수는 일본의 대학에서 경제과를 졸업한 엘리트로, 고향 신의주에서 학병징집을 거부, 신경으로 도피한 인물이다. 만주흥업은행 대부계에서 지점장 다까다의 신임을 얻어 주임직을 맡게 되는데, '주임'에 함축된 중국인 감시와 일제협력을 거부하지 않는다는 데에서 한동사와 갈라진다. 함께 은행에 근무하는 행원이자 국민당 비밀당원인 왕주명이 달아날 때 돈을 빌려 주기도 하고, '소일본인'이라 불리는 다른 조선인들과 달리 중국인들과 허물없이 지내려는 인물이지만[29] 현실에서는 '요시까와군'으로 불리며 일인을 대신해 은행의 중요 업무를 보고, 일계대우를 받는다. 가령 만계, 선계, 일계로 차별되는 은행

---

29) 이러한 대등한 의식은, 숙직 시 목욕탕에 일인, 조선인, 중국인 순으로 입욕하는 관례를 깨고, 일인 다음, 중국인과 함께 입욕하는 모습, 만계 행원에게 상급 담배를 나눠 주고, 중국어를 섞어 가며 얘기하는 등의 모습으로 그려진다.

봉급 체제에서 그는 만계의 4배에 해당하는 일계의 봉급을 받고 있으며, 외식권이 없으면 안 되는 레스토랑에도 출입하는 특권 등을 누린다. 또한 밀정 하근태에게 체포되었을 때에도 다까다 지점장의 로비 덕분에 유치장에서 풀려나고, 패전 후 퇴거하는 일인들과 달리 조선인이라는 이유로 사택에 남을 수 있는 혜택을 누리기도 한다.

즉 '엄영수'는 20년대 태어나 일본어 교육과 일본 제국의 논리에 포섭되어 자라난 학병 세대의 필연적 흔적인 '식민화된 주체'[30]를 직접적으로 표상하는 인물로 볼 수 있다. 엄영수는 작가의 식민지 기억 서사의 재현이 놓인 균열지점-전후 내셔널리즘과 식민지 주체의 감각-에서 적극적으로 식민지 주체를 떠안고 있는 인물로 볼 수 있는데, 민족주의자 한동사와 갈라짐으로써 더 안전하게 이 역할을 수행하고 있다고 보인다. 민족주의자 한동사는 60년대 민족주의 이념의 검열을 받고 있지만 만주 은행에서 일인과 다름없는 엄영수는 내밀하게 친일과 연결된다.

(가) 일인 직원들은 엄영수를 이상한 눈초리로 바라보는 것 같았다. 역시 너는 왕주명과 밀통하고 비밀을 팔아먹은 자식이 아니냐 하는 시선처럼 엄영수는 느꼈다. 너를 우리와 꼭 같이 일계 대우를 하고, 우리 편인 줄만 알았는데, 역시 일본이 지는 것을 좋아하고, 중국인들과 같이 손을 맞잡고, 너는 불령선인이다. 그러한 너를 지점장은 멋도 모르고 헌병대장에게 부탁을 해서 석방시키고, 또 너를 써 준다는 것은 언어도단이다. 너는 우리의 적이다. 가만히 놓아둘 수는 없다. 빨리 처단해야 한다. 헌병대는 무엇하는 건가. 그들이 무서웠다. 이대로 이 자리에 가만히 앉아 있다가 귀신도 모르게

---

30) 한수영이 전후 문학 재검토의 또 하나의 지표로 내세운 '식민화된 주체'는 다양한 식민주의의 경험과 기억을 지니고 있으면서, '식민주의 이후'에도 여전히 그것으로부터 자유롭지 못한 '주체'를 가리킨다. "한편으로는, 그 식민주의의 영향과 흔적으로부터 벗어나고자 노력하지만, 다른 한편으로는 식민주의의 '기억'과 '감각'의 관성에 여전히 자유롭지 못한 '주체'이다. '식민화된 주체'는 이 경계, 혹은 중간 지점 어딘가에서 진자운동을 하는 '주체'이다.(한수영, 위의 책, 84쪽)

잡혀가 죽는 것이 아닌가. (……) 그는 극도로 피로했고, 체포될지 모른다는 강박관념에 사로잡혀 무엇을 해야 할지 모르고 있었다.[31]

(나) 거리에는 피난 보따리를 들고 륙색을 둘러멘 일인(日人) 부녀자들이 어린애들의 손목을 잡고 이리저리 떼를 지어 밀려오고 있었다. (……) 그 여인은 지나가는 엄영수 앞에서 그만 힘에 겨워 털썩 주저앉아 우는 것이다. (……) 복잡한 여러 갈래의 생각이 머리를 스쳐갔기 때문이다. (……) 엄영수는 땀을 흘리면서도 자기도 피난민의 한 사람인 양 어린애와 보따리를 들고 이 골목 저 골목으로 무리를 뒤쫓아 걸었다. (……) 엄영수는 초라한 피난민들 아이들을 더없이 가엾다고 생각했다. 침략의 민족이 받는 업보다.[32] (밑줄은 필자)

위의 인용문 (가)는 일본 천황이 항복 선언을 하고 난 뒤 은행에서 환호하는 중국인과 달리 불안과 공포에 시달리는 엄영수의 내면을 보여 준다. '만주'라는 이국의 땅이지만, 일인 대우를 받으며 지냈던 엄영수는 해방된 만주국에서 기쁨을 만끽할 수 없을 뿐 아니라 그간의 혜택을 청산해야 할 것 같은 죄책감과 부채의식을 느낀다. (나)에서 엄영수는 피난길에 오른 일본인 부녀를 도와 "피난민의 한 사람인양" 그들과 같이 걸어간다. '피난민'에 대한 연민은 '일계대우'라는 동질감과 부채감에서 비롯된 것이나 작품에서는 힘없는 약자들에 대한 연민을 통해 휴머니즘이라는 이념으로 표출된다. (나)의 '업보다'라는 단죄와 '가엾다'라는 오가는 분열적 감성은 '식민화된 주체'가 새로운 국가 개시에서 맞닥뜨릴 수밖에 없는 운명이라고 볼 수 있다.

한편, 이러한 식민화된 주체의 분열적 감성은 한동사에게 옮겨 가기도 한다. 출소한 한동사는 엄영수처럼 피난 행렬을 보다가 이들을 돕기 위해

31) 김광식, 『식민지』, 347~348쪽.
32) 위의 책, 348~351쪽.

이 대열에 합류하고, "이들의 비극은 아무것도 아니라고 한동사는 냉철히 생각하려고 했다."라는 등의 분열적 심리를 드러낸다. '마음속은 듯이 만세를 부르며 거리로 뛰어나가고 싶었'으나 '난처한 입장에 서 있는' 자신을 "이방인이고 제삼자"라고 느끼는 회색인 엄영수와 "석방된 자유의 몸이라는 것을 처음 느껴 본다. 그러나 고독했다. (……) 동사는 형용할 수 없는 고독을 느끼며 걸어갔다."라고 느끼는 한동사는 이제 분리를 잊고 엄영수와 하나가 된다. 여기서 이들을 봉합하는 논리는 인정과 휴머니즘이다. 석방된 뒤 한동사는 구명 운동을 해준 다까다와 세쯔꼬에게 인사를 하러 간다.

세쯔꼬나 그녀의 부모나 이러한 한 때에 찾아주는 그들의 인정에 고마워 눈물을 흘리기까지 했다. 뜨거운 인정은 서로의 모든 감정과 민족을 초월한 것이라고 동사는 느꼈다. 순수한 인간으로 돌아갈 때 남는 것은 인정과 사랑이라는 것을 느꼈다. 사랑이나 인정을 잃어버린 개인이나 사회는 불행을 낳는다.

일본인은 서구의 문명을 수입해 오면서, 제국주의의 망령까지도 수입해 다가 그 망령을 신앙하면서 인간의 사랑과 인정까지도 버렸다.[33]

민족주의자 한동사와 식민화된 주체 엄영수가 하나 되듯, 제국과 피식민인은 저렇듯 '인정과 휴머니즘' 차원에서 연대한다. 이 인정의 논리에 의해 한동사는 다까다의 부탁대로 세쯔꼬와 동행하여 귀국길에 오르게 되는 것이다. 그러나 이를 그대로 보편적 휴머니즘과 인류애의 이념 구현으로 보기는 어렵다. 일본인 철거 명령에 대해 "청천벽력과 같은" "남의 일 같지가 않았다"라는 느끼는 동질감, 일본인이 집을 비우자 가정집물을 가져가는 중국인들의 모습을 "굶주린 이리떼와 같이"라고 묘사하는 것이

---

33) 위의 책, 402쪽.

나, 피난민으로 전락한 일본인에 대해 보여 주는 연민은 식민화된 주체의 내면의식을 드러낸다. 내선일체의 논리에 의해 철저히 제국신민으로 자라 독립운동을 풍문으로만 듣던 21년생 학병세대에게 '해방된 조국'이란 낯선 것일 수밖에 없다. 50년대 인정론적 휴머니즘의 연장선상에 있는 『식민지』는 '두 개의 국가'[34]를 품고 있는 전후 작가의 내밀한 고백인 것이다.

엄영수와 관련된 부분은 자연스러운 반면, 한동사의 후반부의 동선과 논변이 개연성이 떨어지고 추상화되어 있는 것은, 한동사의 민족주의가 전후 내셔널리즘에 의해 만들어져 외삽된 것이기 쉽기 때문이다. 개연성 측면에서 보자면, 엄영수가 아니라 세쯔꼬와 인연이 있는 한동사가 만주 흥업은행 영구지점에 가야하고, 영구 중앙은행 지점의 세쯔꼬와 지속적으로 친밀한 관계를 유지하고, 다까다의 도움으로 석방되는 것이 자연스럽다. 해방된 조국과 더불어 신생된 민족주의에 의해 엄영수와 한동사가 분열해야 했듯, 사랑의 서사 측면에서도 세쯔꼬는 결코 한동사와 관계를 진전시키지 못하고 일정한 거리를 두게 된다. 세쯔꼬는 『식민지』 첫 장인 졸업식 장면에서부터 만주 신경에서의 우연한 만남, 영구에서의 조우, 만주 탈출에 이르기까지 동사 주변에 있는 여인이다. 영구의 이별 장면에서 세쯔꼬는 '순수한 한 젊은 여인으로서 오랜 동안 한 남성에게 느끼고 있는 우정과 애정'으로 눈물을 흘리기도 하지만, 작품 내내 동사와 적극적인 관계를 맺지 못한다. 그럼에도 불구하고 세쯔꼬는 작품 내내 표면적인 민족주의 이념을 교란하고 감시하는 '스파이'처럼 따라다니며 불안하고 위태롭게 한다. 어쨌든 사랑의 서사에서 끝내 이 둘은 내셔널리즘의 군건한 경계를 넘어서지 못하지만, 인정론적 휴머니즘으로 연대하는 것으로 이 불안은 봉합된다.

인정론적 휴머니즘은 식민화된 주체의 감각을 민족국가라는 '집단'이 아닌 '개인' 차원에서 지지한다. 은행을 떠나는 일본인들에게 왕주명을 비

---

34) 김현, 「테러리즘의 문학」, 『현대 한국문학의 이론/사회와 윤리』 김현문학전집 2(문학과 지성사, 1991), 242쪽.

롯한 중국인과 엄영수는 "개인과 개인은 서로 악감정이라고는 없을 것" "압박민족과 피압박민족이었다는 감정을 떠나서 한 인간으로서의 개인과 개인으로 돌아가 헤어지는 인사를" 나누는 것으로 그려진다. 또한 패전 직후 형무소에서 일본인 특고과장이 죄수 대표인 진수덕(국민당원)에게 '복수하라'며 권총을 건네주자 진수덕은 이에 이렇게 응수한다.

"나는 위대한 중국 국민당의 당원이다. 당과 나는 어떠한 개인을 복수하지 않는다."[35]

제국과 식민, 전쟁과 폭력이 낳은 적대감과 복수심은 저렇듯 개인의 논리에 의해 잘게 부숴지고 흩어진다. 그러나 저것은 핍박과 차별을 받던 피식민지인의 것은 아니다. '만계'라는 더 열등한 집단을 가졌던 일계 대우의 화해와 용서의 윤리는 '패전 후' '식민화된 주체'의 자기보존의 감각에서 비롯된 것이기 쉽다.

4 월남과 '도주'

「아이스만 견문기」(1960)는 지구보다 과학문명이 발달한 외계행성 견문기이다. 여기에도 전쟁이 벌어지곤 하는데, 이곳의 전쟁이란 '총칼로 싸우는 것이 아니라 완전히 유도탄 전쟁'과 '지하실의 작전실과 전투실'의 타이프라이터, 계산기와 레이더로 이루어진다. 전사들이 멍하니 앉아 권태를 느끼는 것으로 묘사되는 전쟁 미래의 전쟁이 아니라 작가가 겪은 태평양 전쟁을 가리키기 쉽다. 무자비하고 무미건조한 기계조작으로 벌어진 대량학살은 히로시마와 나가사키 핵폭탄을 환기시킨다. 에세이에서도 종종 발견되는 '원자폭탄'에 관한 불안과 공포[36]는 식민화된 '주체'의 무의식의 편

---

35) 김광식, 『식민지』, 389쪽.
36) 가령 "원자력의 무서운 파괴력을 우리는 경험했고, 전후에 더욱 발전해서 국제적으로 핵

린을 보여 준다.

해방의 환희와 새로운 민족국가의 열망은 '식민화된 주체'인 학병세대, 특히 월남인의 것은 아니었다. 만주에서 소련군의 진군에 밀려나던 피난민 행렬에 한동사와 엄영수가 끼어 있었던 것처럼, 해방된 조국의 고향 신의주에서 김광식이 마주해야 했던 것은 생경한 친소 공산주의 세력들이었다. 비교적 부유했고 기독교 집안이었던 김광식은 귀국 후 함석헌의 도움으로 신의주 고등학교에서 교편을 잡고 있었다. 그곳에서 작가가 체험이 어떠했는지는 구체적으로 알 수 없으나 공산 세력이 주도하는 사회재편, 특히 1946년 토지개혁과 1947년 11월의 신의주 학생시위를 겪으면서 또 다른 불안과 공포를 느꼈을 것으로 짐작된다. 해방은 만주의 평온과 고향을 앗아 갔고, 1947년 김광식은 월남한다.

1947년 서울 중고등학교에서 교사로 일하던 김광식은 1950년 또 하나의 전쟁을 맞는다. 뿌리뽑힌 신세로 전락한 김광식은 6·25전쟁 발발에 또 한 번 부산으로 도주하게 된다. 이 끝없는 불안한 도주와 공포에 대해 작가는 이렇게 쓰고 있다.

일제는 미·일 전쟁으로 젊은이들을 전쟁터로 끌고 가기 위해 반년을 단축시켜 우리는 1943년 9월 졸업을 하게 되고, 학도지원병이라는 미명으로 일본군에 들어가야만 했다. 나는 만주로 도주를 했다. (……) 나는 만주에서 이리저리 대도시로 피신을 하다가 은행원이 되어 지내다 8·15 해방을 맞이했다.

그러나 만주는 소련군의 진주와 대혼란 속에서 무법천지였다. 목숨을 부지한다는 것은 그리 쉬운 일이 아니었다. 탈출 아닌 탈출을 해야 했다. (……) 생각하면 나의 청춘은 탈출의 연속이었다. 동경으로 탈출, 학병에서 탈출, 만주에서의 탈출, 이남으로 탈출, 전쟁을 맞아 부산으로 탈출……[37]

무기 제조의 경쟁 속에 개발되고 있다."(『문학적 인생론』, 14쪽)

37) 김광식(1982), 「탈출과 나의 인생-나의 이력서」, 《현대문학》, 1982. 1, 229~230쪽.

탈출로 점철된 삶은 곧 '소외'이고 '고독'이다. 그리고 식민화된 주체라는 자기로부터의 도주이다. 김광식이 「자기소외」의 부제로 '자유로부터의 도피'가 아니라 '도주'라고 적은 것은 이러한 강박적인 피해의식의 영향이다.[38] 그것을 강제했던 것은 세 번의 전쟁이고, 이념이자 집단이다. 이 강박적인 불안과 소외 의식은 동시대 전후 문학의 허무주의와 실존주의 경향의 흐름과 함께 김광식 작품에 입혀진다. 김광식은 장준하가 주도하는[39] 《사상계》에 작품을 발표한다. 1954년 10월에 발표된 「환상곡」은 《사상계》 신인문학상 제도가 도입되기 이전 등단과정을 거치지 않은 작품이었고, 《사상계》에 두 번째로 실린 한국 소설이었다.[40]

월남인의 단절과 피해의식은 「비정의 향연」 같은 작품에서 자살충동, 소멸의식으로 표출된다. 이 작품의 주인공 한진호는 "사실은 죽지 않고 지금까지 살아온 것이 기적이다."라고 느끼면서 끊임없이 자살 충동을 느낀다. 한진호는 태평양 전쟁으로 일제 학병에 끌려 나갔다가 해방 후 북한 선천 집으로 돌아간다. 그러나 아버지는 아들의 학병 지원 이후 울화병으로 사망한 뒤였고, 양말 공장을 경영하던 형은 반동 자본가로 몰려 감옥에 간다. 둘째 형님과 함께 남하한 어머니 뒤를 좇아 한진호는 1947년 4월에 월남한다. 한진호는 낯선 타지에서 출판사에 취직하지만, 출판사가 파산하자 월남 동포들을 따라 남대문의 구제품 장사를 시도한다. 그러나 샌님 같은 성격의 한진호로서 악다구니의 시장판은 도저히 감내할 수 없는 것이었다. "인간으로 태어나 삼십 육년 간 성실히 살려고" 했으나 '인생의

---

38) 에리히 프롬의 『자유로부터의 도피』는 일본에서 『자유로부터의 도주』로 번역되어 나왔는데, 일본어로 교육을 받은 이중어 세대인 김광식이 일어 서적을 접한 탓이라고 추정해 볼 수 있다.(エーリッヒ·フロム, 日高六郎訳, 『自由からの逃走』, 創元社 昭和35(1960))

39) 첫 번째 창작집 『환상곡』(1957)의 발문에서 김광식은 "나의 작품을 처음으로 세상에 발표를 해 준 急慂界社의 장준하(張俊河) 씨"에게 고마움을 표현하고 있다.(264쪽) 같은 월남인이라는 것 외에 서북인이라는 지연이 작동했을 것으로 추정된다. 김광식은 월남인들이 주도한 《사상계》와 《문학예술》을 중심으로 작품활동을 했다.

40) 《사상계》의 실린 첫 번째 한국소설은 김광주의 「불효지서」(1953. 4)이다.

마스트'가 꺾인 한진호는 아내와 어린 딸아이와 함께 한강에서 자살을 시도한다.

1950년대 김광식 소설에는 한진호와 같은 인물들이 자주 등장한다. 「환상곡」에서 여급 아내에 기대어 생계를 이어 가는 주인공도 그렇고, 「고목의 유령」의 신경쇠약증에 시달리는 주인공이나 「자유에의 피안」에서 극단적 허무주의를 보여 주는 화가 엄진호도 비슷한 유형이라고 할 수 있다.[41] 공산 정권의 폭압에 밀려 고향을 버리고 자유를 찾아온 월남인은 전쟁과 반공 이데올로기, 부패와 혼란으로 점철된 이남의 삶에서 궁핍과 소외를 감내해야 했다. 과거 '특권'층이었던 만큼 이러한 처지는 더 억울하고 굴욕적이다. 「거리」에서 아내 성희가 군수물자와 먹다 버린 칠면조에 모멸감과 비천한 의식을 느끼는 것도 이러한 전후 신분 추락에서 비롯된다. 이 월남인의 모멸감과 냉소는 「오늘」에서 이렇게 표출된다.

사장, 해방 전 자네는 뭐였나, 일본놈 서점의 점원 아니었나. 지금 이 사장 영호는 양반, 아니 귀족이었다. 해방과 더불어 몰락했고, 六. 二五에 완전 몰락했다. 六. 二五 전만해도 그대로 이럭저럭 놀고먹었다. 지금은 이렇게 됐지만. 그러나 인테리 특권계급의식만은 또렷했다.[42]

「오늘」의 주인공 영호는 출판사 사장을 대신해 요정에서 학교 교사들을 접대한다. 자기 출판사에서 나오는 교과서를 교재로 채택해 달라고 부탁하면서도, 영호는 속으로는 그들을 경멸한다. "무엇이 즐거워서 노래까지 불러, 저것들이 다 기생이라고. 임마 저것들은 갈보야."라며 과거 '진짜 기생'과 놀았던 사치를 떠올리거나, 해방 전 서점 점원이었던 사장의 신분을 들추어 속으로 비웃는다.

---

41) 「자유에의 피안」의 엄진호는 부농의 아들이었으나 월남하여 궁핍한 생활을 하다가 사망한 천재 작가 이중섭을 모델로 한 것으로 보인다.
42) 김광식(1955), 「오늘」, 《현대문학》 1955. 7, 118~119쪽.

이렇듯, 전후 현실을 다룬 김광식의 소설에는 세 번의 전쟁과 해방과 월남으로 뿌리 뽑힌 몇 겹의 소외 의식이 투영되어 있다. 문제적인 것은 이러한 소외 의식이 선우휘처럼 적극적인 반공 이데올로기로 나아가지 않고 있다는 것이다. 1950년대 소설은 물론 1960년대 소설에 이르기까지 김광식의 작품에는 반공이든 민족주의든 '이데올로기'에 대한 경사가 거의 없다. 전후 남한 독재정치나 폐쇄성, 북의 혼란에 대한 일체의 언급 없이 그의 세 겹의 소외는 곧장 '현대인의 소외'로 연결된다. "오늘날과 같이 기술화되고 기계화된 사회 환경에 압도되어 모르는 사이에 좌절되어 버린 현대인의 모습"(「현대의 정신적 풍토-문학과 종교」)[43]을 지적하며 "자유가 아닌, 자기가 아닌 상태라면 도주해야 한다."(27쪽)라고 일관되게 강조하고 있을 뿐이다. '자유에 대한 강조, 허무주의와 소외 의식, 참된 자기 회복'은 전후 실존주의가 공유하는 것으로 이것이 놓인 현실적 필연성과 별도로 '추상적' '허무주의'와 '개인주의'라는 비판을 받은 바 있다. "세계연관과의 자명한 유대에서 벗어나 확고한 의미와 질서의 밖으로 빠져나간 인간이 자기 자신의 위치에 대하여 갖는 새삼스러운 의심",[44] "파시즘에 직면한 쁘띠부르주아지의 자기분열에 기반한 이데올로기이며, 역사적 전망을 상실하고 자유를 개인의 문제로 축소함으로써 개인주의로 전락했다."[45]와 같은 비판은 역사의식 부재로 비판받은 김광식의 작품에도 해당된다.

　그러나 이러한 비판과 별도로 김광식이 자유와 개성에 대한 추상적인 구호로 일관할 수밖에 없었던 근본적인 원인에 대한 성찰이 필요하다. 그것은 세 개의 전쟁으로 인한 실존(생존)의 불안, 그리고 식민화된 주체의 균열에서 찾을 수 있다. 일제 말 메이지 대학(明治大學)에서 고바야시 히

---

43) 『문학적 인생론』, 28쪽.

44) 조가경, 『실존철학』(박영사, 1961), 46~47쪽; 김건우, 『1950년대 후반 문학과 《사상계》 지식인 담론의 관련 양상 연구』, 서울대 박사 논문, 2002, 65쪽에서 재인용.

45) 최일수, 「실존문학의 총화적 비판」, 《경향신문》, 1955년 4월 13~14일; 김건우, 위의 글, 68쪽에서 재인용.

데오의 강의를 들으며 최고의 교육을 받은 엘리트에게, 학병 지원령을 내린 일제 파시즘도, 만주와 고향의 일상을 앗아간 해방과 6·25전쟁도 합리적으로 이해할 수 없는 '타자'의 것이다. 불합리할 뿐만 아니라 그것들은 10년 동안 엘리트의 특권은 물론 삶의 터전까지 파괴시키면서, 여전히 자신을 위협하고 있는 불가해한 '괴물' 같은 것이다. 파시즘이든, 공산주의든, 민족주의든 거대한 기갑차처럼 자신을 덮쳐 버릴 수 있는 획일주의적인 '이념'이자 '조직'인 것이다. 김광식에게는 어떤 이념도, 어떤 전쟁이나 국가, 민족이든 '자기'를 압살하는 현대적인 조직과 기계처럼 작동한다는 점에서 동일하다. '자기회복'은 이 기계에 항거한 자기보전이다. 그 모든 구체적인 실상이 현대성 비판과 실존이라는 추상화된 그림으로 귀결되고 마는 것은 당대 반공과 국가 이데올로기의 폐쇄성과도 관련된다. 1950년대 작가들이 공히 비판받는 '추상성'은 경험적 사실에 대해 논리적으로 사태를 파악할 수 없어서 발생한 '감정적인 제스처'[46]라기보다는 해방기와 분단을 둘러싼 치열한 이데올로기적 대립과 폭력, 혼란 속에서 찾는 것이 더 온당해 보인다.

한편, 김광식의 휴머니즘이 이렇듯 철저히 탈이념적이었다는 측면에서 김광식은 이병주의 코즈모폴리턴적 이방인인 '유태림'과 유사한 노선을 보여 준다. 문학적 에세이에 반복되어 나타나는 현대인의 소외, '근대의 초극' '도스토옙스키에 대한 경사'는 '자본주의 비판'을 근거로 한 전향 좌파 고바야시 히데오의 사상의 영향이라는 점에서 메이지대 문예과 동기생인 이병주의 사상적 지점과 일부를 공유한다.[47] 김광식의 작품에서 '기계, 기술, 은행'은 이념이 아니라 기능이고 이러한 기능인으로의 전락은 현대

---

46) 김현(1991), 위의 글, 242쪽.

47) 김건우(2018)는 학병 세대 선우휘와 이병주를 비교하면서 선우휘가 반공 이념을 통해 국가주의를 선택한 것에 비해, 전향 좌파 미키 기요시와 고바야시 히데오의 영향을 받은 이병주는 국가를 선택할 수 없었다고 고찰하고 있다.(「운명과 원한 ― 조선인 학병의 세대 의식과 국가」, 《서강인문논총》 52, 127쪽)

인에게 공통된 운명이다. 이 보편성과 추상성은 세 개의 체제(일본 제국, 북한 사회주의, 남한 민족주의)를 거쳐 살아남은 월남인에게 훨씬 안전한 것일 수 있다. 김광식 소설에서 '역사에 함구하는 이방인의 형상 중립적 기술과 자본 표상'은 체제 복판이 아니라 체제 주변부에서 존재를 보증 받을 수 있는 이들을 대변한 목소리이기도 하고, '근대 초극과 대동아'의 미혹에 빠진 일제 지식인의 사상적 세례를 받은 식민화된 주체의 비애이기도 하다. 또는 식민화된 주체가 과거 식민지 기억으로 달아나기 위해 잡은 부표일 수 있다.

5 나오며

이상에서 김광식 작품의 '문명 비판'과 '소외 의식'을 전쟁과 월남 체험, 식민지 경험을 통해 살펴보았다. 학병 세대 연구자 김건우가 "학병 세대가 식민 제국의 고등교육을 받았다는 것이 '친일'의 문제와 혼동하여 사고되어서는 안 된다."[48]라고 지적했듯, 식민화된 주체가 곧 친일을 뜻하지는 않는다. 일본 식민교육에 깊숙이 침윤되어 있었지만, 20대에 해방을 맞은 이들에게는 '친일이냐 반일이냐'를 물을 만한 공적 활동도 없었고, 그들이 학습했을 식민 규율이나 이념은 단죄의 대상이 될 수 없다. 중요한 것은 이렇게 내면화된 식민 의식이 전후 내셔널리즘이라는 현실 지형에서 어떻게 변형되고 굴절되며 균열되는지를 살펴보는 것이다. 마찬가지로 전후 문학을 고찰할 때 놓치지 말아야 하는 것은 역사 허무주의나 추상성, 실존주의 등의 서구 문학 이론에의 경사가 아니라, 그들의 '체험'이 그렇게 번역되어 나올 수밖에 없는 맥락이다.

---

48) 오히려 《사상계》의 장준하를 비롯한 학병 세대들을 들어, 이들은 '친일' 여부를 두고 선배 세대와 자신의 세대를 구별했고, 자신들이야말로 새로운 사회를 건설할 주체로서의 자격을 지니고 있다고 전제했다고 보고 있다.(김건우(2015), 「월남 학병 세대의 해방 후 8년」, 『한국현대문학회 학술발표회자료집』)

일제 식민 지배가 조선어라는 입말과 토착성을 금지하는 억압적 지배 체제였듯, 전후 내셔널리즘과 이념 대립은 또 다른 방식으로 작동하는 이념이자 검열기제이기도 했다. 학병 세대의 일부는 식민화된 주체의 균열을 스스로 절단하여 민족국가 재건의 주체로 나아갈 수 있었을지 모르지만,[49] 대다수는 일순간에 뒤바뀐 체제와 이념 사이에서 자기보존을 위해 주변부에 있을 수밖에 없었다. 월남인들은 특히 그러하다. 몇 번의 체제 전복을 통해 국민되기를 수행해야 했던 식민화된 주체에게 새로운 민족의 이념 등은 미심쩍은 것이기 쉽다.

첨언하자면, 손창섭의 전후 소설 또한 김광식처럼 내셔널리즘에 대한 일정한 거리를 보여 준 바 있다. 가령 「청사에 빛나리」(1965)는 이를 가장 잘 드러내는 작품으로, 손창섭은 이 작품에서 자기 가족을 희생하면서 전쟁에 임했던 황산벌의 영웅 계백을 아내의 입을 통해 통렬하게 비판하고 있는데, 이는 『낙서족』(1959)에서도 독립투사 도현을 통해 표출된 바 있다. 독립운동이 곧 일본 여인 강간으로 변질되는 이 위악적 냉소는 전후 내셔널리즘과 더불어 모든 체제와 이념에 대한 불신과 조롱일 수 있다. 이런 그의 부정적 태도가 연구자들에게는 걱정스러운 것이었으나 당대 독자들로부터는 호응을 얻었다는 것이 중요하다. '전후 문학'을 지금이 아니라 전후라는 그때로 더 돌아가 고찰해 봐야 할 이유이다.

---

49) 김건우는 《사상계》의 장준하, 선우휘 등을 새로운 민족국가 재건의 주체되기에 성공한 모델로 보았다.

참고 문헌

기본 자료

김광식, 『환상곡』, 정음사, 1958

_____, 『비정의 향연』, 동국문화사, 1959

_____, 『진공지대』, 선명문화사, 1967

_____, 『상상하는 여인』, 종로서적출판주식회사, 1991

_____, 『아름다운 오해』, 동아출판사, 1958

_____, 『식민지』, 을유문화사, 1963

_____, 『고독한 양지』, 선경도서, 1979

_____, 『문학적 인생론』, 신구문화사, 1981

_____, 「탈출과 나의 인생 — 나의 이력서」, 《현대문학》, 1982. 1

연구 자료 및 논저

김건우, 『1950년대 후반 문학과 《사상계》 지식인 담론의 관련 양상 연구』, 서울대 박사 논문, 2002, 65쪽

_____, 「월남 학병 세대의 해방 후 8년」, 『한국현대문학회 학술발표회자료집』, 2015, 92~101쪽

_____, 「운명과 원한 — 조선인 학병의 세대 의식과 국가」, 《서강인문논총》 52, 2018, 105~135쪽

김광식·이범선, 『한국 현대문학 전집 6권』, 신구문화사, 1965

김명석, 「1950년대 소설에 나타난 근대성의 경험」, 《현대문학의 연구》 7, 1996, 503~549쪽

김현, 「테러리즘의 문학」, 『현대 한국문학의 이론/사회와 윤리』 『김현 문학 전집 2』, 문학과 지성, 1991, 242쪽

류동규, 「학병 기피자의 식민지 기억과 서사 ― 김광식의 식민지(1963)론」, 《어문학》 109, 2010, 333~354쪽

_____, 「전후 작가의 식민지 기억과 그 재현」, 《현대소설연구》 44, 현대소설학회, 2010, 143~169쪽

방금단, 「김광식 소설의 소외 의식 연구」, 《국제어문》 57, 국제어문학회, 2013, 333~364쪽

방민호, 「한국 전후 문학 연구의 방법」, 《춘원연구학보》 11, 춘원연구학회, 2017, 173~208쪽

손혜숙, 「김광식의 『식민지』에 나타난 학병 기피자의 내면 의식 연구」, 《국제어문》 69, 국제어문학회, 2016, 201~227쪽

신종곤, 「1950년대 전후 소설에 나타난 현실 인식의 굴절 양상」, 《현대소설연구》 16, 한국현대소설학회, 2002, 327~348쪽

윤영현, 「전후 감각과 현대성 비판의 컬래버레이션 ― 김광식 소설 연구」, 《현대문학의 연구》 9, 2019, 411~459쪽

이다온, 「학병 소설에 나타난 디아스포라 정체성 연구」, 《민족문학사연구》 65, 2017, 443~469쪽

이범선·김광식, 『현대 한국문학 전집』 6, 신구문화사, 1965

이상민, 「김광식 소설 연구」, 《한국사상과 문화》 48, 2009, 121~139쪽

이주형 외 저, 『한국 현대작가 연구』, 민음사, 1989

임기현, 「김광식 도시 소설 연구」, 《개신어문연구》 17, 개신어문학회, 2000, 605~628쪽

조명래, 「도시화의 흐름과 전망 ― 한국 도시의 과거, 현재, 미래」, 《경제와 사회》 60, 2003, 10~39쪽

한석정, 『만주 모던』, 문학과 지성사, 2016

한수영, 『전후 문학을 다시 읽는다』, 소명출판사, 2015, 75쪽

지그문트 프로이트, 정장진 옮김, 「두려운 낯설음」, 『예술, 문학, 정신분석』, 열린책들, 2010, 399~452쪽

제8주제에 관한 토론문

방금단 | 성신여대 교수

작가론의 범주에 드는 이 발표문은 1950년대와 1960년대에 발표된 김광식 작품들을 아우르는 문학적 형상화의 원리로 작가에게 '내면화된 식민 의식'에 주목하고 있습니다. 주로 전후 작가들의 작품의 특징으로 언급되고 있는 '역사 허무주의나 추상성, 실존주의, 소외 의식' 등이 서구 문학 이론의 경사에 의해서가 아니라 일제 강점과 해방 그리고 분단의 경험이 그렇게 번역되어 나올 수밖에 없음을 논리적으로 맥락화하고 있어서 흥미롭습니다. '식민화된 주체가 곧 친일을 의미하는 것이 아니라는 것'에 공감하며, 김광식의 소설의 '전쟁 서사'가 그의 경험과 연계해서 어떻게 변형되고 굴절되며 균열되어 드러나고 있는지 잘 규명하고 있어서 타당한 해석이라고 생각됩니다.

1. 이 발표문은 '전후 작가로서의 김광식과 '개인'의 의미'를 제목으로 하고 있습니다. 김광식은 일제 강점기에 태어나 일본어로 교육받고 일본의 문학적 감수성(일본 유학 당시의 체험과 문학작품을 읽고 형성된 것)을 갖고 있을 뿐 아니라 해방과 월남 그리고 분단까지 경험한 작가입니다. 따라서

위에 언급된 바와 같은 시대와 역사적 상황에 맞는 사조나 이념으로 김광식 소설을 분석할 수 있다고 봅니다. 그렇기에 발표문에서도 '모더니즘 감각의 해방', '세 개의 전후와 식민화된 주체', '월남과 도주'로 챕터를 나누고 있으며, 소외 의식, 실존주의, 모더니즘, 민족주의, 내셔널리즘, 휴머니즘 등을 포괄한 여러 가지 사상을 포함하고 있는데, 이를 '개인'이라는 의미로 전부 담을 수 있는 것인지 의문이 듭니다. 물론 발표문에서 "제국과 식민, 전쟁과 폭력이 낳은 적대감과 복수심은 저렇듯 개인의 논리에 의해 잘게 부서지고 흩어진다.", '식민화된 주체'의 자기보존의 감각에서 비롯된 것이기 쉽다라고 개인의 의미에 대해 서술한 것은 잘 읽었습니다. 그러나 위에 언급된 세 챕터에서 일관되게 서술되고 있는 것은 작가가 경험한 전쟁에 대한 체험적 서사라고 할 수 있습니다. "김광식 소설이 '전쟁'이라는 특정한 시·공간과 긴밀한 관계에 놓여 있지 않"는 것처럼 느껴지는 소설의 내용에서 작가가 경험한 전쟁의 서사를 찾아내서 일관되게 의미를 부여하고 있기에 하는 질문입니다.(결론도 개인의 의미보다는 식민화된 주체의 내용으로 요약되고 있음)

2. '세 개의 전후와 식민화된 주체'와 관련된 질문을 하려고 합니다. 이 글에서 한동사는 민족주의자, 엄영수는 식민화된 주체로 정하고 있는데, 한동사가 '과연 민족주의자일까' 하는 의구심이 듭니다. 일반적으로 김광식의 소설에서 전쟁 체험이 들어 있는 작중인물의 삶은 식민지 시기가 훨씬 더 부유하고 행복했던 시기로 회상됩니다. 작중인물은 현실의 부적응자로서 자신의 자의식을 드러낼 때, 언제나 현실에 잘 적응하는 여성 인물과 대비되는 남성 인물의 과거를 이야기하는 작가 의식이 드러나기 때문입니다. 따라서 남성 인물은 현실과 과거의 경계에 선 인물이라고 할 수 있습니다. 이러한 점은 『식민지』의 한동사의 자세에서도 잘 드러납니다. 한동사는 '일본인됨과 조선인됨'의 자기분열을 보여 주는 인물로서 민족주의자로 보기 어렵다고 생각됩니다.

동사의 경우 민족적인 감정에 눈을 뜨게 된 것은 학병 기피자가 되면서 부터입니다. 학병이 되든 학병 기피자가 되든 결단을 내려야 할 때, 그는 전쟁에서 밀리고 있는 일본이 조만간 지게 될 것이라는 확신 아래 죽음을 피하기 위해서 도피자의 삶을 선택하게 됩니다. 그에게 죽음은 만주사변을 다룬 「중강진」에서처럼 끔찍한 것이기 때문이라고 생각됩니다. 김광식은 학병 기피자로서의 삶을 시작하기 전까지 조선인으로서의 민족적인 감정에 크게 의미를 부여하지 않았던 것으로 보입니다. 이러한 점은 그의 수필에서도 드러나지 않습니다.

　어쨌든 동사는 대학 생활 내내 제일 친했던 노다와 세쯔코라는 일본인과 별다른 민족적 감정이 없이 지냈지만, 조선 유학생 또한 학도병으로 차출한다는 소실을 듣는 순간부터 '불안'에 빠집니다. 동사는 식민지 지식인으로서 만주로 도피하기 전까지 일본에 동화하거나 혹은 동화하지 못한 친구들의 태도를 중립적인 자세로 바라보는 것을 일관화합니다.(물론 같이 어울리지만) 그는 다만 연구실에서 「선만경영」이라는 독립운동 자료를 몰래 읽던 기억으로 인해, 막연하게 '북경에 갈 수 있다면 그들을 찾아가 볼까 하는 생각' 정도를 합니다. 그에게는 죽지 않고 산다는 것이 더 중요한 문제이기 때문입니다. 즉 아버지 한태열이 동사를 일본전쟁으로 못 내보내는 이유가 "사랑하는 독자를 일본에 희생시킬 수는 없다"와 기회를 봐서 임시정부로 넘어가겠다는 동사를 "위험하니 만주에 숨어 있"으라고 말하는 것에서, 산다는 것이 더 중요한 문제임을 드러냅니다.

　『식민지』라는 소설의 도입부분에서 드러나는 동사의 민족적인 면은 만주로 떠나면서 상당 부분 퇴색되고 있다고 생각됩니다. 작가는 만주에서의 조선인의 삶을 묘사하지만, 언제나 인텔리 계층의 주변부만을 서술할 뿐입니다. 따라서 이주한 조선인 하층민(영구 평안 농장)의 삶을 깊숙하게 관찰하거나 묘사하지는 않습니다. 학병 기피자로서의 '불안'한 삶, 그리고 사랑, 술, 과거 역사 속의 발해 등의 고고한 자신의 취미에 더 많은 서사를 할애하기 때문에 동사를 과연 민족주의자라고 할 수 있는지 고민해 볼 필요가 있다고 생각됩니다. 동사라는 인물은 『식민지』가 창작된 시기 한국의 정치적 이념인 민족주의 이데올로기의 검열에 의해 만들어진 인물에 가깝다고 볼 수 있기 때문입니다.

3. '모더니즘 감각의 해방'에서 김광식 소설에서 드러나는 모더니즘은 전후 한국 사회에서 찾을 수 없는 일본 모더니즘이나 만주 모더니즘이라고 하는데, 만주 모더니즘이란 어떤 것을 의미하는 것인지 궁금합니다. 물론 이에 대해 보충한다는 글은 읽었습니다. 모더니즘이 서구에서부터 유입된 문화 개념어인데, 만주 모더니즘이란 개념어 지정이 따로 필요한 것인지 알고 싶기 때문입니다.

1921년	1월 8일, 평북 용천군에서 부 형재, 모 차성순의 맏아들로 출생.
1926년(6세)	부친의 직장 관계로 중강진으로 이사.
1927년(7세)	중강진 보통학교 입학.
1933년(13세)	중강진보통학교 졸업. 졸업 후 부친의 병환으로 고향인 용천으로 돌아가 운향시에서 살게 됨. 상급 학교에 진학하지 못하고 농사도 짓고 장사도 함.
1935년(15세)	선천상업학교 입학.
1938년(18세)	선천상업학교 졸업과 동시에 만주의 만철과 금융회에 몇 달씩 근무함. 신경금융조합에 하숙하는 동안 같은 하숙에서 작곡가 김동진 씨를 만나 그가 지휘하는 신경교회의 찬양대에서 테너를 맡았고, 방송국합창단에서 그와 노래함.
1939년(19세)	동경 유학을 떠남. 대학에 들어가지 못하고 중학생으로 지내면서 우유 배달과 신문 배달을 하면서 수험 공부. 부모님의 지원으로 고학을 그만둠.
1941년(21세)	동경 주계상업학교 졸업, 명치대학교 문예과에 입학. 동기동창 이병주 등과 함께 고바야시 히데오의 도스토옙스키 강의를 듣고 매료됨.
1943년(23세)	학병 지원으로 9월에 조기 졸업, 만주로 도피.
1944년(24세)	만주 지방을 전전. 만주흥업은행에 입사, 남만주영구지점에서 행원으로 근무.

1945년(25세)	8·15해방으로 귀국. 부친과 보통학교 동기동창인 함석헌 선생님의 주선으로 신의주남고등학교 교원으로 근무.
1947년(27세)	월남. 서울중고등학교의 교사로 근무.
1950년(30세)	한국전쟁 발발. 부산 피난살이에서 황순원, 조병화 등과 교유.
1954년(34세)	환도 후 「환상곡」을 《사상계》에 발표, 작품 활동을 시작함.
1956년(36세)	수도여자사범대학 강사로 취임.
1957년(37세)	「213호 주택」으로 제2회 현대문학상 수상. 창작집 『환상곡』(정음사) 출판.
1958년(38세)	장편 『내 생명이 있는 날』을 평화신문에 연재(1~7월).
1959년(39세)	창작집 『비정의 향연』(동국문화사) 출판. 경기대학교 교수로 취임.
1963년(43세)	장편 『식민지』(을유문화사) 출판.
1968년~1978년	한국문인협회 이사.
1985년(65세)	경기대학교 교수 퇴임.
1986년(66세)	국민훈장 모란장.
1989년(69세)	평안북도 문학상 수상.
1991년(71세)	한국소설문학상 수상.
1993년(73세)	한국소설가협회 회장.
1996년(76세)	보관문화훈장 수상.
2002년(81세)	12월 3일, 사망.

김광식 작품 연보

발표일	분류	제목	발표지
1954. 10	소설	환상곡	사상계
1955. 5	수필	난취	현대문학
1955. 7	소설	오늘	현대문학
1955. 8	소설	표랑	사상계
1955. 10	수필	남녀 동격	현대문학
1956. 2	소설	의자의 풍경	문학예술
1956. 4	수필	삼십 대의 독백	현대문학
1956. 6	소설	213호 주택	문학예술
1956. 7	소설	부녀상	현대문학
1956. 12	소설	입후보자	문학예술
1957	소설집	환상곡	정음사
1957. 1	소설	그림자	신태양
1957. 6	소설	배율의 심야	현대문학
1957. 10	소설	백호의 그루우프	문학예술
1957. 12	소설	무화과	현대문학
1958. 2	소설	비정의 향연	자유문학
1958. 2	소설	가난한 연기	현대
1958. 1~7	장편 연재	내 생명이 있는 날 (출간 시 '아름다운 오해'로 개제)	평화신문

발표일	분류	제목	발표지
1958. 7	소설	모녀상	자유문학
1958. 8	소설	원심(창작집 출간 시 '원심구심'으로 개제)	사상계
1958. 11	소설	절망 속에서도	자유문학
1958	장편	아름다운 오해	동아출판사
1959. 4	소설	이율의 배음	자유문학
1959. 12	소설	고목의 유령	사상계
1959	소설집	비정의 향연	동국문화사
1960. 9	소설	아이스만 견문기	사상계
1960. 11	소설	중강진	현대문학
1961. 6	소설	자유에의 피안	현대문학
1961. 11	소설	탁류에 흐르다	사상계
1963. 11	소설	깨어진 얼굴	사상계
1963	장편	식민지	을유문화사
1964. 8	소설	영원한 여권	문예춘추
1964. 8	소설	연대보증인	세대
1964. 10	소설	노인과 명약	문학춘추
1964. 11	소설	어떤 산부	현대문학
1966. 1	소설	문씨 일가의 여가	현대문학
1966	장편	천사의 생활	
1967	소설집	진공지대	선명문화사
1969. 5	소설	상상하는 여인	현대문학
1979	장편	고독한 양지	선경도서
1981	수필집	문학적 인생론	신구문화사
1982. 1	수필	탈출과 나의 인생	현대문학

발표일	분류	제목	발표지
1991	소설집	상상하는 여인	종로서적출판주식회사

작성자 정은경 중앙대 교수

시민의 탄생,
사랑의 언어

탄생 100주년 문학인 기념문학제 논문집 2021

1판 1쇄 찍음 2021년 12월 20일
1판 1쇄 펴냄 2021년 12월 30일

지은이 강진호·정호웅 외
펴낸이 박근섭, 박상준
펴낸곳 (주)민음사

출판등록 1966. 5. 19.(제16-490호)
주소 서울특별시 강남구 도산대로 1길 62(신사동)
     강남출판문화센터 5층(우편번호 06027)
대표전화 02-515-2000, 팩시밀리 02-515-2007

www.minumsa.com
www.daesan.or.kr

이 논문집은 대산문화재단과 한국작가회의가 기획, 개최한
'탄생 100주년 문학인 기념문학제'의 일환으로 제작되었습니다.

ISBN 978-89-374-5459-2 03800

* 잘못 만들어진 책은 구입처에서 교환해 드립니다.